JULIE PETERS

DIE KRIEGERIN

TOCHTER DER STEPPE

aufbau taschenbuch

Julie Peters, geboren 1979, arbeitete als Buchhändlerin und studierte Geschichte, bevor sie sich ganz dem Schreiben widmete.

Im Aufbau Taschenbuch sind bereits zahlreiche ihrer Romane erschienen, unter anderem die Romane »Käthe Kruse und die Träume der Kinder« und »Käthe Kruse und das Glück der Kinder«, die Saga »Die Dorfärztin« und der erste Band der Amazonen-Trilogie »Die Kriegerin – Tochter der Amazonen«.

»Ich weiß, was sie sich über mich erzählen. Sie sagen, ich sei die größte Herrscherin der Amazonen gewesen. Die Tochter einer Königin und eines Gottes.«

Nach dem Tod ihrer Mutter Otrere ist es Hippolyte, die den Kampf um das Überleben ihres Volkes gegen die Achaier fortsetzen muss. Sie ist als Amazone auf der Steppe aufgewachsen, und das Leben im Palast und in der Stadt bleibt ihr fremd. Als der griechische Held Theseus sie herausfordert, steht sie vor ganz neuen Fragen: Kann sie ihr Schicksal beeinflussen, oder ist ihr Weg von den Göttern vorherbestimmt? Und kann sie sich darauf verlassen, dass ihr Vater sie schützt?

JULIE PETERS

DIE KRIEGERIN

TOCHTER DER STEPPE

ROMAN

atb aufbau taschenbuch

MIX
Papier | Fördert gute Waldnutzung
FSC® C083411
www.fsc.org

ISBN 978-3-7466-4048-8

Aufbau Taschenbuch ist eine Marke
der Aufbau Verlage GmbH & Co. KG

1. Auflage 2024

www.aufbau-verlage.de
10969 Berlin, Prinzenstraße 85

Umschlaggestaltung www.buerosued.de, München
unter Verwendung eines Motivs von © Mark Owen / Trevillion Images
Satz LVD GmbH, Berlin
Druck und Binden CPI books GmbH, Leck, Germany

Printed in Germany

Ich weiß, was sie sich über mich erzählen.

Sie sagen, ich sei die größte Herrscherin der Amazonen gewesen. Die Tochter einer Königin und eines Gottes. Mit meiner Geburt wurde eine Brücke geschlagen zwischen dem Volk meiner Mutter und dem Volk, das meinen Vater fürchtete. Die Skythen fühlten sich von den Achaiern bedroht, und die Achaier zitterten vor ihrem Kriegsgott Ares. Als meine Eltern Otrere und Ares sich ineinander verliebten und eine Verbindung eingingen, hielt das die Achaier lange Zeit davon ab, noch mehr Städte und Siedlungen in unserem Reich zu gründen.

Aber inzwischen waren fast zwanzig Jahre vergangen, seit meine Eltern sich kennenlernten und meine Mutter Königin der Skythen wurde. Sie hatte drei Töchter geboren, von denen ich die älteste bin. Ich wuchs die ersten Jahre meines Lebens auf der skythischen Steppe bei der Sippe meiner Mutter auf, während sie mit meinem Vater in Ephesos lebte und nacheinander zwei weitere Töchter bekam: Penthesilea und Antiope. Ich verstand damals nicht, warum meine Mutter mich zurückgelassen hatte. Ich hielt mich an meine Tante Melanippe, die wie eine zweite Mutter für mich war und mich gemeinsam mit ihrer Gefährtin Nushaba aufzog und mir schon früh den ersten Spielzeugbogen in die Hand drückte. Der Frieden mit den Achaiern würde nicht ewig standhalten, davon war sie überzeugt. Irgendwann würden wir um unsere Freiheit und Unabhängigkeit kämpfen.

Wer hätte gedacht, dass ich diejenige sein würde, die diesen Kampf aufnehmen musste?

1

Meine Mutter war eine Königin.

Mein Vater ist der Gott des Kriegs.

Ich wuchs mit dieser Bürde auf: Prinzessin und Halbgöttin, Heldin und Kriegerin für mein Volk zu sein. Wie meine Mutter, die schon als Kind zu den Kriegerinnen lief, dachten alle, die Tochter einer Kämpferin und des Kriegsgotts kann nichts anderes wollen als den Kampf fortzuführen, den meine Mutter einst begonnen hatte.

Niemand fragte mich, ob ich diesen Kampf führen wollte. Sie gingen davon aus, dass ich es schon wollen würde. Und tatsächlich: Ich ging von klein auf jeden Morgen mit meinen Gefährtinnen zum Kampftraining, während die meisten Mädchen unserer Sippe sich zu ihren Müttern und Tanten gesellten. Sie halfen, die jüngeren Geschwister zu hüten oder wurden in Handarbeiten oder Vorratshaltung unterwiesen.

Ich war fünf, als meine Mutter Otrere aus der achaischen Stadt jenseits des Meers in unser Lager zurückkehrte. Mein halbes Leben war sie fort gewesen, und wann immer meine Großmutter, meine Tanten und die anderen Kriegerinnen von der großen Königin Otrere sprachen, war ich zerrissen zwischen der Bewunderung für diese Fremde, an die ich mich nicht erinnern konnte, und der Wut, weil sie mich so früh im Stich gelassen hatte, um mit meinem Vater und meinen Schwestern im fernen Ephesos zusammenzuleben. Es war schwer, sich nach einer Mutter zu sehnen, von der ich nicht mehr wusste als das, was mir über sie erzählt wurde. Wie sie mich in meinen ersten zwei Lebensjahren aufgezogen hatte, *wusste* ich ja nicht. Da war nur die Wut, weil sie nicht mehr hier war.

Meine Tante Melanippe hatte versucht, mir zu erklären, warum ich nicht bei meiner Mutter war. »Du gehörst hierher«, sagte sie immer wieder. »Du wirst eines Tages Königin der Skythen. Darum hat sie dich bei uns gelassen. Damit du das Kämpfen lernst. Damit du unsere Lebensweise verinnerlichst. Damit du weißt, was es heißt, eine Skythin zu sein und wofür wir kämpfen. Sie hat deiner Großmutter und mir das Wertvollste anvertraut, was es für sie gibt. Und wir achten auf dich, als wärst du unser eigenes Kind.«

Aber warum sollte ich all das lernen, was von mir erwartet wurde, wenn nicht mal meine Mutter sich für dieses Leben zu interessieren schien? War es nicht gleichgültig, was ich wollte, wenn meine Mutter so offensichtlich *nicht* als Skythin bei uns leben wollte?

Mit ihrer Rückkehr änderte sich alles.

Sie umarmte mich, und ich spürte, dass ich zu ihr gehörte. Dass das Band, dass sie in meinen ersten zwei Lebensjahren zu mir geknüpft hatte, nicht durch die Trennung zerrissen war, sondern sich sofort wieder neu knüpfte. Sie war für mich da, und ich wich ihr nicht von der Seite. Erst als sie aufbrach, um gegen die Thraker zu kämpfen, musste ich von ihr Abschied nehmen. Und als sie kurze Zeit später zurückkehrte, weil die Thraker ihrerseits drohten, unser Lager anzugreifen, galt ihre größte Sorge meiner Sicherheit. Mein Überleben musste gesichert sein, damit ich ihr nachfolgen konnte, falls sie im Kampf fiel. Unsere Feinde drohten, in das skythische Herzland im Innern der Steppe vorzudringen und uns endgültig zu vernichten, nachdem seit so vielen Jahren immer wieder Krieg zwischen uns herrschte.

Ich musste mich mit meiner Amme Kijina und ihrer Familie verstecken. Das Lager ließen wir leer zurück, um die Thraker in einen Hinterhalt zu locken.

Der Plan glückte, die Thraker wurden besiegt. Die Skythen feierten Königin Otrere. Für ihren Mut, für ihre Entschlossenheit, für ihre Tapferkeit. Niemand sprach mehr darüber, dass sie drei Jahre lang fort gewesen war, um mit meinem Vater im fernen Ephesos zu leben und zwei weitere Kinder zu bekommen.

Meine Schwester Penthesilea kam wenig später zu uns. Sie und unsere Schwester Antiope, die ein halbes Jahr danach auf der Steppe geboren wurde, schloss ich sofort ins Herz. Wir waren eine Familie. Meine Mutter, meine Tante, meine Großmutter, meine Schwestern. Meinen Vater vermisste ich zu dem Zeitpunkt noch nicht. Wenn ich nach ihm fragte, strich meine Mutter mir übers Haar.

»Er gehört nicht hierher«, sagte sie.

Doch er gehörte zu uns.

Als meine Mutter uns im Sommer darauf mitnahm und wir über das Pontische Meer nach Ionien segelten, begriff ich, dass es eine Welt jenseits der Grassteppe gab, die viel größer und unfassbar schön war. Ich erfuhr, dass mein Vater unter den Achaiern lebte, weil es ihm gefiel, wie sie ehrfürchtig von ihm sprachen. Dass er jedoch genauso oft auf den Olymp zurückkehrte, die Heimstatt der achaischen Götter, wo er unter seinesgleichen leben konnte. Nichts zog ihn zu uns Skythen, denn dort war er ein Niemand. Keiner betete zu ihm. Bei den Achaiern war er der Kriegsgott, den sie fürchteten. Bei uns hatte keiner Angst vor ihm. Viel später begriff ich, dass es nicht nur um seinen verletzten Stolz ging; meine Mutter wollte ihn auch nicht länger in unserem Reich dulden.

Um ihm näher zu sein und zugleich ihre Unabhängigkeit zu wahren, um das skythische Volk zu retten und sich nicht der Zukunft zu verschließen, gründete meine Mutter Otrere eine Stadt jenseits des Meers und nannte sie Themiskyra. Dort sollten wir leben.

Themiskyra war nicht so wie die achaischen Städte. Zumindest behauptete meine Mutter das. Hinter hohen Mauern lagen die Häuser der Skythen, im Zentrum der Stadt der Palast auf einem Hügel. Vor den Toren der Stadt erstreckten sich Gärten und Felder auf der Ebene, und in den Bergen ringsum waren sommers die Ziegenhirten mit ihren kleinen Herden unterwegs. Es war anfangs nicht mehr gewesen als der Versuch, die achaische Lebensart jenen Skythen anzubieten, die sonst nach Tyras oder in andere achaische Koloniestädte gezogen wären, wo sie für uns verloren gewesen wären. Der Plan meiner Mutter ging auf. Viele Skythen folgten ihr nach Themiskyra, und ein großer Stolz erfüllte viele, wann immer sie von der neuen Hauptstadt im Süden redeten.

Doch ich hasste dieses andere Leben vom ersten Tag an. So wie ich die Achaier hasste, wie ich auch meinen Vater hassen wollte, weil er mir dieses Leben aufzwang. Nur war es mit ihm so ähnlich wie mit meiner Mutter. Als ich ihn zum ersten Mal wiedersah nach so vielen Jahren, erkannte ich sofort, wie viel Liebe er für mich empfand. Und seine väterliche Liebe, sein Stolz auf mich, all das ließ mich hineinwachsen in die Rolle, die mir das Schicksal zugedacht hatte.

Prinzessin. Halbgöttin. Heldin.

Die Achaier würden sagen, dass zwischen meinem Vater und mir nur Groll war, Blitz und Donner, die Zeus von der Heimstatt der achaischen Götter auf dem Olymp auf die Erde niederschleuderte. Das stimmte gar nicht. Mein Vater war mir anfangs fremd, doch bei unserer ersten Begegnung schon gewann er mein Herz. Danach wich ich ihm nicht von der Seite, und meine Mutter sagte, das wunderte sie nicht. »Er hat dich aus der Zwischenwelt zurückgeholt«, sagte sie. Anfangs wusste ich nichts mit diesen Worten anzufangen, aber von dieser Zwischenwelt, aus der ich einst gerettet worden war, sprach sie andächtig, als handle es sich um einen heiligen Ort. Als wäre dort mein Schicksal, meine Zukunft, meine Bestimmung besiegelt worden.

So war es auch. Aber erst viel später sollte ich die ganze Geschichte erfahren.

2

Ich wuchs auf der Steppe auf, weil die Stadt kein Ort war, um Kinder aufzuziehen. Das sagte zumindest meine Mutter.

Wie kann ich jemandem, der nur das Leben hinter hohen Mauern kennt, verdeutlichen, warum sie recht hatte?

Auf der Steppe ist alles anders. Die Elemente berühren Körper und Herz ganz anders, wenn du nur in einem Zelt oder auf einem Karren Schutz vor dem beißenden Ostwind suchen kannst. Wenn im Winter die Kälte alles erstarren lässt, werden Mensch und Tier in einen langsameren Rhythmus gezwungen. Die dunklen Monate verbringen wir meist nah beisammen, wir singen Lieder und erzählen Geschichten, und in den größeren Zelten wärmen wir uns an den Herdfeuern, über denen wir gemeinsam die kargen Mahlzeiten zubereiten. Wenn sich die Vorräte neigen, werden die Tage schon wieder spürbar länger, und wenn die ersten zarten Triebe auf der Steppe hervorspitzen, wenn bald darauf die Tulpen und Krokusse die Ebene überziehen, dann wissen wir, dass wir wieder einen Winter überstanden haben. Dann dauert es nicht mehr lang, bis die ersten zarten Wurzeln und die ersten Blätter unseren kargen Speiseplan bereichern. Nun üben wir uns nicht mehr im Kampf, damit uns warm wird. Wir können mit jedem Sonnentag etwas mehr Kleidung ablegen. Den Winter aus den Pelzen und Decken klopfen. Der Jahreslauf, der aus jagen und sammeln, ernten und schlachten besteht, beginnt aufs Neue.

Im Sommer kennen wir nur eine Pflicht: Vorräte anlegen für den kommenden Winter. Beeren und Pilze sammeln und trocknen, wilde Zwiebeln flechten wir zu Zöpfen und hängen sie mit Büscheln duftender Kräuter unter die Balken unserer Karren. Decken und Goldschmuck tauschen wir bei durchreisenden Händlern gegen Hirse und Öl. Gelegentlich können wir auch ein seltenes Fell eines Schneeleoparden oder Löwen anbieten, jedoch behalten wir diese meist selbst.

Im Herbst versammeln sich viele skythische Sippen am Ufer des Borysthenes. Hier werden Verlobungen geschlossen, es wird Recht gesprochen, gehandelt und getauscht. Es ist wie ein großes Fest, bevor die Sippen sich in ihren Zelten und Karren einigeln und nach einem letzten Schlachtfest kurz vor der Wintersonnenwende in der Stille aus Schnee und Kälte erstarren.

Auf der Steppe hat unser Jahr einen Rhythmus. Jeder Tag ist anders, und doch sind sie verlässlich in ihrer Regelmäßigkeit. Wenn man dieses Leben gewohnt ist, mit all seinen Härten, die es mit sich bringt, lernt man, es zu lieben. Wir Kinder können wählen, wo wir uns einbringen: ob wir uns zu Kriegerinnen ausbilden lassen wollen oder doch eher in der Nähe der Herdfeuer bleiben. Für mich wurde früh entschieden, wohin ich gehörte.

Es mag merkwürdig anmuten, dass ausgerechnet meine Mutter, die im Rhythmus der Natur auf der Steppe aufgewachsen war und stets betonte, dass ich dorthin gehörte, uns schon kurz nach der Gründung von Themiskyra zum ersten Mal dorthin mitnahm. Damals zählte ich gerade sechs Sommer, und meine Erinnerung an die Seereise über das Pontische Meer Richtung Süden ist allenfalls verschwommen. Penthesilea war damals eine trotzige Dreijährige, und Antiope lag als Säugling die meiste Zeit friedlich in einem Weidenkorb und blickte verzückt zu den Segeln auf, die sich im Wind blähten.

In Ionien hatte meine Mutter am Ufer des Flusses Thermodon, gelegen im Schatten bewaldeter Hügel, die sich zu zerklüfteten Bergen auftürmten, ein Stück Land abstecken lassen. Sie gab der Siedlung, die dort schon bald entstand, den Namen Themiskyra.

Die erste Stadt der Skythen, die den Namen auch verdiente. Es gab schon seit Langem eine Siedlung weit im Norden, wo die Steppe fruchtbar war und sich manche Skythen niederließen, um Hirse anzubauen und in einem großen Stammesverbund zusammenzuleben. Auch die beiden anderen Könige der Skythen, alte zahnlose Onkel meiner Mutter, lebten in Mamai-Gora. Doch sobald ich das erste Mal bewusst Themiskyra oder die achaischen Palaststädte wahrnahm, erkannte ich, dass Mamai-Gora nur ein Schatten dessen war, was hätte möglich sein können.

Für Otrere war das Leben in einer Stadt, hinter hohen Mauern versteckt und in winzigen Behausungen eingepfercht, nie erstrebenswert gewesen. Auch aus Stein erbaute, prächtige Paläste bereiteten ihr Unwohlsein, sie wohnte dort nicht gern. Sie tat es trotzdem. Weil sie den Wandel nicht aufhalten konnte, der durch den Kontakt mit den Achaiern über unser Volk gekommen war. Viele Skythen wandten sich von dem entbehrungsreichen Leben auf der Steppe ab, sie erhofften sich in den Städten mehr Sicherheit, Nahrung und Schutz.

Dass ausgerechnet meine Mutter diese Stadt am Thermodon gründete, noch dazu so nah bei den Achaiern, verstand ich lange nicht. Es ergab überhaupt keinen Sinn für mich. Bis ich sah, wie Themiskyra meine Mutter empfing. Wie die Menschen dort auf sie reagierten. Sie jubelten ihr zu, als sie durch die Straßen zu dem Palast schritt, der damals noch eine Baustelle war. Sie wollte mir das alles zeigen, denn eines Tages sollte es mir gehören.

Einst wurden unsere Könige in Mamai-Gora gewählt. Wenn ein König starb, kamen die Skythen dort zusammen und wählten aus ihren Reihen neu. Da es seit Anbeginn der Zeit immer drei skythische Könige gab, passierte dies ziemlich häufig. Könige starben in der Schlacht, manchmal kämpften sie auch gegeneinander, weil sie in Streit gerieten, wer gerade wie viel Macht haben sollte.

Doch spätestens mit meinem Großvater Mazjar änderte sich das. Wir gaben diesen Ort auf und überließen ihn den greisen, machtlosen Mitkönigen, die sich verzweifelt daran klammerten, ein Mitspracherecht zu haben. Hatten sie aber nicht. Keiner fragte sie.

Denn die Macht war bei uns. Bei meiner Familie. Sie war nicht länger an einen bestimmten Ort gebunden, sondern nun fest verknüpft mit den Personen, die diese Macht ausübten.

Die Macht, das war meine Tante Melanippe, die mit ihren Kämpferinnen, denen der Ruf von den Amazonen vorauseilte, über die Steppe ritt und die Thraker, Kimmerer und Achaier, die es wagten, in unser Reich einzudringen, zurückschlug.

Die Macht, das war meine Großmutter Barkida, deren sieben Kinder in alle Himmelsrichtungen verstreut lebten und die die Grenzen unseres Reichs sicherten.

Die Macht, das war vor allem meine Mutter Otrere. Königin des skythischen Volks. Geliebte des achaischen Kriegsgott Ares. Mutter von drei Töchtern: Penthesilea, Antiope und als Älteste ich, Hippolyte.

Die Macht, das waren wir drei. Denn nachdem sie ihre greisen

Onkel in Mamai-Gora endgültig von ihrem Thron gestoßen hatte, stand für meine Mutter fest, dass meine Schwestern und ich ihr einst nachfolgen würden.

Ich zählte acht Sommer, als sie mich zum zweiten Mal nach Themiskyra mitnahm. In den vergangenen drei Jahren war die Stadt am Thermodon von einer Ansammlung von Zelten und Erdhöhlen zu einer Stadt herangewachsen, in der über tausend Skythen lebten – eine für mich unvorstellbar große Zahl. Die Stadtmauern wuchsen ebenso in die Höhe wie die Häuser und Paläste der reichen Bürger. Sogar ein paar achaische Händler und Handwerker hatten sich inzwischen in der Stadt niedergelassen und einen Tempel gebaut, den sie Apollon widmeten.

»Natürlich Apollon«, knurrte meine Mutter, als sie davon erfuhr. Aber dann lachte sie, denn sie war dem achaischen Gott der Heilkunst einmal begegnet, als er meine Tante Melanippe von ihrem Krebsgeschwür heilte. Sie war ihm dankbar für das, was er damals getan hatte. Was aber nicht hieß, dass sie ihn in ihrer Stadt duldete.

Die Skythen bauten keine Tempel. Sie verließen sich bei der Anbetung ihrer Götter auf die Enaree – Hohepriester, die im Kontakt mit Tabiti und den anderen Göttern standen und uns mitteilten, welche Opfer sie von uns verlangten. Einer der Enaree war mein Onkel Maspi, der mit seiner achaischen Frau und seinen Söhnen in Tyras lebte – einer achaischen Stadt an der Nordküste des Pontischen Meers. Einst kamen die Achaier in unser Land, besetzten den Küstenstreifen und bauten ihre Tempel und Paläste. Als meine Mutter es an ihrer Küste im Süden ihnen gleichtat und Themiskyra aufbaute, sorgte dies für Unruhe unter den Achaiern.

Verhindern konnten sie den Bau unserer Stadt allerdings nicht, und nach drei Jahren hatte sich ein brüchiger Frieden etabliert, der vermutlich nur so lange hielt, bis ein Jägertrupp aus Themiskyra versehentlich die Ziege eines ionischen Hirten schoss und die nur mühsam verhohlene Feindseligkeit wieder aufbrach.

Als unser Schiff im Hafen von Themiskyra vor Anker ging, atmete meine Mutter auf. Sie hüllte sich in ihren blauen Mantel und stand auf. Mit meiner jüngsten Schwester Antiope auf dem Arm verließ sie das Schiff, das uns sicher über das ruhige Meer gebracht hatte. Ich folgte ihr mit Penthesilea an der Hand. Wir wurden nicht seekrank, sobald wir die Planken eines Schiffs unter unseren Füßen spürten. Dafür sollten wir wohl dankbar sein, denn für unsere Mutter bedeutete jede Überfahrt, dass sie tagelang von Übelkeit geplagt wurde.

Der Hafen von Themiskyra bestand aus kaum mehr als ein paar befestigten Stegen, einer Handvoll Lagerhäuser und einem kleinen Leuchtturm, der weniger vor dem flachen Wasser warnte als vielmehr die Reisenden an unsere Küste leitete. Meine Mutter winkte uns ungeduldig, damit wir ihr folgten. Eine Handvoll skythische Kriegerinnen, die unserem Schutz dienten, liefen vor und hinter uns. Mit grimmigen Blicken hinderten sie die Seeleute daran, uns zu nahe zu kommen.

Ich hörte dennoch, was sie flüsterten. »Die Königin ist da«, und mancher neigte ehrfürchtig den Kopf vor meiner Mutter.

In Themiskyra waren die Wege nicht weit, wir erreichten schon kurz darauf den Palast, den meine Mutter im Zentrum der Stadt für sich hatte erbauen lassen. Ich starrte auf die bunt bemalten und vergoldeten Säulen, die das Eingangstor flankierten, das mit Bronze beschlagen und aus Eichenholz gefertigt war. Die Kriegerin Pardis, die neben mir ging, lächelte. »Man sieht dir das Staunen an, kleine Hippolyte.«

Ich drückte Penthesileas Hand fester und blickte Pardis finster an, obwohl sie unter den Amazonen eine der liebsten war. Einst hatte ihre Schwester Nushaba sich mit Melanippe um mich gekümmert. Aber Nushaba war tot, gestorben beim Angriff der Thraker auf unser Herzland, und Melanippe verließ die Steppe noch viel widerstrebender als ich.

»Es ist ein Palast, der einer Königin angemessen ist«, erwiderte ich würdevoll. So würdevoll wie eine Achtjährige nun mal sprechen konnte, die ihre Bewunderung kaum verhehlen konnte.

»Wahr gesprochen, Prinzessin.« Sie lächelte mich aufmunternd an, dann ließ sie sich etwas zurückfallen, damit ich vor ihr den Innenhof des Palasts betreten konnte.

Wir wurden von den Dienerinnen begrüßt, und meine Mutter ließ sogleich nach meinem Onkel schicken, der während ihrer Abwesenheit Statthalter von Themiskyra war. Sie winkte Penthesilea und mich an ihre Seite. Penthesilea schmiegte sich an sie, ich stand aufrecht an ihrer anderen Seite. Gern hätte ich mich auch an ihren blauen Umhang mit der goldenen Stickerei geklammert, doch ich verschränkte die Finger hinter dem Rücken. Keine Schwäche zeigen. Niemals.

So hatte es mich Melanippe gelehrt.

»Königin Otrere!«

Die helle Stimme einer Frau, die durch eine hohe Tür in den Hof trat, ließ mich aufblicken. Sie schritt weit aus. Über dem hellroten Chiton trug sie einen dunkelroten Mantel, und hinter ihr drängten drei rotznasige Jungen in den Hof, die mich und meine Schwestern sogleich misstrauisch beäugten. Sie waren in die kurzen Chitons gekleidet, in die Achaier ihre Kinder steckten. Die drei Jungen waren ihrer Mutter wie aus dem Gesicht geschnitten, die nun mit weit ausgebreiteten Armen auf meine Mutter zukam und sie in die Arme schloss.

»Wie gut, dass ihr heil angekommen seid. Ich hörte von Stürmen auf dem Pontischen Meer.«

»Sie haben uns zum Glück verschont.« Meine Mutter verzog das Gesicht. Es war in unserer Familie ein offenes Geheimnis, wie sehr Otrere das Meer hasste. Was sie nicht daran hinderte, es regelmäßig zu überqueren, wenn sie zwischen unserem Reich im Norden des Pontischen Meers und Themiskyra im Süden hin und her pendelte.

»Du bist diesmal nicht allein gekommen.« Der Blick, mit dem die Frau uns maß, war schwer zu deuten. Nicht direkt feindselig, aber etwas Abschätziges lag darin, als wüsste sie noch nicht, was sie davon halten sollte, wenn die Königin mit den drei Prinzessinnen in ihrem eigenen Palast aufkreuzte.

»Wo ist mein Bruder?«, fragte meine Mutter.

»Er wird irgendwo in der Stadt herumlaufen. Mit den Menschen reden. Sie brauchen immer viel Zuspruch.«

Selbst ich erkannte mit meinen acht Jahren die Kritik, die in ihren Worten mitschwang.

»Nun denn.« Meine Mutter legte die Hand auf meine Schulter. »Deine Tante Afina und deine Cousins leben mit deinem Onkel das ganze Jahr in Themiskyra, Hippolyte. Maspi verwaltet die Stadt für uns.«

Das wusste ich, aber ich nickte ernst, als sei dies eine neue Information für mich. »Hippolyte, Penthesilea und Antiope werden in meinen Gemächern wohnen«, fügte sie an Afina gewandt hinzu. Sie neigte den Kopf.

»Wie du wünschst, Königin Otrere.« Sie klang leicht spöttisch, und dies war der Moment, in dem ich mich fragte, ob tatsächlich meine Mutter Macht über diesen Palast, die Stadt und die Menschen, die hier lebten, besaß, oder ob nicht eher Afina und mein Onkel Maspi die wahren Herrscher von Themiskyra waren.

Ich hatte ja keine Ahnung.

Wir wurden in den Palast geführt. Ich ging an Afinas Söhnen vorbei, ohne sie eines Blicks zu würdigen, und der Älteste von ihnen zischte meiner Mutter ein feindseliges »Männermörder« hinterher.

»Still!«, herrschte Afina ihre Söhne an. »Wir beschimpfen hier niemanden, hört ihr?« Sie zerrte den Ältesten am Oberarm von uns weg. »Entschuldige dich bei deiner Tante, Petros. Verzeih, Königin Otrere.« Auf einmal war alle Überheblichkeit aus Afinas Miene gewichen, und sie zog den Kopf zwischen die Schultern.

Meine Mutter lächelte kalt. »Ist schon in Ordnung«, sagte sie leise.

Aber nichts war in Ordnung. Ich spürte, wie viel Hass und Abneigung von meinen Cousins ausging. Sie verabscheuten uns, weil wir Kriegerinnen waren, während sie selbst in Themiskyra als Prinzen ohne Königreich aufwuchsen. Ich reckte leicht das Kinn und wollte mich ihnen überlegen fühlen. Dabei wusste ich zu wenig über die Welt, in der sie lebten. Die sich so sehr von unserer Welt unterschied. Mein Staunen über die Pracht des Palasts und über die vielen Menschen sah man mir wohl an, denn meine Mutter ließ sich etwas zurückfallen. »Du starrst«, sagte sie leise.

Ich nickte stumm.

»Wir reden später über das, was du hier siehst. Aber lass dir nicht einreden, wir seien weniger wert, weil wir auf der Steppe leben. Du bist die Prinzessin der Skythen und die Tochter eines Gotts.«

Als ließe sie mich das je vergessen. Ich schritt neben ihr durch die hell erleuchteten Gänge und folgte einer Sklavin, die uns in große, helle Gemächer führte. Mehrere Räume gingen ineinander über, üppig ausgestattet mit Teppichen, Sesseln und Betten, auf denen sich Pelze und Decken häuften; Holztruhen standen an den Wänden aufgereiht. Die Räume waren um einen Innenhof gruppiert, in dem ein großes Wasserbecken mit einem Springbrunnen von vielen üppigen Pflanzen umgeben zum Verweilen einlud. Ein wenig Grün an diesem versteinerten, fremden Ort. Ich trat in den Hof, während meine Schwestern die einzelnen Gemächer erkundeten und sich gegenseitig zuriefen, was sie entdeckten. Penthesileas helles Lachen hallte durch die Räume, während Antiope vergnügt krähte und mit einem »Penthe, Penthe!« hinter unserer Schwester her wackelte. Ich wandte mich ab. Meine Finger berührten die Blätter eines Olivenbaums.

Meine Mutter trat zu mir und legte mir eine Hand auf die Schulter. »Ich weiß, was du denkst«, sagte sie leise. »Wie können wir an so einem Ort glücklich werden, der uns so fremd erscheint?«

Ich sagte nichts. Ich war ein Kind, und wohin unsere Mutter ging, begleitete ich sie. Es war das zweite Mal, dass sie mich nach Themiskyra mitgenommen hatte. Doch bei meinem ersten Besuch hatte der Palast noch nicht mal ein Dach gehabt. Nun erstrahlte er in all seiner Pracht und machte mich sprachlos. Otrere musterte mich, als erwartete sie eine Antwort von mir, deshalb räusperte ich mich.

»Werden wir für immer hier leben?«

Sie lächelte und legte eine Hand auf meine Wange. »Ach, Hippolyte … Ihr müsst hier nicht leben. Ich lasse euch die Wahl. Ihr könnt hier leben oder auf der Steppe bei deiner Tante Mela und Großmutter Barkida.«

»Wann darf ich zurück?«

Sie drückte meine Schulter. »Warte doch erst mal ab«, sagte sie munter. »Bald kommt dein Vater, und vielleicht änderst du deine Meinung noch.«

Ich schüttelte den Kopf. Niemals würde ich diesen Ort mögen, an dem meine Mutter als Männermörderin beschimpft wurde und der aus riesigen Steinklötzen gemauert war. Was an diesem Leben sollte mir denn gefallen?

Mein Vater. Dass er hier sein würde, das gefiel mir schon. Denn meine Mutter verbot ihm, uns draußen bei unserem Volk aufzusuchen. Zuletzt hatte sein Auftauchen bei den Skythen für Unruhe gesorgt. Er war nicht *irgendein* Gott, sondern der Gott des Kriegs. Wir waren ein Volk, das es gewohnt war, zu kämpfen. Doch der Kriegsgott eines fremden Volks unter uns, das empfanden viele als eine Bedrohung, als die Prophezeiung eines Kampfs gegen sein Volk, den wir nicht führen wollten.

Ich wusste, dass meine Mutter oft bei ihm war. Entweder hier in Themiskyra oder in Ephesos, einer Stadt weiter südwestlich. Dort lebten sie in einem ähnlichen Palast zusammen, und meine Mutter überwachte den Bau eines Tempels für die achaische Göttin Artemis. Als gehörte sie schon längst nicht mehr zu uns Skythen.

Doch sie war unsere Königin. Melanippe hatte es mir so erklärt: meine Mutter war frei darin, wie sie ihre Herrschaft gestaltete. Einst hatte sie sich gegen den achaischen Einfluss gewehrt, denn sie fürchtete, damit werde unser Volk seine Identität verlieren. Inzwischen hatte Otrere begriffen, dass es sinnlos war, sich dem kulturellen Austausch zwischen den Achaiern und den Skythen entgegenzustellen, und sie setzte nun ihre Kraft darein, den Austausch selbst zu steuern.

Sie wollte nicht, dass die Achaier in uns nur die Kriegerinnen sahen, die marodierend und brandschatzend über die Steppe zogen und die Achaier und Thraker niedermetzelten. Für meine Mutter waren die Skythen mehr als das. Es gab Händler unter ihnen, Handwerker und Bauern. Der Wunsch vieler Skythen nach einer Alternative zu dem entbehrungsreichen Leben auf der Steppe hatte dazu geführt, dass sie sich zunächst in den achaischen Siedlungen niederließen, und schließlich waren viele Wagemutige meiner Mutter nach Themiskyra gefolgt.

Wenn es danach ging, war ich nicht mutig. Ich hasste die Stadt, ich hasste es, dass ich mein Pferd hatte zurücklassen müssen. Nicht mal meinen Bogen hatte ich mitnehmen dürfen, und hier in Themiskyra sollte ich mich gefälligst wie eine Prinzessin benehmen, sollte Kleider tragen und nicht ständig in Hosen herumrennen. Dabei gab es nichts Bequemeres als skythische Kleidung.

Meine Mutter ließ mich anfangs gewähren. Sie dachte wohl, es falle mir leichter, mich in der Stadt einzugewöhnen, wenn sie mir ein Stückweit diesen Freiraum ließe. Schon bald tollten Penthesilea und Antiope in achaischen Kleidern durch den Palast, sie spielten Fangen in den Gängen und wurden von einer Sklavin beaufsichtigt. Ich entwischte ihr regelmäßig und ging auf eigene Faust auf Erkundungstour. Am häufigsten zog es mich in die Ställe, wo ich stundenlang von einem Pferd zum nächsten ging, ihre weichen Nasen streichelte, das

Gesicht in ihren Mähnen vergrub und wünschte, ich könnte mich einfach auf einen Pferderücken schwingen und davonreiten. Raus aus der Stadt, weiter und immer weiter über die Ebene bis in die bewaldeten Berge und darüber hinaus. Doch im Stall hatte immer eine Kriegerin ein Auge auf mich. Meist war es Pardis, die sich zu mir gesellte, aber sie sprach mich nie auf meine gedrückte Stimmung an, sondern lächelte mich immer wieder verständnisvoll an. Ich vermutete, es ging ihr ähnlich; auch sie sehnte sich nach der Steppe.

3

Schon wenige Tage nach unserer Ankunft in Themiskyra kam es zu einem Streit mit meiner Mutter. Sie hatte direkt nach unserer Ankunft Gäste eingeladen, die sich offensichtlich sofort auf den Weg machten, sobald sie von Otrere hörten. Mein Vater hingegen ließ sich nicht blicken. Doch der Besuch sorgte für helle Aufregung im Palast.

Meine Mutter bestand darauf, unsere Auswahl der Kleider für das abendliche Festmahl zu überwachen. Wir waren im Grunde noch viel zu jung, um daran teilzunehmen, doch sie beharrte darauf, dass wir zumindest zu Beginn der Festlichkeit anwesend waren, damit der benachbarte König und sein Gefolge uns kennenlernen konnten.

»Er hat mehrere Söhne«, erklärte sie mir, als sei das ein großes Glück, während zwei Sklavinnen ein halbes Dutzend Kleider aus einer der Truhen in meinem Schlafgemach zogen und auf dem Bett ausbreiteten. Ratlos starrte ich auf die zarten Seidenstoffe, die rot, blau, grün und golden gefärbt waren. »Kann ich nicht meine Hose anbehalten?«, maulte ich.

»Du ziehst etwas Hübsches an. Nicht deine Kriegerinnenkluft.« Meine Mutter strich prüfend über die Stoffe. Dabei umspielte ein wehmütiges Lächeln ihre Lippen. »Ich wünschte, es wäre anders, Hippolyte. Aber wir sind in Themiskyra, und unsere Gäste sind ebenfalls Könige. Hier gelten andere Regeln, als wenn sie uns draußen auf der Steppe besuchen.«

Ich verschränkte die Arme vor der Brust. »Ich will aber gar nicht hier sein«, erwiderte ich finster. »Du hast mir versprochen, dass unser Vater herkommen wird. Kommt er auch heute Abend?«

Meine Mutter hielt inne. »Das weiß ich nicht«, erwiderte sie leise.

Ich stampfte auf. »Warum nicht? Du hast es mir versprochen.«

Das war nicht ganz richtig. Sie hatte mir nur versichert, er werde auch bald nach Themiskyra kommen. Wann genau das sein würde, ließ sie offen. Für Götter war Zeit vermutlich ein dehnbarer Begriff – welchen Unterschied machten angesichts der eigenen Ewigkeit schon ein paar Tage, Mondenläufe oder Jahre?

»Weil dein Vater macht, was er will. Er …« Sie biss sich auf die Unterlippe. Ich sah ihr an, dass sie mehr sagen wollte, doch sie unterließ es, weil sie nicht mit einer Achtjährigen über Dinge sprechen konnte, die für sie selbst so schwierig waren. Sie wollte mich nicht auch noch damit belasten.

»Ich hab keinen Bock auf diesen König und seine Söhne.« Trotzig verschränkte ich die Arme vor der Brust.

»Schau sie dir doch wenigstens an«, sagte meine Mutter ruhig.

Penthesilea kam hereingewirbelt, sie trug bereits ein rotes Kleid, das über den Boden schleifte. »Mama, Mama! So wird mich der Prinz von Troja bestimmt als seine Braut wählen!«, jubelte sie und raffte das Kleid, damit wir ihre mit Goldplättchen bestickten Sandalen bewundern konnten.

»Troja?«, fragte ich. Von diesem Reich hatte ich noch nie gehört. Ich wusste, dass es die Achaier gab, die sich wiederum in verschiedene Gruppen und Reiche aufteilten. Von Troja hörte ich zum ersten Mal.

»Der König von Troja ist heute Abend unser Gast«, erklärte meine Mutter ruhig. »Er ist sehr mächtig, und er hat seine Frau und seinen ältesten Sohn und eine Tochter mitgebracht«, fuhr sie fort, ohne mich aus den Augen zu lassen. »Wir möchten, dass Hektor und du euch kennenlernt.«

Ich kaute auf meiner Unterlippe herum. »Wieso?«, wollte ich wissen.

»Weil du nach mir die Königin der Skythen wirst, und Hektor wird der König der Troer, wenn sein Vater Priamos nicht mehr ist. Wir sind Nachbarn. Eines Tages werdet ihr herrschen. Deshalb.«

Ich nickte.

»Aber ich will Hektor heiraten!«, mischte sich Penthe ein. Sie schob die Unterlippe vor. Meine Mutter ging vor ihr in die Hocke. »Für dich finden wir auch noch einen Prinzen, meine Schöne«, versprach sie ihr.

Ob meine Mutter damals genau daran dachte? Dass Hektor ein guter Ehemann für mich wäre? Kein Skythe, aber was viel wichtiger war: kein Achaier. Und König über ein benachbartes Reich, das man dann mit unserem vereinigen könnte.

Rückblickend kann ich nicht sagen, ob meine Mutter darauf spekulierte. Gut möglich, dass sie schon zu diesem Zeitpunkt die Vision hatte, unser Schicksal mit dem von Troja eng zu verknüpfen.

Ich wählte ein grünes Kleid aus und ließ mich von einer Sklavin frisieren. Sie verrieb eine rote Paste auf meinen Lippen und meinen Wangenknochen, bevor sie zufrieden das Ergebnis ihrer Bemühungen musterte. Meine Mutter hatte sich in der Zwischenzeit ebenfalls umgezogen. Sie trug ein gold glänzendes Kleid, dazu einen roten Ledergürtel und Goldschmuck mit Rubinsplittern. Die Krone saß auf ihren Haaren, die zu Zöpfen geflochten um ihren Scheitel festgesteckt waren. Zum Schluss mussten ihr zwei Sklavinnen in den roten Mantel helfen, der mit zahllosen, dünnen Goldplättchen bestickt war, die bei jedem Schritt leise klirrten.

Penthesilea und Antiope stolperten vor Aufregung fast über ihre eigenen Füße. Meine Mutter ging voran, und ich hörte meine Schwestern hinter mir kichern, während ich ihr folgte. Wir gingen zum Thronsaal, dessen hohe Eichenholztüren verschlossen waren. Davor wartete bereits ein Dutzend Kriegerinnen auf uns. Sie trugen die traditionelle Uniform der skythischen Kämpferinnen: gewebte Wollhosen und blaue Tuniken, darüber ein Lederpanzer und an den Füßen weiche hellbraune Stiefel aus Ziegenleder, die bis zu den Knien geschnürt waren. Jede hielt eine Streitaxt in der Hand und hatte einen Dolch am Gürtel.

Sie waren die Leibgarde meiner Mutter und begleiteten sie zu jedem offiziellen Auftritt. Nicht, weil meine Mutter um ihr Leben fürchtete, sondern weil jeder König und jede Königin es so hielt.

»Königin Otrere.« Pardis war die Erste der Kriegerinnen. Sie trat vor und verneigte sich vor meiner Mutter. »Bist du bereit?«

»Sind die Gäste bereits eingetroffen?«

»Ja.«

»Ist mein Bruder mit seiner Familie schon im Thronsaal?«

»Wie du es befohlen hast.«

»Warten sie schon lange?«

Die beiden lächelten einander zu, und ich begriff, dass sie dies nicht zum ersten Mal machten. Dass es auch darum ging, die Macht meiner Mutter zu untermauern.

»Alles ist so, wie du es wünschst.«

»Dann lass uns noch einen Moment warten.«

Stille senkte sich über uns. Nur Antiope wurde direkt unruhig; es war spät, und sie hatte Hunger. Meine Mutter hob sie hoch und kitzelte sie am Kinn, bis meine Schwester leise kicherte.

»Es ist soweit.« Meine Mutter ließ Antiope herunter, eine Sklavin nahm meine Schwestern an die Hand. Meine Mutter winkte mich zu sich heran. Sie straffte die Schultern. »Bereit?«, fragte sie.

Ich nickte tapfer.

Die Türen wurden aufgerissen, und wir schritten in den Thronsaal.

Ich hatte genickt, als meine Mutter mich fragte, ob ich bereit war, und eventuell hatte ich mich bereit gefühlt, soweit das ein achtjähriges Mädchen entscheiden konnte. Doch als ich mich den vielen fremden Menschen gegenüber sah, die sich bei unserer Ankunft ausnahmslos in unsere Richtung drehten, spürte ich, wie sich etwas tief in meinem Innern schmerzhaft zusammenzog. Meine Mutter ergriff meine Hand. »Ich weiß«, murmelte sie. »Schau geradeaus, und geh einfach im Gleichschritt mit mir.«

Ich hielt mich an ihrer Hand fest. Der Weg zu ihrem Thronsessel kam mir unendlich weit vor, dabei waren es gerade mal zwanzig Schritte. Die Menschen machten uns Platz. Ich folgte meiner Mutter die Stufen hoch auf das Podest, wo sie sich umdrehte und schweigend auf die Männer und Frauen blickte. Ich ließ ihre Hand los und war froh, dass die Sklavinnen meine Schwestern zu mir stellten, die sich sofort an mich drängten. Ich legte die Hand auf Penthesileas Schulter. Antiope drückte sich an mich, und ich streichelte ihre blonden Löckchen.

Stille.

»Willkommen, liebe Freunde. Ich begrüße euch in meinem Palast.« Meine Mutter blickte über alle Versammelten, und ich tat es ihr gleich. Ich erkannte meine Tante Afina mit ihren Söhnen; sie trug ein hellblaues Kleid, die Jungen waren jeweils in blaue Chitons gesteckt worden. Mein Onkel Maspi verbarg sein fehlendes Auge hinter einer Augenklappe, er hatte das Fell eines Schneeleoparden über seiner Tunika, die allerdings nicht aus Wolle, sondern aus Leinen gewebt und gefältelt war wie ein Chiton. Dazu trug er eine helle Hose und Stiefel – er war also eher skythisch gekleidet, wie es sich für den Enaree geziemte.

Mein Blick wanderte weiter. Alle anderen Gäste waren mir fremd. Eine Gruppe stand etwas abseits von den anderen: ein hochgewachsener Mann mit Spitzbart, einem Goldreif auf den grau melierten Locken und einer wunderschönen Frau an seiner Seite, die im Alter meiner Mutter war. Der Jüngling neben ihm trug einen Lederpanzer und war seinem Vater wie aus dem Gesicht geschnitten. Das war dann wohl Hektor. Neben ihm stand eine junge Frau, einige Jahre älter als er. Sie war so atemberaubend schön, dass sie alle anderen überstrahlte. Das musste Kassandra sein, die Tochter von König Priamos und Königin Hekabe. Von ihr erzählte man sich gar wundersame Geschichten. Einst soll der achaische Gott Apollon sie in der Kunst der Weissagung unterwiesen haben.

»Heute begrüßen wir als Ehrengäste an unserer Tafel König Priamos aus dem nahe gelegenen Königreich Troja. Danke, dass du mit deiner Familie unserer Einladung gefolgt bist.«

Meine Mutter machte eine weit ausholende Handbewegung. Der König trat mit seiner Familie vor, und sie verneigten sich vor uns. Ich blickte fragend zu meiner Mutter, die den Kopf neigte, und ich machte es ihr nach.

»Wir danken dir von Herzen für die Einladung, Königin Otrere.

Das Bündnis zwischen Skythien und Troja ist ein wichtiger Pfeiler für den Frieden. Darf ich dir meine Gemahlin und meine Kinder vorstellen?«

»Sehr gerne.« Meine Mutter trat dem König entgegen, und die beiden umfassten die Unterarme des jeweils anderen und lächelten einander an. Dann stellte Priamos nacheinander seine Frau Hekabe, seinen ältesten Sohn Hektor und Kassandra vor. Meine Mutter gab mir ein Zeichen, und ich nahm Penthesileas und Antiopes Hände. Wir gesellten uns zu der trojanischen Königsfamilie und meiner Mutter, die uns ihrerseits vorstellte.

»Ah, Ares' Töchter.« Priamos lächelte warm. »Ich habe schon viel von euch gehört.« Er sah sich um. »Dein Gemahl ist nicht zugegen?«

»Fasse es nicht als Geringschätzung deiner Familie auf, König Priamos.« Meine Mutter strahlte ihn an. »Aber Ares hat sein Leben noch nie an den Plänen seiner menschlichen Familie ausgerichtet. Vermutlich wird er durch göttliche Angelegenheiten aufgehalten.«

»Verstehe.«

»Lasst uns heute Abend dennoch feiern, dass wir zusammenkommen und sich unsere Familien ein wenig besser kennenlernen können.«

Meine Mutter klatschte in die Hände, und sogleich strömten zwei Dutzend Sklaven in den Saal und servierten auf großen Platten die köstlichsten Speisen. Zwei lange Tafeln erstreckten sich im Saal, und meine Mutter lud König Priamos und seine Familie ein, sich zu uns an die Kopfseite der einen Tafel zu setzen.

Es fügte sich, dass ich zwischen Hektor und seiner Mutter Hekabe Platz nahm, Priamos und Kassandra saßen uns gegenüber. Die Prinzessin musterte mich nachdenklich, und ich hatte das unangenehme Gefühl, dass in ihren Augen etwas Wissendes lag. Ich senkte den Blick.

Meine kleinen Schwestern wurden – wenn auch unter Protestgeheul seitens Penthesileas, die sich ausgeschlossen fühlte – aus dem Saal geführt. Königin Hekabe wandte sich an mich. »Ich gebe zu, ich war neugierig, dich kennenzulernen.« Sie musterte mich prüfend. »Du bist groß für dein Alter. Und recht hübsch.« Sie klang enttäuscht.

»Mit der Schönheit deiner Tochter kann sie es nicht aufnehmen«, sagte meine Mutter. Sie hob ihren Weinkelch. »Aber lasst uns lieber auf die Wehrhaftigkeit der tapferen Frauen trinken, die so viel mehr wert ist als jede Schönheit.«

»Weise gesprochen«, pflichtete König Priamos ihr sogleich bei und hob ebenfalls seinen Kelch. »Mögen unsere Töchter und Söhne friedlichen Zeiten entgegenblicken und unsere Völker in ewiger Freundschaft verbunden sein.« Er zwinkerte meiner Mutter zu. »Mir ist bewusst, dass der Frieden deinem Gemahl in vielerlei Hinsicht widerstreben muss.«

»Ich spreche für mich und nicht für meinen Gemahl«, erwiderte Otrere kühl. »Aber ich für meinen Teil habe genug Schlachten geschlagen und kann zukünftig gut darauf verzichten.«

»Dann steht einer friedlichen Zukunft nichts mehr im Wege. An uns soll es nicht liegen.«

Die Stimmung an diesem Abend war gelöst, beinahe fröhlich und ausgelassen. Meine Mutter plauderte mit König Priamos, während Königin Hekabe mich ausfragte. Sie reagierte überrascht, als ich ihr erzählte, ich werde von meiner Tante im Bogenschießen, Reiten und im Nahkampf mit der Streitaxt ausgebildet und habe fest vor, einst Kämpferin für die Skythen zu werden.

»Aber möchtest du nicht deiner Mutter folgen?«, fragte sie. »Königin werden?«

»Meine Mutter wird noch lange leben«, erklärte ich überzeugt. So überzeugt, wie eine Achtjährige eben sein kann.

Hektor, der bisher schweigend neben mir gesessen hatte, hob erstmals den Blick. Er lächelte flüchtig. Ich schwärmte seiner Mutter davon vor, wie schön es sich anfühlte, auf dem Rücken eines Pferds über die Steppe zu galoppieren.

»Wir spannen unsere Pferde vor Streitwagen«, warf er ein.

Davon hatte ich noch nie gehört, und er erklärte es mir. Schon bald waren wir in eine angeregte Diskussion darüber verstrickt, ob ein Streitwagen vorteilhafter war oder eine Reiterin, die vom Pferderücken kämpfte.

»Ein Streitwagen ist viel unflexibler«, behauptete ich.

»Dann hast du noch nie gesehen, wie wir unsere Streitwagen lenken. Komm doch mit deinen Eltern nach Troja, um es dir anzusehen!«, schlug er vor.

»Eine hervorragende Idee«, mischte sich Hekabe ein. »Was hältst du davon, Königin Otrere?«

Meine Mutter neigte den Kopf. »Das machen wir sehr gerne.« Dabei sah sie mich nachdenklich an. Ich bemerkte, dass ihr Blick nicht nur auf mir, sondern auch auf dem hochgewachsenen, muskulösen Jüngling neben mir ruhte, als überlegte sie, ob Hektor und ich zueinander passten.

Ich hatte mein Urteil bereits gefällt. Der trojanische Prinz war nicht nur hübsch, sondern auch klug, und ich blickte zu ihm auf.

Nicht nur, weil er sich so gewandt ausdrückte und so viel über die verschiedenen Kampftechniken wusste. Mir gefiel vor allem, dass er mich, ein achtjähriges Mädchen, als gleichwertige Gesprächspartnerin wahrnahm. An diesem Abend durfte ich zudem das erste Mal vom starken roten Wein kosten, der unseren Gästen kredenzt wurde, und während mein Kopf schwer wurde und sich alles um mich drehte, hörte ich mich sagen, was für ein kluger, tapferer Krieger Hektor sei. Er lächelte nachsichtig.

Als ich mich nach dem Gastmahl von Hektor verabschiedete, umarmte er mich flüchtig, und ich stellte mir vor, wie das wohl sein würde, als seine Königin eines Tages in Troja zu leben. Der Traum eines Kinds, der sich nie erfüllen sollte, aber sogar meine Mutter lächelte zufrieden, als sie mich zur Guten Nacht küsste, bevor ich von einer Sklavin aus dem Saal geführt wurde.

Ich bemerkte die Blicke der anderen Gäste. Und vielleicht bildete ich es mir ein, aber meine Tante Afina starrte mir finster nach. Sie sagte etwas zu meinem Onkel Maspi, der nur knapp den Kopf schüttelte.

Vielleicht meinte sie mich gar nicht. Aber ich konnte nicht vergessen, wie viel Hass ich in ihren dunklen Augen gesehen hatte.

4

In meiner Erinnerung verschwimmen die Tage unseres ersten Aufenthalts in Themiskyra zu einem steten Wirbel aus Festlichkeiten und viel Ausgelassenheit. Es muss wohl ein paar Tage nach der Abreise der trojanischen Königsfamilie gewesen sein, dass ich eines Abends in meinem Bett lag und nicht schlafen konnte. Am Tag hatte ich mich mit Penthesilea gestritten, die darauf beharrte, mit mir »Hochzeit mit Hektor« zu spielen, wobei sie natürlich die skythische Prinzessin sein wollte. »Du kannst kämpfen, also bist du der Mann!« Sie hatte mich so lange genervt, bis ich nachgab. Aber wir stritten immer wieder, weil ich fand, dass sie mich als Prinzessin zu mädchenhaft darstellte.

»Aber du wirst ihn ja gar nicht heiraten!«, verkündete Penthesilea. »Mama wird ihn bestimmt mit mir verheiraten, sonst würdet ihr ja über Troja und Skythien herrschen, als wäre es ein Reich. Das wird keiner wollen.«

Ich biss mir auf die Lippen. Stimmte das? Ich hatte keine Ahnung, und Penthe plapperte vermutlich auch nur das nach, was sie bei den Sklavinnen belauschte. Aber sie redeten über mich, und das störte mich und ließ mich nicht schlafen.

Aus dem Schlafgemach meiner Mutter hörte ich ein Geräusch, und ich setzte mich auf. Eine tiefe Stimme. Sofort war ich in Alarmbereitschaft. Hatten die Leibwächterinnen meiner Mutter nicht aufgepasst? War jemand in unsere Gemächer eingedrungen? Was wollte derjenige von meiner Mutter?

Ich stand auf und lief barfuß durch den Raum. Meine Schwestern schliefen in ihren Betten. Meine Streitaxt durfte ich nicht im Schlafgemach aufbewahren, und nicht zum ersten Mal hielt ich das für einen großen Fehler. Wie sollte ich meine Mutter ohne Waffe verteidigen können?

Wieder hörte ich die fremde Stimme, und dann lachte meine Mutter, leise und atemlos.

Ich blieb stehen. Ein Mann war bei meiner Mutter, und sie schien hoch erfreut darüber zu sein, dass er bei ihr war. Mitten in der Nacht.

Das konnte nur eines bedeuten.

Mein Vater war endlich hergekommen.

Der Kriegsgott Ares hatte sich des Nachts zu seiner Gefährtin geschlichen.

Ich hörte meine Eltern flüstern. Meine Mutter kicherte, und das war der Moment, in dem ich wusste, dass ich nicht zu ihnen gehen würde.

Aber ich konnte sie belauschen, denn von Melanippe hatte ich gelernt, mich anzuschleichen. Ich schob mich näher zu dem Durchgang zwischen den Räumen und drückte mich gegen die kühle Steinwand. Jetzt verstand ich, was sie redeten, und wenn ich den Kopf ein wenig vorstreckte, konnte ich in den von kleinen Öllampen beleuchteten Raum blicken. Meine Mutter saß mit gekreuzten Beinen auf dem Bett, und auf der Bettkante saß ein großer, muskulöser Krieger mit schwarzen Haaren. Seine Augen blitzten in der Dunkelheit, und in seinem Blick lag eine tiefe Zuneigung. Gerade hob er die Hand und strich meiner Mutter eine Locke aus der Stirn.

»Was ist mit Troja?«, fragte er.

Ich hielt unwillkürlich die Luft an.

»König Priamos und Königin Hekabe sind mit Hektor und Kassandra hier gewesen. Es war ein sehr interessanter Besuch. Die Königin … Sie wirkt auf mich immer noch sehr … bedrückt.«

»Man sollte meinen, sie hätte inzwischen den Verlust ihres Sohns verwunden. Schließlich hat sie noch viele andere Kinder.«

Meine Mutter lachte. »Das sollte dir mal einer sagen. ›Du hast ja noch mehr Töchter‹, wenn sie dir Hippolyte nähmen.«

»Du hast recht, ich wäre alles andere als begeistert. Es ist aber das eine, wenn mir jemand ein Kind wegnimmt. Oder wenn ich mich von der Prophezeiung meiner ältesten Tochter dazu gezwungen sehe, das Kind direkt nach der Geburt auszusetzen.«

Ich horchte auf. Wer hatte ein Kind ausgesetzt? Die Königin von Troja?

Ich wusste von dem Brauch mancher Völker, die Säuglinge kurz nach der Geburt auszusetzen, wenn sie kränklich oder zu schwach wirkten oder wenn ein weiterer hungriger Mund die Ressourcen der Sippe überforderte. Es oblag oft dem Familienoberhaupt, diese Entscheidung zu treffen. Auch die Skythen bedienten sich dieses Brauchs. Doch es geschah nur selten. Nicht, weil wir so viel hatten. Sondern weil dieses Opfer unter Umständen hieß, dass uns fünfzehn Sommer später eine Kriegerin fehlte, die den Unterschied machte.

Selbst mein Onkel Maspi, der kurz nach seiner Geburt schwer erkrankte und sein Auge verlor, war von unserer Sippe aufgezogen worden. Es musste große Not herrschen, dass wir zu diesem drastischen Mittel griffen.

»Hekabe war nicht glücklich damit. Das hat sie mir anvertraut«, fuhr meine Mutter fort. Sie klang nachdenklich. »Ich hatte das Gefühl, sie suchte nach einer … Verbündeten. Jemandem, der ihr bestätigt, dass sie richtig gehandelt hat. Es lässt ihr keine Ruhe, nach all den Jahren nicht …«

»Wie lange ist es her?«, fragte Ares.

»Acht Jahre nun. Dieser Sohn wäre in Hippolytes Alter.«

»Verstehe.«

Ich drückte mich noch dichter an die Steinwand und hielt den Atem an. Ein Kind, das in meinem Alter wäre …

»Sie drückte ihre Hoffnung aus, dass sich ihr großes Opfer gelohnt habe. Dass Troja nicht brennen werde. Und sie bat mich, dich zu fragen, ob du schützend die Hand über Troja halten kannst.«

»Ich. Schützend.« Mein Vater lachte. »Das ist ja mal was Neues.«

»Sie sind unsere Verbündeten.«

Mein Vater murmelte etwas, das ich nicht verstand.

»Ich habe dir mehrmals gesagt, dass du dich nicht in meine Entscheidungen einmischen sollst«, erwiderte meine Mutter scharf.

»Und ich habe dir gesagt, such dir Verbündete, wo du willst, aber Troja …«

»Was ist mit Troja?«

Er schwieg.

»Siehst du, das habe ich mir gedacht. Denn so oft wir über Troja reden, erzählst du mir, ich solle mich mit diesem Nachbarn nicht zu gut stellen. Troja, sagst du, wird alle ins Verderben reißen. Aber wenn es so wäre, warum ignoriert ihr Götter die Stadt nicht ebenso? Apollon treibt sich ständig dort herum und umwirbt Kassandra. Er hat sie zur Seherin ausgebildet, zur Enaree. Und Troja richtet sein Tun nach dem aus, was sie sieht. Nur darum wurde dieses Kind ausgesetzt. Weil Kassandra Troja hat brennen sehen, wegen diesem Knaben. Wie kann die Stadt dem Untergang geweiht sein, wenn Apollon seine schützende Hand über die Stadt hält?«

»Du hast für meinen Geschmack eine zu hohe Meinung von meinem Halbbruder.«

»Ist das so.«

Ich merkte, wie die Stimmung kippte. Wie meine Eltern nicht mehr von der Freude über das Wiedersehen beseelt waren, sondern sich – vermutlich nicht zum ersten Mal – in fruchtlosen Diskussionen verloren. Ich tapste in das Gemach und rieb mir die Augen.

»Bin aus einem schlechten Traum aufgewacht«, murmelte ich gespielt verschlafen. Die Miene meines Vaters hellte sich auf, er eilte mir entgegen, hob mich hoch und wirbelte mich mühelos herum. Ich legte die Arme um seine Schultern und schmiegte mein Gesicht in die Halsbeuge.

»Meine große Prinzessin. Kaum schaue ich ein paar Monde nicht hin, bist du wieder gewachsen.« Er stellte mich aufs Bett.

»Darf ich bei euch schlafen?«, fragte ich. »Bitte!«

Meine Eltern blickten einander an, und meine Mutter zuckte mit den Schultern. Damit hatte ich gewonnen, denn ich wusste, nur ein Veto meiner Mutter konnte Ares davon abhalten, mir einen Wunsch zu erfüllen.

Ich kuschelte mich zwischen meine Eltern. Ares hatte den Brustpanzer abgelegt und streifte die Stiefel von den Füßen. Er legte sich neben mich, und sein Blick ruhte zärtlich auf meiner Mutter und mir. Fürsorglich zog er die Decke höher, und ich schmiegte mich an meine Mutter und schloss die Augen. So geborgen konnte ich einschlafen.

Als ich am Morgen aufwachte, war mein Vater wieder fort.

Seitdem fragte ich mich, wie oft er nachts zu meiner Mutter kam, wenn meine Schwestern und ich schliefen.

Und ob es einen Grund dafür gab, dass er nur nachts kam und ging.

Über Troja verlor meine Mutter danach für viele Jahre kein Wort mehr, und von einem Gegenbesuch war ebenfalls nicht mehr die Rede. Doch in den folgenden Jahren kam mein Vater Ares immer häufiger zu uns, wenn wir in Themiskyra weilten.

5

Doch die längste Zeit meiner Kindheit und Jugend verbrachte ich auf der Steppe. Themiskyra blieb mir fremd.

Da draußen war alles einfach. Die Sippe meiner Mutter lebte schon so lange im Herzland, dass die Väter unserer Vorväter bereits dort beigesetzt worden waren. Die Kurgans erhoben sich in einiger Entfernung vom Sommerlager. Jedes Jahr, wenn wir zu den Weidegründen am Fluss zurückkehrten, waren sie das Erste, was wir sahen. Die sanften Hügel passten sich im Laufe der Zeit der Landschaft an, sie sanken immer tiefer in sich zusammen, bis nur noch eine kleine Erhebung blieb. Der größte Kurgan war vor zwanzig Jahren für meinen Großvater Mazjar ausgehoben worden. Kleinere Erhebungen waren die Gräber von einfachen Kriegern. Im Tod machten wir einen Unterschied. Im Leben gab es keinen; wir waren alle gleich. Wir hatten dieselben Pflichten und unterwarfen uns denselben Regeln. Ich musste genauso wie alle jungen Kriegerinnen täglich zum Training und bei allen anderen Aufgaben war ich ebenso gefordert. Ich sammelte Beeren, jagte Kleinwild mit der Steinschleuder, half beim Haltbarmachen der Vorräte und beim Spinnen der Wolle, die von den Frauen um meine Großmutter Barkida gefärbt und zu Teppichen geknüpft wurde. Bei letzterem zog ich mich raus, denn ich hatte keinen Sinn für das Schöne, zu oft verwechselte ich die unterschiedlichen Rottöne, und das Ergebnis genügte selten Barkidas Ansprüchen.

»Du hast andere Qualitäten«, pflegte sie zu sagen, wenn ich wieder an einem der komplizierten Muster scheiterte. Und dabei sah sie mich an, als bezweifelte sie, dass ich es irgendwann zu etwas bringen würde.

Von Mela lernte ich, aus dem Sattel mit dem Bogen auf ein stehendes und später auf ein bewegliches Ziel zu schießen. Ich lernte, mich im Nahkampf mit der Streitaxt zu verteidigen. Wir übten mit stumpfen Äxten, doch wenn man mit voller Wucht am Oberschenkel erwischt wurde, trug man blaue Flecken davon, die in den kommenden Tagen ordentlich schmerzten. Also lernte man schnell, sich lieber nicht erwischen zu lassen.

Das Schönste waren für mich die Winter. Wenn wir uns in den Karren und Zelten einigelten und die Pferde einen dichten Pelz bekamen. In den Wintermonaten hatten wir viel Zeit für die Dinge, die wir im Sommer zurückstellen mussten. Der Sommer sicherte unser Überleben. Der Winter heilte unsere Seele, weil wir dann zur Ruhe kamen.

In dem Jahr, als ich fünfzehn Sommer zählte, kam mein Onkel Maspi mit meinem Cousin Petros zu uns. Maspi wollte, dass sein ältester Sohn lernte, wie die Skythen lebten. Dass er begriff, was sich hinter Stadtmauern nicht begreifen ließ. Er sollte spüren, was wir spürten, wenn wir im Jahreslauf mit der Natur lebten.

Ich freute mich darauf, Petros alles zu zeigen. Als die Reitergruppe sich dem Lager näherte, sprang ich auf den Rücken der Grauen und preschte ihnen entgegen. »Willkommen!«, rief ich, sandte den trillernden Jubelschrei in den Himmel, mit dem wir unsere Freunde begrüßten und unsere Feinde verjagten. Ich beugte mich tief über den Hals der Stute, ritt in einer engen Kurve um die Männer herum.

Petros, der im Sattel eines behäbigen Schimmels saß, krampfte die Hände um die Zügel. Er war kein geübter Reiter.

Aber nun war er hier. Höchste Zeit, dass er es lernte.

Sobald die Reiter das Lager erreichten und aus den Sätteln stiegen, griff ich nach Petros' Hand und zog ihn mit. »Ich zeige ihm alles!«, rief ich Maspi zu, und mein Onkel lächelte. Er wurde von den Kindern und Frauen umringt, die ihn streichelten und auf ihn einredeten. Mein Onkel war der Bruder der Königin, er kam aus der Stadt jenseits des Meers und war bei uns hoch angesehen. Die Menschen liebten unseren Enaree. Er stand im Kontakt zu unseren Göttern und war zugleich der Bruder der Königin. Sein Sohn war zwar halb Achaier, aber auf ihn strahlte trotzdem die Sympathie ab, die sie Maspi entgegenbrachten.

Am nächsten Morgen weckte ich Petros kurz nach Sonnenaufgang. Er konnte kaum die Augen offenhalten und jammerte, es sei viel zu früh. »Wir haben viel vor!«, lockte ich ihn, doch er stöhnte bloß.

Ich wartete vor seinem Zelt, während er sich anzog. Als er nach draußen trat, verzog ich das Gesicht. »Es wird wirklich Zeit, dass du diese achaische Kleidung ablegst. Du bist Skythe!«

»Nur halb«, widersprach er. »Was spricht gegen den Chiton?«

»Du wirst dir im Sattel den blanken Hintern wundreiten.«

Das Argument schien er zu verstehen.

»Hast du eine Hose?«

»Ja, irgendwo da drin.«

»Dann geh und zieh sie an.«

Ich kicherte und lief zwischen den Zelten auf und ab. Es kribbelte in meinen Fingern, meinen Zehen, mein ganzer Körper war gespannt wie die Bogensehne kurz vorm Abschießen eines Pfeils. Ich konnte es kaum erwarten, Petros zu zeigen, warum das Leben auf der Steppe so viel besser war als das in Themiskyra, das er ja so sehr schätzte.

Wir liefen zuerst zu den Pferden. »Such dir eins aus!«, forderte ich ihn auf.

»Ich habe ein Pferd.«

»Du hast einen lahmen Gaul aus Tyras, mit dem du niemals schnell genug reiten wirst, dass du im vollen Galopp einen Pfeil abschießen kannst.«

Petros' Blick flackerte. »Ich glaube nicht, dass ich das lernen werde.«

»Ich bringe es dir bei.« Wieso sollte er nicht lernen, was bei uns siebenjährige Kinder beherrschten?

»Dann nehme ich das da.« Er zeigte auf die Leitstute, die mit erhobenem Kopf abseits der Herde stand und uns nicht aus den Augen ließ. Mich kannte sie, aber bei Petros konnte sie wohl noch nicht abschätzen, ob ihrer Herde Gefahr drohte oder nicht.

»Nimm lieber einen von den beiden.« Ich zeigte auf zwei flinke Braune, von denen ich wusste, dass sie sich auch von einem ungeübten Reiter nicht aus der Ruhe bringen ließen. Sie sahen eben nicht besonders hübsch aus; der eine hatte eine krumme Blesse, der andere einen weiß gesprenkelten Hals. Petros entschied sich für den mit der Blesse, und ich zeigte ihm, wie er sich dem Pferd näherte und mit ihm vertraut machte. Petros machte seine Sache gut, dafür dass er nicht mit Pferden aufgewachsen war wie ich.

Wir führten die beiden Braunen zum Lager. Wir sattelten und zäumten die Pferde, und dann schwang ich mich mühelos in den Sattel. Petros folgte meinem Beispiel, doch er sah etwas ungelenk aus. Ich lächelte nachsichtig. »Du wirst es schon lernen.«

»Ich kann reiten«, beharrte er.

»In Ordnung.« Ich zeigte zu den Kurgans in der Ferne. »Wagen wir ein Wettrennen?«

Er gab seinem Pferd den Kopf frei und trieb es in den Galopp, ohne auf meine Frage zu antworten. Ich hatte damit gerechnet und trieb den braunen Hengst hinter ihm her. Der Wind riss an meinen Haaren, und ich rief meine Begeisterung über diesen rasanten Ritt in den Himmel.

Natürlich holte ich ihn kurz vor den Kurgans ein, und es dauerte auch nur deshalb so lange, weil ich ihn nicht demütigen wollte. Ich lenkte den Braunen um den Kurgan meines Großvaters herum und parierte ihn durch.

»Siehst du?« Petros neigte den Kopf. »Deiner ist der bessere Renner.«

»Wir können gern für den Rückweg tauschen.«

Er ging auf das Angebot nicht ein. Ich zeigte zum Fluss. »Diesmal aber kein Wettrennen.«

Unterwegs ließ ich meinen Blick in die Ferne gleiten. Es fühlte sich gut an. Keine Stadtmauern, an die mein Blick oder mein Geist stießen. Keine Steine unter den Hufen, nur das weiche Gras, die sanft geschwungene Ebene, der Duft wilder Kräuter in der Nase. Ich seufzte und schloss verzückt die Augen.

»Hier bist du zu Hause«, stellte Petros fest.

Ich öffnete die Augen. »Kannst du es jetzt verstehen?«, fragte ich.

Petros wollte erst den Kopf schütteln, doch dann zuckte er mit den Schultern. »Vielleicht wär's mir auch so gegangen, wenn ich hier aufgewachsen wäre.«

»Aber du lebst lieber in Themiskyra.«

»Vielleicht ist das so. Dass wir das lieben, was wir kennen.«

»Das glaube ich nicht. Es gibt genug Skythen, die sich gegen das Leben hier draußen entscheiden und in den Städten glücklich werden. Oder werden sie nicht glücklich?«

»Das kann ich dir nicht sagen. Sie können ja zurück, wenn es ihnen dort nicht gefällt.«

Darüber dachte ich nach. Wenn ich mich für das Leben an einem anderen Ort entschied, würde es mir schwerfallen, mir einzugestehen, wenn mich das Leben dort nicht glücklich machte? Möglicherweise.

»Wirst du in Themiskyra leben? Wenn deine Mutter nicht mehr ist?«

Ich lachte auf. »Das wird nie passieren.« Der Gedanke, sie könnte nicht mehr sein, war absurd. Seit bald zwanzig Jahren herrschte Otrere über die Skythen. Warum sollte sie das nicht noch zwanzig, dreißig oder mehr Jahre länger tun? Mein Vater hielt die Hand schützend über uns, davon war ich überzeugt.

»Ich kann auch Königin sein und hier draußen leben.«

Petros verzog das Gesicht. Ich wusste, was er dachte. Ein prächtiger Palast war in seinen Augen deutlich repräsentativer als ein Zelt auf der Steppe. Er dachte schon zu sehr wie ein Achaier.

Aber das sollte ich auf keinen Fall unterschätzen, denn die Achaier würden es sehen wie Petros. Ich begriff langsam, warum meine Mutter so viel Zeit in Themiskyra verbrachte. Warum sie so viel Wert darauf legte, dass der Palast dort sich mit den Palästen der achaischen Könige messen konnte.

Niemand sollte die Skythen unterschätzen. Wir waren mächtig, auch wenn man es auf den ersten Blick nicht sah.

»Wenn ich Königin werde, dann werde ich bestimmt nicht in Themiskyra hocken und warten, dass die Achaier mich besuchen«, erklärte ich trotzig.

»Wenn du Königin wirst, kannst du deine Hauptstadt auf der Steppe bauen, und sie wird größer und schöner als alles, was die Welt bisher gesehen hat.« Petros schmeichelte mir, und ich warf ihm einen spöttischen Blick zu. Er grinste und wurde rot.

»Wenn ich Königin werde und auf der Steppe leben will, wird es hier keinen Palast und keine Stadtmauern geben. Es wird nur die Freiheit geben, für mein Volk und für mich.«

Ich war überzeugt, dass meine Worte die Wahrheit waren. Wie wenig ich damals wusste. Aber Petros nickte, und damit war die Diskussion fürs Erste beendet.

6

Als mein Vater und meine Mutter sich ineinander verliebten, dauerte es Jahre, bis sie sich zueinander bekannten. Mein Vater scherzte manchmal, dass meine Mutter ihn lange hatte zappeln lassen, und sie brummelte dann, die Umstände hätten es nicht zugelassen. Aber wenn sie das sagte, funkelten ihre grauen Augen, und wir alle wussten, dass sie sich einen Spaß daraus machten. Beide. Wenn unsere Familie zu den Mahlzeiten an einer Tafel zusammenkam, war es nicht anders als bei anderen Familien – laut und ein bisschen chaotisch, vor allem wenn wir in Themiskyra waren, wo auch meine Cousins, mein Onkel Maspi Einauge und Tante Afina mit uns zusammensaßen. Meine Mutter saß am Kopfende der Tafel auf einem Sessel, mein Vater neben ihr auf der Bank, und nie schien er ein Problem damit zu haben, dass sie den Ehrenplatz für sich beanspruchte. Bei diesen Gelegenheiten wurden oft Geschichten erzählt, doch diese eine – wie sie sich zu ihrer Liebe bekannten – erzählten sie nur, wenn wir unter uns waren – meine Eltern und meine Schwestern.

»Du warst bereits Königin der Skythen. Hätte ich gewusst, dass ich so lange warten müsste …«

»Du hättest jederzeit zu Aphrodite gehen können«, zog sie ihn auf. Doch dabei lag ein merkwürdiger Zug um ihren Mund. Aphrodite, Göttin der Schönheit und mit dem hässlichen und hinkenden Hephaistos vermählt, war vernarrt in meinen Vater, und es hat wohl Zeiten gegeben, da hatte auch er sich zu ihr hingezogen gefühlt.

Meine Mutter glaubte, nach ihrem Tod würden die beiden da weitermachen, wo sie einst aufgehört hatten. Ob sie das störte? Gut möglich. Ob sie es ändern konnte? Sicher nicht.

»Aphrodite war zu leicht zu haben«, erwiderte Ares friedfertig. »Du hingegen …« Sie blickten einander an. Ich war damals sechzehn, und wie alle Sechzehnjährigen fand ich es mindestens verstörend, eventuell sogar eklig, wenn die eigenen Eltern andeuteten, sie könnten früher mal miteinander das Lager geteilt haben. Oder schlimmer noch: Es immer noch teilen!

Meine jüngste Schwester Antiope war mit ihren zehn Sommern noch romantisch veranlagt, sie bekam einen ganz verzückten Gesichtsausdruck, während Penthesilea nur in ihrem Fleisch herumstocherte. Sie war mit ihren dreizehn Jahren mittendrin in dieser Phase, dass sie wirklich *alles*, was von den Eltern kam, ablehnte.

»Nun, wir waren auf dem Rückweg von einer siegreichen Schlacht«, fuhr meine Mutter mit der Geschichte fort, die ich in dieser oder einer ähnlichen Version schon so viele Male gehört hatte. »Ares' Hund war an meiner Seite, und ich ritt den Falben. Am Abend rasteten meine Kriegerinnen und ich auf der Steppe, doch mitten in der Nacht wachte ich auf.«

»Und dann erschien unser Vater, und ihr habt euch über die Steppe gewälzt, dabei entstand Hippolyte«, leierte Penthesilea herunter. Sie hielt den Blick gesenkt.

»Stimmt genau.« Unsere Eltern lächelten einander an.

»Aber davon wollte ich gar nicht erzählen«, fuhr unsere Mutter fort. »Als Hippolyte geboren wurde, bekam ich wenige Tage später Fieber.«

Ich horchte auf. Diesen Teil der Geschichte kannten wir tatsächlich noch nicht. Auch Penthesilea, die ihr Haar am liebsten offen trug, damit es wie ein Vorhang ihr Gesicht umrahmte, hinter dem sie sich verstecken konnte, blickte kurz hoch.

»Manche Mütter bekommen nach der Geburt Fieber. Einige sterben daran. Ich befand mich zu diesem Zeitpunkt nicht mehr in dieser Welt. Aber ich war auch noch nicht ins Reich der Toten eingetreten. Es gibt eine Welt zwischen diesen. Dort wandelte ich auf der Suche nach dir, Hippolyte.«

»Nach mir?«

»Dir ging es zur selben Zeit ebenfalls nicht gut. Ich hatte keine Milch. Deine Großmutter versuchte, dich mit Stutenmilch zu füttern, doch du wurdest immer schwächer. Ohne deinen Vater wären wir verloren gewesen.«

Eine merkwürdig feierliche Stimmung senkte sich über den Tisch.

»Und dann kam dein Vater.« Otrere warf ihm einen Blick zu, dann streckte sie die Hand nach Ares aus, und er nahm sie. Er hielt den Blick auf meine Mutter gerichtet und räusperte sich.

»Wir nennen dieses Land Zwischenwelt«, fuhr er leise fort. »Dort können wir Götter uns bewegen, doch wir müssen einen Preis bezahlen, wenn wir uns dorthin vorwagen. Ich suchte erst dich, Hippolyte, und dann suchte ich mit dir im Arm deine Mutter. Als ich sie fand, war sie sehr schwach, und ich fütterte sie mit Ambrosia und flößte dir ein wenig Nektar ein …«

Wie gebannt lauschte ich seiner Stimme. Ich fröstelte, denn aus der launigen Familienanekdote darüber, wie aus meinen Eltern ein Paar wurde, war nun eine existenzielle Geschichte über die Rettung zweier dem Tod Geweihter geworden. Doch mein Vater sprach weiter.

»Ihr wart noch nicht fertig in dieser Welt. Das wusste ich, und obwohl es Götter gab, die mir widersprachen und die ihre Macht eingesetzt hätten, um eure Rückkehr zu verhindern, wurde mir erlaubt, nach euch zu suchen.«

»Sie kehrten zurück, nun sind Mama und Hippolyte unsterblich, Ende der Geschichte.« Penthesilea schnaubte.

»Nein«, sagte meine Mutter leise. »Niemand ist unsterblich außer eurem Vater.«

Das waren die Worte, die mich nicht losließen, denn ich begriff, was es für uns alle bedeutete. Irgendwann würden wir nicht mehr sein. Nur unser Vater. Er würde immer sein.

Wie ertrug er das? Zu wissen, dass er uns alle überleben würde?

Aber eine andere Frage drängte sich vor.

»Was heißt das?«, fragte ich leise. »Dass wir in dieser Welt noch nicht fertig waren?«

Wieder wechselten meine Eltern einen Blick, und mir kam der Gedanke, sie könnten dieses Gespräch schon seit Längerem geplant haben.

»Das heißt«, sagte Ares langsam, »dass jeder in dieser Welt eine Aufgabe hat.«

»Jeder? Auch die Sklaven? Oder nachgeborene Mädchen?« Das kam erneut von Penthesilea, die auf ihre gewohnt ätzende Art kundtun musste, wie wenig sie von dieser Erzählung hielt.

»Sei still«, sagte ich. Sie warf mir einen Blick zu, hielt aber den Mund. Keine Ahnung, woher das kam, aber wenn ich sie zurechtwies, fügte sie sich meist. Vielleicht lag es daran, dass ich die Ältere war. Meine Mutter hatte mir mal erzählt, dass Penthesilea und ich uns bei unserer ersten Begegnung auf Anhieb verstanden – sie war damals zwei, ich fünf Jahre alt. Ich hatte ihr mein Pferd gezeigt, und von dem Moment an waren wir unzertrennlich, wie zwei Schwestern es nur sein konnten.

»Jeder hat eine Aufgabe«, bekräftigte unser Vater. »Auch du, Penthe. Und Antiope.« Er schob seinen unberührten Teller etwas von sich weg. Er aß nie mit uns, doch die Sklaven wurden nicht müde, auch für ihn den Tisch zu decken. »Und solange diese nicht erfüllt ist … Ich betrat die Zwischenwelt. Auch für meinesgleichen ist dies ein schwieriger Ort. Aber ich fand Hippolyte und eure Mutter, und wir kehrten in diese Welt zurück.«

»Und sie lebten glücklich bis an ihr Lebensende«, ätzte Penthesilea.

»Woher wusstest du, dass wir … noch nicht fertig sind? Und wann sind wir es?«

Mein Vater sah mich nachdenklich an. Er sagte nichts, doch ich spürte, dass in ihm viele Worte waren, die er nicht aussprechen durfte.

Ich begriff.

Damals waren wir noch nicht fertig.

Doch jetzt neigte sich die Zeit von einer von uns dem Ende entgegen. Deshalb hatte meine Mutter diese Anekdote erzählt, von der sie bisher nur in Andeutungen gesprochen hatte.

Ich sah meine Mutter an. Sie senkte den Blick.

»Mama?«, fragte ich leise.

»Penthe, Antiope? Es ist spät. Geht zu Bett«, sagte sie. Ihre Stimme duldete keinen Widerspruch, und nicht mal Penthesilea wagte es, aufzubegehren. Ich wollte mich ebenfalls erheben, doch mein Vater gab mir mit einer Handbewegung zu verstehen, ich solle mich wieder hinsetzen.

Eine Sklavin, die bei der Tür gewartet hatte, folgte meinen Schwestern aus dem Saal. Die Tür schloss sich hinter ihnen.

Ich war allein mit meinen Eltern.

»Was heißt das?«, wollte ich wissen. »Wer von uns beiden … Bin *ich* fertig in dieser Welt? Wollt ihr mir das sagen?« Denn meine Mutter war die Königin. Sie würde über Skythien und Themiskyra herrschen, bis sie alt und runzlig war. So hatte ich es mir immer vorgestellt. Ich wusste, dass sie mich zu ihrer Nachfolgerin ausgewählt hatte. Dass meine Ausbildung nicht nur darauf abzielte, dass ich eine Kämpferin war, sondern auch mit allem vertraut gemacht wurde, was die Regentschaft erforderte. Meine Mutter war fair, aber ich hatte immer schon das Gefühl gehabt, dass sie an mich andere Ansprüche stellte als an meine Schwestern.

»Nein«, sagte sie. Und wurde ganz still. Ihre Augen wurden so dunkel, dass sie fast schwarz wirkten. »Aber ich bin hier fertig.«

»Mama?« Meine Stimme war nur noch ein Flüstern. »Mama, was heißt das denn?«

Die Stille legte sich über den Tisch. Alle Fröhlichkeit, das Gelächter, das vorhin den Raum erfüllt hatte, wurde durch das Ungesagte gedämpft, das zwischen uns hing.

Ich bin hier fertig.

Angst überfiel mich. Hieß es, dass meine Mutter ihr Ende gekommen sah? Sie war noch nicht alt; ein paar weniger als vierzig Sommer zählte sie. Und sie war stark und gesund, nur gelegentlich plagten sie alte Verletzungen und Narben. Sie war unsere Königin, und allein der Gedanke, sie könnte nicht mehr sein, raubte mir den Atem.

Meine Mutter merkte, in welche Richtung meine Gedanken gingen. »Ares.« Ein Wort von ihr genügte, dass mein Vater aufsprang und die Tafel umrundete. Er hockte sich vor mich, seine Hände umfassten mein Gesicht.

»Atme, Hippolyte. Du musst tief durchatmen. Sieh mich an. Ich bin hier. Ich werde immer bei dir sein.«

Ich blickte in seine tiefen, grünen Augen. Bei meinem Volk erzählt man sich, die Götter, die sich unter den Menschen bewegen, seien nicht annähernd so machtvoll wie jene, die sich stets von den Menschen fernhielten. Kein Wunder; die skythischen Götter waren nicht körperlich, sie waren in der Luft um uns, in den Pflanzen und Tieren, im Licht und im Schneefall im Winter, in den Flammen unserer Feuerstellen. Die Götter der Achaier jedoch wandelten unter den Menschen, und gelegentlich verirrten sie sich auch nach Skythien. Oder, wie im Fall meines Vaters, er lebte mit meiner Mutter zusammen.

Doch die Macht, die von ihm ausging, zeigte sich im Kleinen. Darin, wie beruhigend seine Anwesenheit sein konnte – oder nicht, je nachdem, welcher Stimmung er war. Er war der Gott des Kriegs, und das hieß wohl, dass er innerhalb kürzester Zeit die schlimmsten Alpträume der Menschen wahrwerden lassen konnte. Er schaffte es allein mit seiner Anwesenheit, die verborgenen Konflikte zutage zu fördern, von denen die Menschen selbst nicht wussten, dass sie unter der Oberfläche schlummerten. Aber in diesem Moment beruhigte er mich, er atmete mit mir im Einklang, bis ich mich langsam beruhigte.

»Es ist gut«, murmelte er. Dann warf er Otrere einen Blick zu, als wollte er sagen: *Was hast du dir nur dabei gedacht? Jetzt hat sie Angst.*

Ja, und was für eine. Ich hatte riesige Angst um meine Mutter.

»Was deine Mutter sagen wollte …« Ares räusperte sich. »Wir sind der Ansicht, dass du nun alt genug bist, um dein Erbe anzutreten. Nicht, dass es für sie Zeit ist zu sterben.«

Ich nickte, doch tief in meinem Innern blieb dieses Gefühl, dass ich einen kurzen Blick auf die Zukunft erhascht hatte, über die meine Eltern mehr wussten. Von der sie mir aber nichts erzählen wollten.

»Du bist nun so alt wie ich einst, als ich nach dem Tod deines Großvaters Mazjar zur Königin ausgerufen und Herrscherin über alle Skythen wurde.« Meine Mutter beugte sich vor und suchte nach meiner Hand. Ihre Finger fühlten sich eisig an. Sie sah mich lange an, ehe sie fortfuhr: »Damals war ich von einem Tag auf den anderen gezwungen, die Herrschaft auszuüben. Ich war unzureichend darauf vorbereitet. Wir möchten verhindern, dass es dir auch so ergeht.«

»Darum möchten wir dich schon jetzt zur Mitregentin über die Skythen erheben«, fügte mein Vater hinzu. Er legte die Hände wie beschützend um die Hand meiner Mutter, die noch immer meine Finger umklammert hielt. »Damit du nicht unvorbereitet bist, wenn es eines Tages soweit ist.«

»Wir hoffen, der Tag ist noch in weiter Ferne«, fügte meine Mutter hinzu.

Ich zog meine Hand zurück. Stumm starrte ich die beiden an. Sie waren ein hübsches Paar, dachte ich, wenngleich in den letzten Jahren offensichtlich wurde, dass zwischen ihnen ein Altersunterschied bestand. Silbrige Fäden durchzogen das rötlich braune Haar meiner Mutter, und um ihre Augen bildeten sich feine Fältchen. Mein Vater jedoch, der seine Gestalt wandeln konnte, wie es ihm gefiel, war nicht gealtert, solange ich ihn kannte. Sein Gesicht war immer noch so kantig und ebenmäßig, die Augen so hell und wach, die Bewegungen so geschmeidig wie die eines Jünglings. Dabei war es genau umgekehrt; er wandelte seit Anbeginn der Zeit über die Erde und konnte seine Lebenszeit nicht in Jahren beziffern.

»Wir möchten ein großes Fest feiern.« Meine Mutter lächelte. »Wir laden die Könige der benachbarten Reiche ein und feiern mit ihnen, dass du meine Nachfolgerin sein wirst und künftig mit mir regierst. Anschließend wirst du an meiner Seite sein und alles lernen, was du wissen musst.«

Ich runzelte die Stirn. Bisher hatte ich einen Großteil meiner Kindheit und Jugend in Skythien verbracht. Bei der Sippe meiner Großmutter Barkida war ich aufgewachsen und hatte von meiner Tante Melanippe gelernt zu kämpfen. Gelegentlich holte meine Mutter meine Schwestern und mich nach Themiskyra, wo wir für einige Monde im Palast lebten. Ich hatte das Leben hinter Stadtmauern noch nie gemocht. Der einzige Vorteil war, dass mein Vater dann bei uns lebte. In Skythien ließ er sich nicht blicken.

»Ich muss dann hier leben«, sagte ich leise. »In Themiskyra.«

»Ja.« Meine Mutter nickte. Ich sah ihr an, was sie dachte. Bevor ich etwas sagen konnte, fügte sie hinzu: »Ich weiß, was wir von dir verlangen, Hippolyte. Du willst nicht in Themiskyra leben.«

»Jedenfalls nicht das ganze Jahr«, murmelte ich.

»Aber eines Tages wirst du es *müssen*. Ob es uns gefällt oder nicht, aber wir brauchen diese Stadt. Sie ist das Zentrum unserer Macht.«

»Ich dachte immer, das sei Mamai-Gora«, murmelte ich.

Mein Vater schnaubte, und meine Mutter sagte leise: »Schon lange nicht mehr.«

»Aber ich könnte, wenn ich irgendwann Königin bin …«

Ich stockte. Meine Mutter sah mich an, und in ihrem Blick sah ich eine Verletzlichkeit, die ich so bisher nie an ihr wahrgenommen hatte. Für mich war meine Mutter immer die Stärkste gewesen, die Beste, die Machtvolle. Dass ihre Augen feucht schimmerten, weil ich andeutete, dass es irgendwann eine Zeit geben könnte, in der nicht sie die Geschicke unseres Volks bestimmte …

»Das könntest du tun«, sagte sie gefasst. »Aber ob es so klug wäre, kann ich dir nicht sagen.«

»Das müsst ihr nicht jetzt entscheiden«, sagte Ares. »Wichtig ist, dass wir das Fest ausrichten. Dass Hippolyte als deine Nachfolgerin und Mitregentin eingesetzt wird. Das zählt.«

»Du hast recht.« Meine Mutter drückte noch einmal meine Hand. »Keine Angst, Hippolyte. Ich habe nicht vor, in naher Zukunft zu gehen. Oder zu sterben.«

Sie lächelte aufmunternd. Doch das unbestimmte Gefühl, dass etwas geschah, das sich meiner Kontrolle entzog, blieb und verließ mich auch in den kommenden Tagen nicht. Schon am nächsten Tag bemerkte ich eine hektische Geschäftigkeit im Palast, als hätten alle Sklaven nur darauf gewartet, dass ich informiert wurde, bevor sie mit ihren Vorbereitungen für den großen Festtag begannen. Oder hatten sie schon zuvor damit begonnen und ich war nur zu ignorant gewesen, um es zu erkennen?

Meine jüngeren Schwestern waren jede auf ihre Art alles andere als erfreut darüber, dass es zu meinen Ehren ein großes Fest geben sollte. Penthesilea missgönnte mir alles, das mich über sie erhob. Antiope hasste jedes Quäntchen Aufmerksamkeit, auch jene, die gar nicht auf sie gerichtet war, sondern auf andere Familienmitglieder. Sie verkroch sich in den Frauengemächern und verbrachte Stunden am Webrahmen, während Penthesilea ihren Unmut an den Sklavinnen und den Stoffhändlern ausließ, die in den folgenden Tagen im Palast vorstellig wurden und meiner Mutter und mir die edelsten Stoffe aus Seide oder Leinen präsentierten. Höhepunkt ihrer Wutausbrüche war, als sie einem Stoffhändler die feinste, mit Goldfäden verwebte Seide aus den Händen riss, so dass sie mit einem Ratsch entzweiging. Meine Mutter verzog keine Miene; sie kaufte den Stoff und wies eine Sklavin an, das Kleid für Penthesilea aus diesem Stoff zu fertigen. Der Einwand meiner Schwester, mit diesem grützegrünen Kleid sähe sie unmöglich aus, ließ meine Mutter mit einem kühlen Blick an sich abprallen.

»Vielleicht bist du nächstes Mal vorsichtiger, wenn es um wertvolle Dinge geht«, sagte sie ruhig und ließ Penthesilea stehen.

Bei mir hingegen war die Frage, welche Farbe mein Kleid haben sollte, von besonders delikater Natur. Meine Mutter trug gern rote oder gelbe Kleider, ich wollte aber nicht so ähnlich aussehen wie sie. Andererseits sollte es mir gleichgültig sein. Mein Vorschlag, ich könnte als Kriegerin mit einer hellen Hose und einem Lederpanzer über einer weißen Tunika auftreten, wischte meine Mutter unwirsch beiseite. Spätestens da begriff ich, wie ernst ihr die Angelegenheit war. Es ging nicht nur um meine Zukunft.

Es ging um Skythiens Fortbestand.

Bisher hatte ich die Existenz Skythiens als eine feste Säule begriffen. Die skythische Steppe war meine Heimat, und ich sehnte mich in jenen Tagen mehr danach als je zuvor. Bisher waren unsere kurzen Aufenthalte in Themiskyra für mich vor allem eine lästige Pflicht gewesen, die ich erfüllte. Aber sobald ich als Mitregentin neben meiner Mutter saß, würde ich mehr tun müssen. Ich würde von ihr lernen, wie man regierte – und ich würde an ihrer Seite in den Krieg ziehen, wenn sich einer der zahlreichen Konflikte verschärfte, zu denen es regelmäßig mit unseren Nachbarn kam.

Ich würde um unsere Existenz kämpfen müssen, wie meine Mutter vor mir und vor ihr bereits mein Großvater und die vielen Skythenkönige davor. Doch meine Mutter war des Kämpfens müde, weshalb sie dazu übergegangen war, ebenso wie unsere Nachbarn ihr Reich klar zu definieren. Sie hatte ihm einen Namen gegeben und eine Hauptstadt. Sie suchte Verbündete, die uns im Kampf gegen unsere Feinde unterstützen konnten. Darum suchte sie die Freundschaft des trojanischen Königs Priamos; sie wusste, dass die Achaier und die Trojaner zwar friedlich miteinander auskamen. Aber vielleicht ahnte sie, dass es nicht immer so bleiben würde.

Vielleicht hatte ihr auch mein Vater mehr von dem erzählt, was sein würde. Die achaischen Götter behaupteten gern, sie wüssten nicht, was die Zukunft brachte. Doch ich wusste es besser. Mein Vater hatte mich einst aus der Zwischenwelt zurückgeholt, zusammen mit meiner Mutter. Weil eine von uns hier noch nicht fertig war.

Das konnte ja nur bedeuten, dass wir in dieser Welt eine bedeutungsvolle Aufgabe erfüllen mussten.

7

Die Feierlichkeiten zu meinen Ehren waren ein rauschendes Fest, wie Themiskyra es noch nie gesehen hatte. Auch die Gäste, die aus Ephesos, Troja und aus den weiter entfernten Reichen Athen, Sparta und Theben anreisten, bestätigten, dass sie selten eine so große Pracht erlebt hatten. Meine Mutter war daher vollauf zufrieden, nachdem sie mich der Welt als ihre Nachfolgerin und Mitregentin vorgestellt hatte.

Deshalb erlaubte sie mir, zum Herbst nach Skythien zurückzukehren. Sie hatte das Angebot kaum ausgesprochen, als ich schon loslief, um meine Sachen zu packen. Keinen Tag länger wollte ich in dieser Stadt bleiben. Meine widerstreitenden Gefühle versuchte ich, irgendwie wegzudrücken. Ich sehnte mich nach der Steppe und doch hatte es mir gefallen, vor so vielen Königen und Prinzen, Generälen und Helden als zukünftige Königin auf einem kleinen Thronsessel neben meiner Mutter zu sitzen und ihre Geschenke und Gunstbezeugungen in Empfang zu nehmen. Natürlich hatte uns jeder Einzelne versichert, sie würden alles daran setzen, bis in alle Ewigkeit friedlich mit uns zusammenzuleben. Als Tochter des Kriegsgotts wusste ich, dass sie dieses Versprechen spätestens nach dem ersten Becher Wein schon vergessen hatten, weil sie uns die goldenen Pokale und Glasteller neideten, auf denen wir ihnen die Speisen servierten. Ich sah ihre Blicke. Sie entdeckten die Schönheit Skythiens, die vor allem im Reichtum dieses Kleinods am Pontischen Meer begründet lag. Sie überlegten doch schon, wie sie die Stadt erobern, meine Mutter ermorden und mich in eine Ehe zwingen konnten, die sie dann zum Herrscher über Skythien machte.

Penthesilea und Antiope blieben in Themiskyra zurück, doch ich ging, begleitet von Pardis und einigen anderen Kriegerinnen, an Bord eines Handelsschiffs, das mich nach Tyras bringen sollte.

Mein Vater begleitete uns zum Hafen. Die Menschen machten ihm unbewusst Platz, als spürten sie seine göttliche Macht. Dabei ignorierten sie ihn, als wäre er gar nicht da. Er schritt neben mir, die Hände hinter dem Rücken verschränkt, die Stirn gerunzelt. Etwas beschäftigte ihn, und als er am Pier vor dem Schiff stehen blieb, drehte ich mich zu ihm um.

»Sag schon«, sagte ich leise.

Er blickte aufs Meer.

Falls mir irgendwer erklären möchte, wie praktisch es doch ist, die Tochter eines Gotts zu sein, dem muss ich widersprechen. Im Gegenteil. Ziemlich oft ist es sogar ziemlich anstrengend.

»Es gibt da etwas, das ich dir geben wollte«, sagte er ruhig. »Deine Mutter ist dagegen, dass du es erhältst. Aber ich bin der Meinung, nachdem sie dich zu ihrer Nachfolgerin gemacht hat, steht es dir zu.«

»Was denn?«, fragte ich neugierig.

Er schüttelte den Kopf. »Deine Mutter wird mir den Kopf abreißen«, murmelte er.

Ich lachte, und er stimmte ein.

»Also? Was ist es?«

»An Bord des Schiffs befindet sich eine Truhe für dich. Darin findest du es.« Ich wollte schon über die schmale Planke an Bord gehen, doch er hielt mich zurück. »Es ist wichtig, dass du verstehst,

Hippolyte«, sagte er eindringlich. »Wenn du mein Geschenk annimmst, wirst du die Geschichte verändern.«

Das meine ich.

Wie sollte ich mit so einer Andeutung umgehen? Ich würde die Geschichte verändern, weil mein Vater mir etwas schenkte? Schön und gut. Aber er verriet mir nicht, in welche Richtung ich die Geschichte verändern könnte. Ob die Veränderung gut oder schlecht war. Ob ich damit die Geschicke unserer Familie und unseres Volks in die gewünschte Richtung lenkte oder nicht. Das sollte ich selbst entscheiden, ohne zu wissen, um was für ein Geschenk es sich handelte.

»Mehr kannst du mir nicht sagen?«, fragte ich leise.

Er schüttelte den Kopf. »Tut mir leid.« Dabei sah er mich nachdenklich an, und ich erkannte, dass es ihn schmerzte, mich mit dieser Entscheidung allein zu lassen.

Warum bürdete er sie mir dann überhaupt auf? Hätte er dieses Geschenk, was auch immer es sein mochte, nicht einfach für sich behalten können? Musste er mich damit belasten? Egal, wie ich mich entschied – alles, was nun folgte, würde ich zwangsläufig darauf zurückführen, dass ich sein Geschenk angenommen hatte – oder dass ich es nicht getan hatte.

»Ich kann nur verlieren«, murmelte ich.

»Nein, Hippolyte. Nicht alles steht geschrieben.«

»Und das soll mich wohl trösten.«

Er legte die Hand unter mein Kinn und hob sanft meinen Kopf, damit ich ihm in die Augen sehen konnte.

»Lass mich dir eines versichern«, sagte er leise. »Was geschieht, hat für uns Götter keine Bedeutung. Manche Dinge entziehen sich uns. Manche können wir beschleunigen, andere verhindern. Aber egal, was passieren wird: Du wirst meine Tochter sein. Wie du dich auch entscheidest – du tust das Richtige.«

»Aber du weißt schon, dass ich die Truhe öffnen werde, sobald das Schiff ablegt, wenn du sagst, es gibt kein richtig und kein falsch?«, neckte ich ihn.

Er lächelte gequält. Deutlicher hätte er mir nicht zeigen können, dass es ein Fehler wäre, sein Geschenk anzunehmen.

Aber wer war ich, das Geschenk eines Gotts auszuschlagen?

Wir umarmten uns zum Abschied, und mein Vater drückte mich so sehr an sich, dass mir fast die Luft wegblieb. Ich fragte mich, ob er fürchtete, was kam. Kannten Götter Angst vor dem, was kommen würde?

Sobald das Schiff den Hafen hinter sich gelassen hatte und auf das freie Meer hinauslief, fragte ich den Kapitän, wo mein Gepäck sei. Ich reiste nur mit einem kleinen Bündel, da ich nach Themiskyra keine meiner Waffen mitführte außer einem Dolch. Die Kleidung, die ich in der Stadt gegen Kleider und Chitons tauschte, hatte ich heute früh angelegt. Es war, als hätte ich eine Uniform abgelegt und wäre nun wieder ich selbst. Hippolyte, Prinzessin der Skythen, Kriegerin und Steppenkind.

»Eure Kiste steht im Bug«, erklärte der Ionier mir. Er strich sich über den Bart, dann rief er zwei Matrosen etwas zu, die versuchten, die Segel so auszurichten, dass der schwach auffrischende Westwind sie erfasste und uns rasch voranbrachte. Ich schob mich zwischen anderen Reisenden, die auf dem Boden hockten, Kisten und Säcken, Tonkrügen und Mannschaftsmitgliedern nach vorne. Im Bug saß immer meine Mutter bei ihren Schiffsreisen, weil sie meinte, dort sei ihre Seekrankheit nicht ganz so unerträglich wie weiter hinten im Schiff. Mich konnten selbst schwere Stürme nicht erschüttern; ich liebte das Meer, als gehörte es zu mir.

Neben dem kleinen, in Leder eingeschlagenen Bündel, das Pardis für mich dort hinterlegt hatte, stand auch eine Kiste. Sie sah aus, als hätte jemand sie ins Feuer geworfen, denn das Eichenholz war schwarz verkohlt. Auf dem Deckel prangte jedoch eine goldene Fackel. Meine Finger strichen über diese Fackel. Ich wusste, sie stand für Ares. Kein Zweifel also, dass dies sein Geschenk an mich war.

Pardis, die sich in ihren roten Umhang hüllte und die Kapuze tief ins Gesicht zog, beobachtete mich. »Von deinem Vater?«, fragte sie.

Ich zuckte zurück. Es war mir unangenehm, bei meinem Tun beobachtet zu werden. Gleichzeitig brannte ich darauf zu erfahren, was in der Kiste war. Was er als so wichtig erachtete, dass er es mir schenkte. Was zugleich so gefährlich war, dass meine Mutter nichts von dem Geschenk erfahren durfte.

Wenn ich die Kiste in Pardis' Gegenwart öffnete, würde sie wissen, was darin war. Sie würde meiner Tante davon erzählen. Früher oder später würde meine Mutter davon erfahren.

»Vermutlich«, sagte ich und schob dann die Kiste möglichst beiläufig unter eine Plane. Die anderen Kriegerinnen kamen zu uns, eine brachte frisches Brot und ein paar Feigen, die wir unter uns verteilten. Ich hockte mich neben Pardis, zog meinen Umhang um die Schultern und kaute langsam und mit halb geschlossenen Augen. Ich hoffte, dass sie die Kiste bald vergaß.

Wenige Tage später erreichten wir Tyras.

Die achaische Stadt am Hypanis diente uns nur zur Durchreise. Auch hier hatte einst mein Großvater Mazjar einen Palast errichten lassen, in dem wir unsere Pferde unterstellten, wenn wir auf dem Weg nach Themiskyra waren.

»Du hast immer noch nicht hineingesehen?«, fragte Pardis, als wir von Bord gingen. Sie deutete auf die Kiste, die ich unter meinem Bündel trug.

»Ach, ich weiß ja, was drin ist«, behauptete ich.

»Hmhm«, machte Pardis. Sie schulterte ihr Bündel und gürtete das Schwert, ihre bevorzugte Nahkampfwaffe. Sie ging vor mir von Bord, die anderen Kriegerinnen drängten nach. Ich drückte die Kiste an mich. Sie war erstaunlich schwer, und als ich sie einmal vorsichtig geschüttelt hatte, war ein merkwürdiges Klappern zu hören gewesen, das ich nicht einordnen konnte.

Normalerweise hätte mich nach unserer Ankunft im Palast der erste Weg zum Stall geführt, wo die graue Stute auf mich wartete. Doch diesmal schob ich mich in den Palast, schlich durch die Gänge zu den Gemächern, die für meine Mutter stets freigehalten wurden und schloss die Tür hinter mir. Auf keinen Fall wollte ich bei dem, was nun folgte, gestört werden.

Ich stellte die Kiste behutsam auf dem Bettgestell ab und kniete mich davor auf die Steinfliesen. Meine Finger glitten über die goldene Fackel. Sie fühlte sich merkwürdig warm an, und ich schloss für einen Moment die Augen. Ich erkundete die Fackel und das umliegende Holz, das glatt und kühl war. Von der Fackel jedoch ging eine immer größere Wärme aus. Schließlich legte ich die Handfläche darauf und drückte sie auf die Kiste. Die Fackel wurde so heiß, dass ich die Hand mit einem Schrei zurückzog. Meine Haut rötete sich.

Ich hatte mich verbrannt.

Konnte es eine deutlichere Warnung geben, dass ich die Kiste verschlossen lassen sollte?

Ich kann immer noch entscheiden, sie nicht zu öffnen. Ich muss sein Geschenk nicht annehmen.

Aber ich wollte wissen, was mein Vater als so wichtig erachtete, dass er über den Kopf meiner Mutter hinweg entschied, dass ich es bekommen sollte. Die letzten Tage waren für mich eine große Geduldsprobe gewesen. Meine Gedanken waren permanent um die Kiste gekreist. Ich fühlte mich an die Geschichte von Pandora erinnert, die mir mein Vater mal erzählt hatte.

Einst waren Götter und Menschen gleichermaßen unsterblich, und unter den Göttern war Prometheus, der Feuerbringer, den Menschen zugetan. Er stahl den Göttern das Feuer und brachte es, verborgen im Stängel des Narthex, einer Pflanze, den Menschen. Als Zeus die vielen Lichter von den Feuern der Menschen vom Olymp aus sah, sann er auf Rache. Zunächst kettete er Prometheus an einen Berg, wo ihm jeden Tag aufs Neue ein Adler die Leber wegpickte, die bis zum nächsten Morgen schmerzhaft nachwuchs. Den Menschen aber sandte er die »Allesgeberin« Pandora, eine Frau, so wunderschön, klug und mit allen Vorzügen versehen, die eine Frau nur mitbringen konnte, dass sich Prometheus' Bruder Epithemeus sogleich zu ihr hingezogen fühlte und sie ehelichte. Epithemeus war aber wohl, anders als sein Bruder, einer jener Götter, die erst handelten und dann nachdachten. Deshalb bequatschte er Pandora so lange, bis sie den Tonkrug öffnete, den Zeus ihr mitgegeben hatte.

Darin befand sich alles Übel dieser Welt und alle Krankheiten, die Menschen sterblich machten. Allein die Hoffnung blieb im Krug zurück.

Mir fiel ein, dass die Fackel auch das Zeichen des Prometheus sein konnte – und damit die Warnung, dass in dieser Kiste eine Erkenntnis auf mich warten könnte, die erneut etwas Schreckliches über die Welt brachte.

Ich blieb vor der Kiste knien, bis meine Beine schmerzten. Je länger ich darüber grübelte, ob ich sie öffnen sollte, um so unmöglicher schien mir diese Aufgabe. Immer wieder legte ich die Hand auf den Verschluss, und jedes Mal zog ich sie wieder zurück.

Schließlich schob ich die Kiste unter das Bett und wollte das Gemach schon verlassen, als mir etwas einfiel.

Die Kiste kommt von Ares. Mein Vater würde nichts tun, was mir oder meiner Familie schadete, nicht wahr? Und falls der Inhalt der Kiste mir schadete, wäre er sogleich zur Stelle, um mir beizustehen. Er hatte mich schon einmal aus der Zwischenwelt zurückgeholt. Er würde alles in seiner Macht tun, um für mich da zu sein.

Und wenn mein Verderben in der Kiste lauerte? Was dann?

Musste ich das nicht riskieren? War dieses Geheimnis nicht auch eine Prüfung für mich? Wenn ich sie verschlossen ließ, übernahm ich nicht die Verantwortung. Ich wäre eine schwache Herrscherin, wenn ich mich den Herausforderungen nicht stellte.

Ich zog die Kiste unter dem Bett hervor, und bevor ich es mir anders überlegen konnte, öffnete ich die Schließen und hob den Deckel an.

Ein dunkelrotes Tuch umhüllte einen Gegenstand. Ich strich über den zarten, weichen Stoff. Behutsam schlug ich das Tuch zurück.

Was mich darunter erwartete, raubte mir für einen Moment den Atem. Aber ganz anders, als ich bisher gefürchtet hatte.

Ich weiß nicht, womit ich gerechnet hatte. Mit einer Krone vielleicht, irgendeinem Zeichen meiner Macht, meiner neuen Rolle als Kronprinzessin. Doch was ich vorfand, war … ein Gürtel.

Ein Waffengürtel, wie skythische Kriegerinnen und Krieger sie trugen. Meist war es ein schmaler, gefärbter Ledergürtel, auf den kleine Bronzeplättchen aufgenäht wurden. An dem Gürtel wurde meist die Schwertscheide für das Akinakes befestigt, das Kurzschwert, mit dem viele skythischen Kriegerinnen kämpften. Ich besaß auch ein Akinakes in einer wunderschönen, vergoldeten Scheide, doch ich nutzte es nur ungern. Meine Waffe waren Pfeil und Bogen, wie schon meiner Mutter war sie mir die liebste. Und im Nahkampf bevorzugte ich die Sagaris, eine skythische Streitaxt.

Dieser Waffengürtel aber war … anders als alle, die ich bisher gesehen hatte. Das Leder war von so erlesener Qualität, dass ich es unwillkürlich nah an mein Gesicht brachte und schnupperte. Gefärbt war es in einem dunklen Purpur, wie ich es noch nie bei Leder gesehen hatte. Die Bronzeplättchen schimmerten golden, als hätte der Handwerker sie mit echtem Gold überzogen. Ich fragte mich, ob das überhaupt möglich war. Dann aber dachte ich, dass Götter die Naturgesetze außer Kraft setzen konnten. Natürlich waren sie in der Lage, einen Gürtel zu erschaffen, dessen Leder dunkellila schimmerte und dessen Plättchen vergoldet waren. Oder aus purem Gold gefertigt wurden, das im Feuer der göttlichen Werkstatt des Hephaistos gehärtet wurde, bis es ebenso widerstandsfähig war wie Bronze oder Eisen.

Andächtig drehte ich den Gürtel in meinen Händen. Es war ein

Geschenk meines Vaters, ja. Aber zugleich spürte ich, dass noch mehr Macht darin verwoben war. Ich spürte die Handwerkskunst des Schmiedegotts Hephaistos und wunderte mich darüber; Hephaistos war der Ehemann von Aphrodite, die ihrerseits Ares begehrte und ihrem Mann regelmäßig Hörner aufsetzte. Ich ließ den Gürtel sinken. Er kam nicht nur von meinem Vater, das spürte ich sehr deutlich. Er kam von mehreren Göttern, und jeder von ihnen hatte ein Wörtchen mitgeredet, als dieser Gürtel in Auftrag gegeben wurde.

Aber warum?

Ich schloss die Kiste. Als ich diesmal über die goldene Flamme strich, fühlte sie sich nicht mehr brennend heiß an, sondern angenehm warm. Ich runzelte die Stirn.

»Was soll ich damit, Vater?«, flüsterte ich. Selbstverständlich bekam ich keine Antwort, denn ich war allein, und Skythien war kein Ort, an dem mein Vater auftauchte. Früher hatte er sogar eine Zeitlang mit meiner Mutter im Herzland der Skythen gelebt, doch seit vielen Jahren schon hielt er sich von der Steppe und von Tyras fern, das an der Grenze zu Skythien lag. Ich vermutete, die Gründe dafür würde er mir selbst dann nicht nennen, wenn ich ihn direkt fragte. Es war eine Sache zwischen ihm und meiner Mutter Otrere. Sie hatte offenbar in der Vergangenheit genaue Vorgaben gemacht, wo sein Einflussbereich endete.

Ich verstand zwar nicht, weshalb sie das machte. Aber meine Mutter war auch keine Person, mit der man eine Diskussion begann, wenn es nicht zwingend notwendig war. Sie konnte sehr bestimmt sein. Und wenn sie eine Entscheidung traf, war es schwer, sie vom Gegenteil zu überzeugen.

Wusste meine Mutter, dass Ares mir diesen Waffengürtel geschenkt hatte? Wusste sie, welche tiefere Bedeutung sich hinter diesem Geschenk verbarg? War es gar mit ihr abgesprochen, um mich in meinem Wunsch zu festigen, den zukünftigen Kampf für die Skythen aufzunehmen?

So viele Fragen. Aber meine Mutter war in Themiskyra zurückgeblieben, ich war auf mich gestellt und sollte mit dem Geschenk meines Vaters tun, was ich für richtig hielt.

Wenn ich denn nur wüsste, was richtig war …

8

Wir blieben drei Tage in Tyras. Genug Zeit, dass wir uns wieder daran gewöhnten, festen Boden unter den Füßen zu haben. Und dass ich begann, die Stadt zu hassen, wie ich auch Themiskyra verabscheute.

Es war für mich eine Erleichterung, als wir uns am Morgen des vierten Tags auf den Weg Richtung Norden machten. Unsere Reisegruppe war um einige Händler angewachsen, die sich uns gern anschlossen, weil der Schutz einer Gruppe skythischer Kämpferinnen ihnen sehr viel Sicherheit versprach, die sie allein nicht gewährleisten konnten. Mir war es einerlei, aber Pardis lief an diesem Morgen mit einer finsteren Miene herum. »Ich bin doch nicht das Kindermädchen für irgendwelche reichen Kaufleute«, hörte ich sie murmeln, als wir unsere Pferde sattelten.

Die graue Stute begrüßte mich wie jeden Morgen mit einem dunklen Brummen, und als ich ihr die Ohren zauste und ihr zuflüsterte, dass wir heute endlich Tyras verlassen würden, sah sie mich mit ihren dunklen Augen an, und ich glaubte, auch ihre Erleichterung zu spüren. Sobald wir Tyras und die ausgedehnten Gärten und Ackerflächen, die sich um die Stadt Richtung Norden anschlossen, hinter uns ließen, gab ich ihr den Kopf frei und beugte mich tief über ihren Hals. Die Hufe trommelten über die Grassteppe, und ich musste Tränen wegblinzeln, die mir in den Augen brannten. Ich hatte nicht gewusst, wie sehr ich das hier vermisst hatte. Die Freiheit, die ich bei einem wilden Ritt über die Steppe ebenso verspürte wie darin, meine Nächte unter freiem Himmel zu verbringen.

Ich zügelte die Graue erst nach einer ganzen Weile, und als ich zurückblickte, war die Reisegruppe zu einem Häuflein winziger Ameisen am Horizont zusammengeschrumpft. Ich lachte ausgelassen, denn nie hatte ich mich so frei gefühlt wie in diesem Moment.

Am Abend rasteten wir am Ufer eines Flüsschens in der Nähe eines Birkenwalds. Ich legte mich zum Schlafen dicht an eines der Lagerfeuer, doch im Gegensatz zu all den anderen Reisenden, die nach dem langen Ritt erschöpft waren und schon bald einschliefen, lag ich wach. Ich konnte mich nicht sattsehen am Leuchten der Sterne, konnte nicht genug bekommen von der kalten Nachtluft, die mich frösteln ließ. Die Graue stand bei den anderen Pferden und wachte über sie, so wie ich über den Schlaf der Reisenden wachte.

Ich gab es schließlich auf, schlafen zu wollen und erhob mich. Eine junge Kriegerin, die für die erste Wache eingeteilt war, bemerkte mich in der Dunkelheit. »Prinzessin Hippolyte«, sagte sie leise und neigte den Kopf.

»Leg dich hin, Lampado. Ich übernehme die erste Wache.«

Ich bemerkte ihr Zögern.

»Ich befehle es dir«, sagte ich sanft.

»Ja, Prinzessin Hippolyte.« Sie neigte wieder den Kopf. Ich beobachtete sie, als sie sich ans Feuer legte. Mehrmals blickte sie in meine Richtung, als könnte sie nicht glauben, dass ich sie ablöste.

Dann war ich allein mit meinen Gedanken und der Nacht.

Der Wind frischte auf, und im Mondlicht schimmerten die Birkenblätter silbrig. Ich schritt zwischen den Feuern hin und her, blieb gelegentlich auf einer kleinen Anhöhe stehen und blickte über die sanften Hügel der Ebene, die sich bis zum Horizont erstreckten.

»Herrje, kleine Hippolyte. So allein und schutzlos hier draußen?«

Ich fuhr herum.

Etwa zwanzig Schritte entfernt stand wie aus dem Nichts eine Gestalt. Das Herz schlug mir bis zum Hals, doch nicht lange, denn die Fremde, die mich ansprach und die von einem überirdischen Glänzen umgeben wurde, konnte nur eine Göttin sein. Und da die sykthischen Götter sich uns nie zeigten, war sie eine Göttin der Achaier.

Die Frage war nur: welche?

»Wie kommt es, dass du nicht schlafen kannst? Fehlt dir dein Kampfgürtel?« Sie schritt auf mich zu. Ich sah das silbrige Glänzen ihrer Augen, ihre überirdisch schöne Gestalt und den wie aus Mondlicht gewebten Stoff ihres Kleids, das ihren Körper umschmiegte. Sie ging barfuß, und ihre Füße machten keine Geräusche, als sie durch das Gras schritt.

»Mein Kampfgürtel?«, wiederholte ich.

Sie blieb vor mir stehen. Ihr Blick glitt gleichgültig über die Schlafenden um uns. »Ja. Hast du mein Geschenk nicht bereits ausgepackt?«

»Dein Geschenk?«

Sie sah mich scharf an. »Wenn du so stotterst, könnte ich bereuen, dass ich diesen Kampfgürtel deinem Vater überreicht habe, damit er ihn dir aushändigt. Das hat er doch getan, oder?«

»Der kam von dir?« Ich keuchte.

»Nein … Das Geschenk kam von Ares. Doch er hat mich als Göttin der Jagd und Beschützerin der Frauen gebeten, ihn mit einem Schutzzauber zu belegen.« Sie legte den Kopf schief. »Du weißt immer noch nicht, wer ich bin, habe ich recht?«

Meine Gedanken rasten. Ich wusste, das hier war eine Prüfung. Ich durfte die Göttin nicht enttäuschen, so viel war mir klar. Aber wer war sie? Wie sollte ich das so schnell herausfinden?

Sie trat noch zwei Schritte näher. Nun stand sie direkt vor mir, und bei jedem meiner Atemzüge berührte meine Brust ihre.

»Du bist so schön wie meine Nymphen. Wenn es nicht andere Pläne mit dir gäbe, würde ich dich bitten, dich ihnen anzuschließen«, flüsterte sie. Ein Schauder rann über meinen Rücken, denn jetzt wusste ich, wer sie war. Und sie sah mir an, dass ich es wusste. Dennoch sprach ich ihren Namen aus.

»Artemis«, hauchte ich.

»Schlaues Mädchen.« Sie grinste spöttisch. »Und ich fürchtete schon, du wärst so einfältig wie deine jüngste Schwester Antiope.«

»Sag das nicht über sie«, erwiderte ich ärgerlich.

»Du liebe Güte«, murmelte Artemis. »Ich habe ja damit gerechnet, dass du deiner Mutter in Widerspenstigkeit in nichts nachstehst, aber dass du mir sofort widersprichst, ist schon erstaunlich.« Sie lachte leise. »Vermutlich ist das der Einfluss deines Vaters.«

»Was willst du?« Ich musste allen Mut zusammennehmen für die Frage, aber ich war auch nicht gewillt, mich von ihr einschüchtern zu lassen. Es gab einen Grund, weshalb Artemis mir erschienen war. Die Götter hatten immer einen Grund, wenn sie uns Menschen erschienen.

»Aber das habe ich doch schon gesagt«, erklärte sie sanft. »Ich will wissen, wo dein Kampfgürtel ist.«

Ärgerlich schüttelte ich den Kopf. »Das ist alles? Es geht dir nur um diesen merkwürdigen Gürtel?«

Sie spitzte die Lippen.

»Ich habe ihn in Tyras gelassen«, fuhr ich fort. »Er liegt in der Kiste, an der ich mir fast die Finger verbrannt habe, wenn du es genau wissen willst. Ich sah keinen Grund, ihn mit mir herumzuschleppen, denn ehrlich gesagt machte er auf mich nicht den Eindruck, als könnte er mir besondere Vorteile verschaffen, wenn es zum Kampf kommt. Ich trage kein Schwert, wozu also einen Schwertgürtel anlegen?«

Artemis trat einen Schritt zurück. Ihre silbrigen Augen musterten mich, sie legte den Kopf schief und schien über meine Worte nachzudenken. Doch dann schüttelte sie verärgert den Kopf.

»So geht das nicht«, erklärte sie mir. »Du kannst ein Geschenk der Götter nicht unter dein Bett schieben und vergessen.«

Ich fröstelte auf einmal in der kühlen Nachtluft. Hatte ich gerade tatsächlich einer Göttin widersprochen? Aber nun war ich schon so weit gegangen und konnte keinen Rückzieher machen. Wenn ich eines gelernt hatte bei den wenigen Konflikten, die ich mit Ares ausgetragen hatte, dann, dass Götter Schwäche verabscheuten. Niemals würde ich mich schwach zeigen. Nicht einer Göttin gegenüber, die es offenbar nicht für nötig hielt, mir ihr Geschenk zu erklären, sondern nur darauf beharrte, ich müsse diesen verfluchten Gürtel tragen.

Denn dass er verflucht war, davon war ich zunehmend überzeugt. Und zwar im wahrsten Wortsinn.

»Wieso kann ich das nicht?«, erwiderte ich trotzig. »Du siehst ja, dass ich es getan habe. Darf ich mit einem Geschenk nicht tun und lassen, wie es mir beliebt?«

Artemis seufzte. »Ihr Götter steht mir bei«, murmelte sie, als wäre sie nicht selbst eine Göttin. »Natürlich darfst du mit Geschenken tun und lassen, was du willst. Aber Geschenke, die von einem Gott kommen … Sie haben eine Bedeutung. Sie sind Teil deines Schicksals, und wenn du sie verstauben lässt, lehnst du dich damit bereits gegen den Lauf der Dinge auf.«

Ich fröstelte. »Wer sagt denn, dass ich mich nicht gegen den Lauf der Dinge auflehnen will?«, fragte ich.

»Du kannst das gern wollen«, erwiderte Artemis. »Aber es wird dir nicht möglich sein. Der Kampfgürtel wurde auf Wunsch deines Vaters angefertigt, und nur wenn du ihn trägst, wird er …« Sie verstummte.

»Wird er was?«, wollte ich wissen.

»Gewisse Ereignisse müssen in Gang gesetzt werden«, murmelte sie. »Dagegen darfst du dich nicht wehren.«

»Was soll ich tun? Zurück nach Tyras reiten?« Allein der Gedanke ließ mich erneut schaudern. »Wenn du mich so gut kennst, solltest du wissen, wie sehr ich die Städte verabscheue.«

Artemis lächelte flüchtig. »Das ist mir nicht entgangen. Du bist ein Kind der Steppe. Was allerdings nichts daran ändern wird, dass deine Zukunft nicht hier draußen liegt.«

Ich verdrehte die Augen und verschränkte trotzig die Arme vor der Brust. Allmählich hatte ich genug von den ganzen Andeutungen und wollte das Gespräch beenden. Zumal ich inzwischen auch die Müdigkeit verspürte, die vorhin noch so flüchtig gewesen war.

»Willst du deine Mutter überflügeln?«, fragte Artemis unvermittelt.

Ich runzelte verwirrt die Stirn.

»Sie will das. Dass du sie überflügelst. Aber damit dir das gelingt, wirst du mehr brauchen als ein kleines, skythisches Königreich. Deine Unsterblichkeit steht und fällt mit den Achaiern, Hippolyte.«

»Wie schön, dass ich die Achaier ja so liebe.«

Wieder lachte Artemis, glucksend und glockenhell. »Das mag ich an dir. Du nimmst kein Blatt vor den Mund.« Schlagartig wurde sie wieder ernst. »Hol den Kampfgürtel. Morgen.«

»Also gut.« Ich gab nach, und sei es nur, weil ich inzwischen die Müdigkeit körperlich so stark spürte, dass ich nur noch lallen konnte. Mir kam der flüchtige Gedanke, dass Artemis mich mit einem Zauber belegt haben könnte, damit ich tat, was sie von mir wollte. Aber hatte sie so viel Macht über mich?

Ich schaffte es gerade noch, Pardis für die nächste Wacht zu wecken, dann sank ich auf mein Lager, zog die Decke bis zu den Ohren und schloss die Augen. Ich bekam nicht mal mehr mit, dass Pardis sich erhob, geschweige denn, dass ich bemerkte, wann und wie Artemis wieder verschwunden war – vermutlich hatte sie sich in Luft aufgelöst und war mit dem Wind zurück auf den Olymp geschwebt oder wo auch immer die Götter sich gern aufhielten, wenn sie nicht gerade das Leben von uns Menschen gehörig durcheinanderbrachten.

Was kümmerte es mich, wohin Artemis ging. Es war das erste Mal, dass mir eine achaische Göttin erschienen war. Doch ich ahnte, dass es nicht das letzte Mal sein würde.

Ich schlief tief und traumlos, bis am Morgen alle geweckt wurden. Danach lag ich auf meiner Matte und starrte in den Himmel. In mir war eine unerklärliche Leere. Das Gespräch mit Artemis war das Einzige, was in meinem Kopf Platz fand, und ich ging ihre Worte noch einmal durch, einen Satz nach dem anderen.

Ich erinnerte mich an die Erzählung meiner Mutter darüber, wie Ares uns einst aus der Zwischenwelt gerettet hatte. Dass gewisse Voraussetzungen dafür erfüllt sein mussten, damit ein Gott jemanden vor der Unterwelt retten durfte. Ihm war es sogar gestattet worden, Otrere und mich zurückzuholen. Später hatte meine Mutter in Ephesos einen Tempel zu Ehren der Artemis bauen lassen. Nicht nur, weil sie Ares in der Zwischenwelt den Weg zu mir gewiesen hatte. Als Beschützerin der jungen Mütter und Säuglinge hatte Artemis auch bei Otreres zweiter Schwangerschaft und Penthes Geburt die Hand schützend über meine Mutter gehalten. Und mit ihr über alle Frauen in Ephesos.

Wenn ich eine Göttin wählen sollte, der ich traute, dann wäre es Artemis. Weil meine Mutter ihr vertraute.

Mein Vater hatte gedrängt, ich solle sein Geschenk annehmen, und ich hatte es nicht über mich gebracht. Vielleicht auch, um mich von ihm abzugrenzen. Gegen ihn zu rebellieren. Bei Artemis jedoch lagen die Dinge ganz anders. Ihr vertraute ich, weil sie meine Rettung ermöglicht hatte. Weil meine Mutter ihr vertraute.

Als ich erklärte, ich müsse noch mal zurück nach Tyras, weil ich dort etwas vergessen hatte, fragte niemand nach. Auch das schob ich auf den Einfluss Artemis' und weniger darauf, dass niemand der skythischen Prinzessin widersprach. Bis die Reisegruppe sich zum Weiterreiten versammelte, hatte ich mich bereits in den Sattel der Grauen geschwungen und von den anderen verabschiedet.

»Willst du wirklich alleine zurück?«, fragte Pardis. »Wir können dich begleiten.«

»Bitte nicht.« Ich brauchte Zeit für mich. Zum Nachdenken. Es war nicht ungefährlich, wenn ich allein ritt, ich war mir des Risikos bewusst. Aber ich wollte nicht noch eine weitere Nacht hinter Tyras' Stadtmauern verbringen, und dazu wäre ich gezwungen, wenn wir als Gruppe zurückritten. Ich wollte Tyras direkt wieder verlassen, sobald ich den Gürtel geholt hatte.

»Ich passe auf mich auf«, versprach ich.

Schon am frühen Nachmittag erreichte ich Tyras. Die Graue trabte fröhlich zwischen den Feldern und Gärten zum Stadttor, und auch ich spürte, wie dieser schnelle Ritt uns beiden gutgetan hatte. Ohne die Händler, die uns aufhielten, kam ich deutlich schneller voran.

Als ich in den Innenhof des Palasts ritt, lag dieser da wie ausgestorben. Gut für mich, denn ich hatte wenig Lust, meinem Großonkel Arash über den Weg zu laufen, der seit vielen Jahren als Statthalter meiner Mutter in Tyras diente. Die drei Abende, die ich an seiner Tafel gesessen und mit ihm gegessen hatte, genügten mir vollauf; er wurde nicht müde, ständig seine großen Leistungen zugunsten des skythischen Königtums herauszustreichen. Wenn man ihm lange genug zuhörte, könnte man meinen, dass er der wahre König von Skythien war.

Ich ließ die Graue im Stall, wo man sie fütterte und tränkte. Auf dem Weg in mein Gemach begegnete ich keinem Sklaven. Der Palast wirkte wie ausgestorben.

Ein ungutes Gefühl beschlich mich, das ich gar nicht genauer benennen konnte. Ich hastete in den Raum, kniete mich vor das Bett und tastete darunter nach der Kiste. Meine Finger berührten das Holz, und wieder zuckte ich zurück, weil ich mich daran verbrannte. Ich fluchte, griff nach der Decke, wickelte sie behelfsmäßig um die

Kiste und zog sie hervor. Meine Finger umfassten die Schließen, doch auch sie waren glühend heiß. Ich hielt inne.

Artemis wollte, dass ich den Gürtel trug. Dass ich ihn aus Tyras holte, ihn anlegte und mit Stolz präsentierte. »Dann lass mich gefälligst auch dran«, wisperte ich.

So blieb ich knien, meine Hände glitten gelegentlich über den Deckel, ohne ihn zu berühren, denn die Hitze, die er abstrahlte, war auch in der Luft spürbar. Ich wartete. Bildete mir ein, dass er nicht mehr so sengend heiß war. Meine Finger berührten erneut die Schließen, und diesmal konnte ich sie problemlos öffnen, denn die Kiste war nur noch angenehm warm.

Konnte es sein, dass diese Hitze ein Schutzzauber gewesen war, der die Truhe umgab, solange ich nicht in der Nähe war?

Als ich das Tuch zurückschlug, wurde ich von der Schönheit des Kampfgürtels geblendet. Von ihm ging ein Leuchten aus. Wie hatte mir das vor wenigen Tagen entgehen können? Ich verstand nun, warum Artemis wollte, dass ich ihn trug; er war einer Königin würdig, und eines Tages wäre ich die Königin der Skythen.

Ich legte den Gürtel um meine Hüften. Er wurde mit einer goldenen Schnalle geschlossen, und als ich den Lederriemen durchzog, fühlte es sich an, als würde der Gürtel sich mir anpassen und nicht umgekehrt. Er passte jedenfalls, als wäre er nur für mich angefertigt worden, ohne dass jemand Maß genommen hätte.

Ich schnallte die Scheide für mein Akinakes am Gürtel fest, die außerdem mit einem Lederriemen an meinem Oberschenkel befestigt wurde. Als ich aufstand und mich probehalber ein wenig bewegte, stieg auf einmal Rauch von der Kiste auf, und ehe ich wusste, wie mir geschah, ging sie in Flammen auf.

Vor Schreck warf ich die Decke über die Flammen, um sie zu ersticken. Feuer in einer Stadt war gefährlich, das wusste sogar ich. Zum Glück hatte ich geistesgegenwärtig reagiert. Als ich jedoch die Decke wieder wegzog, war die Kiste verschwunden. Nicht mal ein Fitzelchen Asche war von ihr geblieben, und die Decke zeigte keine Brandspuren.

»Zauberzeug, Artemis«, murmelte ich.

Vielleicht bildete ich mir das nur ein, aber ich glaubte, ihr glockenhelles Lachen zu hören, irgendwo in der Ferne.

Ich legte die Decke zurück auf das Bettgestell und machte mich auf den Rückweg zum Stall. Wieder begegnete ich keiner Menschenseele, und mir kam der Gedanke, dass auch dabei Artemis die Hände im Spiel haben könnte. Zuzutrauen wäre es ihr. Hoffentlich erfuhr meine Mutter nichts davon. Ich wusste, dass sie den achaischen Göttern verboten hatte, ihre Macht in Skythien auszuüben. Tyras gehörte zwar den Achaiern, die vor über zwanzig Jahren die Siedlung gegründet hatten. Doch für meine Mutter war alles nördlich vom Pontischen Meer Skythien und ging die Götter nichts an.

9

Ich hatte wohl geglaubt, mit dem Waffengürtel um meine Hüften sei fürs Erste alles erfüllt, was die Götter von mir verlangten.

Wie dumm ich war.

Es dauerte nur wenige Tage, die ich bei unserer Sippe auf der Steppe verbringen durfte, bevor ein Bote aus dem Süden kam und berichtete, dass es zu einem Streit mit den Ioniern gekommen sei, die daraufhin Themiskyra angegriffen hatten. Während ich noch darüber nachdachte, wie *dumm* es von den Ioniern war, die Hauptstadt der Skythen anzugreifen, fuhr er fort und erzählte atemlos, dass viele skythische Krieger umgekommen seien. Die Stadt sei nun beinahe schutzlos, doch die Ionier hätten sich zurückgezogen und belagerten die Stadt.

Ich zögerte nicht, sondern gab sogleich den Befehl, dass sich alle kampfesfähigen Männer und Frauen am nächsten Morgen sammeln sollten. Pardis wollte mir widersprechen, doch ich stapfte bereits zu meinem Zelt, um mich auf diesen Kampf vorzubereiten.

Es war meine Großmutter Barkida, die wenig später in mein Zelt kam und verkündete, dieser Bote sei nicht gekommen, damit ich meiner Mutter zur Hilfe eilte. »Du bist hier, und das ist gut und richtig«, erklärte sie mir. »Wärst du in Themiskyra, wäre dein Leben in Gefahr, und das würde deine Mutter nicht gutheißen. Sie hätte dich dann ohnehin fortgeschickt.«

»Ich bin kein kleines Kind mehr, das sich fortschicken lässt, weil es einen Krieg gibt«, erklärte ich ihr.

»Ja, das habe ich wohl begriffen. Du wirst nicht müde, dies bei jeder sich bietenden Gelegenheit zu verkünden. Aber du gehörst hierher.«

Ich antwortete nicht, sondern legte mir den Waffengürtel um. Meine Großmutter beobachtete mich, und ihr Blick blieb an dem Gürtel hängen. »So ist das …«, sagte sie leise.

Ich legte meine Hände auf das Leder und schwieg.

»Ich sehe schon, du hast eine Entscheidung getroffen.« Meine Großmutter seufzte. »Wenn ich geahnt hätte, dass meine Enkelinnen noch sturer sind als meine Töchter …« Sie verstummte.

»Wird Melanippe mich begleiten?«, fragte ich leise.

»Irgendwer muss ja auf dich aufpassen.« Und zum ersten Mal an diesem Nachmittag lächelte Barkida. Ich glaubte zu spüren, dass sie ihren Frieden schloss mit meiner Entscheidung.

Als wir kurz darauf aufbrachen, war meine Großmutter verschwunden. Ich fragte Melanippe nach ihr, und meine Tante zeigte auf die Kurgans, die Grabhügel, die einst in der Nähe des Lagers aufgeschüttet worden waren. »Sie ist bei Mazjar«, sagte sie. »Dort ist sie inzwischen sehr oft.« Etwas daran, wie sie das sagte, ließ mich frösteln. Es fühlte sich so an, als würde meine Großmutter sich auf das Leben nach dem Tod vorbereiten. Darauf, wieder mit ihrem Mann vereint zu werden in der jenseitigen Welt.

Aber bevor ich weiter darüber nachdenken konnte, gab Melanippe, die an der Spitze ritt, den Befehl zum Galopp. Sie schien sich keine Sorgen um ihre Mutter zu machen. Aber Melanippe war ohnehin komisch, wenn es um das Leben und den Tod ging.

Sie selbst war einst von einer schweren Krankheit genesen. Diese Krankheit hatte sie die rechte Brust gekostet, die ihr ein Heiler in einer riskanten Operation abgenommen hatte. Danach hatte sie viele Tage bewusstlos in Barkidas Karren gelegen, und erst dank der heilenden Kräfte von Artemis' Zwillingsbruder Apollon hatte sie überlebt. Das war keine Geschichte, die sie gern zum Besten gab, doch ich hatte sie mir anhand der gelegentlichen Andeutungen von Otrere oder Barkida zusammengereimt.

Was ich vor allem wusste, war dies: unsere Familie war viel enger mit den achaischen Göttern verknüpft als irgendjemand bereit war zuzugeben. Aber ich wusste es besser. Ich hatte keine Ahnung, warum es so war. Doch irgendwann würde ich das schon herausfinden.

Und ich nahm mir fest vor, dass es schon bald soweit sein sollte.

Als wir Themiskyra viele Tage später erreichten, waren alle Schlachten um die Stadt längst geschlagen, und mein Schicksal war besiegelt.

Später würde ich mich fragen, ob ich mit einer rechtzeitigen Ankunft noch irgendwas hätte verhindern können. Ob mein Vater etwas hätte ausrichten können. Oder ob Artemis' unheilverkündende Rede davon, dass sich nun, da ich im Besitz des Waffengürtels war, unweigerlich mein Schicksal erfüllen würde, auch eine Prophezeiung war, die den Tod meiner Mutter andeutete. Ob Ares davon gewusst hatte?

Zu viele Fragen.

An Bord unseres Schiffs wurde es still, als die Stadt am Thermodon am Horizont auftauchte. Rauchwolken stiegen von der Zitadelle auf, und ich hörte, wie einige der Kriegerinnen leise unseren Kriegsgott Bahram anriefen. Ich legte den Waffengürtel an und wartete stumm, bis unser Schiff den Hafen anlaufen konnte. Mein Blick suchte den Pier ab; ich suchte nach vertrauten Gesichtern. Die Scheuerleute trugen zumeist skythische Kleidung. Das war ein gutes Zeichen, oder? Trotzdem konnte ich nicht aufatmen, sondern zitterte vor Anspannung.

»Hey.« Melanippe legte die Hand auf meine Schulter. »Sie konnten Themiskyra nicht einnehmen. Das ist ein gutes Zeichen.«

Was für ein Zeichen von Schwäche wäre es auch, wenn ausgerechnet die Ionier, jener schwächste Stamm der Achaier, unsere Stadt hätten einnehmen können? Ich antwortete meiner Tante nicht, sondern starrte weiter auf die Gesichter der Männer, die nun halfen, das Schiff festzumachen. Kaum war ein schmaler Steg ausgebracht, sprang ich über die Planke hinweg und atmete auf. Fester Boden unter meinen Füßen. Ohne auf Melanippe oder unsere Kriegerinnen zu warten, drängte ich mich durch die Menschen und begab mich auf schnellstem Weg zur Zitadelle, die sich über der Stadt erhob und die den Palast mit einer hohen Mauer umfriedete.

Das Gefühl, dass etwas geschehen war, das sich nicht würde rückgängig machen lassen und das unser aller Schicksal beeinflussen würde, war da und ließ sich durch nichts vertreiben.

Ich erreichte das Tor des Palasts. Die Wachsoldaten wollten mich erst nicht passieren lassen. Sie kreuzten ihre Speere und starrten mich grimmig an. »Hier hat niemand Zutritt«, verkündete der eine.

»Aber ich lebe hier!«, erwiderte ich scharf.

»Der Befehl kommt von Herrin Afina. Niemand hat Zutritt. Wir müssen jeden Besucher melden, und sie entscheidet, ob er eingelassen wird.«

»Du willst dich gegen die Prinzessin der Skythen stellen?«, fauchte ich ihn an. »Geh mir aus den Augen.«

Sein Blick flackerte, und ich zog mein Schwert. Im selben Moment fiel all sein Selbstbewusstsein in sich zusammen. Sein Blick fiel auf meinen Waffengürtel, und ich konnte nicht genau sagen, wieso, aber er trat beiseite und gab auch dem anderen Soldaten ein Zeichen.

Ich betrat den Innenhof. Melanippe hatte mich inzwischen eingeholt und war dicht hinter mir. Unsere Kriegerinnen folgten uns beiden, und ich spürte Melanippes Hand auf meiner Schulter. »Alles wird gut«, flüsterte sie mir zu.

Doch ich wusste, dass nichts gut sein würde. Irgendwas war während meiner Abwesenheit passiert. Etwas Schreckliches. Schon die Tatsache, dass meine Tante Afina darüber bestimmte, wer den Palast betreten durfte, war sehr beunruhigend. Warum nicht mein Onkel Maspi oder – wie es richtig und angemessen wäre – meine Mutter?

»Hippolyte!« Ich blickte auf. Der Palast war in den Hügel gebaut, weshalb der Innenhof etwas tiefer lag als das Tor, das zum Inneren des Palasts führte. Meine Tante Afina stand über mir in dem Tor und blickte auf mich herunter. Sie wirkte merkwürdig abgerissen, und ihre Augen lagen in tiefen Höhlen. »Komm herauf«, befahl sie mir mit einer Stimme, die keinen Widerspruch duldete. Ich stieg die Stufen hinauf und folgte ihr in das dunkle, kühle Innere des Palasts. Ich fröstelte, als sie die Hand um meinen Oberarm legte. »Es ist gut, dass ihr gekommen seid«, fügte sie hinzu. »Vielleicht gelingt es ja dir, deine Mutter zur Vernunft zu bringen.«

»Was ist passiert?«, wollte ich wissen, doch sie schüttelte nur den Kopf. Sie begrüßte auch Melanippe mit einem knappen Nicken, dann schritt sie voran.

»Wo sind meine Schwestern? Warum steigt dunkler Rauch über

der Zitadelle auf? Wurde der Palast angegriffen? Konntet ihr den Angriff abwehren?«

Meine Tante fuhr zu mir herum. »Bei den Göttern! Kannst du nicht einen Moment warten, bis du deine Antworten bekommst?«

»Nein«, erwiderte ich kühl. »Wir wurden gerufen, weil die Ionier unsere Stadt angegriffen haben. Glaube mir, ich bin nicht gerne hier, aber ich bin gekommen, so schnell ich konnte. Wo ist mein Onkel?«

»Mein Mann führt die Krieger an, die den Ioniern nachsetzen«, sagte sie eisig. Ich verkniff mir eine Antwort, denn jetzt hatten wir die Tür erreicht, die in das Gemach meiner Mutter führte. Meine Tante blieb vor mir stehen, und ich sah, wie sie die Schultern straffte. Dann drehte sich Afina zu mir um. »Hör zu, Hippolyte. Nichts von dem, was in den vergangenen Tagen hier passiert ist, versteht irgendjemand. Dein Vater ist verschwunden, er hat uns nicht beigestanden, während wir um unser aller Leben gebangt haben. Du warst nicht hier, und deine Schwestern sind als Kämpferinnen ziemlich nutzlos. Meine Söhne haben mit meinem Mann Seite an Seite gekämpft, und Petros wurde schwer verwundet.«

»Das tut mir leid …«, setzte ich an, doch sie war noch nicht fertig. »Und deine Mutter …« Sie schüttelte den Kopf. »Wenn wir es nicht besser wüssten, würde ich sagen, dass sie verrückt geworden ist. Aber so ist deine Mutter nicht. Sie wird nicht verrückt. So viel habe ich begriffen. Wenn deine Mutter etwas tut, gibt es einen Grund dafür. Aber in diesem Fall verstehe ich nicht, weshalb sie sich zu Grunde richtet, nach allem, was passiert ist. Schon gar nicht verstehe ich, warum sie es wegen ihres dummen Pferds tut.« Sie lachte auf. Dann stieß sie die Tür auf und betrat das Gemach.

Ich folgte ihr. Die Dunkelheit, die uns umfing, stank bestialisch nach Blut, Verwesung und Tod. Ich schnappte nach Luft. Ein Fehler, denn sogleich wurde mir übel. Ich blieb stehen, während Afina weiterging, als hätte sie nichts mitbekommen. Sie drehte sich halb zu mir um und winkte mir. »Komm schon. Sie ist in ihrem Schlafgemach.«

Nur langsam folgte ich meiner Tante und versuchte, nicht durch die Nase zu atmen. In mehreren Feuerschalen glommen Holzscheite und Kohlestücke, der Rauch reizte meine Atemwege, und ich hüstelte. Mein Blick fiel auf den Fußboden, auf dem ich dunkle Flecken und Schleifspuren entdeckte. Ich konnte nicht genau benennen, warum, doch ich wurde von einem unerklärlichen Grauen erfasst.

Auf einmal fürchtete ich, meine Mutter könnte dem Wahnsinn verfallen sein.

Afina blieb stehen, und ich schob mich an ihr vorbei. Was ich in der Mitte des Raums erblickte, konnte ich erst nicht erfassen, weil es auch hier bis auf ein paar Kohlebecken komplett dunkel war. Aber dann erkannte ich den massigen Leib eines Pferds, und daneben kniete meine Mutter Otrere auf den Fliesen.

»Mutter?«, flüsterte ich.

Sie blickte auf. Die rötlich braunen Haare trug sie offen, sie waren dunkel von dem Blut. Auch ihre Hände waren vom verkrusteten Blut verklebt, ihr Gesicht, ihre Schultern, jeder entblößte Teil ihres Körpers. Ja, entblößt. Sie hatte sich die Tunika vom Oberkörper gerissen, hatte sich mit dem Blut eingerieben, das sich in einer erstarrten Lache unter dem Pferdeleib ausbreitete.

»Er ist tot«, flüsterte sie.

»Ich sehe es.« Hilflos sah ich zu Afina, doch sie zuckte nur mit den Schultern. Ich trat zu meiner Mutter und ging in die Knie. Sie starrte mich an, doch bevor ich etwas sagen konnte, flüsterte sie: »Ich habe doch nie ein anderes Pferd besessen.«

Da begriff ich. Es war der Falbe, den meine Mutter einst als Fünfjährige ausgewählt hatte – damals noch ein staksendes Fohlen, das ihr erlaubte, die Milch seiner Mutter zu trinken. Milchgeschwister waren sie gewesen, und dann hatte meine Mutter ihn ausgebildet. Er war ihr all die Jahre ein treuer Gefährte gewesen, und so mancher hatte schon gemunkelt, es ginge nicht mit rechten Dingen zu, dass ein Pferd von über dreißig Jahren immer noch so jung und agil war, so munter über die Ebene galoppierte wie ein Füllen. Meine Mutter hatte ihn, als sie sich immer häufiger in Themiskyra aufhielt, auch hierher bringen lassen, und er hatte die Seereise stoisch ertragen, als wüsste er, warum ihm dies abverlangt wurde.

Und nun war dieser wunderschöne, goldfarbene Hengst tot. Schon länger, vermutete ich, denn der Verwesungsgestank ging von seinem aufgeblähten Leib aus.

»Was ist passiert?«, flüsterte ich.

»Er ist tot«, wisperte meine Mutter. »Mein Falbe ist tot.« Sie bewegte sich, und ich sah, wie sie schmerzlich das Gesicht verzog. »Ich habe ihn hierher bringen lassen, damit er bei mir ist, wenn ich ihm den Gnadenstoß gebe.«

Ich blickte fragend zu Afina, die am Rand stand, die Hände umeinander gelegt, den Blick gesenkt. Was ging hier vor? Was war geschehen, seit ich vor einem Mondlauf Richtung Norden abgereist war? Zu viele Fragen. Einige würden warten müssen, bis ich die Situation hier geklärt hätte. Eins nach dem anderen.

Ich holte Luft. Niemand hatte mich auf das hier vorbereitet. Ja, ich war mein Leben lang darauf vorbereitet worden, dass eines Tages ich die Königin der Skythen werden würde. Wann dieser Tag kam, war ungewiss gewesen. Doch meine Mutter *lebte*. Inwieweit sie allerdings noch Herrin ihrer Sinne war, konnte ich nicht so genau sagen.

»Lass uns allein«, bat ich Afina.

»Ich halte das für keine gute Idee«, erwiderte sie scharf. »Du siehst doch, dass deine Mutter …« Sie sprach nicht weiter.

… verrückt geworden ist?, brachte ich ihren Satz in Gedanken zu Ende. War es denn so verrückt, wenn eine Frau das Pferd, das sie über dreißig Jahre lang überall hin begleitet hatte, zum Sterben zu sich holte? Dass sie sich danach in Trauer hüllte und in ihren Gemächern verschanzte?

»Geh«, sagte ich. Und das Erstaunliche passierte: Afina warf meiner Mutter einen letzten Blick zu, bevor sie das Gemach verließ. Als sie an mir vorbeiging, flüsterte sie: »Vor der Tür lasse ich Wachen postieren. Wenn sie dich schreien hören, werden sie dir zur Hilfe kommen.«

Ich nickte knapp. So weit würde es nicht kommen, war ich überzeugt. Niemals würde meine Mutter mir etwas antun.

Sobald wir alleine waren, bewegte ich mich langsam auf meine Mutter und das tote Pferd zu. Sie ließ mich nicht aus den Augen. In ihrem Blick war etwas Wildes, Ungezähmtes, das ich nur schwer deuten konnte.

Ich hockte mich hin und wartete.

»Willst du mich auch aus diesem Raum zerren und mir sein Blut abwaschen wie alle anderen?«, wollte sie wissen.

»Nein. Ich möchte deine Geschichte hören«, erklärte ich möglichst ruhig. Dabei trommelte mir das Herz gegen den Brustkorb.

Etwas Schlimmes war passiert, so viel verstand ich inzwischen. Aber was genau?

»Möchtest du sie mir erzählen?«, fragte ich.

Meine Mutter schwieg lange.

Und dann erhob sie ihre Stimme und erzählte mir alles. Ich verstand. Alles, was sie getan hatte, ergab auf einmal Sinn, auf eine traurige Art.

Aber das hieß nicht, dass ich es akzeptieren würde.

10

Stockend erzählte sie. Von den Ioniern, mit denen sie nicht gerechnet hatten. Die Skythen lebten im Frieden mit ihren Nachbarn, soweit das möglich war, wenn so grundverschiedene Völker so nah beieinander siedelten. Doch in all den Jahren hatten sich alle Seiten sehr umeinander bemüht, und mit Troja gab es schließlich auch gute Handelsbeziehungen, und es hatte sogar Überlegungen gegeben, Hektor und mich miteinander zu vermählen, um ein Bündnis zu schmieden.

Aber die Ionier. Denen waren die Trojaner ebenso ein Dorn im Auge wie Themiskyra, und sie wollten weder die einen noch die anderen akzeptieren. Darum hatten sie einen nichtigen Grund zum Anlass genommen, ihre Streitkräfte gegen Troja zu senden. Die Mauern Trojas waren zu wehrhaft, weshalb die Ionier nach einem ersten Sturmangriff aufgegeben und sich nach Osten gewandt hatten. Dorthin, wo wenige Tagesreisen weiter Themiskyra am Thermodon lag. Eine Stadt, so verlockend wie ein reifer Granatapfel, dem der General der Ionier nicht widerstehen konnte. Und war es nicht gleichgültig, ob sie Troja oder Themiskyra eroberten?

Sie hielten sich nicht mit Warnungen auf. Oder damit, den Skythen den Krieg zu erklären. Sie griffen im Morgengrauen an, und nach dem ersten Schreck schickte meine Mutter die Kämpfer zunächst auf die Stadtmauern und dann, nachdem der Ansturm der Ionier abgewehrt war, befahl sie, das Stadttor zu öffnen, damit die skythischen Kämpferinnen und Kämpfer sich wie eine Flutwelle über die Ebene ergießen konnten. Sie waren nicht nur zahlenmäßig überlegen, sondern auch deutlich besser ausgebildet. Es war dumm von dem ionischen General gewesen, als er dachte, mit einer Stadt voller Kämpferinnen hätte er leichtes Spiel.

Meine Mutter ritt an der Spitze, wie sie es schon immer getan hatte, seit sie einst Königin wurde. Doch diesmal war das Kriegsglück ihr nicht hold. Es gelang zwar, die Ionier in die Flucht zu schlagen … doch der Falbe trat im vollen Galopp in ein Kaninchenloch auf der Ebene und brach sich das Bein. Meine Mutter stürzte aus dem Sattel, und als die Ionier sahen, dass die Königin der Skythen in Bedrängnis geraten war, kehrten sie um und griffen erneut an.

Letztlich begingen sie damit einen fatalen Fehler. Doch nicht nur für die meisten Ionier bedeutete die zweite Angriffswelle den Tod. Die Skythen versammelten sich schützend um ihre Königin, doch ein verirrter Pfeil traf sie am Oberschenkel und verletzte sie schwer.

Sie hätte es fast nicht lebend zurückgeschafft. Und sie hatte so viel Blut verloren.

Nur mit viel Glück gelang es, die Blutung zu stillen. Sie lag drei Tage bewusstlos in ihrem Gemach, die Ärzte sorgten sich um sie, die Stadtbewohner flehten zu allen skythischen Göttern und vorsichtshalber auch zu Apollon. Hieß es nicht, er habe einst die Schwester der Königin von den Toten erweckt? Vielleicht brauchten sie jetzt erneut ein Wunder von ihm.

Otrere überlebte. Sobald sie wieder aufstehen konnte, humpelte sie in den Stall und sah nach dem Falben.

Ihr wunderschönes, kluges und unvergleichliches Pferd hatte sich das Bein gebrochen, und kein Gebet dieser Welt konnte den Bruch heilen. Der Falbe war in den wenigen Tagen seit der Schlacht wie von einem Zauber belegt gealtert, und als sie schließlich zu ihm kam, stand vor ihr ein sieches Pferd, gebeugt von Schmerzen und seinem wahren Alter. Dieses Pferd war dem Tod geweiht.

Sie sah, wie sehr er litt und befahl, dass er in den Hof gebracht werden sollte, der an ihr Schlafgemach grenzte. Niemand sollte Zeuge sein, wenn sie ein letztes Mal ihrem Pferd einen Liebesdienst erwies.

Als meine Mutter zu diesem Punkt der Geschichte gelangte, schwieg sie lange. Ich stellte mir vor, wie sie den Falben in den Hof führte. Wie sie ihm ein Bett aus Stroh aufschütten ließ. Für uns skythische Reiterinnen waren unsere Pferde wie Kinder, wir umhegten sie ihr Leben lang, und wenn sich ihr Leben dem Ende zuneigte, schmerzte uns dieser Verlust mehr als er bei einem Tier, das nur dem einen Zweck diente, uns sicher durch die Schlachten zu tragen.

»Du musst das verstehen, Hippolyte«, sagte Otrere leise. »Gerade du. Dein Name bedeutet nicht umsonst ›die die Pferde loslässt‹.«

»Du hast ihn losgelassen.«

»Nein.« Sie lächelte zum ersten Mal. »Ich habe ihn vorausgeschickt.«

Mir wurde plötzlich kalt, und ich wünschte, mein Vater wäre hier. Er könnte sie zur Vernunft bringen, dachte ich. Nur er.

»Der Falbe wurde immer schwächer und müder. Sein Fell war stumpf und glänzte nicht mehr golden. Ich spürte, dass er nicht mehr wollte. Da habe ich ihn hier reingeholt, und ich habe ihn ein letztes Mal gefüttert und getränkt. Danach …« Sie zögerte. »Du hättest dasselbe getan, Hippolyte. Nicht wahr? Für deine Graue hättest du das getan.«

Ich konnte nicht antworten, denn meine Kehle zog sich schmerzhaft zusammen.

»Er sah mich an, als wüsste er, was ich vorhabe. Ich habe es getan, wie wir es mit unseren Opferpferden tun. Schnell und schmerzlos mit dem Dolch. Er brach zusammen und starb. Ich blieb bei ihm, bis der letzte Tropfen Blut aus seiner Kehle geflossen war.«

Bei der Vorstellung, wie meine Mutter ihrem geliebten Goldhengst den Dolch in die Kehle stieß, musste ich unwillkürlich eine Hand auf meinen Hals legen.

»Danach habe ich begonnen zu warten.«

»Worauf?«, krächzte ich.

»Dass ich ihm folgen darf.«

Ich bekam keine Luft mehr. Der stickige Verwesungsgeruch und die Wärme taten ihr Übriges. »Was soll das heißen?«, flüsterte ich.

Meine Mutter sah mich an.

Dann stützte sie sich seufzend auf das Bettgestell, neben dem sie auf dem Boden kniete. Sie ächzte, als sie sich langsam auf die Füße brachte, und sie keuchte vor Schmerz auf. Ich starrte sie an. Meine Mutter war hohlwangig und bleich, und ich hatte das bisher auf die Trauer und den Verlustschmerz geschoben. Aber dann sah ich, wie sie ihr Gewicht auf ein Bein verlagerte und das andere anwinkelte. Wie sie versuchte, es nicht zu belasten. Ich machte einen Schritt auf sie zu.

»Die Feuer über der Zitadelle«, fuhr sie fort. »Ich habe befohlen, dass sie die Toten der Ionier verbrennen, wie es ihr Brauch ist … Nun frage ich mich, ob es falsch war. Ob wir nicht unsere Heimat verpesten mit dem Leichengeruch unserer Feinde.« Sie machte einen Schritt nach vorne. Ich sah, wie ihr ganzer Körper bebte, und ihr Gesicht vom Schweiß überströmt war. Sie hatte Schmerzen. Vermutlich auch Fieber. Mein Blick glitt nach unten bis zu ihrem Oberschenkel. Sie senkte den Kopf und folgte meinem Blick.

»Es war knapp, sagte der Heiler«, erklärte sie ruhig. »Nachdem sie die Blutung stoppen konnten, war ich sehr schwach. Und danach war ich beim Falben und habe mich nicht länger darum gekümmert, wie es mir ging.«

»Darf ich …?«

Sie zuckte mit den Schultern. Als käme es darauf auch nicht mehr an.

Ich beugte mich vor und betrachtete die Wunde aus der Nähe. Jemand hatte mehrere Stoffstreifen um den Oberschenkel meiner Mutter gewickelt, doch vermutlich war der Verband schon länger nicht mehr gewechselt worden; durch die Schichten suppte eine Mischung aus Blut und Eiter. Der Verwesungsgeruch, der mir in die Nase stieg, verhieß nichts Gutes.

Die Wunde hatte sich entzündet.

»Hat der Heiler sich das in den letzten Tagen noch mal angesehen?« Ich berührte mit einem Finger den Verband. Selbst durch die Stoffbahnen spürte ich die Hitze, die von der Wunde ausging.

»Was würde es nützen? Wir wissen beide, was er sagen würde. Nicht wahr?«

Sie setzte sich auf das Bett und verzog schmerzlich das Gesicht. »Es gibt andere Verwundete, um die er sich kümmern sollte«, fügte sie hinzu. »Bei mir ist alles vergebens.«

Ich schüttelte den Kopf. »Das glaube ich nicht«, erwiderte ich. In mir regte sich Widerstand. Was hatte meine Mutter vor? *Wollte* sie denn sterben? Dachte sie, irgendwem wäre damit gedient, wenn sie aufgrund dieser Verwundung starb? Wo war ihr Lebenswille?

Ich kannte die Antwort.

Der Tod vom Falben hat ihr den Lebenswillen genommen.

Aber wie konnte das sein? Es musste mehr dahinterstecken.

»Weiß mein Vater, was du hier tust?«, fragte ich herausfordernd.

»Ach, Hippolyte …« Sie lachte. »Ares weiß es nicht nur. Ich denke, er billigt es auch. Wir alle wissen doch, dass die Zukunft dir gehört. Was soll ich da noch hier? Meine Anwesenheit war schon nicht mehr nötig, nachdem du aus der Zwischenwelt befreit wurdest.«

»Das glaube ich nicht«, widersprach ich heftig. »Was ist mit dir los?« Tief in meinem Innern war eine Wut erwacht, von der ich nicht wusste, dass sie in mir steckte. »Willst du dich hier verschanzen, bis *dir* jemand den Gnadenstoß versetzt, wie du's bei deinem Pferd getan hast? Geht es darum? Willst du, dass ich dich ermorde?«

Ich schrie sie an, und etwas Erstaunliches passierte. Meine Mutter starrte mich an, und dann … lächelte sie.

»Da ist sie ja«, flüsterte sie. »Meine kämpferische Hippolyte.«

Ich fuhr herum. Keinen Augenblick länger ertrug ich es, meiner dahinsiechenden Mutter dabei zuzusehen, wie sie sich in ihrem Schmerz und ihrer Trauer selbst zugrunde richtete. Es musste doch irgendetwas geben, das ich dagegen tun konnte …

»Du brauchst gar nicht zu glauben, dass du noch irgendwas gegen ihre Sturheit und ihre Todessehnsucht ausrichten kannst.«

Afina hatte vor der Tür auf mich gewartet, und als ich aus dem Gemach meiner Mutter stolperte, löste sie sich von der Wand und trat neben mich. Ich musste mich vorbeugen und nach Luft ringen.

Die Panik, die mich erfasst hatte, war wie ein unerträglich enger Brustpanzer, der immer fester gezurrt wurde. Afina legte die Hand zwischen meine Schulterblätter. »Ich weiß«, flüsterte sie, und zum ersten Mal, seit ich sie kannte, glaubte ich in ihrer Stimme so etwas wie Mitgefühl herauszuhören. Sonst war sie mir und meinen Schwestern immer kühl begegnet.

»Wo … wo sind Penthe und Antiope?«, brachte ich schließlich mühsam hervor.

»Deine Schwestern sind bei mir, solange Maspi und unsere Söhne die Ionier jagen. Ich habe entschieden, dass es so besser für sie ist. Und das solltest du dir auch überlegen.«

»Ich kann sie doch nicht damit allein lassen«, wisperte ich. Es war mir unbegreiflich, wie meine Mutter diesen qualvollen Tod wählen konnte und niemand etwas dagegen unternahm – außer meine Schwestern aus dem Weg zu schaffen, damit sie von dem Anblick ihrer scheinbar verrückt gewordenen Mutter nicht traumatisiert wurden. Wollte denn niemand etwas gegen ihren Tod unternehmen?

»Es liegt nicht in unserer Hand, Hippolyte«, sagte Afina leise. »Dein Onkel Maspi und ich haben alles versucht. Penthe hat eure Mutter angefleht. Aber sobald der Falbe tot war, drang keiner von uns mehr zu ihr durch. Es war, als hätte sie mit ihrem Leben abgeschlossen.«

Das hatte sie wohl. Dennoch war ich nicht bereit, kampflos aufzugeben. Ich wusste, dass es jetzt nur noch einen gab, der sie umstimmen konnte.

Mein Vater.

11

Was meinen Vater betraf, gab es nur ein Problem: Er war verschwunden.

Schon vor dem Angriff der Ionier war er eines Morgens nicht auffindbar gewesen. Meine Mutter hatte es mit einem Schulterzucken abgetan, berichtete mir Penthesilea. »So ist euer Vater nun mal«, hatte sie erklärt und ihre Regierungsarbeit fortgesetzt, als sei nichts geschehen.

Es war nicht so, als wären wir die langen Abwesenheiten unseres Vaters nicht gewohnt. Doch in diesem Fall war es merkwürdig. Ares hatte sich stets als Beschützer unserer Mutter gefühlt und hatte diese Rolle auch aktiv erfüllt. Aber nun schien es, als gebe es einen Bruch zwischen den beiden.

»Was tust du jetzt?«, fragte Antiope ängstlich. Penthesilea und sie saßen auf der Bettstatt, die Afina ihnen in den Gemächern der Familie meines Onkels zugewiesen hatte. Unsere Cousins mussten nach ihrer Rückkehr auf das dritte Schlafzimmer ausweichen, während wir Mädchen uns den Raum teilten, den bisher Petros für sich allein gehabt hatte.

Sie hatten die Ionier bis hinter die Grenze gejagt und waren zurückgekehrt. Erschöpft, wütend und staubig von den langen Tagen im Sattel. Aber ihre Bemühungen waren vergebens gewesen. Ich wünschte, sie hätten diese verweichlichten Achaier erwischt und sie für das bestraft, was sie uns angetan hatten. Ich wünschte, ich wäre da gewesen und hätte sie selbst jagen können.

»Ich reite nach Ephesos«, erklärte ich meinen Schwestern, ohne zu wissen, ob das ein kluger Schritt war.

»Das kannst du nicht«, widersprach Penthesilea. »Wenn Mutter stirbt, musst du hier sein.«

»Mama stirbt nicht«, jammerte Antiope sogleich los. Die Jüngste von uns drei hatte die hübschen Gesichtszüge und die rötlich braunen Locken unserer Mutter geerbt. Sie hatte rot geweinte Augen, und seit ich mit ihnen hier saß, war sie mehrfach in Tränen ausgebrochen.

»Nein, wird sie nicht«, versicherte Penthesilea und streichelte ihren Rücken. Dabei warf sie mir über Antiopes Kopf hinweg einen Blick zu, den ich nur schwer deuten konnte.

Ich fürchtete, dass Penthesilea wusste, was uns bevorstand. Dass sie dennoch Antiope schützen wollte. Sie war nicht nur die Jüngste, sondern auch die Sensibelste von uns dreien, und der Verlust unserer Mutter würde vor allem sie hart treffen.

Doch dass es so weit kam, wollte ich um jeden Preis verhindern.

»Wir warten auf dich, während du Vater holst«, sagte Penthesilea. »Aber bitte, reite nicht allein. Nimm deine Kriegerinnen mit.«

»Das kann ich nicht«, widersprach ich. »Alleine bin ich schneller als wenn wir in einer großen Gruppe reiten.«

Schließlich einigten wir uns darauf, dass Melanippe mich mit einer Handvoll Kriegerinnen begleitete.

»Erwarte dir nicht zu viel davon«, sagte Melanippe, als wir uns am nächsten Morgen im Innenhof versammelten. Die Pferde schnaubten unruhig, die Reiterinnen prüften schweigend ihre Waffen, die Zäume ihrer Pferde und die Sättel. Meine Tante umarmte mich. »Dein Vater …«, murmelte sie.

»Wenn er nicht dort ist, werde ich zu Apollon beten«, erwiderte ich ruhig. »Irgendetwas muss ich doch tun.«

Sie umfasste mein Gesicht mit beiden Händen. »Kleine Hippolyte. Wir haben immer gedacht, dass der Tag in weiter Ferne ist, an dem du für uns alle die Verantwortung übernehmen wirst. Aber ich fürchte, er ist schon jetzt gekommen.«

Und das sagte sie nicht, weil sie mir nicht zutraute, dass ich diese Verantwortung trug. Es schien eher so zu sein, dass sie ehrlich mit mir darum trauerte, dass die kindliche Unbeschwertheit nun endgültig vorbei war.

Ich hatte in der letzten Nacht kaum Schlaf gefunden. Zu viele Dinge waren mir durch den Kopf gegangen. Was musste ich vor meiner Abreise erledigen, mit wem musste ich sprechen? All das hinterließ bei mir eine Hilflosigkeit und Erschöpfung, gegen die ich nur mühsam ankam. Als ich schließlich Schlaf fand, träumte ich unruhig. Doch beim Aufwachen war mir klar, dass nun alle auf mich blickten. Dies war der Moment, auf den ich mein ganzes bisheriges Leben vorbereitet worden war. Noch war ich nicht bereit, die Nachfolge meiner Mutter anzutreten. Nicht, solange auch nur der Funke einer Chance bestand, dass sie überlebte.

Obwohl wir unsere schnellsten Pferde ritten, die nach der Schiffsreise und den drei Tagen Rast ausgeruht waren, brauchten wir einen halben Mondlauf, bis wir die Halbinsel Ioniens durchquert hatten und Ephesos erreichten. Die Hafenstadt breitete sich unterhalb der Hügel vor uns aus. Ich blickte zu einem der Hügel, auf dem der Tempel der Artemis in den Himmel wuchs. Noch immer war dieses prächtige Bauwerk, das einst meine Mutter begonnen hatte, um die Göttin günstig zu stimmen, nicht vollendet.

Ich wusste nicht, wie ich meinem Vater mitteilen konnte, dass ich hier war, weshalb mich mein Weg zuerst zum Tempel der Artemis führte. Ich merkte, dass die Stadtbewohner uns beäugten. Es waren nur wenige Frauen auf den Straßen unterwegs, und ich dachte daran, dass achaische und vor allem ionische Frauen sich auf die heimische Sphäre beschränkten. Anders als die Frauen unseres Volks. Skythinnen konnten all das tun und lassen, was auch den Männern erlaubt war – sei es kämpfen, Pferde verkaufen oder Goldschmiedin werden.

Auf der Baustelle des Tempels herrschte rege Betriebsamkeit. Ich stieg von der Grauen und warf Melanippe die Zügel zu. »Wo willst du hin?«, rief sie mir zu.

»Ich suche die Göttin!«, erwiderte ich, gerade so, als wäre es das Einfachste auf der Welt. Ich schlenderte den Säulengang entlang und beobachtete die Bauarbeiter. Es gab auch einige Bürger, die allein oder in Begleitung einer Frau die Stufen zum Tempel hochstiegen. Meist hatten sie kleine Krüge bei sich, und aus dem Innern des Tempels hörte ich gelegentlich das Scheppern, mit dem sie diese auf den Steinfliesen zerbrachen und den Inhalt der Göttin opferten.

Ich wich einer hochschwangeren Frau aus, die in Begleitung eines deutlich älteren Mannes mühsam die Stufen des Tempels erklomm. Sie blieb stehen und musste Luft holen. Ich starrte sie finster an. Meine Güte, diese Achaierinnen waren körperlich nicht mal in der Lage, ein paar Stufen hinaufzusteigen, ohne dass sie ins Schwitzen gerieten. Wie sollten sie denn die Anstrengungen einer Geburt unbeschadet überstehen?

Ich wollte ihr schon ins Innere des Tempels folgen, als ich eine Gestalt bemerkte, die lässig an einer Säule lehnte.

Artemis.

Wie schon bei unserer ersten Begegnung war sie überirdisch schön, ihre dunklen Haare reichten bis zu ihren Hüften und das silbrige, bodenlange Kleid passte zu ihren quecksilberfarbenen Augen. Sie legte den Kopf schief und musterte mich nachdenklich, während der Alte und seine Gemahlin an ihr vorbei gingen, ohne sie zu bemerken. Artemis hob die Hand und legte sie für einen winzigen Moment auf die Schulter der Schwangeren. Diese schien kurz zu erschauern, als wäre ihr kalt. Dann folgte sie ihrem Gemahl in den Tempel.

»Hast du sie gerade gesegnet?«, wollte ich wissen.

»Ich freue mich auch, dich wiederzusehen, Hippolyte.« Ein Lächeln umspielte Artemis' Mundwinkel. »Ich wusste gar nicht, dass du so große Sehnsucht nach mir hast.«

»Habe ich auch gar nicht.« Ich verschränkte die Arme vor der Brust und warf über die Schulter einen Blick zu Melanippe und den anderen Kriegerinnen. Sie blickten zwar in meine Richtung, doch keine wirkte in irgendeiner Form beunruhigt, weil ich mit einer Göttin sprach.

Es ist, als würden sie Artemis nicht bemerken. So wie schon der Alte mit seiner Frau sie nicht wahrgenommen hat.

»Nicht jeder kann mich sehen«, sagte Artemis. »Ehrlich gesagt können nur die Wenigsten uns Götter wirklich erkennen.«

Ach ja. Und Gedanken lesen konnten die Götter auch. Mein Vater tat dies in unserem Beisein fast nie, weshalb Artemis' Worte mich erschauern ließen. Wie unangenehm.

»Ihr könnt das kontrollieren?«

Sie wiegte den Kopf. »Nur bis zu einem gewissen Punkt. Aber du bist sicher nicht hergekommen, um mit mir über göttliche Fähigkeiten zu plaudern, nicht wahr?«

»Nein. Ich suche meinen Vater.«

»Ah«, machte Artemis. »Hätte mich auch gewundert, wenn du *mich* anrufen wolltest.«

»Keine Sorge, ich werde dich nicht behelligen. Sag mir einfach, wo ich Ares finde.«

»Wenn ich das wüsste ... Hast du Aphrodite schon gefragt?«

»Was hat Aphrodite damit zu tun?«

Ich wusste ja, dass mein Vater und die Göttin der Schönheit schon seit Äonen in einer unmöglichen Liebe miteinander verbunden waren. Aphrodite war mit Hephaistos vermählt, während mein Vater die letzten Jahrzehnte meiner Mutter treu gewesen war. Glaubte ich zumindest.

»Aphrodite hat immer die Finger im Spiel, wenn es um deinen Vater geht.« Wieder dieses feine Lächeln, leicht ironisch. Ich verschränkte die Arme vor der Brust. Die Vorstellung, wie mein Vater sich mit einer anderen Frau vergnügte – nun, einer Göttin, meinetwegen – während meine Mutter daheim in Themiskyra ihrem Tod entgegendämmerte, missfiel mir.

»Selbst wenn ich sie fragen wollte ... Ich wüsste nicht, wo ich sie finde.«

»Das ist in der Tat schwierig. Aber ich kann mir schon denken, warum du ihn suchst. Es ist derselbe Grund, warum er sich nicht finden lassen will.«

Ich brauchte einen Moment, um diese Information zu verarbeiten. »Du meinst, er ...«

»Deine Mutter«, sagte Artemis scharf, »trifft Entscheidungen.

Die mögen deinem Vater nicht behagen, aber er *respektiert* ihre Entscheidungen. Und das solltest du auch tun, Königin Hippolyte.«

Ich schauderte. »Ich bin keine Königin«, erwiderte ich heftig.

»Noch nicht.« Wieder dieser abschätzige Blick, als wüsste sie nicht genau, ob ich die Wahrheit ertrug. »Es wird aber nicht mehr lange dauern, wenn du tatenlos hier herumstehst.«

»Heißt das, es gibt eine Möglichkeit, wie ich meine Mutter retten kann?«

»Das habe ich nicht behauptet.« Wieder dieses hinterhältige Lächeln. Das kannte ich schon von ihr, und ich konnte nicht behaupten, dass es mir gefiel. Bevor ich jedoch noch etwas sagen konnte, klatschte Artemis in die Hände. »So, jetzt genug geplaudert, ich habe zu tun.«

Sie schob sich an mir vorbei, und ich fröstelte unwillkürlich. Über die Schulter lächelte sie mir zu, dann war sie im Innern des Tempels verschwunden und ließ mich zurück. Ohne Antworten. Ich starrte ihr wütend hinterher, aber dann wurde ich von einem jungen Mann angerempelt, der in den Tempel drängte. Er fuhr mich an, ich hätte hier ohne Begleitung nichts zu suchen. Ich stieg die Stufen herunter und trat zu Melanippe.

»Und?«, fragte sie.

Hilflos zuckte ich mit den Schultern.

»Dann gehen wir zu Apollon.«

Sie gab mir die Zügel meines Pferds und schwang sich in den Sattel ihres braunen Hengstes. Ich folgte ihrem Beispiel, doch in Gedanken war ich weiterhin bei der Begegnung mit Artemis.

»Meinst du, er wird uns helfen, meinen Vater zu finden?«

»Nein. Aber er könnte deine Mutter heilen.«

Im Stadtzentrum gab es weitere Tempel, und der größte darunter war Artemis' Zwillingsbruder Apollon gewidmet. Hier waren deutlich weniger Frauen unterwegs. Wir fielen auf, als wir auf dem Pferderücken und mit der eindeutig fremdländischen Kleidung vor dem Tempel hielten.

Ich stieg aus dem Sattel und gab Melanippe die Zügel. Diesmal schüttelte sie jedoch den Kopf, glitt ebenfalls vom Rücken ihres Pferds und folgte mir die Stufen hinauf.

»Willst du ihm ein Opfer darbringen?«, flüsterte ich, und Melanippe lächelte als Antwort. Sie zog einen kleinen Krug aus dem Beutel, den sie am Gürtel trug. Wir betraten das Innere des Tempels und warteten, bis die Männer, die ihre Opfer darbrachten, fertig waren. Erst als wir allein in dem kleinen, dunklen Raum vor dem Altar standen, entspannte ich mich ein wenig.

Apollons Statue war aus Holz gefertigt, bunt bemalt und stellenweise vergoldet. Melanippe trat vor ihn, sie hob die Hände mit dem kleinen Krug hoch und flüsterte etwas, das ich nicht verstand. Dann schleuderte sie den Krug auf den Steinboden, wo er zerschellte. Der süße Duft des parfümierten Öls stieg auf.

Wir blieben stehen und warteten, doch nichts passierte.

Wäre auch zu einfach gewesen, dachte ich verbittert, *wenn sich die Götter uns zeigen, nur weil wir ihnen Opfer darbringen oder ihre Tempel aufsuchen.*

So viel hatte ich verstanden: Dass es eben nicht so leicht war. Die Götter gehorchten keinen Gesetzen, unterwarfen sich nicht dem Willen der Menschen und ließen sich schon gar nicht von einem Krüglein Öl anlocken, das man ihnen brachte.

Enttäuscht führte ich mein Pferd vom Tempel weg. Ich wusste, dass es in Ephesos einen Palast gab, in dem einst meine Eltern zusammengelebt hatten. Den wollte ich nun suchen.

Melanippe und die Kriegerinnen folgten mir. Keine sagte etwas, doch in ihren Gesichtern sah ich die Enttäuschung darüber, dass wir nichts erreicht hatten. Langsam bekam ich Angst. Wie viel Zeit blieb uns noch, bis meine Mutter starb?

Der Palast war so absurd riesig und prachtvoll, dass ich im ersten Moment dachte, es müsse ein Irrtum vorliegen. Doch die Sklaven, die uns begrüßten, versicherten mir, dass es sich um die Heimstatt von Ares handelte, wenn er gelegentlich unter den Menschen wandelte.

»Und den Rest der Zeit steht der Palast leer?«, fragte ich ungläubig.

Sie versicherten mir, das sei gar nicht so schlimm. Sie führten mich in ein Schlafgemach, das offenbar nur auf mich gewartet hatte, denn in mehreren Truhen gab es prächtige Kleider und Schmuck. Sie boten mir ein heißes Bad an, wuschen mir die Haare und salbten meinen Körper. Sie schienen sehr um mich und meine Gefährtinnen bemüht zu sein, und als ich zum abendlichen Mahl in den Saal ging, wo sich bereits Melanippe und die anderen versammelt hatten, trugen sie auf Platten zartes Fleisch, duftendes Brot und gegrilltes Gemüse auf, das köstlich schmeckte und mich dennoch ratlos zurückließ. All dieser Luxus schien nur auf uns gewartet zu haben. Als hätte jemand gewusst, dass wir kommen würden. Oder war dieser Palast jederzeit darauf vorbereitet, Mitglieder der skythischen Königsfamilie zu begrüßen und zu bewirten?

Was für eine Verschwendung, dachte ich. Draußen auf der Steppe hungerten unsere Leute im Winter, und hier gab es genug, um sie alle zu sättigen. Ich wollte darüber Wut empfinden, doch es gelang mir nicht. Zu sehr genoss ich die Ruhe, die mir der Palast nach der langen, anstrengenden Reise bot.

»Man könnte sich fast daran gewöhnen, nicht wahr?« Melanippe beugte sich zu mir herüber.

»Meinst du, mein Vater wird bald kommen?«

»Ich weiß es nicht.«

»Wie lange sollen wir auf ihn warten?«

Melanippe seufzte und zuckte mit den Schultern. »Was denkst du?«

»Drei Nächte«, entschied ich. »Länger können wir nicht warten. Wenn er bis dahin nicht auftaucht, reiten wir zurück. Wir dürfen Themiskyra und meine Schwestern nicht so schutzlos lassen. Wenn …« Ich schluckte.

Konnte nicht aussprechen, was ich dachte.

Wenn meine Mutter stirbt, muss ich dort sein. Die Macht wird nach ihrem Tod auf mich übergehen.

Melanippe nickte ernst. »Ich werde an deiner Seite sein«, versprach sie.

Und so warteten wir.

In der ersten Nacht fand ich kaum Schlaf, denn jedes noch so kleine Geräusch ließ mich aufschrecken, und ich lag die meiste Zeit mit offenen Augen im Dunkeln. Mein Körper war so viel Luxus nicht gewohnt, die Decken waren zu viel, zu schwer, die Kissen zu weich, alles störte mich. Mitten in der Nacht stand ich auf und ging durch die leeren Gänge und Hallen zum Stall, wo ich mich neben meiner Stute im Stroh einrollte und endlich Schlaf fand.

In der zweiten Nacht schlief ich tief und traumlos, denn am Abend hatte Melanippe für uns alle Wein bringen lassen, und ich war nicht an die berauschende Wirkung gewöhnt und trank zu viel davon.

Nachdem ich tagsüber lange mit Kopfschmerzen zu kämpfen hatte, blieb ich in der dritten Nacht wieder wach, ohne so genau zu wissen, warum. Mein Vater könnte jederzeit tagsüber zu mir kommen, aber ich glaubte zu wissen, dass er die Dunkelheit abwarten würde, bevor er zu mir kam.

Ich schlief wohl doch ein, denn in tiefster Dunkelheit schrak ich hoch und spürte, dass ich nicht allein war. Ich setzte mich auf.

»Vater?«, flüsterte ich.

Eine dunkle Gestalt saß auf einer der Truhen. Massig und alles Licht schluckend. Ich starrte sie so lange an, bis meine Augen sich an die Finsternis gewöhnt hatten.

»Warum bist du nicht in Themiskyra geblieben?«

Ich starrte ihn an. Das war seine erste Frage? Nicht, wie es mir ging oder warum ich hergekommen war, sondern ein indirekter Vorwurf?

»Ich dachte …«

»Deine Mutter stirbt, Hippolyte. Niemand sollte allein sein, wenn er stirbt. Schon gar nicht deine Mutter, die für dich und deine Schwestern so viel geopfert hat.«

Ich schob die Pelzdecke beiseite und stand auf. Inzwischen konnte ich seine Umrisse deutlich ausmachen; ihn umgab ein schwaches Leuchten, das bei Helligkeit niemandem auffiel. »Sie ist krank«, bestätigte ich. »Aber wir haben immer noch in der Hand, ob sie stirbt oder nicht. *Du* hast es in der Hand. Bist du nicht schon einmal in die Zwischenwelt gereist und hast sie und mich gerettet?«

Er runzelte die Stirn. »Du hast keine Ahnung, wovon du sprichst, Hippolyte.«

»Ach nein? Wie denn auch, wenn ihr Götter uns Menschen im Dunkeln tappen lasst. Wenn ihr euch darin gefallt, Schicksal zu spielen. Ich möchte Antworten? Die muss ich mir verdienen. Oder ich habe sie längst erhalten, bin aber nicht schlau genug, sie auch tatsächlich als Antworten zu begreifen. Wahrscheinlich, weil ihr Götter denkt, dass ich sie nicht hören will.«

»Die Zeit deiner Mutter ist abgelaufen«, erwiderte Ares resigniert. »Sie weiß das, und ich weiß es auch. Es wäre ein Fehler, wenn ich mich gegen den Lauf der Dinge stelle. Die Folgen für dich und deine Schwestern wären kaum abschätzbar.«

Ich starrte ihn an.

»Und das soll mich beruhigen?«, fauchte ich. »Glaubst du wirklich, wenn du mit meinem Schicksal kommst, könnte ich den Tod meiner Mutter hinnehmen?«

»Ich habe nicht behauptet, dass es einfach ist. Für mich ist es auch schwer, weißt du? Ich habe gewusst, dass unsere gemeinsame Zeit begrenzt sein wird, doch zu sehen, wie sie allzu früh gehen muss …« Er verstummte.

Ich schüttelte wütend den Kopf. »Das ist doch alles nicht wahr«, murmelte ich. »Du lässt sie sterben, obwohl du ihren Tod verhindern könntest?«

»Hippolyte.« Er klang so müde und verzweifelt, wie ich mich fühlte. »Wir Götter sind nicht allmächtig. Ich wünschte, ich könnte es dir besser erklären, aber für den Moment wirst du mir einfach glauben müssen, dass ich nichts für sie tun kann.«

Ich spürte nur Wut.

»Du willst nicht.«

»Doch, Hippolyte. Natürlich will ich sie retten.«

»Es ist dir egal, ob sie lebt oder stirbt«, unterbrach ich ihn. Ich ballte die Fäuste. »Es hat keine Bedeutung, nicht wahr? Sie ist nur eine Sterbliche, und sie hat dich für einen Wimpernschlag deines unendlichen Lebens hervorragend unterhalten, aber jetzt genügt es. Du bist sie leid. Sie langweilt dich. Dass sie stirbt, passt dir vermutlich gut in den Kram.«

Er erhob sich und ragte über mir auf. Größer als in meiner Erinnerung. So groß, dass sein Kopf beinahe die Decke berührte. Ich bekam kurz Angst, kannte ich doch die Geschichte von den Göttern, die Sterblichen in ihrer überirdischen Gestalt erschienen und diese damit in den Tod trieben, weil die göttliche Gestalt für Menschen unerträglich war, so dass sie vergingen. Dann aber straffte ich die Schultern. Mein Vater hätte in den letzten Jahren tausend Gelegenheiten gehabt, mir zu schaden. Weshalb hätte er damit bis zu dieser Nacht warten sollen?

»Du vergisst dich, Hippolyte.« Seine Stimme war so laut wie ein tosender Sturm. »Du vergisst, wer du bist.«

»Ich bin Tochter von Otrere, Königin der Skythen. Ich bin Tochter von Ares, Kriegsgott der Achaier.« Ich reckte trotzig das Kinn. »Du jagst mir keine Angst ein, Vater. Du hast mir mein Leben lang gesagt, ich sei für etwas bestimmt. Und das war sicher nicht, dass du mich in einem Anflug von Zorn vernichtest.«

Er wollte etwas sagen, doch dann sah ich, wie etwas in seinen Augen … brach. Einfach so. Er senkte kurz den Blick, als müsste er sich sammeln, und dann starrte er auf mich nieder, mit so viel Wut und Abscheu, dass ich gegen meinen Willen zwei Schritte zurückwich. Ich spürte die Bettstatt gegen meine Kniekehlen drücken.

»Morgen wirst du Ephesos verlassen«, sagte er kalt. »Ich will dich nie mehr in dieser Stadt sehen. Du wirst keine Tempel mehr aufsuchen. Mit niemandem reden.«

Damit meinte er vor allem: *Mit keinem anderen Gott.*

»Keine Sorge«, erwiderte ich scharf. »Du weißt sicher, dass Apollon sich bereits geweigert hat, uns zu erscheinen.«

Mein Vater versteifte sich. »Er hat sich nur nicht Melanippe gezeigt«, murmelte er.

Ich verstand.

»Aber das ist egal. Du reist morgen ab. Keine Tempelbesuche mehr. Ich verbiete es dir.«

Ich schloss die Augen. Als würde ich mir von ihm etwas verbieten lassen. Als wüsste er nicht, dass ich zu störrisch war, mir etwas verbieten zu lassen.

»Was passiert sonst?«, erwiderte ich.

Aber er war schon nicht mehr da.

Verschwunden, als wäre er nie in meinem Schlafgemach gewesen. Ich hörte irgendwo im Palast die Jagdhunde heulen und sank auf mein Bett. Mit den Händen fuhr ich mir durchs Gesicht und versuchte, einen Sinn in seinen Worten zu erkennen.

Er wollte, dass ich aus Ephesos verschwand? Nichts lieber als das. Aber erst wollte ich noch einen letzten Versuch unternehmen, meine Mutter vor dem zu bewahren, von dem mein Vater behauptete, es sei unausweichlich.

Ich würde mich niemals mit dieser Antwort zufriedengeben.

12

»Ich verstehe nicht, wieso wir hier sind«, erklärte Melanippe. »Was erhoffst du dir? Gestern hat er sich nicht gezeigt. Wieso sollte es heute anders sein?«

Ich schüttelte den Kopf, wollte nicht mit ihr reden. Mit der linken Hand zog ich die Kapuze tief ins Gesicht. Es war ein kühler Morgen, die Wolken hingen dunkel über der Stadt und verhießen seltenen Regen. Auf dem Weg zum Tempel des Apollon hatte ich versucht, möglichst wenig Aufsehen zu erregen. Ich wusste nicht, wie viel mein Vater oder die anderen Götter von uns Menschen mitbekamen, wenn sie ihren Blick auf uns richteten. Oder ob sie irgendwie *spürten*, wenn jemand gegen ihre Verbote verstieß.

Und dass es verboten war, wenn ich mit einem Krug Öl unter meinem Mantel zu Apollon ging, das wusste ich wohl. Aber er war der Gott der Heilkunst. Er hatte schon einmal geholfen, als meine Familie ihn brauchte.

Diesmal musste er meine Mutter zurückholen.

Ich betrat den Vorraum des Tempels und schlug die Kapuze zurück. Melanippe blickte sich um. Sie erkannte die Statue von Apollon und runzelte die Stirn. Wir sollten nicht hier sein. Sie wollte schon den Mund öffnen und etwas sagen, doch ich ignorierte sie und betrat rasch das Adyton – jenen fensterlosen Raum, in dem die Götterstatue auf einem Podest stand. Winzige Talglichter sorgten für etwas Licht. Der schwere Duft von Parfümölen hing in der Luft. Der Boden war glitschig von all dem Öl, das Tag für Tag auf diesem Altar vergossen wurde. Jeden Abend fegten die Priester des Tempels die Scherben auf.

Ich holte tief Luft, zog den kleinen Krug hervor und drückte ihn gegen meine Brust. *Wenn ich nur wüsste, wie es geht. Was tue ich hier überhaupt? Wie machen es die Achaier? Verschütten sie das Öl und werfen dann der Götterstatue den Krug vor die Füße? Ist das nicht schrecklich unhöflich?*

Melanippe, die am Eingang zum Adyton stehen geblieben war, warf nervös einen Blick in den Hauptraum und zwischen die Säulen zur Gasse. »Da kommt jemand«, flüsterte sie. Ich musste mich also beeilen. Ich war absichtlich so früh hergekommen, damit mich nicht wieder ein Epheser verjagte, weil ich als Frau nichts in einem Tempel zu suchen hatte. Geschweige denn, dass ich allein auf die Straße ging.

»Großer Apollon, du Unheilabwehrender und Lichtbringer, erhöre meine Gebete«, murmelte ich und entkorkte den Krug. Ich ließ das Öl auf den Altarstein fließen.

»Das wäre nicht nötig gewesen, Hippolyte.«

Ich fuhr mit einem Aufschrei herum. Zwischen Melanippe und mir stand mit einem Mal die hochgewachsene Gestalt eines Jünglings, der beruhigend die Hand hob. »Nicht schreien«, sagte er ganz ruhig.

Seine Augen waren so schwarz und tief wie ein Brunnen, in dem alles verschwand. Sein Gesicht so überirdisch schön, dass es mir kurz die Luft raubte. Die Ähnlichkeit mit seiner Zwillingsschwester war unverkennbar, und doch wirkte er auf eine Art weiser und *wissender* als alle Götter, denen ich in meinem Leben bisher begegnet war. Einschließlich meines Vaters. In diesen Augen stand die Zukunft geschrieben.

»Du bist gekommen, Apollon.« Ich schöpfte Hoffnung. Wenn er sich mir zeigte, konnte das nur eines bedeuten, nicht wahr? Er war gekommen, weil er mir helfen würde. Er war der Gott der Heilkunst und der Vorsehung, er wusste, was kam, und er konnte meine Mutter retten …

»Ich fürchte, diesmal kann ich dir nicht helfen, kleine Hippolyte«, sagte er in meinen Gedankensturm hinein, und es dauerte einen Moment, bis ich seine Worte erfasste.

»Warte, was?«, rief ich. »Aber du bist hier! Du bist gekommen, als ich dich gerufen habe, du wirst mitkommen und meine Mutter …«

Apollon seufzte. Er umfasste meine Hände, die den Krug umklammert hielten. Erst jetzt merkte ich, wie eisig meine Finger waren. Er wärmte mich. Sogar im Schwarz seiner Augen erkannte ich eine Wärme, die mich wohl trösten sollte.

»Ich bin hier, weil du es offenbar von jedem von uns hören musst. Deine Mutter ist verloren, Hippolyte. Geh heim und nimm Abschied von ihr, bevor es zu spät ist.«

»Nein«, erwiderte ich scharf. »Ich war schon einmal in der Zwischenwelt, sie und ich wurden schon einmal gerettet, als alle dachten, unser Schicksal sei besiegelt. Damals hat Ares uns zurückgeholt. Du hast Melanippe geheilt, als wir dachten, sie wäre dem Tod geweiht. Du kannst das. Du willst es nur nicht.«

Er ließ mich los. Der Krug fiel mir aus der Hand und zerbrach auf den Stufen.

»Genau«, sagte er leise. »Ich will sie nicht retten. Ich darf es auch gar nicht.«

Er wollte mir die Hand an die Wange legen, aber ich hatte genug gehört. Ich drehte mich von ihm weg. Anklagend starrte ich Melanippe an, die mit vor der Brust verschränkten Armen im Eingang stand. »Sag doch auch etwas!«, rief ich verzweifelt. Doch Melanippe starrte nur Apollon an. Sie rührte sich nicht.

Ich fuhr zu ihm herum. »Warum reagiert sie nicht auf mich?«, wollte ich wissen.

»Sie ist nicht hier. Nicht bei uns.«

»Was soll das heißen?« Meine Verwirrung wuchs.

»Das heißt, dass ich dir nun etwas sagen werde, Hippolyte. Das nur für deine Ohren bestimmt ist. Es ist … deine Prophezeiung, wenn du so willst.«

»Meine Prophezeiung«, echote ich.

»Du wirst nicht glücklich, wenn du nicht lernst, loszulassen. Und du wirst immer nach dem Höchsten streben und am tiefsten stürzen.«

»War's das jetzt?«, fuhr ich ihn an. Auf einmal verstand ich meine Mutter. Ich wusste aus Erzählungen von Melanippe, dass Otrere sich einst jahrelang gegen die Liebe zu Ares gewehrt hatte. Mir war immer unverständlich gewesen, weshalb sie das getan hatte. Denn wenn ich die beiden zusammen erlebte, sah ich die Liebe. Sie war da, wieso hatte sie sich so lange gegen etwas gewehrt, das ihr offensichtlich doch so gutgetan hatte?

Aber nun begriff ich – und die Erkenntnis war bitter. Sie hatte gesehen, dass wir Sterblichen eines Tages verschwinden mussten, wie es die Endlichkeit unseres Daseins verlangte. Die Götter hingegen konnten sich danach abwenden und ihr Leben weiterführen wie zuvor. Wie ungerecht das war! Kein Wunder, dass Otrere nicht nur eine bedeutungslose Episode im Leben meines Vaters hatte sein wollen.

Und seine Reaktion – und die der anderen Götter – gab ihr recht. Niemand von ihnen scherte sich um ihr Schicksal. Im Gegenteil – sie behaupteten, Otrere habe »ihr Schicksal erfüllt«, sie war nutzlos geworden für einen großen Plan, den die Unsterblichen verfolgten.

So wie ich eines Tages nutzlos werden würde.

»Du wirst große Höhen erreichen«, fuhr Apollon fort. »Lass dich nicht von dem Gefühl täuschen, dass dein Dasein ohne Bedeutung sein könnte.«

»Was weißt du schon«, fauchte ich ihn an.

Er zuckte mit den Schultern. »Du wolltest in die Zwischenwelt? Bitteschön. Wir sind längst dort.«

Ich blickte mich um. Unbemerkt war der Tempel mit Melanippe um uns herum verblasst. Wir standen auf dem blanken Felsgrund, auf dem einst Ephesos errichtet worden war.

»Wo sind wir?«

»Dort, wo Zeit keine Bedeutung hat.« Apollon lächelte traurig. »Ich fürchte, anderenfalls hättest du mir nicht geglaubt, nicht wahr?«

Ich drehte mich um. In der Ferne glitzerte das Meer, und ich glaubte, das leise Rauschen der Wellen zu vernehmen. In mir wollte Angst aufsteigen, aber zugleich fühlte ich eine immense Wärme, die sich von meinem Herz bis in die Fingerspitzen, die Zehen, bis zur Kopfhaut ausbreitete. In meinem Körper war dieses wärmende, wohltuende Prickeln. Ich fühlte mich *lebendig* wie nie zuvor in meinem Leben.

»Weil du lebendig *bist*«, sagte Apollon leise. »Du solltest nicht hier sein, und das wissen wir beide.«

»Ich war schon mal hier.« Damals war ich ein Säugling gewesen, wenige Tage alt. Es war ein anderer Ort gewesen in dieser Zwischenwelt, und doch wieder nicht. Mir war alles so seltsam vertraut, es fühlte sich an wie eine Heimkehr.

»Du gehörst nicht hierher, Hippolyte. Noch nicht. Dieses Land wirst du erst später durchschreiten.«

Apollon stand hinter mir. Ich spürte seine Hand auf meiner Schulter, ein angenehmes Gewicht, auf das ich mich konzentrieren musste, denn ich spürte bereits, wie ein Teil von mir, den ich nicht greifen konnte, sich von meinem Körper lösen wollte. »Bleib«, flüsterte er, und dieser Teil von mir fuhr zurück, und ich spürte, wie mich ein Ruck durchfuhr. Ich blinzelte.

Ich stand wieder im Halbdunkel des Tempels, das Öl tropfte von den Stufen, der Rauch biss in meinen Augen und Melanippe runzelte besorgt die Stirn. »Alles in Ordnung?«, fragte sie.

»Ja. Wieso?« Ich schluckte. Meine Kehle war wie ausgedörrt, mein Kopf schmerzte, und ich glaubte, das glockenhelle Lachen von Artemis in der Ferne zu hören, als würde sie mich verspotten.

Noch nicht deine Zeit …

Apollon war verschwunden. War er überhaupt hier gewesen?

»Hast du ihn gesehen?«, fragte ich rau.

»Wen habe ich gesehen? Diesen achaischen Gott?« Verständnislos blickte Melanippe mich an.

Nein, natürlich hatte sie ihn nicht gesehen. Die Götter zeigten sich nicht jedem. Mein Vater bildete da eine Ausnahme.

»Wir müssen nach Themiskyra zurück.« Ich seufzte. Noch hatte ich nicht begriffen, was das alles bedeutete – aber dass ich zu meiner Mutter musste, wusste ich nun.

Es war Zeit, Abschied zu nehmen. Die Götter hatten uns im Stich gelassen.

13

Sie wusste es.

Das merkte ich daran, wie meine Mutter mich empfing. Als ich in die Zitadelle von Themiskyra zurückkehrte, fing eine Sklavin mich ab und berichtete mir, die Königin erwarte mich, sobald ich mich nach dem langen Ritt erfrischt habe. Als hätte sie auf mich gewartet.

Sie empfing mich in ihrem Schlafgemach. Seit meiner Abreise war es offenbar jemandem gelungen, sie zu überreden, den Falben herausschaffen zu lassen. Mein Onkel Maspi, vermutete ich. Mit ihm hatte sie sich immer gut verstanden. Ich konnte mir vorstellen, wie er tagelang bei ihr saß und mit ihr redete, bis sie nachgab. Wo der Kadaver gelegen hatte, lag nun ein Teppich, und der Duft von getrockneten Kräutern und Blütenessenzen überdeckte den Gestank der Verwesung, den ich immer noch in der Luft zu riechen glaubte. Das Bett war gerichtet, dicke Kissen stützten Otreres Rücken, ihr verletztes Bein ruhte auf einem Polster und neben ihr stand auf der Bettstatt ein Brett mit kleinen Köstlichkeiten. Es fehlte ihr an nichts, doch das Fieber brannte in ihren Augen, rötete ihre Wangen und ließ ihr ansonsten bleiches Gesicht vom Schweiß glänzen.

»Du bist zurück.« Ihre Stimme war nur noch ein raues Flüstern. Sie streckte die Hand nach mir aus, und ich kam zu ihr auf das Bett, kroch neben sie und ließ mich von ihrem Arm umfangen, der mich so lange gehalten hatte, mein Leben lang. Doch schon jetzt spürte ich, dass die Kraft sie langsam verließ, und ich weinte stumm an ihrer Schulter, während meine Mutter mit halb geschlossenen Augen neben mir lag und um jeden Atemzug kämpfte. Noch war dieser Kampf nicht vorbei, und ich schöpfte Hoffnung; doch spätestens, als mein Onkel Maspi am Abend zu uns kam und sich zu meiner Mutter aufs Bett setzte, sah ich die Wahrheit in seinem Blick und darin, wie er Otreres freie Hand nahm und nicht mehr loslassen wollte.

»Ich habe alles so gemacht, wie du es gewünscht hast«, teilte er ihr mit. Dann warf er mir einen Blick zu, den ich schwer ergründen konnte. »Es ist gut, dass du zurück bist, Hippolyte. Nun können wir zur Ruhe kommen.«

Es war, als hätte meine Mutter auf meine Rückkehr gewartet. Und alle hatten gewusst, dass sie auf meine Rückkehr wartete.

»Was geschieht jetzt?«, fragte ich leise.

Sie drückte mich leicht an sich. »Wir reden«, sagte sie. »Ich bereite dich auf das vor, was kommt. Ein wenig Zeit bleibt uns noch.«

»Ein Sturm zieht auf«, murmelte Maspi. Er wirkte erschöpft und rieb sich das Auge.

Niemand fragte, wo ich gewesen war, obwohl ich fast einen kompletten Mondlauf fortgewesen war. Vielleicht wussten sie es. Vielleicht war es auch bedeutungslos. Nun ging es nur noch um uns.

»Ich bin nicht bereit«, flüsterte ich.

»Ich weiß.« Meine Mutter lächelte und strich mir über die Haare.

Ich war wieder ein kleines Mädchen, das nachts aus einem Alptraum aufwachte und in den Armen seiner Mutter Schutz und Trost suchte. Wie sollte ich das sein, was sie nun von mir verlangte? Nach ihrem letzten Atemzug wäre ich die Königin über das skythische Reich. Früher war mir diese Aufgabe wie ein Geschenk erschienen, und nun war sie eine Bürde, die ich niemals tragen wollte. Ich hatte wohl zu lange verdrängt, dass nur ihr Tod mich in diese Position bringen würde.

Ich wollte das nicht. Deshalb hatte ich versucht, ihren Tod zu verhindern. Weil ich nicht bereit war. Weil ich glaubte, sie selbst sei nicht bereit dafür, dass ihr Leben zu Ende ging.

»Waren Penthe und Antiope bei dir?«, fragte ich.

»Sie kommen selten. Ich bin ja auch ein fürchterlicher Anblick. Du wirst dich um sie kümmern, versprichst du mir das?«

Ich versprach es. Alles hätte ich meiner Mutter versprochen, wenn sie nur wieder gesund wurde. Aber ich erkannte, dass das nicht passierte.

Ich wunderte mich, dass ihr Sterben sich so hinzog. Es war doch so, wenn sich eine Wunde entzündete, dass mit dem Fieber sehr bald das Delirium und dann der Tod kamen. Meine Mutter aber wirkte zumindest teilweise noch gänzlich klar, dann wieder schlief sie viel. Als ich sie am dritten Tag danach fragte, nickte sie nachdenklich.

»Das habe ich mich auch schon gefragt. Ich vermute, es liegt an unserer gemeinsamen Zeit in der Zwischenwelt. Damals hat dein Vater dir Nektar eingeflößt, damit du zurückkehren konntest, und mich hat er mit zwei, drei Häppchen Ambrosia gefüttert. So konnten wir gestärkt den Rückweg antreten. Aber Nektar und Ambrosia … Die Nahrung der Götter. Ich habe ihn gefragt, ob es uns unsterblich macht. Er verneinte. Ich vermute aber, ein kleines bisschen schon, weshalb mein Körper nun etwas länger gegen das Unvermeidliche ankämpft.«

Ich konnte mir kaum vorstellen, wie sich das anfühlen musste. Zu wissen, dass das eigene Ende näher rückte. Viele unserer Kriegerinnen und Krieger starben im Kampf oder kurz danach an ihren tödlichen Verwundungen. Manche überlebten schwere Verletzungen und starben dennoch kurze Zeit später. Aber so lange leiden zu müssen, erschien mir grausam.

»Ich bin froh«, sagte Otrere. »Dass mir noch ein bisschen Zeit mit dir und deinen Schwestern bleibt.«

Wir wussten beide: Diese Zeit, die uns blieb, würde allzu kurz sein.

Es gab Dinge, die brannten meiner Mutter auf dem Herzen, und die wollte sie loswerden, bevor ihr Leben zu Ende ging. Am nächsten Morgen bat sie mich zu sich, und sie nahm meine Hände und begann zu erzählen. Leise, mit vielen Pausen zwischen den einzelnen Sätzen. Manchmal, wenn sie zu erschöpft war, schlief sie ein wenig, bevor sie den Faden wieder aufnahm und weitererzählte. So erfuhr ich, was jenseits unseres Reichs geschah. Es half nicht, zu begreifen, weshalb sie nun bald nicht länger bei uns sein würde. Aber ich glaubte zu erkennen, dass die Götter nicht ohne Grund zu beschäftigt waren, um einer skythischen Königin das Leben zu retten.

Vielleicht, dachte ich, waren wir tatsächlich Teil eines großen Plans, und ein starkes Skythenreich, das mit Troja verbündet und unter Umständen sogar durch Heirat mit dem trojanischen Königshaus verbunden war, würde diesen Plänen zuwiderlaufen.

Die Ereignisse, die sich bisher zugetragen hatten, ließen sich wohl folgendermaßen zusammenfassen:

Einst waren die Götter zusammengekommen, um die Vermählung zwischen der Göttin Thetis und dem Sterblichen Perseus zu feiern. Bei diesem Fest kam es zu einem Eklat, als Eris, Göttin der Missgunst, einen goldenen Apfel in die Schar der göttlichen Gäste warf.

Darauf stand: für die Schönste. Drei Göttinnen erblickten im selben Moment diesen Apfel, und jede von ihnen erhob Anspruch darauf: Hera, Aphrodite und Athene. Da aber bei drei Göttinnen nur eine die Schönste sein konnte und sie sich darüber entsetzlich stritten, brauchte es einen neutralen Schiedsrichter.

Den fanden die Götter in Gestalt des jungen Paris.

»Wer ist Paris?«, wollte ich wissen.

Meine Mutter lächelte. »Das ist auch eine spannende Geschichte«, erklärte sie. »Paris ist der Sohn von Priamos und Hekabe. Jener Säugling, den sie einst ausgesetzt haben, weil ihre älteste Tochter Kassandra prophezeit hatte, ihr jüngster Bruder werde einst Troja in Flammen setzen.«

»Er überlebte?«

»Ein Hirte nahm ihn auf und zog ihn groß. Die Göttinnen traten auf ihn zu, weil sie sich von ihm ein ehrliches Urteil erhofften. Sie versprachen ihm jedoch jede etwas, wenn er zu ihren Gunsten entschied.«

So erfuhr ich vom Urteil des Paris. Hera versprach ihm die Herrschaft über die halbe Welt. Athene sicherte ihm Unbesiegbarkeit in jeder Schlacht zu, wenn er für sie entschied. Aphrodite schließlich lockte ihn mit der Liebe der schönsten Frau. Der Jüngling zögerte und entschied dann für Aphrodite. Womit er Hera und Athene gegen sich aufbrachte. Kurz darauf ging der Ziehsohn des Hirten nach Troja, wo er als der verschollene Prinz erkannt wurde und man ihn in allen Ehren wieder in die Familie aufnahm.

»Erinnerst du dich an Hektor?«

Wie sollte ich diesen klugen und schönen Prinz vergessen?

»Er hat sich inzwischen mit einer anderen vermählt. Ich hatte gehofft, er und du wärt füreinander geschaffen, doch die Götter haben es nicht zugelassen.« Sie hustete und lag eine Weile matt auf ihrem Kissen. Ich dachte schon, sie sei eingeschlafen, bis sie flüsterte »vermutlich ist es besser so«.

»Ich wollte ohnehin nie heiraten«, erklärte ich ihr. »Die Töchter von Penthe oder Antiope können mir nachfolgen.«

Meine Mutter lächelte nachsichtig. »Ja, ich kenne den Gedanken.« Mehr sagte sie nicht dazu, aber ich dachte daran, wie sie sich einst lange gegen die Verbindung mit Ares gewehrt hatte. Weil sie nicht Mutter und Kriegerin zugleich sein konnte. Weil sie fürchtete, sich im Muttersein als Kriegerin zu verlieren. Es wäre fast soweit gekommen. Aber eine Kämpferin gibt nicht auf, wenn sie etwas nicht verlieren will. Und sie hatte nie ihren Kampfeswillen aufgeben wollen.

Nun aber war er ihr abhandengekommen. Ich war überzeugt, wenn sie nur kämpfen wollte, könnte sie überleben. Aber inzwischen war meine Mutter so schwach; sie aß kaum mehr und ließ sich nur löffelweise ein wenig Brühe einflößen oder trank Kumys, den wir gegen ihre Schmerzen mit Opium versetzten. Sie war nur noch ein Schatten der einst so stolzen Skythenkönigin Otrere.

»Troja«, flüsterte sie einmal mitten in der Nacht. Und dann lächelte sie mit geschlossenen Augen. »Wenigstens Troja habe ich verhindert.«

Was auch immer das bedeuten sollte.

Meine Schwestern kamen täglich, ebenso Maspi und Melanippe. Afina und ihre Söhne ließen sich selten blicken; ich verübelte es ihnen nicht. Meine Mutter bestand darauf, weiterhin über alles informiert zu werden, was in der Welt da draußen geschah. Als Maspi eines Abends in ihr Gemach kam, sah ich sofort, dass etwas passiert war.

Meine Mutter setzte sich auf. Sie schien auch zu spüren, dass etwas geschehen war, das alles änderte.

»Gerade kam ein Bote aus Troja.« Mein Onkel zog einen Hocker heran und setzte sich. Außer Otrere und mir war niemand da. Meine Schwestern hatte sie weggeschickt; sie sollten sich lieber den schönen Dingen widmen. Sich ablenken.

»Und? Nun sag schon!« Meine Mutter war ungeduldig. »Was sagt König Priamos?«

Maspi senkte den Kopf. »Prinz Paris ist nach Sparta gesegelt. Er hat sich erst von König Priamos bewirten lassen und hat anschließend Königin Helena entführt.«

»Du machst Witze.« Meine Mutter starrte ihn ungläubig an. »Die Königin von Sparta?«

»Und, so sagt man, die schönste Frau der Welt. Sie war der Preis, den Aphrodite ihm einst versprochen hatte, als er ihr diesen vermaledeiten goldenen Apfel zugesprochen hatte.«

Meine Mutter seufzte schwer. »Das ist nicht gut«, murmelte sie.

»Was heißt das?«, fragte ich. Meine Gedanken rasten. Sparta war ein fernes Königreich, von dem wir nur gelegentlich hörten – es war eines der vielen achaischen Reiche, die sich jenseits des ägäischen Meers erstreckten.

»Wie hat König Menelaos reagiert?«

»Erfreut war er nicht. Er wird gegen Troja in den Krieg ziehen.«

»Verständlich«, murmelte meine Mutter.

»Das ist aber nicht alles«, fügte mein Onkel hinzu. »Es gibt einen Pakt mit den anderen achaischen Reichen.«

»Die Götter stehen uns bei. Die Achaier sind untereinander so zerstritten, sie werden sich kaum einigen können, wer die Anführerschaft innehat.«

»Das haben sie erstaunlich schnell geklärt. Dieser Pakt wurde einst von allen Männern geschlossen, die um Königin Helenas Hand buhlten. Sie kamen damals zusammen und wollten es untereinander ausmachen. Weil sie sich ums Verrecken nicht einigen konnten, weil Helena nun mal die Schönste war, haben sie gelost.«

Meine Mutter stöhnte auf. »Die alte Geschichte. Ich erinnere mich. Aber warte mal. Haben sie nicht damals gesagt, sollte jemals etwas Derartiges passieren, würden die anderen Freier um Helena dem König der Spartaner zur Hilfe eilen, damit er sie zurückholen kann?«

»So ungefähr. Damals dachten sie wohl, einer aus ihren Reihen könnte nicht mit Helenas Zurückweisung umgehen. Dass ein Jüngling daherkommt, der einst nicht um sie warb, hatten sie wohl nicht bedacht.«

»Und nun ziehen alle Achaier gegen Troja? Das ist schlecht.« Die Miene meiner Mutter verfinsterte sich.

»Warum?«, meldete ich mich zu Wort.

»Krieg ist immer schlecht«, erklärte sie. »Ein Krieg schwächt alle. Es wird viele Tote geben, und wer weiß, wie lange sich diese unglückselige Angelegenheit hinzieht.«

»Troja könnte uns um Hilfe bitten«, bemerkte Maspi.

»Bloß nicht«, murmelte Otrere. »Das ist so ziemlich das Letzte, was wir jetzt brauchen. Wir lassen uns nicht in den Krieg der Achaier und Trojaner hineinziehen.«

»Warum nicht?«, erwiderte ich hitzig. »Troja ist unser Verbündeter, es wäre unsere Pflicht, ihnen zu helfen.«

»Das ist eine Angelegenheit zwischen Troja und den Achaiern. Wenn es wenigstens einen vernünftigen Grund für diesen Krieg geben würde!«, schimpfte meine Mutter. »Man kann um Land kämpfen, um Viehherden oder um den Tod der eigenen Krieger zu rächen. Aber um eine Frau, nur weil sie *schön* ist?« Sie schnaubte und musste husten. Ich beobachtete sie nachdenklich. Selten hatte ich sie in den vergangenen Tagen so aufgeregt erlebt.

»Du denkst also, Menelaos hätte den Raub der Helena einfach hinnehmen sollen?«, fragte ich leise.

Sie überlegte. »Nein«, erwiderte sie. »Dieses verwöhnte Prinzlein hat niemandem einen Gefallen getan. Und wenn man es weiterdenkt, tragen die Götter die Schuld an diesem Krieg. Aphrodite, Hera und Athene und vor allem Eris, die mit diesem Zankapfel erst die für sie typische Zwietracht gesät hat.«

»Zeus hat Paris ausgewählt, damit er zwischen den Göttinnen entscheidet«, wandte Maspi ein. »Man könnte genauso gut ihm die Schuld daran geben. Er hat gewusst, wer Paris ist, und er hat bestimmt gesehen, wohin das führen würde.«

Ich blickte zwischen meiner Mutter und meinem Onkel hin und her. Sie sprachen so selbstverständlich über die Götter, als wären sie entfernte Bekannte. Das war neu; bisher hatte ich selten erlebt, dass die achaischen Götter in ihre strategischen Überlegungen eingingen. Hatten sie derlei bewusst vor mir und meinen Schwestern geheim gehalten?

»Was soll Hippolyte tun?«, fragte Maspi. »Hast du einen Rat für uns?«

»Ihr solltet euch neutral verhalten«, entschied meine Mutter. »Dieser Krieg wird nichts Gutes mit sich bringen.«

»Es erklärt wohl auch, weshalb dein Gemahl besseres zu tun hat als bei dir zu sein.«

Sie lächelte wehmütig. »Ares tut, was er tun will. Darin waren wir uns immer sehr ähnlich. Eris ist seine Halbschwester, Aphrodite seine Geliebte. Diese ganze Angelegenheit betrifft seine andere Familie.«

Das Gespräch hatte Otrere sehr erschöpft, und sie schloss die Augen. Schon bald war sie eingeschlafen. Maspi und ich blickten uns über ihre Bettstatt hinweg an. Ich wusste nicht, was ich sagen sollte. Alles in mir sträubte sich dagegen, tatenlos zuzusehen, wie ein Verbündeter in einen sinnlosen Krieg gezogen wurde.

Aber ein Blick ins Gesicht meiner Mutter genügte, und ich wusste, dass wir uns ganz anderen Problemen stellen mussten als dem Kampf um das ferne Troja.

14

Meine Mutter starb, ohne dass mein Vater nach Themiskyra zurückkehrte.

Ich weiß nicht, ob sie ihn in ihren letzten Tagen vermisste. Nachdem Maspi ihr von dem drohenden Krieg erzählt hatte, fiel sie in einen Tiefschlaf, aus dem sie nicht mehr aufwachen sollte.

Ich blieb bei ihr, bis es vorbei war. Ich wusste, dass vor den Türen ihres Schlafgemachs das Leben irgendwie weiterging. Dass meine Schwestern mich brauchten. Dass unser Volk sich nach Antworten sehnte, was es nach Otreres Tod erwartete. Das Problem war: Ich hatte diese Antworten nicht.

In der Nacht, in der sie starb, hatte ich mich neben Otrere auf ihr Bett gelegt. Sie atmete ganz flach, und ich legte die Hand auf ihre Brust. So schlief ich neben ihr ein. Zum ersten Mal seit Langem schlief ich die ganze Nacht neben ihr. Als ich am Morgen aufwachte, war ihr Körper neben mir kalt und tot. Ihre Seele hatte sich unbemerkt davongestohlen.

Ich richtete mich auf und wischte mir den Schlaf aus dem Gesicht. Dann strich ich über die Stirn meiner Mutter, die nun nicht mehr von Schmerz und Auszehrung gerunzelt war, sondern ganz glatt aussah. Ihr Gesicht wirkte im Tod fremd auf mich, als wäre ihr Körper nicht mehr sie selbst. Ich stand auf und holte ihre Dienerinnen. Obwohl sie fort war, wollte ich sie nicht zu lange allein lassen.

Dann ging ich zu meinen Schwestern, die seit einer Weile gemeinsam in Penthesileas Schlafkammer schliefen, und weckte sie.

Penthesilea war sofort hellwach. Und sie las die Antwort auf ihre unausgesprochene Frage in meinem Blick. Sie nickte stumm, eine einzelne Träne rann über ihre Wange. »Es ist gut«, flüsterte sie, und dann umarmte ich sie. Denn nichts war gut. Unsere Mutter war tot und unser Vater hatte uns im Stich gelassen.

Antiope schrie auf, als ich sie in den Arm nahm und ihr erklärte, dass unsere Mutter in der Nacht gestorben war. Sie war ein zitterndes, heulendes Elend, das sich nicht beruhigen ließ, so sehr ich es auch versuchte. Sie stieß mich von sich, sie fauchte, kratzte, biss. Der Schmerz, den ich nicht zeigen konnte, war aus ihr herausgebrochen und überwältigte sie. Als ich sie in den Arm nehmen wollte, riss sie sich los und verschwand in ihrer Schlafkammer. Ich hörte ihr Heulen und konnte doch nichts tun, um ihr den Schmerz zu nehmen.

Ich verließ das Gemach meiner Schwestern. Vor der Tür standen zwei Wachsoldaten. Sie verneigten sich vor mir. »Wir wurden beauftragt, Euch zu Eurem Onkel zu bringen, Königin Hippolyte«, sagte der Ältere. »Folgt uns bitte.«

Und so fing es an. Mit Soldaten, die mich Königin nannten, die mich in den Thronsaal führten. Afina und Maspi erwarteten mich dort. Meine Tante trat auf mich zu. Sie nahm mich in den Arm, ich spürte ihre Hand an meinem Hinterkopf. Aber ich konnte nicht weinen, sondern ließ die Umarmung über mich ergehen. Dann trat Maspi vor. Auch er schloss mich in die Arme. »Wir werden für dich da sein, Königin Hippolyte«, murmelte er. »Was immer du wünschst, werden wir für dich tun.« Er trat zurück, und dann verbeugten Afina und er sich vor mir. Gleichzeitig, als hätten sie dies einstudiert.

Ich lachte auf.

Im selben Moment betrat Melanippe den Thronsaal. Sie blieb an der Tür stehen und runzelte die Stirn.

»Ich glaube nicht, dass dieser Moment zur Heiterkeit einlädt«, erklärte sie steif. Ich trat ihr entgegen, wollte etwas sagen, aber mit jedem Wort wäre noch ein verzweifelter Lacher entschlüpft, und so biss ich nur die Zähne zusammen und starrte sie an. Melanippes Blick flackerte, sie blickte zu Maspi und wieder zu mir. »Königin Hippolyte«, fügte sie hinzu.

»Mela.« Ich schluchzte auf. Sie breitete die Arme aus, und ich stolperte ihr entgegen. Sie fing mich auf, drückte mich an ihre Brust. Ich spürte, wie sie zusammenzuckte, als mein Kopf ihre Brust berührte, dort wo schon lange keine mehr war und wo sie, das wusste ich, immer wieder Narbenschmerzen spürte. Aber sie hielt mich fest, ihre Hand strich beruhigend über meinen Hinterkopf.

»Ich weiß, Hippolyte. Ich weiß.«

Wie sollte ich überhaupt Zeit zum Trauern finden, wenn sie mich so ansahen, als müsste ich alles wissen? Als müsste ich bestimmen, wie es weiterging. Wo wir sie bestatten ließen. Wo ich leben wollte.

Ich erinnerte mich daran, wie meine Mutter immer von ihrem Leben erzählt hatte, bevor sie Ares kennenlernte und meinem Großvater Mazjar nachfolgte. Dass sie auf der Steppe glücklich gewesen war.

Da war die Antwort. Die tote Königin der Skythen gehörte nicht nach Themiskyra, sondern auf die Steppe, bestattet in einem Kurgan neben ihrem Vater und dessen Vorvätern.

»Bringen wir sie nach Hause?«, fragte ich leise.

»Das tun wir«, versprach meine Tante.

Wir salbten den Leichnam meiner Mutter, konservierten ihn für die lange Reise und legten ihn in eine Kiste aus Birkenholz. Ein Schiff brachte uns nach Tyras, und von dort ging es mit Pferdekarren weiter bis tief ins Herzland der skythischen Sippen. Ich ritt hinter ihrem Sarg, Melanippe und meine Schwestern an meiner Seite. Auf dem Weg von Tyras über die Steppe schlossen sich uns immer mehr Skythen an. Sie weinten und klagten, denn meine Mutter hatte ihnen einst ein Versprechen gegeben, von dem sie fürchteten, es könnte jetzt nicht länger eingehalten werden. Vor zwanzig Jahren waren es die Achaier gewesen, die von Süden kommend in unser Land drängten, Siedlungen bauten und viele junge Skythen mit ihrer städtischen Lebensweise anlockten. Zur selben Zeit drohten die Thraker von Osten, sie stahlen unser Land und unser Vieh, versklavten die Jungen und erschlugen die Alten.

Meine Mutter hatte um unser Überleben gekämpft, und heute waren die Skythen ein großes, starkes Volk. Wer das Leben in einer Siedlung vorzog, der konnte in Tyras oder in Themiskyra leben. Wer auf der Steppe bleiben wollte, hatte wieder genug Platz, sich dort auszubreiten, und die Viehherden waren inzwischen viel größer und besser genährt als noch vor einer Generation.

Aber ich spürte die Zweifel in den Blicken der trauernden Menschen. Sie fürchteten um die Zukunft. Sie wussten nicht, was sie von mir erwarten sollten. Sie kannten mich nicht. Sicher, ich war oft an der Seite meiner Mutter gewesen. Doch das genügte ihnen nicht. Sie mussten sehen, dass ich eine würdige Nachfolgerin war.

Wieder hier draußen zu sein, war für mich eine Wohltat. Die Zeit in Themiskyra hatte mich immer gelähmt, und mit jedem Tag, den wir nach Norden ritten, spürte ich, wie sich meine Haltung veränderte. Wie ich aufrechter im Sattel der grauen Stute saß, wie mein Blick in die Ferne glitt und nicht an der nächsten Mauer abprallte. Auch der Schmerz über den Tod Otreres, den ich anfangs nur als dumpfes Dröhnen empfunden hatte, war nun ein heller Glockenschlag, der über die Ebene hallte. Ich begegnete dem Schmerz aufrecht, ich nahm ihn an und ließ nicht zu, dass er mich beugte.

Meine Mutter war tot, und nun war ich die Königin.

Wir erreichten das Lager, das meiner Sippe schon seit vielen Generationen in den Sommermonaten diente. In der Ferne am Fluss erhoben sich die Umrisse der Kurgans, in denen meine Vorfahren beigesetzt worden waren – mein Großvater und vor ihm viele Könige und Königinnen. Ein neuer Kurgan war bereits für meine Mutter ausgehoben worden. Zum letzten Mal kehrte sie auf die Steppe zurück.

Ich ließ die Begrüßungen meiner Verwandten ebenso über mich ergehen wie ihr Wehklagen. Im Moment gab es nur eine Person, mit der ich sprechen wollte. Ich hoffte, dass sie mich empfangen würde.

Im Karren meiner Großmutter war es dunkel und stickig. Ich streifte die Stiefel ab und kroch behutsam vorwärts. Ihre Sklavinnen hatten mich gewarnt; seit der Bote mit der Nachricht von Otreres Tod eingetroffen war, hatte Barkida sich nicht mehr aus dem Karren wegbewegt. Sie fürchteten das Schlimmste.

»Großmutter?«, flüsterte ich in die Dunkelheit. »Bist du hier?«

Ein krächzendes Lachen. »Was für eine Frage, Kind. Noch bin ich nicht tot.« Sie machte eine lange Pause. Ich hockte mich auf den Teppich, der den Boden des Karren bedeckte. Meine Finger spielten mit den Fransen. Auf dem Podest im hinteren Teil des Karren sah ich eine kleine Gestalt, aber die hatte nichts mehr mit meiner einst so stolzen, aufrechten Großmutter zu tun, wie sie unter Decken und Pelzen zusammengesunken hockte.

»Wir haben deine Tochter heimgebracht.«

»Ich weiß, mein Kind. Meine Königin.« Wieder das krächzende Lachen. »Wo wirst du zukünftig leben?«

»Hier draußen«, erklärte ich. »Themiskyra ist kein guter Ort für mich.«

Barkida schwieg lange, und ich rutschte auf Knien langsam näher. Schließlich fragte sie leise: »Dein Vater hat ihren Tod nicht verhindert?«

Ich fröstelte. Das war ein Gedanke, den ich beständig wegschieben musste. Ares war verschwunden. Als hätte es ihn nie gegeben. Er war nicht aufgetaucht, bevor wir aus Themiskyra abreisten. Dabei musste ihn die Kunde vom Tod seiner Gefährtin erreicht haben.

»Vielleicht ist er zu sehr mit den Achaiern und ihrem drohenden Krieg beschäftigt.«

»Ah ja. Auch davon habe ich gehört. Fürchtest du diesen Krieg?«

»Er betrifft uns nicht, solange Troja uns nicht um Hilfe bittet«, erklärte ich. »Unser Vater jedoch wird sich auf die eine oder andere Seite schlagen.«

»Welche Seite wird er wählen?«

Ich zögerte. Darüber hatte ich noch gar nicht nachgedacht. Würde er sich auf die Seite des Spartanerkönigs Menelaos schlagen? Er war Anführer eines großen Kriegervolks, das man sich ungern zum Feind machte. Oder würde er sich für Troja entscheiden? Aphrodite stand auf Trojas Seite, und Ares liebte sie schon seit einer Ewigkeit. Daran änderte auch seine Beziehung zu meiner Mutter nichts, im Gegenteil – vermutlich war er nun zu ihr zurückgekehrt.

Die Frage war, ob seine Parteinahme für mich Folgen hatte.

»Es ist mir egal«, erwiderte ich scharf. Seit er sich geweigert hatte, Otrere zu helfen, war ich nicht besonders gut auf ihn zu sprechen. Denn er hätte ihr helfen *können*, davon war ich weiterhin überzeugt.

»Ich verstehe.« Meine Großmutter verfiel wieder in ihr Schweigen, und ich blieb bei ihr sitzen. Die Stille bot den Raum für all die Gedanken, die ich in den letzten Tagen nicht hatte formulieren können. Die meisten waren nicht besonders freundlich; vor allem jene nicht, die sich gegen meinen Vater richteten.

Ich spürte, wie sich in mir eine Wut auf ihn regte, die ich bisher erfolgreich verdrängt hatte. Er war mein Vater. Uns beide verband mehr als ihn mit meinen Schwestern verband. Trotzdem grollte ich ihm. Oder gerade deswegen. Er hatte sich über meinen Wunsch hinweggesetzt. Mehr noch. Er hatte gar nicht erklärt, warum er das tat, sondern es mit einem erfüllten Schicksal begründet. Meine Mutter war in dieser Welt fertig. Sie hatte ihren Auftrag erfüllt, nun wartete die Unterwelt auf sie. Ihr Leben war vorbei.

Ich ballte die Fäuste.

»Er hatte es in der Hand«, murmelte ich. »Sie alle hätten das hier verhindern können.«

»Unser Schicksal liegt in der Hand der Götter«, bestätigte meine Großmutter. Sie zog die Decke enger um ihre schmalen Schultern. Inzwischen hatten sich meine Augen an die Dunkelheit gewöhnt, und ich erkannte, dass sie abgemagert war. Ein Schatten ihrer selbst.

»Isst du genug?«, fragte ich besorgt.

»Keine Sorge. Mir geht es gut.«

Das war keine Antwort auf die Frage. Aber vermutlich würde ich sie auch nicht bekommen, wenn ich weiter in sie drang. Ich blieb noch ein wenig sitzen, doch Barkida summte nur leise vor sich hin und sprach nicht mehr mit mir. Als ich den Karren verließ, wurde es bereits dunkel. Draußen traf ich auf Melanippe, die mich nur stumm ansah. Ich verstand.

»Sie wird auch gehen, nicht wahr?«

»Verurteile sie nicht deswegen.«

Ich schluckte. Es war schwer zu begreifen, weshalb meine Großmutter, die mit so vielen Kindern gesegnet war, die inmitten ihrer großen Familie lebte und von allen geliebt und geachtet wurde, nach dem Tod Otreres in ihrem Leben keinen Sinn mehr sah.

»Können wir sie aufhalten?«, fragte ich leise.

»Selbst wenn wir es könnten, müssten wir uns fragen: Wollen wir sie aufhalten?«

Ich nickte. Es war schwer zu ermessen, wen diese schmerzliche Erkenntnis mehr niederdrückte. Meine Tante, die immerhin auch Barkidas Tochter war und die nach ihrer Schwester nun bald auch ihre Mutter verlieren würde. Oder mich, die ich nach der Mutter nun die Großmutter verlor.

»Es ist so sinnlos«, murmelte ich.

»Dass sie stirbt?«

»Nein.« Ich schüttelte den Kopf. »Dass wir leben. Dass wir versuchen, dem Leben einen Sinn abzutrotzen, wenn wir ohnehin nur darauf hoffen, dass die Götter uns lange genug gewähren lassen. Wir wollen Spuren hinterlassen in dieser Welt, doch was bringen sie uns, wenn sie ohnehin verblassen?« Ich blickte zu den Kurgans. Mit den Jahren wurden die Hügelgräber immer flacher, bis sie kaum mehr von der Umgebung zu unterscheiden waren. Sie verschmolzen mit der Steppe. Und mit ihnen wurden aus den Erinnerungen an die Könige, die einst waren, Legenden. Schon jetzt gab es nur noch wenige, die von den Taten meines Großvaters erzählen konnten.

Wie lange würde man noch von Otreres Ruhm singen?

»Aber wir bringen die Zukunft in die Welt«, widersprach Melanippe. »Also, ich nicht.« Sie lachte. »Ich habe nie Kinder bekommen.«

»Das scheint mir auf einmal nicht mehr besonders erstrebenswert«, murmelte ich.

»Das hat deine Mutter auch immer gedacht. Bis sie Ares begegnete. Und ihr geboren wurdet. Sie hat euch sehr geliebt, obwohl sie nicht damit gerechnet hatte, dass Mutterschaft Teil ihres Lebens sein würde.«

Ich legte die Hand auf ihren Arm. »Es stimmt nicht«, sagte ich leise. »Dass du nie Zukunft in die Welt gebracht hast. All die Kriegerinnen, die du ausgebildet hast. Die unser Überleben sichern. Die uns beschützen. Die unsere Kinder beschützen, damit sie wiederum die nächste Generation begründen können … Das verdanken wir auch dir. Du hast mehr Leben gerettet, als wir alle je in die Welt bringen können.«

»Weise gesprochen, wie eine Königin.« Melanippe lächelte flüchtig. »Komm. Barkida wird sich nicht zu uns gesellen, aber an diesem Abend wollen wir am Lagerfeuer sitzen und unserer Toten gedenken. Wir wollen Kumys trinken und Cannabis rauchen, wir wollen die Heldengeschichten deiner Mutter hören. Ich bin sicher, du wirst einige zum Besten geben können.«

Ich gab mir einen Ruck. »Sicher. Kennst du die Geschichte, wie sie sich allein gegen eine Hundertschaft der Thraker stellte und sie alle nacheinander besiegte?«

Melanippe lachte. »Das meine ich. Sie wird schon jetzt besungen und nie vergessen werden.«

15

Meine Mutter – eine Heldin.

Wir bestatteten sie in einem weiteren Kurgan neben dem ihres Vaters, meines Großvaters Mazjar, der einst im Kampf gefallen war. Sie wurde mit ihren Waffen beigesetzt, mit ihrem Sattel, aber ohne den Falben. Letzteres schmerzte mich, doch ich war überzeugt, dass sie in der Unterwelt ein Wiedersehen feiern durften. Die Götter würden ihr gnädig sein.

Ich wollte nicht fort, aber zugleich wusste ich, dass ich nicht ewig hier draußen bleiben konnte. Penthesilea und Antiope wollten zurück nach Themiskyra. Dort kümmerte sich Maspi um die Regierungsgeschäfte, solange ich hier war. Aber ich musste die Macht selbst in die Hand nehmen. Ich durfte nicht zulassen, dass andere zu viel in meinem Namen verfügten.

Die Tage wurden bereits merklich kürzer, als wir zurück in Themiskyra von Bord unseres Schiffs gingen. Ich wartete am Dock, bis alle Kriegerinnen sich um mich versammelt hatten und ging dann noch mal auf das Schiff, um die graue Stute über die breite Planke zu führen. Das Pferd rollte mit den Augen, doch es vertraute mir. Wir hatten nicht zum ersten Mal gemeinsam diese gefährliche Seereise unternommen.

Sobald mein Pferd sicheren Boden unter den Hufen spürte, wurde es ganz ruhig. Ich schwang mich auf seinen Rücken, ordnete meinen Mantel und ritt durch das Gedränge. Die Kriegerinnen schlossen sich mir an. Hafenarbeiter, Seeleute und Händler wichen zurück, sie neigten die Köpfe. Ich hörte, wie sie meinen Namen flüsterten. »Königin Hippolyte ist zurück«, wisperten sie, und ich spürte ihre Erleichterung, die wie eine Sturmwelle die Stadt erfasste. Ich zügelte die Graue. Sie stand ganz still, ich spürte ihr Beben. Dann legte ich die Hand auf ihren Hals und spürte, wie wir beide ganz ruhig wurden. »Themiskyrer!«, rief ich. »Nach dem Tod meiner Mutter bin ich zu euch zurückgekehrt. Königin Otrere hat euch vor ihrem Tod meinem Schutz anvertraut, und ich werde für jeden Mann und jede Frau, jedes Kind und jeden Alten da sein, wenn ihr meiner Hilfe bedürft. Kommt in den Palast, wann immer ihr Rat und Hilfe benötigt.«

Die Umstehenden blickten mich an. Doch dann reckte einer der Hafenarbeiter die Faust in den Himmel und rief »Königin Hippolyte!« Andere nahmen seinen Ruf auf, erst leise, dann immer lauter. Ich lenkte die Graue durch die Menge, und ich sah in die Gesichter der Männer und Frauen. Hoffnung las ich darin, ein winziger Funken nur, nachdem sie geglaubt hatten, ihre Königin habe sie für immer im Stich gelassen.

»Gut gemacht«, sagte Melanippe leise. Im Innenhof der Zitadelle glitt ich vom Rücken der Stute. Ein Sklave kam angelaufen und übernahm ihre Zügel. Ich versuchte, möglichst aufrecht zu stehen, mit gestrafften Schultern und entschlossenem Blick. Ich hoffte nur, dass Maspi und Afina in meiner Abwesenheit alles zum Besten geregelt hatten. Sicher war ich mir nicht, und insgeheim fürchtete ich, sie könnten die Zeit zu ihren Gunsten genutzt haben, um ihre eigene Agenda voranzutreiben.

Aber nun war ich wieder verantwortlich, und ich war bereit, die Verantwortung zu übernehmen.

Wie sich herausstellte, hatte mein Onkel meine Abwesenheit genutzt, um die Gemächer meiner Mutter neu herrichten zu lassen. Als er mich nicht ohne Stolz wenige Stunden später dorthin führte, musste ich zugeben, dass die Handwerker, die er zu diesem Zweck gerufen hatte, gute Arbeit geleistet hatten.

Dort, wo vor Kurzem noch das Blut des Falben so tief in die Steinfliesen eingedrungen war, dass man es nicht hatte entfernen können, waren die Fliesen durch neue, hellere ersetzt worden. Darüber lag wieder ein Teppich, geknüpft aus roten und blauen Fäden mit einem traditionell skythischen Muster. Die Felle und Decken der Bettstatt waren ebenso ausgetauscht worden wie die Truhen. »Wie gefällt es dir?«, fragte Maspi und folgte mir. Ich spürte seinen Blick auf mir ruhen und strich mir über den Nacken.

»Sehr gut.« Ich zögerte. Ursprünglich hatte ich geplant, nicht die Räume meiner Mutter zu nutzen, sondern weiter bei meinen Schwestern zu schlafen. Aber als ich in diesem großzügigen Raum stand, begriff ich, dass ich den Prinzessinnengemächern endgültig entwachsen war. Niemand würde es verstehen, wenn die Königin nicht die schönsten, hellsten und größten Räume des Palasts bezog.

»Es wird dauern, bis wir uns alle daran gewöhnt haben, nicht wahr?«, fragte mein Onkel leise. »Dass sie nun nicht mehr da ist, meine ich.«

Ich nickte. »Hat dir Mela bereits von eurer Mutter erzählt?«, fragte ich bedrückt.

»Sie stirbt.« Er lächelte traurig. »Das hat Mela mir nicht erzählt. Aber ich weiß, dass unsere Mutter nach Otreres Tod keinen Sinn mehr in ihrem eigenen Leben sehen wird.«

»Ich möchte so gern zurückkehren. Auf die Steppe.«

»Was hält dich zurück? Du bist die Königin.«

Ich schüttelte den Kopf. »Das heißt zwar, dass ich tun und lassen kann, was mir beliebt. Aber ich fühle mich verantwortlich. Auch für diese Stadt. Vor allem jetzt, da im Westen ein Krieg zwischen Troja und Sparta droht.«

»Werden wir einschreiten?«

»Nicht, solange wir es verhindern können. Das ist nicht unser Krieg.«

»Gut.« Maspi nickte. »Heute Abend kommt die Familie zum Essen zusammen. Deine Cousins werden sich freuen, dich wiederzusehen. Vor allem Petros. Er hat nach dir gefragt.«

Er schien noch etwas hinzufügen zu wollen, doch dann nickte er nur noch einmal knapp und ließ mich allein. Eine Sklavin huschte herein und fragte, ob sie mir ein Bad richten solle. Ich nickte stumm und sank auf die Bettstatt.

Petros hat nach dir gefragt.

Ich wusste, was mein Onkel mir damit sagen wollte.

Ich war eine junge, ungebundene Königin. Wie schon einst bei meiner Mutter Otrere war auch bei mir das größte Problem, kaum dass ich ihre Nachfolge angetreten hatte, mein Status als unverheiratete Frau. Und mein Cousin Petros schien in den Augen meines Onkels ein geeigneter Kandidat für eine baldige Hochzeit, mit der man sämtliche Begehrlichkeiten rasch im Keim ersticken könnte, nachdem sich die Vermählung mit dem trojanischen Prinzen Hektor zerschlagen hatte.

Vermutlich war es ein Trugschluss, wenn ich glaubte, ich könnte frei darüber entscheiden, wen ich als meinen Zukünftigen auserkor.

Oder dass ich unter Umständen gar keinen Mann heiratete! Vermutlich war dies selbst für die Skythen zu viel verlangt, die stets Wert darauflegten, dass Mann und Frau die gleichen Rechte hatten. Für eine Herrscherin galten andere Regeln. Aber wäre ich ein Mann, hätten einige vermutlich ebenfalls darauf gedrängt, dass ich mir rasch jemanden suchte, um einen Erben in die Welt zu setzen.

Warum eigentlich? Konnte nicht genauso gut Penthesilea meine Nachfolgerin sein und nach ihr Antiope? Vielleicht sollte ich meine Schwestern geschickt verheiraten, um meine Macht zu sichern. Der Spross einer solchen Verbindung wäre definitiv genauso legitim mein Nachfolger wie mein leibliches Kind. Wir alle waren Abkömmlinge einer Königin und eines Gotts.

Die Sklavin kam zurück und führte mich in die Badekammer. Ich ließ mich in die Wanne gleiten und erlaubte ihr, meine Haare zu waschen und zu entwirren. Es war lange her, dass ich den Luxus im Palast genossen hatte; nach meiner Rückkehr aus Ephesos hatte ich mir kaum Pausen gegönnt und nach dem Tod meiner Mutter waren andere Dinge wichtiger gewesen. Aber es war bedeutsam, dass ich heute wahrhaft königlich auftrat. Und Cousin Petros den Zahn zog, wenn er allen Ernstes glaubte, er könne bei mir landen.

»Du siehst bezaubernd aus.«

Wie nicht anders zu erwarten, empfing die Familie meines Onkels mich mit meinen Schwestern zum Abendessen im Thronsaal, den wir auch für große Empfänge nutzten. Ich bevorzugte den kleinen Raum dahinter, wenn ich mit der Familie aß, aber ich nahm an, dass mein Onkel Wert darauflegte, dass wir zumindest nach außen hin den Anschein wahrten, eine harmonische und wahrhaft königliche

Familie zu sein. Nun denn, sei's drum, dachte ich. Wenn es ihm lieber war, dass ein halbes Dutzend Diener Zeugen seiner Schmach wurden, war es mir nur recht. Dann würde sicher bald in der ganzen Stadt und über die Mauern hinaus bekannt sein, dass ich meinem Cousin einen Korb gegeben hatte.

Ich hatte einen Plan, und der hatte leider wenig mit meinem Onkel und seiner Familie zu tun. Auch deshalb hatte ich nach dem Bad und bevor ich mich für das Abendessen umzog, meine Tante Melanippe aufgesucht.

Sie betrat nun ebenfalls den Saal. Allerdings nicht in einem schönen, fließenden Kleid, wie meine Schwestern und ich es trugen, sondern in ihrer Hose, mit Stiefeln, Tunika und Brustpanzer und mit ihrem Waffengürtel. Als Maspi sie bemerkte, hob er die Augenbrauen. »Dies ist ein Festmahl zu Ehren unserer Nichte und keine Zusammenkunft mit unseren Feinden«, bemerkte er.

»Das ist mir wohl bekannt. Deshalb bin ich hier.« Sie hakte die Daumen unter den Gürtel und blickte ihren Bruder herausfordernd an. Er blickte hilflos zu Afina, die sich nun näherte und bei ihm unterhakte.

»Wir sind Familie«, sagte sie mit dieser seidenweichen Stimme, von der ich wusste, dass sich dahinter all ihre falschen Absichten verbargen. Sie winkte Petros heran, der sich unbeholfen neben sie stellte. Sein Blick glitt nervös von mir zu Melanippes Schwert, und ich hätte fast gelacht, wenn die Situation nicht so absurd gewesen wäre.

»Das wollen wir auch bleiben«, erklärte Melanippe ruhig. »Ich möchte nur nicht, dass ihr den Fehler begeht, hier irgendjemanden etwas aufzudrängen, was dieser Person nicht behagt.«

Ich lächelte schwach, während Afina scharf einatmete. Sofort hatte sich die Frau meines Onkels wieder im Griff. Sie musterte Melanippe hochnäsig. »Glaubst du ernsthaft, du hast hier irgendetwas zu melden? Geh wieder da raus zu den Pferden und Ziegen, wo du herkommst.«

Melanippe machte einen Schritt vor, doch ich schüttelte leicht den Kopf. Während der ganzen Auseinandersetzung hatte ich Petros nicht aus den Augen gelassen. Er hielt den Blick gesenkt, nur gelegentlich warf er seiner Mutter einen Blick zu. Ich las darin etwas, was mich ermutigte. Zweifel.

Ich machte einen Schritt auf ihn zu. »Wollen wir uns unterhalten?«, fragte ich ihn direkt.

Seine Augen weiteten sich. »Ich glaube nicht, dass es etwas zu bereden gibt«, erwiderte er schroff.

»Ich denke schon.« Ich streckte die Hand nach ihm aus, die er nach kurzem Zögern ergriff. »Wartet mit dem Essen nicht auf uns«, rief ich der Familie über die Schulter hinweg zu und bedeutete zugleich einem der Sklaven, uns zu folgen. Ihn wies ich an, für Petros und mich das Abendessen in dem kleinen, angrenzenden Raum zu servieren. Der Diener verschwand eilig, während Petros mit vor der Brust verschränkten Armen stehen blieb, sobald ich die Tür der Kammer hinter uns geschlossen hatte.

»Was willst du?«, wollte er wissen.

»Reden. Dich aus der unangenehmen Situation befreien? Du kannst natürlich auch zurück zu deiner Mutter gehen und ihr erklären, dass du kein Interesse an mir hast. Hattest du nie.«

Er runzelte die Stirn. »Ist das so offensichtlich?«

»Tröste dich. Ich habe auch kein Interesse an dir.«

Er blickte mich misstrauisch unter den Locken hervor an, die ihm in die Stirn fielen. »Ist das so.«

»Meine Güte. Wir sind miteinander aufgewachsen, haben uns gegenseitig gezeigt, wie wir nackt aussehen, als wir zu klein waren, um zu begreifen, worum es da geht …« Ich lachte leise. »Ich verstehe deine Mutter und deinen Vater. Für sie wäre eine Eheschließung zwischen dir und mir ein Segen für Skythien. Aber für dich und mich wäre es wohl eher die Hölle auf Erden. Will ich das? Nein. Willst du das? Keine Ahnung.«

»Auf keinen Fall«, stieß er hervor.

»Siehst du? Allerdings wirst du den geprügelten Hund geben müssen, wenn wir gleich aus diesem Raum kommen. Deine Mutter wird dich bemitleiden, und dein Vater wird mir grollen. Aber ich habe nicht die Absicht, mir einen Gemahl zu suchen.«

»Ich habe kein Interesse an dir, Cousine. Tut mir leid, falls dich das verletzt.«

Ich grinse. »Gar nicht. Wer ist es? Penthe oder Antiope?«

Denn ich hatte sehr wohl bemerkt, dass er in Anwesenheit meiner beiden Schwestern immer seltsam ruhig wurde.

»Antiope«, murmelte er. Dann blickte er auf. »Du wirst es ihr nicht sagen?«

»Auf keinen Fall. Aber ich werde dich in Erwägung ziehen, wenn sie ins heiratsfähige Alter kommt. Verrat's nicht deinen Eltern, ja?«

Wir grinsten beide. Ich ließ mich auf die Bank an dem Tisch sinken. Petros setzte sich mir gegenüber auf die zweite Bank. Zwei Sklaven huschten herein und tischten uns auf, was vermutlich zur selben Zeit unseren Familien nebenan im großen Saal serviert wurde.

»Willst du zurück oder lieber hier essen?«, fragte ich Petros.

»Lass uns bleiben. Meine Mutter wird zwar denken, je länger wir hier sitzen, umso sicherer ist unsere Vermählung, aber du als Königin wirst ihr schon erklären, dass du kein Interesse an mir hast.«

»Autsch«, machte ich. »So schlimm?«

»Seit deine Mutter sich die Verletzung zuzog und danach nicht mehr aus ihren Gemächern kam, hat sie kaum über etwas anderes gesprochen.«

Ich musterte Petros nachdenklich. Er war fast so groß wie sein Vater, das dunkelblonde Haar fiel ihm in die Stirn. Die markanten Gesichtszüge hatte er ebenso von Maspi geerbt wie das zurückhaltende Grinsen.

»Was wirst du ihnen sagen?«, fragte er.

»Ich werde mich mit meinem Alter herausreden. Und mit der unsicheren Lage. Wer weiß, ob wir mich oder Penthesilea nicht als Friedenspfand brauchen.« Ich dachte an Troja. An den drohenden Krieg dort. Nicht ausgeschlossen, dass die Achaier versuchten, ein Bündnis mit uns zu schmieden, damit wir uns nicht auf Trojas Seite schlugen. Was war in dieser Situation richtig? Ich wusste es nicht. Ich wünschte, meine Mutter wäre noch hier. Otrere hätte gewusst, was ich tun sollte.

Oder wenigstens Ares. Aber mein Vater war viel zu sehr mit seinen eigenen Angelegenheiten beschäftigt. Dass meine Mutter tot war, schien ihn nicht zu interessieren.

Ich seufzte.

»Was ist?«, fragte Petros leise.

»Ich vermisse sie.«

Über den Tisch hinweg griff er nach meiner Hand und drückte sie. »Ich weiß«, sagte er leise. »Sie fehlt uns allen.«

Ich schluckte eine Antwort herunter und widmete mich stattdessen meiner Mahlzeit. Doch dann kam mir eine Idee.

»Werde mein Berater«, sagte ich rasch, bevor mich der Mut wieder verließ.

»Was?« Petros sah mich beinahe erschrocken an.

»Ja«, bekräftigte ich. »Du solltest mein Berater werden. Ich weiß, dass deine Eltern versuchen werden, auf mich Einfluss auszuüben. Ich bin jung und unerfahren, ich würde es an ihrer Stelle genauso machen.«

Petros lächelte flüchtig. »Ein kluger Gedanke. Nur: Ich bin auch jung und unerfahren.«

»Aber wir kennen uns von Kindesbeinen an, und sie vertrauen dir. Sie werden denken, sie hätten leichteres Spiel mit mir, wenn ich dich in meinen Rat hole. Außerdem sind sie dann hoffentlich zufrieden, obwohl ich dich nicht heirate.«

Er runzelte die Stirn und dachte nach. Das mochte ich an ihm. Er plapperte nicht drauf los, sondern ließ meine Worte auf sich wirken und betrachtete sie von allen Seiten. »In einem Punkt stimme ich dir zu«, sagte er schließlich leise. »Sie werden versuchen, auf dich Einfluss zu nehmen.«

»Und du? Was willst du?«, fragte ich.

Er grinste. »Meine Ruhe? Mir liegt nichts an der Macht. Viel zu aufregend.«

»Dann bist du dabei?« Ich beobachtete ihn gespannt. »Du wärst nicht mein einziger Berater.« Aber er wäre einer, dem ich vertrauen könnte. Gerade weil er nicht nach der Macht strebte, die ihm andere auf dem Silbertablett servieren wollten. Mir kam der Gedanke, dass seine Eltern ihn auch deshalb vor drei Sommern nach Skythien geschickt hatten, damit er mir vertraut war, wenn es soweit war.

Womit sie vermutlich nicht gerechnet hatten, war unser gemeinsames Bestreben, ihre Pläne zu durchkreuzen.

»Ich bin dabei.« Er nickte bekräftigend und hob seinen Weinkelch. »Wenn du meinen Rat wünschst, Königin Hippolyte, stehe ich an deiner Seite bis zu meinem Tod.«

»Ich danke dir«, sagte ich aufrichtig und spürte, wie eine große Last von meinen Schultern genommen wurde, von der ich bisher nicht gewusst hatte, dass sie darauf ruhte. Ich war nicht auf mich allein gestellt. Da war jemand, dem ich vertrauen konnte. Dem ich vertrauen *wollte.*

Später aber, als ich mich wach im Bett hin und her warf, konnte ich die Gedanken fassen, die bisher so unaussprechlich gewesen waren.

Sie fehlt uns allen. Nur nicht meinem Vater.

Ich stand noch mal auf und trat zu einer Truhe an der Wand, in der meine wichtigsten Habseligkeiten lagerten. Ich klappte den schweren Deckel auf und legte einzelne Päckchen und Kleidungsstücke neben mich auf den Boden, bis ich auf das Bündel stieß, das ich ganz unten vergraben hatte. Ich starrte auf das dunkelblaue Tuch, in das der Waffengürtel meines Vaters eingeschlagen war. Ich wusste, dass er mehr war als nur ein Waffengürtel. Er sollte ein Zeichen meines Vaters sein. Eine Erinnerung daran, wer ich war. Woher ich kam. Wohin mein Weg mich führte.

Ich sollte wie meine Mutter kämpfen. Für unser Volk. Für den Frieden. Für das Leben als Kriegerin war ich geboren, ich war in der Gewissheit aufgewachsen, dass ich ihr Erbe antreten würde. Doch alles, was mein Vater beitrug, war ein Waffengürtel. Ich nahm ihn aus der Truhe und legte ihn an. Das Leder schmiegte sich um meine Taille und fühlte sich seltsam warm an; als wäre dieser Schmuck ein eigenständiges Wesen. Als wäre er lebendig.

Ich riss den Gürtel herunter und warf ihn zurück in die Truhe. Knallte den Deckel zu und wich zurück. Wenn das alles war, was mein Vater mir als Unterstützung anbieten konnte, verzichtete ich gern darauf.

Von diesem Tag an rührte ich den Gürtel nicht mehr an. Ich verkündete am nächsten Tag, dass ich nicht die Absicht habe, mich in naher Zukunft zu vermählen. Mir war klar, dass diese Nachricht für viele eine Enttäuschung war. Aber ich wollte alleine sein.

Allein mit meinem Schmerz.

Wie sollte ich um meine Mutter trauern, wenn von mir erwartet wurde, nach vorne zu schauen? Wie für meine Schwestern da sein? Ich hätte meinen Vater in dieser schwierigen Zeit gebraucht, und sei es nur, um von ihm zu hören, dass ich es richtig machte, wie ich es machte. Ich war gerade mal achtzehn, und in meinen Händen lag die Verantwortung für ein großes Reich, für zahllose Sippen. Die Skythen erwarteten von mir, dass ich sie führte. Aber ich wusste ja nicht mal, wie ich mich selbst morgens dazu bringen konnte, aus dem Bett zu steigen, so sehr drückte mich die Trauer nieder.

Aber die Wut. Die trieb mich an.

Die Wut auf meinen Vater. Er hätte es in der Hand gehabt, das Schicksal meiner Mutter zu wenden. Doch er zog es vor, sich aus allem herauszuhalten.

»Ich will dich nie wiedersehen, Ares«, flüsterte ich in dieser Nacht und in jeder, die darauf folgte. Viele Nächte lang wälzte ich mich schlaflos hin und her, stand auf, starrte auf den Waffengürtel und schlug die Truhe wieder zu.

Nie wieder, Ares. Nie wieder. Hörst du? Lass uns in Ruhe. Du hast uns schon genug angetan. Bleib fort. Du hast hier keinen Platz.

Eines Morgens stand ich auf und wusste, dass ich es schaffen würde. Ohne ihn. Ohne irgendeinen Mann.

Ich war auf mich selbst gestellt. Und niemand sollte mir vorwerfen, dass ich meine Aufgabe nicht ernst nahm. Oder dass ich Ausreden erfand, weshalb ich sie nicht erfüllen konnte.

16

»Hier steckst du.«

Ich drehte mich um, als ich die vertraute Stimme hörte. Petros tauchte in der Luke auf, die von der Mauer der Zitadelle über eine Leiter in den Raum der Wachsoldaten darunter führte. Er stieg die letzten Sprossen hinauf, und ich streckte ihm die Hand entgegen, damit er sich hochziehen konnte.

»Ich halte es da drin nicht mehr aus«, sagte ich.

»Verstehe ich gut.« Er grinste und trat an die hohe Mauer. Sein Blick ging nach Norden, über das Meer hinweg, das sich gespenstisch ruhig ausdehnte. Kein Segel war zu sehen; die meisten Schiffe blieben über den Winter im Hafen, denn allzu oft fegten Stürme über das Pontische Meer, dem unsere Kapitäne sich nicht aussetzen wollten.

»Wird deine Mutter irgendwann aufhören, davon zu träumen, dass wir heiraten?«, neckte ich Petros. Er verzog das Gesicht.

»Ich fürchte, sie gibt erst Ruhe, wenn einer von uns tot oder anderweitig vermählt ist.«

»Ich bin weder an dem einen noch an dem anderen interessiert«, erklärte ich, und er boxte mich spielerisch gegen die Schulter.

»Ich weiß. Aber solange weder das eine noch das andere passiert, werden wir ihre Andeutungen ertragen müssen. Sie hat mein Leben lang davon geträumt, dass ich irgendwann bedeutungsvoll sein werde.«

»Sag bloß, du bist als Berater der Königin für sie eine Enttäuschung?« Ich hob die Augenbrauen.

Er zuckte linkisch mit den Schultern. »Vermutlich schon. Aber es ist mir egal.«

Ich wandte mich von Petros ab und blickte wieder hinaus auf das graue, von Schaumkronen übersäte Meer, das der Sturm aufpeitschte. Der eisige Wind trieb mir die Tränen in die Augen, und ich blinzelte. »Niemand wird bei diesem Wetter in den Norden reisen«, sagte ich leise. »Dabei würde ich so gern. Sie ist immerhin unsere Großmutter.«

Vor wenigen Stunden war ein Reiter eingetroffen, der den weiten Landweg durch Thrakien auf sich genommen hatte. Er hatte mir mitgeteilt, dass meine Großmutter Barkida zu Beginn des Winters gestorben sei. Er hatte sich sofort auf den Weg gemacht, doch er hatte fast zwei Monde gebraucht, bis er in Themiskyra eintraf. Nachrichten reisten langsam in den Wintermonaten.

»Sie würde auch nicht wollen, dass du die gefährliche Überfahrt im Winter wagst«, wandte Petros ein.

»Du hast recht.« Warum hatte ich trotzdem das Gefühl, sie im Stich gelassen zu haben? Wir alle hatten gewusst, dass sie sterben würde. Sie hatte ihren Tod angekündigt, sie hatte ihren Worten Taten folgen lassen, weil nach dem Tod meiner Mutter auch ihr Leben an einen Endpunkt gelangt war. Es war nicht nur dieses unbestimmte, drückende Gefühl, sie in ihren letzten Tagen mit sich allein gelassen zu haben; sie war bei ihrer Sippe gewesen, genug Menschen um sie herum, die ihr jeden Wunsch erfüllten. Aber Barkida war nie eine gewesen, die viele Wünsche äußerte. Hatte sie gehofft, dass ich noch mal zu ihr zurückkehrte, bevor sie ging?

Nun war es zu spät.

»Im Frühjahr«, murmelte ich. »Dann werde ich zu ihr reisen.«

»Sie wird neben deiner Mutter und deinem Vater bestattet?«

Davon ging ich aus. Trotzdem spürte ich nach ihrer Todesnachricht ein sehnsüchtiges Ziehen, das ich nicht genau benennen konnte; irgendwas zerrte an mir. Ein Teil von mir wollte zurückkehren auf die Steppe. Dorthin, wo ich aufgewachsen war. Wo ich gelernt hatte, wie eine Kriegerin zu leben und zu denken.

In Themiskyra herrschten andere Gesetze, und selbst nach dem halben Jahr, das ich nun als Königin über die Skythen herrschte, hatte ich noch kein Gespür dafür entwickelt, was die Menschen sich von mir erhofften. Sie stellten Erwartungen an mich. Hatten eine genaue Vorstellung davon, wie ich regieren sollte. Sie erhofften sich vielleicht auch, dass ich die Arbeit meiner Mutter fortsetzte. Alles in allem war ich vermutlich eine herbe Enttäuschung für die Stadtbevölkerung, weil ich nichts dergleichen tat. Ich saß jeden Morgen im Audienzsaal und hörte mir die Sorgen und Nöte derer an, die zu mir kamen. Ich sprach Recht und traf Entscheidungen. Nur selten hatte ich das Gefühl, es allen recht zu machen. Sollte das jetzt für immer so sein?

»Bis ich dort bin, wird sie jedenfalls bestattet sein. Egal, wann ich mich auf den Weg mache.« Die Vergeblichkeit meines Tuns schnürte mir die Luft ab. Ich hatte nun meine Mutter und meine Großmutter verloren, und seit Otreres Tod hatte sich auch mein Vater nicht mehr hier blicken lassen. Nicht, dass er willkommen wäre.

Es wäre allzu leicht, mich von dieser Verlorenheit mitreißen zu lassen und mich in dem Schmerz und der Einsamkeit zu suhlen. Doch ich musste stark sein. Für meine jüngeren Schwestern, die sich auf mich verließen und darauf hofften, dass ich schon wissen würde, was für sie richtig war. Für mich selbst ebenso, denn seit ich meinem

Onkel mitgeteilt hatte, dass ich nicht die Absicht hegte, mich in naher Zukunft zu verheiraten, grollte er mir. Immerhin konnte er täglich beobachten, dass es nicht an Petros lag, weshalb ich die Eheschließung ausgeschlagen hatte, und er war auch nicht so dumm zu glauben, er könne mich zu einer Heirat zwingen, die ich nicht wollte. Immerhin war ich die Tochter einer Königin und eines Gottes. Er selbst hatte einst auf den Thron verzichtet. Doch manchmal kam es mir so vor, als wäre nicht mehr viel übrig von dem jungen Maspi. Die Macht hatte ihn verändert. All die Jahre, in denen er sich als Bruder der Königin in herausragender Stellung hatte beweisen dürfen.

Ich blieb auf der Hut. Dieses unbestimmte Gefühl, niemandem trauen zu können, raubte mir nachts den Schlaf und trieb mich in die Einsamkeit.

»Du kannst im Frühjahr das Meer überqueren.« Petros stützte sich mit beiden Händen auf die Mauer und blickte nach Norden. »Wenn du jetzt gehst, wirst du durch Schnee und Kälte ausgebremst. Du wirst kaum früher dort eintreffen, als wenn du in zwei Monden mit dem Schiff übersetzt.«

Vermutlich hatte er recht. Doch in mir wehrte sich alles dagegen, vernünftig zu sein.

»Du wirst hier gebraucht«, fügte er leise hinzu, ohne den Blick vom aufgepeitschten Meer zu lassen.

»Was kann ich schon ausrichten?«, murmelte ich.

Petros sah mich von der Seite an und lachte ungläubig. »Ist das nicht offensichtlich? Du hältst die Skythen zusammen. Du sorgst dafür, dass keiner Hunger leidet. Dir haben sie es zu verdanken, dass wir bisher diese schlimme Seuche eindämmen konnten. Dieser Winter ist …«

Hart. Er musste den Satz nicht zu Ende sprechen, denn ich wusste genau, was er meinte.

Nicht nur der Tod meiner Großmutter war eine schwere Prüfung für uns. Auch der frühe Wintereinbruch und die schlechte Ernte nach einem besonders feuchten, kühlen Sommer hatten die Versorgung der Stadtbevölkerung vor eine große Herausforderung gestellt. Im Laufe meines jungen Lebens hatte ich einige harte Winter draußen auf der Steppe erlebt. Ich hatte Hunger und Entbehrungen kennengelernt. Hatte gefroren und halbe Tage an einem Streifen Dörrfleisch herumgelutscht, das nur gefroren aus den Krügen unter dem Karren verteilt wurde. Ich hatte in Felle und Decken gehüllt viele Stunden im Dunkeln gedöst, hatte täglich Melanippe bei ihrem Gang zu den Herden begleitet. Manchmal hatten wir mitten im Winter ein Pferd geschlachtet. Nicht, weil wir Fleisch wollten. Sondern weil es zu schwach und krank war, um über die kommenden Monate zu kommen, bevor das erste zarte Grün die Steppe überzog. Unser Hunger war immer aushaltbar gewesen. Selten kam jemand davon um. Es waren allenfalls die Alten, die in einem harten Winter das Essen einstellten, weil sie spürten, dass ihre Lebenskraft zur Neige ging und nicht mal durch ausreichend Nahrung wieder erweckt werden könnte.

Anders die Menschen in Themiskyra. Viele von ihnen waren schon vor über zwanzig Jahren als erste skythische Siedler nach Tyras gezogen, jener achaischen Siedlung an der Nordküste des Pontischen Meers, in der mein Onkel jahrelang in einem Palast als Statthalter im Auftrag meiner Mutter gelebt hatte, bevor er ihr nach Themiskyra gefolgt war. Denn Tyras war immer die Stadt der Achaier gewesen, und wir Skythen wurden allenfalls geduldet. Auch dort hatte es Hungerkrisen gegeben, doch die Skythen hatten immer noch auf die Steppe zurückkehren können.

An der Südküste des Pontischen Meers jedoch waren wir darauf angewiesen, was die Gärten vor der Stadt uns lieferten. Es gab einige Skythen, die sich ringsum als Bauern niedergelassen hatten, und aus den benachbarten Städten kamen Händler, die uns mit Hirse, Gerste, Öl und Wein belieferten. Doch durch die schlechten Ernten hatten die Menschen weniger Geld, die Preise waren gestiegen, weil der ganze Küstenstreifen und das Hinterland von den schlechten Witterungsbedingungen betroffen waren. Der drohende Krieg in Troja verschärfte die Situation noch; mancher Händler wandte sich lieber Richtung Westen nach Troja, wo er sich satte Gewinne erhoffte, sobald die achaische Flotte vor der Festung an Land ging und sich der Belagerungsring um die stolze Stadt schloss.

Kurz gesagt: Diesen Winter waren wir aufgeschmissen. Und dann war noch diese fiebrige, rätselhafte Seuche ausgebrochen, die jeden Zehnten dahinraffte.

»Wie hat meine Mutter das nur geschafft«, murmelte ich müde. Zum Glück waren wir im Palast bisher von der Krankheit verschont geblieben. Nicht auszudenken, wenn meine Schwestern erkrankten. Oder wenn ich im Fieberdelirium niedergestreckt wurde …

Ich wandte mich an Petros. »Du musst mir einen Gefallen tun.«

»Ich tue dir jeden Gefallen, der in meiner Macht steht.« Sofort hatte ich seine volle Aufmerksamkeit, und ich spürte nicht zum ersten Mal die grenzenlose Dankbarkeit, weil er für mich da war, so, wie er war. Kein Groll war zwischen uns.

»Falls mich diese Seuche niederstreckt, soll Penthesilea Königin werden. Und falls ich krank werde, musst du für mich im Hohen Rat sprechen. Du weißt, was ich will. Sie sollen auf dich hören und nicht auf deinen Vater.«

Petros spitzte die Lippen. »Du meinst, wenn der Getreidetransport eintrifft?« Wir warteten täglich darauf. Eine große Lieferung, die ich aus meiner Schatzkammer finanziert hatte, um das Leid der Stadtbevölkerung abzufedern.

»Das Getreide soll zum festgelegten Preis ausgegeben werden. Wir haben darüber gesprochen.«

Er nickte. Ich versuchte, den zunehmenden Druck hinter meinen Augen zu ignorieren. Seit Tagen horchte ich in meinen Körper hinein und fürchtete, dass die Seuche auch mich längst erwischt hatte.

»Wir wollen keinen Gewinn machen«, fügte ich hinzu. »Jeder Haushalt bekommt so viel, dass er über den Winter kommt. Der Rest wird im Speicher eingelagert.«

»Wir werden alles so machen, wie du es wünschst. Aber du weißt, dass die Ratsmitglieder nicht davon überzeugt sind, dass dein Vorgehen sinnvoll ist.«

»Nein, das denke ich mir.« Ich seufzte. Auf der Steppe gehörten alle Vorräte allen Mitgliedern der Sippe. Wer Hunger hatte, nahm sich etwas. Wer mehr brauchte, bekam auch mehr. Alle waren darauf angewiesen, dass jeder Einzelne umsichtig mit dem umging, was wir hatten. Niemand wollte derjenige sein, der zu viel für sich beanspruchte.

Die Menschen in der Stadt sahen das anders. Ihr eigener Hunger stand über dem ihres Nachbarn, allzu oft hatte ich schon erlebt, wie sich zwei Frauen auf dem Marktplatz um ein Huhn stritten oder wie Händler überzogene Preise forderten. Mit den Münzen, die ursprünglich das Tauschen erleichtern sollten, war auch etwas anderes in das Leben der Skythen eingezogen: Gier. Sie wollten mehr von den silbrig glänzenden oder golden glitzernden Klimperscheiben.

Als meine Mutter einst Themiskyra gründete und skythische Familien hierherbrachte, hatte sie wohl nicht damit gerechnet, dass ihr Volk sich an dieses Leben so schnell gewöhnen würde. Aber inzwischen unterschied es nur noch wenig von den Bewohnern anderer Stadtstaaten.

Vielleicht rührte daher meine Sehnsucht nach der Steppe. Nach dem einfachen Leben, das wir dort einst geführt hatten. Vermutlich war es ein Fehler von meiner Mutter und mir zu glauben, dass diese Siedlung irgendein Problem lösen würde. Selbst wenn – es wuchsen genug neue Probleme nach, denen ich mich widmen konnte.

Aber das musste warten. Erst wollte ich mich hinlegen und diese rasenden Kopfschmerzen wegschlafen, die mich seit dem frühen Morgen plagten.

»Bist du wach?«, flüsterte Antiope neben mir. Ich knurrte und drehte mich um.

»Sie fiebert.« Das war Penthesileas Stimme.

Ich drehte mich zu ihnen und versuchte, die Augen zu öffnen. Schmerz. Mein Schädel dröhnte und meine Augen waren verklebt und ließen sich kaum öffnen. Die Seuche hatte auch mich erwischt.

Ich versuchte zu sprechen, doch meine Stimme versagte und es kam nur ein Krächzen heraus. »Geht fort. Holt den Heiler.« Mehr brachte ich nicht über die Lippen, obwohl mich ein unstillbarer Durst plagte. Wasser. Ich versuchte, mich aufzurichten. Wo gab es was zu trinken, verdammt nochmal.

»Bleib liegen.« Penthesilea drückte mich zurück auf die Matratze.

Sonst war meine Schwester nicht kräftig genug, dass ihr das gelang, doch heute sank ich nach hinten und seufzte. Ich rollte mich wieder ein und spürte, wie sie die Decke höher zog und ein Fell über mich breitete.

Hitze. Kälte. Ich zitterte. Ich schwitzte. Beides zugleich. Stimmen, die leise beratschlagten, was zu tun sei. »Niemand darf davon erfahren, dass die Königin krank ist.« Ich lächelte im Fiebertraum, denn ich glaubte, Petros' Stimme zu erkennen.

»Wir werden sie pflegen.« Das war Antiope.

»Ihr dürft euch nicht anstecken«, widersprach Petros. »Wenn Penthesilea und dir etwas zustößt ...« Er sprach nicht weiter.

Was dann? Er *musste* nicht weiterreden. Wir alle wussten, was auf dem Spiel stand. Ich war eine junge Königin ohne Erben, wenn ich starb, würde ein Kampf um den Thron entbrennen – auf der einen Seite meine Schwester, auf der anderen wer weiß welche entfernten Cousins. Gut vorstellbar auch, dass mein Onkel nach der Macht griff, wenn sie sich ihm bot. Es wäre nicht das erste Mal, dass es ein naher Verwandter versuchte.

Ich musste am Leben bleiben. Um jeden Preis.

Wieder versank ich in der Dunkelheit des Fieberschlafs, um mich war nur Stille. Das Einzige, was ich hörte, war mein rasselnder Atem. Gelegentlich eine Stimme, die an mein Ohr drang. »Heute geht es ihr schon besser.« Oder: »Ich habe wenig Hoffnung, dass sie wieder erwacht.«

Einmal riss der Schleier auf, und ich fand mich allein in meinem Gemach wieder. Heller Tag vor den hohen Fenstern und eine Stille, die so unheimlich war, dass ich die Augen fest zukniff. Waren alle fort? Hatten sie mich zurückgelassen? Ich lag lange einfach da, horchte in meinen Körper hinein und versuchte zu ergründen, ob in ihm noch genug Kraft steckte, um mich aufzusetzen.

Ich versuchte es.

Sofort wurde mir schwindelig, und ich sank zurück. Kein Wunder; ich musste tagelang gelegen haben, da nahm mein Körper es mir übel, wenn ich ihn so schnell in Bewegung versetzte. Beim zweiten Versuch ging es schon besser, doch mein Herz raste und vor meinen Augen tanzten kleine, schwarze Punkte. Die Helligkeit von draußen war so unwirklich, dazu die Stille ... Ich wartete, bis mir nicht mehr schwindelig war, dann zog ich mich an dem Bettpfosten hoch. Wieder wartete ich, leicht gebückt. Meine Füße standen auf den eisigen Steinfliesen, und ich spürte, wie die Kälte von allen Seiten in meinen Körper kroch. Am liebsten wäre ich wieder zurück unter die Decken und Felle geschlüpft, zugleich wusste ich aber, dass ich unbedingt wissen musste, was draußen vor sich ging.

Ich machte einen vorsichtigen Schritt und ließ den Pfosten los. Kein erneuter Schwindel. Davon ermutigt setzte ich einen Fuß vor den anderen, bis ich das hohe Fenster erreichte. Kaum breiter als mein eigener Kopf und so tief wie die massive Mauer. Ich musste mich mit dem Oberkörper in die Nische schieben, damit ich nach draußen blicken konnte.

Der Innenhof war leer. Nur ein abgemagerter Hund streunte herum und wühlte in einem Abfallhaufen nach etwas Essbarem. Ich blinzelte. Das alles wirkte seltsam fremd. Warum war ich nicht in meinen Gemächern, sondern in dieser Kammer weit ab von allem anderen untergebracht?

»Sie schützen dich.«

Ich fuhr herum.

Auf meinem Bett saß in seinem schwarzen Brustpanzer und mit skythischer schwarzer Hose mein Vater.

»Was willst du hier?«

Mir kam ein schrecklicher Verdacht. War das hier wieder die Zwischenwelt, von der meine Mutter selten ein Wort verloren hatte? Jener unglückselige Ort zwischen den Welten, an dem sie und ich nach meiner Geburt fast verloren gegangen waren?

Mein Vater musterte mich aufmerksam. Ich lehnte mich an das Mauerwerk hinter meinem Rücken und schlang die Arme um meinen Oberkörper. Ich trug nur ein dünnes, knielanges Hemd. Vermutlich war es das Fieber, das mich weiterhin von innen wärmte. Oder das hier war tatsächlich jener Ort, an dem ich schon einmal gewesen war? Konnte man zweimal aus der Zwischenwelt zurückkehren?

»Wo sind wir?«, fragte ich. Meine Stimme war nur ein Krächzen, und mein Hals brannte wie Feuer.

»In deinem Palast in Themiskyra«, sagte er ruhig. »Du sollst niemanden anstecken, deshalb hat dein Onkel verfügt, dass du hier oben genesen sollst.«

Ich lachte auf und musste husten. »Werde ich denn wieder gesund?«, murmelte ich.

»Willst du denn?«

Was für eine Frage … Natürlich wollte ich wieder gesund werden. Ich wollte *leben*. Vielleicht empfand ich das Leben, das ich führte, zuletzt als allzu herausfordernd, weil mir so viel genommen worden war und ich zugleich so viel Verantwortung hatte übernehmen müssen. Aber ich war noch soweit bei Verstand, um zu wissen, dass nach dunklen Zeiten hellere kamen.

War er deshalb gekommen? Wollte er mir mitteilen, dass die besseren Zeiten kommen würden? Dass ich überleben würde?

»Was willst du hier?«, forderte ich ihn heraus. Nach allem, was er für meine Mutter getan hatte, in all den gemeinsamen Jahren ... ja, ich war zornig, weil er sie nicht gerettet hatte. Doch er war immer noch mein Vater, und hinter all der Wut verband uns immer noch eine tiefe Liebe. Die konnte ich nicht beiseiteschieben. Was auch immer das hier war, ob nun ein Fiebertraum, die Realität, die Welt zwischen Leben und Tod ... »Und bitte sag mir, wo wir sind. Themiskyra ist es nicht. Lebe ich noch?«

Er stand auf und trat zu mir.

»Du bist immer noch in deinem Palast, du liegst in deinem Bett und ... nun, schläfst. Oder auch nicht.«

Wirklich sehr hilfreich, dachte ich wütend. Aber es sollte mich nicht wundern. Mein Vater liebte Rätsel.

»Wir stehen an einem Scheideweg. Du musst dich für eine Richtung entscheiden. Willst du als Königin von Themiskyra regieren mit all dem Schmerz, den dieses Leben mit sich bringt? Oder machst du Platz für deine Schwestern oder deinen Onkel? Wenn du dich für letzteres entscheidest ...« Er machte eine unbestimmte Bewegung mit der Schulter.

»Ich sollte nicht mal mit dir reden«, erwiderte ich. »Dass du mir die Wahl lässt zwischen Leben und Tod. Mit wem bist du einen Handel eingegangen? Artemis kann es diesmal nicht sein. Hades? Will er mich in der Unterwelt empfangen?«

Ares hob die Augenbrauen. »Sieh an. Jemand hat die achaischen Götter studiert. Du weißt mehr über uns als einst deine Mutter.«

»Wissen ist Macht«, erwiderte ich kühl.

»Das merke ich.« Er machte einen Schritt zurück. »Du hast mein Geschenk nicht genutzt, seit ich es dir gemacht habe.«

»Ich habe kein Interesse an deinem Waffengürtel. Du kannst ihn gern zurückhaben.« Ich blickte mich suchend nach der Truhe um, in der ich ihn versteckt hatte, doch sie war offenbar nicht mit in diese armselige Kammer gezogen. Entweder sie hatten mich wirklich in den entlegensten Ort des Palasts verbannt oder …

»Das ist nicht Themiskyra«, flüsterte ich.

»Nein.« Traurig sah mein Vater mich an.

»Aber du sagtest doch …«

»Verzeih meine kleine Lüge. Ich weiß, wie verstörend die Götterwelt für euch Sterbliche sein kann.«

»Wo bin ich?«

Er wiegte den Kopf. Ich verschränkte die Arme vor der Brust. *Das hier ist nicht die Wirklichkeit. Es ist ein Traum. Ich werde wieder aufwachen. In meinem Gemach in Themiskyra. Nur ein Traum …*

»Du bist in Troja.«

Ich stieß die Luft aus. »Ausgerechnet«, flüsterte ich.

»Lass mich ausreden.« Er runzelte die Stirn. »Du weißt, ich bin Troja wohlgesonnen. Daran ändert sich auch nichts, nachdem dieses Prinzlein Paris«, er stieß den Namen mit Abscheu hervor, »Königin Helena aus Sparta entführt hat. Dir ist auch bekannt, dass König Menelaos eine große Flotte in Aulis versammelt hat, die nach Troja segeln wird, sobald der Wind günstig steht.«

Ich nickte knapp.

»Gut möglich, dass sie noch länger auf günstige Winde werden warten müssen.«

Er musste nicht erwähnen, dass dabei die Götter ihre Finger im

Spiel hatten, ich konnte es an seiner nachdenklichen Miene ablesen.

»Nun denn, dieser Krieg um Troja wird … hässlich.«

»Das weißt du jetzt schon.«

Ares schwieg.

»Und keiner von euch Göttern will ihn verhindern.«

Er blieb still, blickte an mir vorbei. Ich seufzte, denn ich erkannte, wie sehr es ihm widerstrebte, darüber zu reden. Trotzdem hatte er mich hergebracht, ob nun in einem Traum oder real war unbedeutend. Wichtig war in diesem Moment nur, dass Ares etwas damit bezweckte. Es gab vielleicht Dinge, die er mir nicht sagen durfte. Von denen er hoffte, ich würde selbst darauf kommen und er könnte sich immer noch darauf herausreden, dass er die Geheimnisse gehütet hatte. Manchmal waren mein Vater und die anderen Götter in ihren Sitten abergläubischer als wir Menschen.

Dieser drohende Krieg … Es ging darum, nicht wahr? Aber was hatten die Skythen damit zu tun? Warum hatte er mich hergebracht? Was wollte er mir damit zeigen?

»Welche Pläne hast du mit Troja?«

»Du kennst die Antwort. Troja ist unser Verbündeter, aber ich hoffe, sie bitten uns in diesem Krieg nicht um Hilfe. Ich will Skythien heraushalten. Das ist nicht unser Krieg.«

»Wirst du dich daran halten? Es gab mal die Überlegung, du und Hektor …«

»Der trojanische Prinz hat sich für eine andere entschieden.«

»Er ist nicht Priamos' einziger Sohn. Du bist unvermählt, was mich überrascht.«

Ich lächelte flüchtig. »Du hast geglaubt, ich würde dem Werben meines Cousins nachgeben?« Wie wenig er doch über mich wusste …

»Ich habe es zumindest für eine Möglichkeit gehalten. Oder dass du dir einen anderen willfährigen Narren suchst, den du mit Schmuck und Pelzen befriedigen kannst, während du die Macht festhältst. Deine Mutter hat das getan.«

»Nein, das hätte wohl nicht funktioniert«, murmelte ich. »Die Skythen haben sich verändert. Seit sie in den Städten leben oder zumindest die Möglichkeit dazu haben … Manche unserer besten Kämpfer ziehen es vor, in Themiskyra Wurzeln zu schlagen, statt im Norden unsere Grenzen zu verteidigen.«

»Dass ihr Grenzen habt, ist auch neu.«

»Wir haben nicht damit angefangen«, sagte ich ruhig. »Aber Grenzen machen vieles einfacher. Wenn ein Feind sie übertritt, muss man sich nicht darüber streiten, ob er sie überschritten hat, sondern schickt eine Hundertschaft, damit er vertrieben wird.«

»So einfach machst du es dir.« Es klang eher nach einer Feststellung. Ich zuckte mit den Schultern. Es ergab wohl wenig Sinn, meinen Vater darauf hinzuweisen, wie die Achaier damit angefangen hatten, willkürliche Grenzen zu ziehen und zu verteidigen. Wir folgten nur ihrem Beispiel.

»Wir haben von euch gelernt.«

Er neigte den Kopf, was weniger ein Nicken war als ein Eingeständnis.

»Das habe ich wohl beobachtet. Ihr betreibt Diplomatie. Troja allerdings ist kein verlässlicher Partner. Halte dich von den Trojanern fern.«

Ich versteifte mich. »Was ich mit Troja tue oder lasse, ist immer noch meine Entscheidung«, erwiderte ich kühl. »Wenn Troja sich Hilfe suchend an uns wendet, werde ich sie anhören.«

Er kaute auf meinen Worten herum. »Komm«, sagte er schließlich. Ich blinzelte verblüfft. Im nächsten Moment stand ich im Innenhof, der vorhin von oben betrachtet so kahl und verlassen gewesen war. Bunte Bänder spannten sich über den Hof, der Boden war mit duftenden Rosenblättern bestreut, und um mich drängten sich Frauen und Kinder in farbenfrohen Kleidern. Ein warmer Windhauch strich über meine nackten Oberarme, die Sonne brannte vom makellos blauen Himmel. Mit einem Wimpernschlag stand ich in der sommerlichen Stadt, und die Menschen um mich herum jubelten einer Handvoll Reiter zu, die ihre Pferde durch die Menge zu einem Tor führten.

Das ist nicht derselbe Innenhof.

Inzwischen sollte ich mir wohl eingestehen, dass es sich um eine merkwürdige Art Traum handelte, in den mein Vater mich versetzt hatte. Ich spürte seine Hand auf meiner Schulter. »Sieh hin«, befahl er. Seine Stimme grollte, und ich folgte seinem ausgestreckten Arm. Ich erkannte den strahlend schönen Paris, der neben seinem Bruder Hektor ritt. Die anderen Männer kannte ich nicht, doch es genügte zu wissen, dass sie Trojaner waren. »Sie ziehen in den Kampf«, sagte ich.

»Troja wird seit Jahren belagert. Bald wird es zu einer entscheidenden Schlacht kommen. Du wirst deine Kriegerinnen nicht in diese Schlacht führen. Hast du mich verstanden? Dein Platz ist in Themiskyra. Dein Schicksal wird sich nicht im Kampf um Troja erfüllen.«

Ich schüttelte seine Hand ab. »Mein Schicksal liegt nicht in deiner

Hand. Dieses Recht hast du verwirkt, als du meine Mutter hast sterben lassen.«

Sein Blick war so schmerzerfüllt, dass ich für einen Moment glaubte, dass es nicht stimmte; dass er in Wahrheit alles getan hatte, um Otreres Tod zu verhindern.

»Ich wollte das nicht«, sagte er. »Doch es war unvermeidlich.«

Und mit diesen zwei Sätzen zerschlug er die aufkeimende Hoffnung, dass es für meinen Vater und mich eine gemeinsame Basis geben konnte, dem Verlust meiner Mutter zum Trotz. Er hatte ihren Tod zugelassen. Das genügte mir.

»Bring mich zurück nach Themiskyra. Lass mich meinetwegen sterben, so wie du bei meiner Mutter nur zugeschaut hast, wie sie dahinsiechte.« Ich biss die Zähne zusammen. »Ich bin mit dir fertig. Mit dir und deinen verfluchten Göttern. Ihr habt keine Macht mehr über uns, und ich werde mein ganzes Streben darauf richten, dass es so bleibt.«

Mein Vater lachte auf. »Und du glaubst, das ist so einfach? Du befiehlst mir, wir sollen dich in Ruhe lassen, und alle achaischen Götter halten sich daran?«

»Ihr habt doch schon einen Krieg, dem ihr euch widmen könnt«, stieß ich hervor. »Kümmert euch nicht um mein Volk, wir werden vortrefflich ohne euch auskommen.«

»Das wage ich zu bezweifeln«, murmelte mein Vater. Doch ich spürte bereits, wie der Innenhof mit den jubelnden Menschen, den trojanischen Kriegern und den bunten Fähnchen um mich herum verblasste. Nur Ares war noch bei mir in der leeren Stille, die zurückblieb. Und dann war auch er fort, und ich blieb zurück in dieser Leere, in der ich nur mich hörte. Ich schloss die Augen und lauschte meinem Atem.

17

Ich starb nicht.

Doch ich war durch das Fieber geschwächt, und als ich die Augen aufschlug und mich zu meiner Erleichterung in meinem Gemach wiederfand, brauchte ich eine Weile, um mich zu orientieren. Ich war allein; nur eine Sklavin hockte neben dem Bett und sprang auf, sobald sie merkte, dass ich die Augen geöffnet hatte.

»Herrin«, flüsterte sie. »Ihr seid wach.«

Ich nickte schwach.

Sie goss etwas Wasser in einen Becher, blickte mich fragend an, ich nickte wieder. Sie half mir, mich halb aufzurichten, damit sie mir ein paar Schlucke einflößen konnte. »Wie lange?«, hauchte ich.

»Siebzehn Tage.«

So lange.

»Meine Schwestern?«

»Sie sind gesund geblieben. Soll ich sie holen?«

Ich schüttelte den Kopf. Zu wissen, dass Penthesilea und Antiope vom Fieber verschont worden waren, genügte mir für den Moment. Ich schloss die Augen. Schon nach so kurzer Zeit fühlte ich mich völlig verausgabt und wollte nur noch schlafen.

Als ich das nächste Mal aufwachte, sprang die Sklavin auf. »Ich hole Euren Cousin!«, rief sie. Ich lag unter einem Berg Felle und Decken, als hätte man versucht, meinen Körper warmzuhalten. Hatte ich erneut gefiebert? Hoffentlich konnte Petros mir Antworten geben.

Er trat kurz darauf in mein Gemach und eilte zu meinem Bett. »Du bist wach.«

»Sicher«, krächzte ich. »Kann doch nicht ewig schlafen.«

Darüber musste er lachen.

»Wir haben uns so um dich gesorgt.« Seine Hand suchte meine, er drückte sie. Ich lächelte ihn an, obwohl mir die Lider erneut schwer wurden.

»Was ist passiert?«

»Seit du krank geworden bist? Die Getreidelieferung ist da. Alle Stadtbewohner wurden versorgt, wie du es befohlen hast. Viele waren krank. Ich auch, aber mich hat's nicht so schlimm erwischt.«

»Deine Familie?«

»Alle bei bester Gesundheit. Ebenso deine Schwestern. Ich schicke nach ihnen, wenn du willst.«

Ich schüttelte den Kopf. Im Moment genügte es mir, mit ihm zu reden. Seine Gegenwart tat mir gut.

Er setzte sich zu mir auf die Bettkante. »Ich habe um dein Leben gefürchtet, Hippolyte. Das haben wir alle. Nur …« Er zögerte und senkte den Kopf, als müsste er sich die Worte zurechtlegen. »Ich habe nicht gewusst, wie sehr ich um deine Gesundheit fürchte.«

»Ich bin doch hier«, sagte ich leise.

Er nickte. Sein Blick aber, der sagte mir, dass in der Zwischenzeit mehr passiert war. Dass er um mein Leben gebangt hatte, und diese Angst etwas mit ihm gemacht hatte. Wir waren uns einig gewesen, dass wir nicht zueinander passten. Dass eine Verbindung zwischen uns für niemanden von Vorteil wäre.

Nun, es sah ganz so aus, als wäre Petros in der Zwischenzeit zu einem anderen Ergebnis gelangt.

Meine Schwestern kamen am nächsten Tag. Antiope stürzte auf mich zu, sie umarmte mich so heftig, dass mir die Luft wegblieb und schluchzte an meinem Hals, wie sehr sie um mich gefürchtet habe. Ihr folgte Penthesilea. Lässig in einer Tunika und skythischer Hose, mit einem Messer am Gürtel, das fast so lang wie ein Kurzschwert war. Sie nickte mir knapp zu und ließ sich auf einen Hocker fallen. »Ist gut, dass du wieder unter den Lebenden bist, Schwester«, sagte sie nur. Antiope hockte sich neben mich und ließ meine Hand nicht los, während sie wie ein Wasserfall alles erzählte, was sich während meines tiefen Fieberschlafs zugetragen hatte. Ich beobachtete Penthesilea. Wie ungerührt sie sich gab. Ich war alarmiert. Das war nicht die Penthe, die ich in Erinnerung hatte. Früher war sie ruhig, aber entspannt gewesen. Jetzt wirkte sie auf mich wie eine viel zu junge Kriegerin. Die Zeit hatte etwas mit ihr angerichtet, und ich war unsicher, ob mir gefiel, was ich sah.

Irgendwann würde Penthesilea auch in den Kampf ziehen, ob ich das wollte oder nicht. Es war auch nicht meine Entscheidung; sie konnte frei wählen, was sie sein wollte. Antiope hingegen war immer schon mehr den schönen Dingen zugewandt gewesen, an denen Penthe und ich kein Interesse zeigten. Meine jüngste Schwester wäre, wenn sie auf der Steppe lebte, eine von den jungen Frauen gewesen, die das Leben auf dem Karren vorgezogen, als Mutter und Tante vieler Kinder. Penthe hingegen … Ich hätte gern geglaubt, dass sie als Kriegerin an meiner Seite reiten würde. Aber sie liebte das Leben in Themiskyra. Sie wäre wohl die ideale skythische Königin, wenn alle Skythen in Städten leben würden.

»… und dann kam unser Vater. Er hat lange bei dir gesessen, und als er ging, hat er gesagt …«

»Moment«, unterbrach ich sie. Ich blinzelte. »Ares war hier?«

»Tagelang saß er vor deinem Gemach«, sagte Penthe leise. Sie runzelte die Stirn. »Petros hat ihn nicht zu dir gelassen, obwohl ich ihn angefleht habe, es zu tun. Vater wollte dir helfen, aber unser Cousin war fest entschlossen, sich an deine Anweisungen zu halten. Ich weiß nicht, was zwischen euch passiert ist, aber …« Sie sprach nicht weiter. Ich musterte sie aufmerksam. Penthe hatte sich verändert. Sie war noch immer so widerspenstig und aufmüpfig wie vor Mutters Tod und meiner Erkrankung. Aber wenn es um unseren Vater ging, war sie gnädiger. »Ich habe mich gewundert, dass Vater es so hinnahm.«

»Eventuell hat er nur die Grenze respektiert, die Petros gezogen hat?«, wandte ich ein.

Penthe zuckte mit den Schultern und widmete sich ihren Fingernägeln, die sie mit einem Dolch reinigte. Meinen tadelnden Blick ignorierte sie. Ich erkannte sie kaum wieder. Offensichtlich hatte sie ihre eigene Art gefunden, mit meiner langen Krankheit umzugehen. Sie meckerte weiterhin über alles, nur wenn die Sprache auf unseren Vater kam, verstummte sie. Als hätte sie keine Meinung zu ihm. Wollte nichts Schlechtes über ihn sagen. Jetzt ging sie aber noch weiter und verteidigte ihn vor anderen.

Sie hatte immer schon versucht, ihm zu gefallen, als könnte sie damit ausgleichen, dass sie zu spüren glaubte, wie er mich ihr Leben lang vorzog. Dabei war ich überzeugt, dass er jede von uns drei auf die gleiche Weise liebte; mit mir hatte er nur schon mehr erlebt, und das stärkte unser Band.

Antiope kuschelte sich an mich. Sie war so schmal und klein, man hielt sie immer für jünger. In diesem Moment wirkte sie auf mich fast zerbrechlich. »Wusstest du, dass es Krieg gibt?«, fragte sie. »In Troja.«

Ich drückte sie leicht an mich. »Ja, ich habe davon gehört.«

»Musst du jetzt in den Kampf ziehen?« Aus ihren rehbraunen Augen starrte sie mich ängstlich an.

»Niemand zieht in den Krieg«, beruhigte ich sie und drückte sie an mich. »Nicht, solange ich es verhindern kann.«

Und ich hoffte so sehr, dass ich es lange verhindern könnte …

Es dauerte einen halben Mondlauf, bis ich das erste Mal im Thronsaal auf meinem Sessel sitzen und eine kurze Audienz abhalten konnte. Eine Handvoll Männer war gekommen, um mir ihre Sorgen und Probleme zu schildern. Es waren nur geringfügige Probleme, die ich schnell auflösen konnte. Doch nach den anderthalb Stunden im Sitzen fühlte ich mich völlig ausgelaugt und musste auf Petros gestützt den Saal verlassen.

Er war in den vergangenen Tagen kaum von meiner Seite gewichen. Erst hatte ich mich gefragt, was ihn dazu trieb. Dann hatte ich mir widerstrebend eingestanden, dass seine Gegenwart mir guttat. Er erkundigte sich nach mir, er saß bei mir und redete über alles, was ich wissen wollte. Ich hatte mich anfangs gefragt, warum er das tat, dann hatte ich ihn gefragt. Seine Reaktion überraschte mich. Er senkte den Kopf, starrte auf seine Hände und murmelte: »Als du krank wurdest … bekam ich Angst.«

»Wovor? Dass du nach meinem Tod Penthe heiraten sollst?«, neckte ich ihn.

Er lächelte flüchtig. »Das war meine zweite Sorge.« Doch dann wurde er wieder ernst. »Das meine ich nicht, Hippolyte.« Er hob den Blick und nahm meine Hand. Ich wollte sie zurückziehen, aber seine Finger umschlossen meine, und selbst mit mehr Kraft wäre es von meiner Seite ein halbherziger Versuch geblieben, denn diese Berührung fühlte sich gut an. Ich starrte auf unsere gekreuzten Finger, während Petros weitersprach.

»Ich fürchtete, dass du nie mehr aufwachst. Dass ich die einzige Freundin verliere, die ich in diesem Palast habe. Die beste Freundin, die mir einst zeigte, wie man vom Pferderücken mit dem Bogen eine Strohpuppe jagt … Ich gebe zu, ich war kein allzu bereitwilliger Schüler. Oder wie du mir beibrachtest, Kumys zu trinken, ohne es direkt wieder von mir zu geben.«

Ich lächelte. Seine Finger streichelten meinen Handrücken. »Du bist ein lausiger Skythe«, neckte ich ihn.

»Aber du hast mich zu einem besseren Skythen gemacht. Durch das Jahr bei euch habe ich gelernt, warum du das Leben dort so sehr liebst. Was nicht heißt, dass ich es auch liebe«, fügte er hinzu.

Mein Blick wurde weich. »Du hast dir viel Mühe gegeben, obwohl man dir angemerkt hat, wie wenig es dir behagte.«

»Nicht wegen meiner Eltern.«

Wir saßen ein wenig schweigend beisammen. Aber später, als er sich verabschiedete, ging ich in Gedanken unser Gespräch noch einmal durch, und hing diesem warmen Gefühl nach, das mich nun jedes Mal erfasste, wenn ich an ihn dachte.

Und ich dachte oft an ihn.

Ich hatte ja viel Zeit.

Und neben meinen Schwestern war er zur Zeit der Einzige, dem ich uneingeschränkt vertrauen konnte.

Er kam weiterhin zweimal täglich zu mir, und ich freute mich auf seine Besuche. Penthe neckte mich, wenn er kam und meine Schwestern gerade bei mir waren. Ich scheuchte sie und Antiope raus, stets mit der Begründung, zu viel Besuch würde mich anstrengen.

»Fühlst du dich soweit wiederhergestellt, um dein Gemach zu verlassen?«, fragte er mich eines Morgens. Ich begrüßte ihn diesmal auf einem Hocker am Tisch und genoss ein Mahl aus saftigen, süßen Feigen und hellem Brot. Mein Hunger war anfangs nur langsam zurückgekehrt, aber heute fühlte ich geradezu, wie ich mit jedem Bissen kräftiger wurde.

»Möchtest du mit mir ausreiten?«

Petros lachte. »So gut geht's dir noch nicht. Nein, der Hohe Rat trifft sich heute Nachmittag. Möchtest du daran teilnehmen?«, fragte er. »Ich kann genauso gut anschließend zu dir kommen und dir berichten, was besprochen wurde.«

Ich schüttelte den Kopf. »Ich komme mit«, sagte ich mit fester Stimme, obwohl ich mich überhaupt nicht so fühlte, als könnte ich in naher Zukunft noch mal dazu in der Lage sein, lange aufrecht zu sitzen. Ich merkte ja jetzt schon, wie mich die Kraft verließ.

»Du solltest dich schonen«, wandte Petros ein. »Was werden die anderen Ratsmitglieder denken, wenn sie dich so schwach erleben?«

»Dass ich eine Königin bin, die mit knapper Not dem Tod entronnen ist.« Aber ich spürte, dass in seinen Worten ein Fünkchen Wahrheit war. Ich wusste, dass man jedes Anzeichen von Schwäche gegen mich wenden könnte.

Wir erreichten mein Gemach. Petros rief nach einer Sklavin und befahl ihr, die Kohlebecken neu anzufachen, damit es in den Räumen warm wurde. Er führte mich zum Bett und half mir die Stiefel auszuziehen. »Leg dich hin und schlaf«, sagte er leise. »Bevor ich zum Rat gehe, werde ich nach dir schauen. Solltest du dann noch schlafen, werde ich dich entschuldigen und anschließend zu dir kommen.«

»Danke«, seufzte ich. Ich hasste es, schwach und hilflos zu sein, aber in meinen Gliedern war eine so bleischwere Müdigkeit, dass ich vermutlich einschlief, bevor er mein Gemach verlassen hatte. Petros hielt meine Hand und zog die Decken und Felle hoch. Ich legte mich auf die Seite, und er hockte sich neben das Bett.

»Ich werde immer für dich da sein«, versprach er.

»Ich hätte dich doch heiraten sollen«, murmelte ich.

Petros drückte meine Hand. »Wozu? Ich bin auch so für dich da, wie es sich für einen Freund gehört.«

Ich wollte noch etwas sagen, doch mir fielen die Augen zu, und im nächsten Moment war ich eingeschlafen. Ich hörte nicht, wie er ging oder ob er zurückkam, bevor er zur Sitzung ging. Ich wachte erst am frühen Abend auf. Zara, die sich in den vergangenen Tagen als unentbehrliche Dienerin bewiesen hatte, war sofort zur Stelle. Sie fragte mich, ob ich Hunger habe, brachte mir einen Becher mit Wasser und ließ aus der Küche eine Mahlzeit bringen. Als ich fragte, ob Petros in der Zwischenzeit da gewesen sei, schüttelte sie den Kopf. »Sorge dafür, dass er zu mir kommt, sobald der Hohe Rat fertig getagt hat«, trug ich ihr auf.

Erst als ich meine Mahlzeit beendet hatte, kam sie zurück. »Der Hohe Rat tagt noch, meine Königin«, meldete sie mir.

Das war merkwürdig. Der Hohe Rat tagte regelmäßig, und meist gab es nicht so viel zu besprechen, dass sich die Sitzung über den ganzen Nachmittag bis in den Abend zog. Ich wäre am liebsten losgestürmt und hätte nachgefragt, was denn bei den Göttern so lange dauerte. War etwas vorgefallen?

Doch bevor ich mich entscheiden konnte, hörte ich Schritte auf dem Gang, und Petros kam in den Vorraum. Ich hörte ihn mit Zara sprechen. »Ich bin wach!«, rief ich, und er eilte zu mir.

»Was ist passiert?«, fragte ich und erhob mich halb.

»Die Achaier.«

Mir wurde auf einmal eiskalt. »Sprich weiter«, sagte ich, obwohl ich mir am liebsten die Ohren mit Wachs verstopfen wollte. Ich hatte bisher das, was mir Ares in meinem Fiebertraum über die Achaier und Troja berichtet hatte, weit von mir geschoben. Hatte es für ein Hirngespinst halten wollen, das jeglicher Grundlage entbehrte. Die Achaier konnten doch nicht wegen Königin Helena einen Krieg beginnen? Gab es denn keine Möglichkeit, den Konflikt auf friedliche Art beizulegen?

Natürlich nicht, schalt ich mich. Prinz Paris von Troja hatte die Königin eines anderen Reichs entführt. Was sollte Menelaos denn tun? Allein vor den Mauern der Festung erscheinen und um die Herausgabe seiner geliebten Frau *bitten*? Zumal es ja so aussah, als sei sie freiwillig mitgegangen. Das würde schon seine Gründe haben, nicht wahr?

»Der Bruder von Menelaos hat eine große Flotte in Aulis versammelt. Agamemnon hat alle Achaier an den Eid erinnert, den sie einst schworen, dass sie die Verbindung von Menelaos und Helena mit ihrem eigen Blut schützen würden.« Petros hielt inne. »Es heißt, tausend Schiffe sammeln sich nun am Strand von Aulis und warten auf günstige Winde, um nach Troja zu segeln.«

»Tausend Schiffe!« Und der Winter war noch nicht ganz vorbei. Sobald die Stürme nachließen, würden sie in See stechen.

»Haben wir Nachricht aus Troja?«, wollte ich wissen.

»Nein.«

Wir schwiegen einen Moment. Meine Gedanken rasten. Was hieß das für uns?

»Noch sind sie nicht unterwegs«, murmelte ich leise. »Vielleicht sind uns die achaischen Götter gewogen. Das ist kein Konflikt, in den ich mich einmischen möchte.«

»Das sehe ich auch so. Aber ...« Petros zögerte.

»Sprich«, forderte ich ihn auf.

»Penthe. Seit du krank geworden bist, haben wir sie an den Sitzungen teilnehmen lassen. Damit sie ... informiert ist.« Ich nickte. Das klang logisch, ich hätte an Petros' Stelle wohl ähnlich gehandelt. »Nun, jedenfalls hat sie gesagt, wir dürften eine Unterstützung Trojas nicht von vornherein ausschließen, weil die Stadt unter dem Schutz eures Vaters steht. Stimmt das?«

Ich nickte langsam. So hatte ich es auch verstanden, aber woher wusste Penthe davon, die sich bisher nicht für Politik interessiert hatte?

»Es stimmt. Troja steht unter Ares' Schutz, weil er und Aphrodite ... Wie sehen die anderen Ratsmitglieder die Angelegenheit?«

»Es kam zu einer hitzigen Diskussion.«

Ich fröstelte. »Mit welchem Ergebnis?«

»Es gab kein Ergebnis. Solange die Achaier nicht vor Troja gelandet sind, hat der Krieg noch nicht begonnen, oder?«

Ich nickte nachdenklich. »Das werden wir wohl kaum verhindern können«, murmelte ich. Dieser Krieg würde kommen – und uns vor ganz neue Herausforderungen stellen.

18

Zunächst aber kam der Frühling. Der Schnee schmolz, und nach den letzten Winterstürmen legte sich die milde, klare Luft über Themiskyra und das umliegende Land. Die Menschen dankten den Göttern, dass sie nach diesem bitteren, eisigen Winter heil und gesund waren. Die Toten wurden beigesetzt, und ich ließ für den ersten Frühlingsvollmond ein Fest anberaumen, um das Leben zu feiern. Das Überleben.

Aus Aulis oder Troja kamen keine weiteren Nachrichten, und solange dies der Fall war, ging ich davon aus, dass die achaische Flotte noch nicht aufgebrochen war. Mit dem Frühjahr kamen endlich wieder Schiffe aus dem Norden. Ich hätte nun meine Reise zur Steppe antreten können, wenn ich nicht ständig in Sorge gewesen wäre, was mit Troja geschah.

Also blieb ich, auch wenn es mir das Herz zerriss. Meine Sehnsucht nach der Steppe war inzwischen ins Unermessliche gewachsen. Ich wollte am Fuß der Kurgans sitzen und um meine Mutter und meine Großmutter weinen. Stattdessen wartete ich auf einen Krieg, der vielleicht nie kommen würde.

Inzwischen schritt glücklicherweise meine Genesung voran. Allerdings gehörte ich nicht zu jenen Menschen, die mit Geduld abwarten konnten oder den einen oder anderen Rückschritt verkrafteten; immer wieder überanstrengte ich mich und musste tageweise das Bett hüten. Nur weil ich nicht allzu oft versuchte, mich gegen alle Vernunft mit täglichen Übungen auf dem Feld vor der Stadt, das ich für die Kampfübungen meiner Kriegerinnen und Krieger ausgewiesen hatte, zu beweisen, ging es voran.

Doch dann kamen die Schiffe. Nicht auf der Suche nach Troja, sondern nach mir.

Am Tag des Frühlingsfests schien die Sonne warm von einem makellos blauen Himmel, und das dunkle Blau des Meers erstreckte sich unberührt bis zum Horizont, als ich am Morgen zum Hafen ritt. Gerade erst waren zwei Schiffe aus Tyras eingetroffen. Nicht nur meine Tante Melanippe war endlich zurück in Themiskyra, nachdem sie den Winter auf der Steppe verbracht hatte. Auch ein zweites Schiff mit vielen skythischen Handelsgütern lockte Schaulustige an den Pier, weil sie hofften, ein paar Felle, den einen oder anderen Krug oder einen der wenigen Teppiche zu ergattern, die die Skythenfrauen nur selten auf der Steppe gegen andere Güter eintauschten.

»Mela!« Ich entdeckte sie zuerst und winkte, ein bisschen kindisch und voller Übermut. Melanippe rief mir etwas zu, dann tänzelte sie leichtfüßig über die Planke und schloss mich in die Arme. Sie schob mich auf Armlänge weg und musterte mich prüfend. »Du bist schmal geworden, meine Königin.«

»Frag lieber nicht, wie es um meine Muskeln steht. Dieser Winter hat mich schlapp gemacht wie ein Zopf halb verwelkter Zwiebeln.«

Melanippe schnalzte mit der Zunge. »Was ist passiert?«

Ich hakte mich bei ihr unter. »Ich erzähle es dir auf dem Weg zum Palast.«

»Warte. Ich muss erst die Geschenke für dich sichern.«

»Überlass das Petros.« Ich gab ihm ein Zeichen, und er nickte.

»Petros? Ich hätte gedacht, dass er Themiskyra verlässt, nachdem du ihn abserviert hast. Hätte jeder verstanden, aber sein Blut ist wohl nicht so dick, wie Maspi es gern hätte, dass er sich von dir als Schoßhündchen aushalten lässt. Da steckt zu viel Achaier in ihm, he?«

Ich zuckte mit den Schultern. Meine Tante hatte noch nie ein gutes Haar an den Achaiern gelassen, und da bildeten Maspis Kinder wohl keine Ausnahme. »Er ist nicht fürs Kriegshandwerk geschaffen.«

»Sage ich doch. Verweichlicht wie ein Lakonier.«

Ich grinste. Waren doch die Lakonier – oder Spartaner, wie sie sich selbst gelegentlich nannten – bekannt für ihre grausamen Krieger. Unter den Achaiern gehörten sie zu den gewalttätigsten und kriegerischsten. Kein Wunder, dass Menelaos, der König der Lakonier, den Raub seiner Frau mit einem Krieg beantwortete, der die ganze bekannte Welt zu überziehen drohte.

Und ebenso wenig wunderte es mich, dass Melanippe, die zu den größten Kriegerinnen ihrer Generation gehörte und so manche Schlacht gegen die Thraker und Kimmerer geschlagen hatte, sich abfällig über die Lakonier äußerte.

»Petros ist mein engster Berater geworden«, erklärte ich. »Also friss ihn nicht sofort, lass dir dafür noch ein paar Tage Zeit.«

»Ach, ist das so? Schau an. Muss ich mir Sorgen machen?«

»Ich war über den Winter krank, und er hat sich derweil um alles gekümmert.«

»Du wirst schon wissen, was du tust.« Sie drückte meinen Arm. »Und du weißt, dass ich das nur sage, um dich zu necken. Ich habe von der Seuche gehört, die durch Themiskyra gefegt ist, und ich bin froh, dass du wohlauf bist.«

Wohlauf würde ich es nicht nennen. Ich geriet jedenfalls ganz schön ins Schnaufen, während wir den Weg zur Festung hinauf spazierten. Auf halbem Weg mussten wir stehen bleiben, und ich erzählte Mela von der langen Krankheit und davon, wie sehr ich seitdem kämpfen musste – und zwar nicht auf dem Übungsplatz, denn ich war weit davon entfernt, den Bogen wieder in die Hand zu nehmen.

»Das ist nicht gut.« Sie schüttelte betrübt den Kopf. »Was wäre geschehen, wenn du gestorben wärst?«

»Dann hätte Petros dafür gesorgt, dass Penthe nach mir Königin wird.«

Mela schnaubte. »Du vertraust deinem Cousin etwas zu viel für meinen Geschmack.«

»Und du scheinst nach wie vor zu denken, dass man Maspis Familie nicht trauen kann. Warum? Können sie sich nicht ändern?«

Sie schüttelte nur den Kopf. Inzwischen kam der Palast in Sicht, und ich beeilte mich, zu ihr aufzuschließen. Die Menschen um uns herum waren damit beschäftigt, letzte Vorbereitungen fürs Fest zu treffen. Aus den Häusern brachten sie Körbe mit hellem Brot, große Platten mit Speisen und luden ihre Nachbarn ein, sich auf einen Becher Kumys oder Wein zu ihnen zu gesellen. Kinder rannten über den Platz, der sich vor dem Palast öffnete.

»Niemand wird sich ändern«, erklärte Mela düster. Sie blickte mich von der Seite an und lachte. »Nicht mal du wirst dich durch die Königskrone ändern.«

Ich habe mich schon geändert, dachte ich. Aber nicht die Königinwürde hatte das geschafft, sondern der Streit mit meinem Vater und die Krankheit.

»Schön, dass es wieder ein Frühlingsfest gibt.« Melanippes

Miene verdunkelte sich für einen winzigen Moment. Ich wusste, woran sie dachte. Das Frühlingsfest diente uns dazu, den Göttern für den Beistand nach den langen Wintermonaten zu danken und sie um eine günstige Ernte zu bitten. Anders als auf der Steppe würden wir in Themiskyra keine Sklaven opfern, sondern nur ein Paar weiße Stiere zum Opferstein führen. Anschließend gab es ein Festmahl und bis tief in die Nacht würden die Menschen ausgelassen feiern.

Ich spürte, wie sich ein Funken Vorfreude in mir regte.

»Es ist gut, dass ihr heute eingetroffen seid.« Ich drückte ihren Arm. »Stell dir vor, ihr wärt erst morgen früh eingetroffen. Alle wären noch verkatert und übermüdet gewesen, und niemand hätte euer Schiff entladen wollen.«

»Ich wäre eher sauer gewesen, dass mir die Gelegenheit entgangen wäre, selbst übermüdet und verkatert zu sein. Die Tage auf See gehören nicht unbedingt zu meiner liebsten Zeit.«

»Reiterinnenschicksal.« Ich lachte, wurde aber wieder ernst. »Ich möchte zurück auf die Steppe reisen.«

»Niemand wird dich daran hindern. Dein Reich erstreckt sich auch dort bis weit in den Norden.«

»Ich weiß. Es fühlt sich trotzdem falsch an.«

Melanippe verstand. »Es hat sich viel verändert, seit wir diese Siedlung gegründet haben. Lass uns morgen darüber sprechen. Vielleicht gibt es einen Weg, wie du deine Zeit zwischen beiden Orten aufteilen kannst.«

Ich atmete auf. Erleichtert, weil sie verstand, worum es mir ging. Petros verstand bis heute nicht, was für mich den Zauber der Steppe ausmachte. Penthesilea und vor allem Antiope schätzten das Leben in Themiskyra vor allem der Bequemlichkeit wegen. Penthe war in

Ephesos aufgewachsen, und Antiope hatte nie ein anderes Leben gekannt als das *mit* Themiskyra als südliches Zentrum unserer Macht.

»Morgen«, bestätigte ich. »Selbst wenn wir übermüdet und verkatert sind.«

Wir betraten den Palast, und ich eilte in meine Gemächer, um mich für das Fest umzuziehen.

Am nächsten Morgen jedoch wachte ich in einer anderen Welt auf, und niemand sprach mehr von meiner Reise Richtung Norden.

»Herrin? Ihr müsst aufwachen.«

Ich schlug die Augen auf. Vor meinem Bett stand Zara. Die Augen weit aufgerissen, das Haar zerzaust, als hätte sie sich ebenfalls gerade erst von ihrer Matte im Vorraum erhoben, wo sie nachts schlief.

»Was ist?«, murmelte ich und setzte mich auf. Mein Kopf dröhnte. Zu viel Kumys mit Wein, dachte ich zerknirscht. Draußen war es noch dunkel. Zara hielt ein kleines Öllicht in der Hand.

»Jemand möchte euch sprechen.«

»Wer?«

Es musste dringend sein, sonst hätte man mich nicht geweckt.

»Euer Onkel. Er sagt … er klang sehr … besorgt.«

»Ich brauche etwas zum Anziehen. Etwas Praktisches, kein Kleid.« Müde fuhr ich mir mit beiden Händen durchs Gesicht und versuchte, die letzten Reste Schläfrigkeit abzuschütteln.

Zara brachte mir eine Hose, eine Tunika und Stiefel und half mir beim Ankleiden. Einem Impuls folgend bat ich sie, auch meinen Brustpanzer aus Leder zu holen, den ich im Training und bei Kämpfen trug. Wenn ich mitten in der Nacht geweckt wurde, konnte das nur heißen, dass jemand gestorben war – dann hätte Maspi kein Geheimnis daraus gemacht – oder dass wir, so unglaublich es auch klang, angegriffen wurden.

Ich wollte lieber auf Letzteres vorbereitet sein.

Als ich wenig später Zara durch die Gänge des Palasts folgte, bemerkte ich, dass viele Soldaten hin und her huschten. In meinem Bauch ballte sich ein schmerzhafter Klumpen aus Angst. Ich griff nach Zaras Arm. »Geh und hol meine Tante«, trug ich ihr auf.

Sie nickte und lief Richtung Gästequartier. Ich blieb vor den hohen Türen zum Thronsaal stehen und atmete tief durch. Die zwei Wachleute machten mir Platz und ließen mich ein.

Kohlefeuer brannten, gespenstische Schatten tänzelten über die Steinwände. Ich schritt auf meinen Onkel zu, der vor dem Thronsessel auf mich wartete. Neben ihm standen Mela in voller Rüstung und ein Offizier der Stadtwache. »Was ist hier los?«, wollte ich wissen.

Der Offizier verbeugte sich hastig. »Meine Königin. Es tut mir leid, Eure Nachtruhe zu stören, und ich hätte es nicht getan, wenn es nicht triftige Gründe gäbe …«

»Komm zum Punkt«, fuhr Melanippe ihn an. Ich lächelte flüchtig. Meine Tante hasste es, wenn jemand so umständlich war.

»Ein Schiff ist am Strand östlich der Stadt gelandet.«

Melas Mundwinkel zuckte. »Da hat wohl jemand nicht richtig navigiert«, bemerkte sie.

»Sprich weiter«, forderte ich den Soldaten auf. Was sollte daran so besonders sein, wenn ein Schiff nicht den Hafen anlief, sondern woanders an Land ging? Ja, vermutlich hatte der Kapitän des Schiffs die natürliche Bucht östlich der Stadt irrtümlicherweise für den Hafen gehalten, als er mitten in der Nacht die Stadt erreichte.

Aber wieso war er nachts gesegelt und nicht, wie es die meisten Händler taten, bereits kurz nach Sonnenuntergang an Land gegangen?

»Es sind Achaier«, erklärte er.

Der Klumpen in meinem Bauch stürzte ins Bodenlose. Ich stieß die Luft aus, die ich unwillkürlich angehalten hatte.

»Keiner kann mir erzählen, dass das Zufall ist«, knurrte Maspi. »Ein achaisches Schiff, das nicht im Hafen ankert, sondern lieber bei Nacht lautlos den Strand ansteuert?«

Es konnte immer noch eine vernünftige Erklärung dafür geben.

»Ich habe sogleich zwei meiner Männer losgeschickt, als ich davon erfuhr«, erklärte der Offizier. »Ich muss allerdings zugeben, dass es schwierig war, jemanden zu finden, der fähig für diese Aufgabe und zugleich halbwegs nüchtern nach dem gestrigen Abend war.« Er grinste verlegen.

»Sprich weiter«, sagte ich.

Mein Herz trommelte in der Brust. Achaier vor der Stadt? Das fühlte sich gefährlich an, zumal ich ja wusste, dass tausend achaische Schiffe in Aulis darauf warteten, gen Troja zu segeln. Waren diese Achaier die Vorhut der Flotte? Hatten sie sich verirrt? Oder war tatsächlich Themiskyra ihr Ziel und sie hatten gehofft, unbemerkt des Nachts in die Stadt eindringen zu können?

»Unsere Männer konnten bis auf einen Steinwurf an das Lager der Achaier herankommen. Sie lagerten friedlich am Strand, hatten nur wenige Wachen postiert und machten auf sie nicht den Eindruck, als würden sie sich auf einen Angriff vorbereiten. Es mögen um die achtzig Männer sein.«

Achtzig waren zu wenig, um eine Stadt wie Themiskyra zu überrennen. Wenn jedoch tausend Schiffe diesem einen folgten … Ich fröstelte und legte die Arme um meinen Oberkörper. Sofort war Mela neben mir und legte eine Hand auf meine Schulter. »Wir danken dir für den Bericht. Lass die Stadtwachen ausrücken. Sie sollen in den Straßen patrouillieren und die Bewachung auf der Mauer und an den Toren verstärken«, sagte sie. »Solltest du Probleme damit haben, genug Leute zusammenzubekommen, dann melde dich bei mir. Ich werde meine Kriegerinnen kampfbereit machen.«

Der Offizier warf mir einen fragenden Blick zu, und ich nickte knapp. Er neigte den Kopf und verließ eilig den Saal.

»Und nun?«, fragte ich leise.

Es hätte wohl kaum einen günstigeren Zeitpunkt geben können, dass ein feindliches Schiff Themiskyra ansteuerte. Als hätten sie gewusst, dass die Stadtwachen nach dem Frühlingsfest allesamt nicht auf der Höhe sein würden. Mir widerstrebte auch die Vorstellung, ich müsse nun in meinem Palast warten, bis irgendwas passierte. Bis die Achaier angriffen – was vermutlich nicht von Erfolg gekrönt wäre, aber auf beiden Seiten zu großen Verlusten führen könnte – oder sie vor der Stadt auftauchten und mit mir zu sprechen wünschten.

In diesem Moment wurde mir bewusst, wie wenig ich bisher in meine neue Lebensrolle hineingewachsen war. Es war einfach, eine Stadt im Winter im Getreide zu versorgen, wenn jeder nur darauf wartete, dass ich einen Befehl äußerte. Es war ein Kinderspiel, wenn niemand mich anzweifelte. Ich war die Königin der Skythen, und die Stadtbevölkerung hatte mir seit meiner Rückkehr aus dem Norden nie das Gefühl vermittelt, sie würden an meinem Anspruch zweifeln. Aber das hier war etwas anderes. Ich würde Menschen begegnen, die mich infrage stellten. Die Vorstellung, wie ein achaischer König vor mir erschien und mit mir auf Augenhöhe sprach, weil ich die skythische Königin war, erschien mir komplett abwegig. Er *musste* meine Herrschaft in Zweifel ziehen, etwas anderes war nicht denkbar. Und was dann? Wie sollte ich darauf angemessen reagieren?

Ich drehte mich zu Mela um. »Ich brauche dich«, sagte ich leise. »Ich muss …« Aus dem Augenwinkel bemerkte ich, wie mein Onkel sich näherschob. Ich hakte mich bei Mela unter. »… dich nach deiner Meinung zu einem Kleid fragen.« Sogleich erlosch Maspis Interesse, und er blieb stehen.

»Lass schleunigst den Rat zusammentreten«, rief ich ihm über die Schulter zu. Maspi nickte, er schien erleichtert zu sein, dass ich offenbar weder die aktuellen Ereignisse ignorierte noch versuchte, ihn auszuschließen.

Erst nachdem wir vor dem Saal standen, ließ ich Mela los. Ich blickte sie ernst an. »Du musst mir helfen. Ich muss den Achaiern wahrhaft königlich gegenübertreten, koste es, was es wolle.«

Mela hob die Augenbrauen. »Wärst du etwa auch bereit, ein Kleid zu tragen?«, fragte sie.

Ich lachte. Doch die Situation war zu kritisch, deshalb wurde ich sofort wieder ernst. »Ich bin bereit, alles zu tun, was nötig ist, damit ich ernst genommen werde.«

»Nein. Den trage ich sicher nicht.«

Ich hatte Mela gesagt, ich würde *alles* tun, weshalb sie nun vor mir stand und mit leicht gerunzelter Stirn beobachtete, wie Zara und zwei weitere Sklavinnen meine Haare flochten, mein Gesicht schminkten und hektisch hin und her liefen, weil hier noch Haaröl fehlte, dort noch ein betörender Duft, da noch der schwere, blaue Mantel mit den Goldstickereien.

Und nun stand Mela mit einem in ein blaues Tuch eingeschlagenem Bündel vor mir, von dem ich genau wusste, was es enthielt. Der Waffengürtel meines Vaters.

Mela wusste das aber nicht, denn ich hatte bisher mit niemandem über das Geschenk meines Vaters gesprochen.

»Warum nicht?«, wollte sie wissen.

»Ich will königlich auftreten, nicht kämpferisch«, log ich.

»Mit dem Gürtel siehst du vor allem achaisch aus. Woher hast du ihn?«

Ich biss mir auf die Innenseite der Wange. »Kann ich dir nicht sagen.«

»Du *willst* es nicht sagen.«

»Das Ergebnis bleibt gleich. Ich will nicht darüber reden.«

Melanippe seufzte. »Du vertraust mir nicht. Deiner eigenen Tante. Der Schwester deiner Mutter. Und das nach allem, was wir als Familie durchgemacht haben. Weißt du, was ich glaube?«

Ich verschränkte die Arme. Die Sklavinnen, die meine Haare flochten, zogen an mir, und es kostete mich alle Selbstbeherrschung, sie nicht anzufahren.

»Ich glaube«, fuhr Mela fort, »du hast ihn geschenkt bekommen. Von deinem Vater. Hätte deine Mutter so etwas ins Haus gebracht, hätte sie mir davon erzählt. Damit weist der Gürtel dich als Tochter des achaischen Kriegsgotts aus. Vor den Toren unserer Stadt stehen Achaier, und solange wir nicht wissen, was sie von uns wollen, müssen wir verdammt nochmal *alles* tun, um unsere Stärke zu unterstreichen.«

»Und du findest es stark, wenn ich mich hinter meiner Herkunft verstecke?«, fragte ich herausfordernd.

»Du kannst kaum aristokratischer auf diese Männer wirken, wer auch immer sie sind. Das hat nichts damit zu tun, dass du dich hinter deinem Vater versteckst.«

Ich schüttelte so heftig den Kopf, dass Zara mir versehentlich eine Haarnadel in die Kopfhaut rammte. Zischend zog sie die Luft ein, während ich meine Tante mit finsterem Blick maß. »Mein Vater und ich – dieses Band gibt es nicht länger. Wir haben uns voneinander gelöst, nachdem meine Mutter gestorben ist.«

»Das glaube ich nicht.« Mela legte das Bündel auf meinem Bett ab. Ich spürte ein Sirren in der Luft, eine Spannung, die knisternd von dem Bündel ausging. Meine Tante runzelte die Stirn. Spürte sie es auch?

Ein Klopfen ließ uns aufblicken. Mela ging in den Vorraum und kam kurz darauf wieder. »Vor der Stadt ist eine Abordnung der Achaier aufgetaucht und hat darum gebeten, zur Königin der Skythen vorgelassen zu werden.«

»Haben sie gesagt, was sie wollen?«

»Es handelt sich wohl um einen Helden der Achaier. Herakles?«

Ich schüttelte den Kopf. Der Name sagte mir irgendwas … Ich wusste nur nicht, was genau. Ein Held? Dann müsste auch er göttlicher Abstammung sein.

Quasi Familie.

Das versprach, interessant zu werden …

»Er soll warten.« Ich hatte jedenfalls nicht vor, mich seinetwegen zu beeilen.

»Vor dem Stadttor?«

»Wo sonst? Er kann auch gern zurück ins Lager gehen und morgen erneut sein Glück versuchen, aber solange ich nicht bereit bin, empfange ich ihn auch nicht.«

Melanippe nickte. Sie verschwand kurz. Als sie zurückkam, meinte sie: »Dir ist schon klar, dass du den ganzen Aufriss vergebens machen könntest und er morgen wiederkommt?«

»Dann wird er auch morgen wieder warten müssen. Wenn ihm das auch nicht passt …« Ich zuckte mit den Schultern.

Ein Lächeln zupfte an Melanippes Mundwinkel.

»Was denn?«, wollte ich wissen.

»Otrere wäre stolz auf dich. Sie hätte nicht anders gehandelt.«

Nur mit dem Unterschied, dass meine Mutter vermutlich ganz genau gewusst hätte, wer dieser Fremde war. Sie hätte mir erklären können, woher dieser Held stammte, und vielleicht hätte sie auch eine Ahnung davon gehabt, was er hier wollte. Das musste ich nun anders in Erfahrung bringen.

Ich wandte mich an Zara. »Schick nach Petros«, trug ich ihr auf. Er wusste mehr über die Achaier. Hoffentlich hatte er Antworten. Zara eilte hinaus, und ich blickte wieder nach vorne, während an mir herumgezupft wurde. Melanippe beobachtete das Treiben schweigend und mit vor der Brust verschränkten Armen.

Es wäre so viel einfacher, wenn ich mich nicht mit meinem Vater entzweit hätte. Nicht zum ersten Mal kam mir der Gedanke, dass ich ihm hätte zuhören sollen.

Nein.

Er hatte Otrere sterben lassen, obwohl ihr Überleben in seiner Hand gelegen hatte. Solange er mir das nicht plausibel erklären konnte, würde ich mit ihm kein Wort mehr reden.

Doch ich konnte dafür sorgen, dass er bei meiner Begegnung mit dem Helden Herakles anwesend war. Wenn auch nicht körperlich. Denn ich glaubte an die Macht der Dinge, und er hatte mir einen sehr mächtigen Gegenstand überlassen, dessen Energie ich quer durch den Raum spürten konnte.

Ich gab der jungen Sklavin, die gerade den Saum meines Kleids zurechtzupfte, einen Wink. »Der Gürtel«, sagte ich leise.

»Ja, Herrin.« Sie verstand. Als sie das Bündel hochhob, wandte Melanippe den Kopf ab, als müsste sie sich ein Grinsen verkneifen.

»Ich weiß schon, was du sagen willst«, sagte ich ruhig. »Aber spar's dir. Ich nehme ihn nur, weil er sehr kleidsam ist und das einzige Achaische, das ich in dieser Situation dulde. Betrachte es als ein Zugeständnis an unsere Gäste aus dem Westen.«

»Selbstverständlich.« Melanippe nickte ernst.

Ich stand auf und ließ mir den Gürtel um die Hüften legen. Die Sklavin verschloss die Schnallen und rückte an dem Gürtel herum. Ich legte meine Hände auf das Leder und spürte wieder dieses Summen, das mich vorhin schon quer durch den Raum zu diesem Waffengürtel hingezogen hatte. Ich hatte versucht, ihm zu widerstehen, aber offensichtlich hatte auch dieses Stück golden beschlagenes Leder seine eigene Energie, der ich mich in diesem Moment beugen musste. Wäre ich in der Lage, den Gürtel abzulegen? Bestimmt. Doch er schmiegte sich wie eine Umarmung um meine Hüften. Nicht unangenehm. Aber er war deutlicher zu spüren als alle anderen Kleidungsstücke. Nicht mal die Haarnadeln, mit denen die Sklavinnen meine Haare zu einer Krone aus drei schweren Zöpfen aufgesteckt hatten, über die sie anschließend die skythische Königinnenkrone stülpten, spürte ich so deutlich wie den summenden

Gürtel. Von ihm ging ein merkwürdiges Gefühl von … Zufriedenheit aus?

»Merkwürdig«, murmelte ich.

»In der Tat«, sagte Melanippe leise. Sie trat zu mir und legte mir die Hände auf die Schultern. »Willst du wissen, was ich sehe?«

Ich nickte zaghaft.

»Ich sehe eine Königin, die nichts und niemanden fürchten muss.«

»Und das findest du merkwürdig.« Ich lachte zittrig, obwohl ich ja selbst spürte, dass offensichtlich eine Veränderung mit mir vorgegangen war.

»Es ist auf jeden Fall erstaunlich. Dieser Gürtel verändert dich. Zum Guten«, fügte sie hinzu.

Allein das sollte Grund genug sein, ihn mir vom Leib zu reißen. Doch als ich die Hände unter das Leder schob, spürte ich das Summen und eine angenehme Wärme, die meinen ganzen Körper erfasste. Hatte ich vor wenigen Augenblicken noch vor Aufregung gezittert, weil das, was mir bevorstand, mich unheimlich nervös machte, spürte ich nun eine Selbstgewissheit, die wie eine Welle über mich hinwegbrandete und jeden Zweifel, jede Schwäche und jeden ängstlichen Gedanken aus meinem Kopf fegte.

Wenn das die Kraft des Gürtels war, wollte ich sie dieses eine Mal nutzen.

Und danach nie wieder.

Ich straffte die Schultern. »Ich bin bereit«, erklärte ich. Und an Melanippes stolzem Blick erkannte ich, dass sie es auch sah.

19

Schweigend beobachtete ich, wie nacheinander fünf Männer den Saal betraten. Ich saß auf dem Thronsessel; Zara und die anderen Sklavinnen hatten zuvor sorgfältig jedes Fältchen meines Kleids und des Mantels drapiert, um meine königliche Stellung zu unterstreichen. Ich schwitzte unter den zusätzlichen Stoffschichten und meine Nase kitzelte, während meine Kopfhaut schmerzte und ich den Druck der schweren Goldkrone auf meinem Scheitel spürte. Wenn das hier vorbei war, würde ich mich mit Kopfschmerzen ins Bett legen müssen. So viel dazu, dass ich eine mächtige, unbesiegbare Königin war.

Neben meinem Thron hatte mein Onkel Aufstellung genommen, meine Tante saß auf einem Hocker neben mir und seine jüngeren Söhne standen daneben. Auf der anderen Seite des Throns hatten sich Petros und Melanippe mit meinen Schwestern aufgereiht. Was waren wir doch für eine harmonische Familie, dachte ich spöttisch.

Ich erinnerte mich an Petros' Worte. Er war sofort zu mir gekommen, als ich nach ihm geschickt hatte. »Was auch immer dieser Achaier plant, es ist wichtig, dass wir als Einheit auftreten. Herakles ist ein berühmter Held der Achaier, über ihn werden Lieder gesungen. Aber er hat viel Schuld auf sich geladen, sagt man, und ich würde ihm niemals trauen.«

Als würde ich einem Mann trauen, der nachts an unserer Küste landet.

Die Männer traten nacheinander ein. Die ersten vier machten dem

Fünften Platz. Herakles. Sie alle trugen eine achaische Rüstung, doch ihre Waffen hatten sie abgelegt, bevor sie die Stadt betreten durften.

Herakles war riesig. Größer noch als mein Onkel Maspi, den die Achaier immer gefürchtet hatten, weil er sie mit nur einem Auge an die Kyklopen erinnerte – furchterregende Gestalten, die einst auf der Erde wüteten. Nicht ohne Grund hatte ich ihn gebeten, hinter meinem Thron in seiner Rüstung Aufstellung zu nehmen. Er sah immer noch beeindruckend aus, obwohl die vielen Jahre fern der Schlachtfelder seinen Körper hatten erschlaffen lassen und er nie ein großer Kämpfer gewesen war.

Dennoch bemerkte ich, wie Herakles' Blick erst mich prüfend maß und dann unweigerlich zu meinem Onkel glitt. Er riss die Augen auf, hatte sich aber schnell wieder im Griff. Ich konnte mir ein Lächeln nicht verkneifen. Während er offensichtlich nach den richtigen Worten suchte, um mich anzusprechen, blieb mir genug Zeit, ihn zu betrachten.

Er trug keinen Umhang, sondern ein Tierfell um die breiten, muskelbepackten Schultern, das golden schimmerte. Ich beugte mich leicht vor. Mein Interesse war geweckt. Herakles bemerkte meinen Blick, und ein leichtes Schmunzeln umspielte seinen Mund. Ich wollte mich schon zurücklehnen, doch sein Blick hielt meinen fest. Seine Augen waren von einem strahlenden Himmelblau, sein dichtes Haar und der Vollbart waren tiefschwarz. Ich wusste nicht, womit ich gerechnet hatte, als mir die Ankunft der Achaier angekündigt wurde. Damit jedenfalls nicht.

Herakles blieb drei Schritte vor meinem Thronsessel stehen und verbeugte sich. Dabei ließ er mich nicht aus den Augen. »Königin Hippolyte.« Seine Stimme war dunkel und samtig. Ich legte den

Kopf schief und beobachtete ihn aufmerksam. »Ich bin Herakles, Sohn des Zeus und der Alkmene, und bitte darum, von dir angehört zu werden.«

Ich stieß die Luft aus, die ich unwillkürlich angehalten hatte. Damit wären die Verwandtschaftsverhältnisse geklärt, dachte ich. Zeus war auch der Vater von Ares, damit wäre Herakles eine Art … Halbonkel? Die achaischen Götter mit ihren merkwürdigen Verbindungen untereinander … das hier war ja noch einfach!

»Sei gegrüßt«, sagte ich. »Ich bin überrascht, dich in meinem Palast zu empfangen. Sag, was hat dich bewogen, dein Schiff an den Strand östlich meiner Stadt zu bringen und es nicht in den nahe gelegenen Hafen zu lenken?«

Herakles' Blick flackerte. Ich wartete und ließ ungeduldig meine Fingerspitzen über die Armlehne tänzeln. Er hatte wohl nicht damit gerechnet, dass ich ihn schon mit den ersten Worten zur Rede stellte. Gut so.

»Ich wollte …« Er verstummte. Dann grinste er. »Ha, fast wäre ich drauf reingefallen, Nichte.«

Ich hob die Augenbrauen. Alles an Herakles wirkte geradezu leutselig, als versuchte er, sich als völlig harmlos darzustellen.

»Du glaubst, ich wüsste nicht von dem rauschenden Fest, das letzte Nacht in den Straßen von Themiskyra gefeiert wurde? Als unser Schiff gestern Abend den Hafen ansteuerte, entschloss sich mein Steuermann dagegen, weil wir eure Festlichkeiten nicht durch unsere Anwesenheit stören oder gar unterbrechen wollten. Verzeih, wenn ich dir damit Ungemach bereitet habe.«

Hinter meinem Rücken hörte ich ein leises Schnauben. Ich teilte Melanippes Meinung, die diese nur mühsam für sich behalten konnte, dass Herakles' Ausrede jeglicher Grundlage entbehrte. Wir hätten sein Schiff gestern Abend entdeckt, wenn es zu dem Zeitpunkt schon da gewesen wäre. Uns nun zu vermitteln, wir hätten einfach nicht aufgepasst, war schon eine Frechheit.

Ich fügte sie in Gedanken zu den vielen Verfehlungen hinzu, die er bereits angehäuft hatte.

»Gibt es einen Grund für Eure Reise an unsere Gestade?«, erkundigte ich mich und überging damit seine offensichtliche Lüge.

Er blickte wieder zu Maspi und Mela, die hinter mir standen. *Sieh mich an!*, hätte ich ihm liebend gern zugerufen. *Nicht Mela oder Maspi sind es, die hier Entscheidungen treffen!*

»Nun, sagen wir einfach, ich bin auf der Durchreise und habe gehofft, bei der Familie für ein paar Tage unterschlüpfen zu können.«

Ich beugte mich vor. »Wenn du nach Troja willst, hast du dich leider verirrt. Hier geht's nicht nach Troja.«

Er lachte auf. »Ich bin kein so schlechter Seemann wie die Pferdekriegerinnen«, erwiderte er, und dabei blitzten seine Augen vergnügt. Er genoss den Schlagabtausch mit mir, und unabhängig davon, dass ich keine Ahnung hatte, was ihn hergeführt hatte oder ob er irgendwelche feindlichen Absichten hegten, empfand ich das Gespräch mit ihm als erfrischend. Er hatte eine Art an sich, die mir gefiel, ohne dass ich sagen konnte, woran es lag.

Ich spürte, dass Mela sich zu mir herunterbeugte. »Sei auf der Hut«, flüsterte sie mir zu. »Götter und Helden haben die unangenehme Angewohnheit, dass sie ihr Gegenüber allein mit ein paar schönen Worten umgarnen können. Lass nicht zu, dass er dich in die Defensive drängt.«

Vielen Dank für den Hinweis. Als wäre ich nicht schlau genug, das zu erkennen. Kurz wallte Ärger in mir auf, weil Melanippe immer noch glaubte, ich sei nicht Herrin der Lage.

»Ich will nicht nach Troja.« Herakles zuckte mit den Schultern. »Ehrlich gesagt will auch niemand derzeit in Aulis auf besseres Wetter oder günstige Winde hoffen. Niemand will dort in der nassen Kälte hocken, während sich Seuchen im Heerlager ausbreiten und der Unmut unter den Anführern wächst, weil es nicht so aussieht, als könnten sie bald aufbrechen. Nein danke.« Er tat so, als schauderte ihm. Dabei rutschte ihm das Fell von der einen Schulter und entblößte eine weißlich schimmernde Narbe.

»Wohin willst du dann?«

»Das sagte ich bereits. Ich habe gehört, dass du nun die Königin der Skythen bist. Mag ja sein, dass andere Herrscher, Helden und Götter nicht wissen, was sich geziemt. Ich jedoch will mir nicht nachsagen lassen, ich würde nicht wenigstens versuchen, ein gutes Verhältnis zu der Skythenkönigin aufzubauen.« Er unterstrich seine Worte mit einem breiten Lächeln.

Auch diesmal brauchte ich nicht Melas Flüstern, um zu erkennen, dass da jemand vor mir stand, der irgendwelche fadenscheinige Gründe vorschob, mit denen er seine Anwesenheit erklären wollte.

Aber ich spielte mit, denn ich war neugierig, wie lange es dauern würde, bis Herakles seine wahren Motive offenbarte.

»Das freut mich«, sagte ich, und sein Lächeln wurde noch breiter. Ich spürte ein Ziehen im Bauch, und das Herz schlug mir bis zum Hals. Kein Grund, nervös zu sein. Ich bin die Königin. Wenn ich es mir oft genug einredete, glaubte ich es vielleicht irgendwann. »Ich lade dich, Herakles, und ein Dutzend deiner Männer für den morgigen Abend zu einem Bankett in meinen Palast ein. Diejenigen, die bei eurem Schiff verbleiben, sollen von uns ebenso reich bewirtet werden.« Ich stand auf. Herakles blickte zu mir auf und staunte; er hatte wohl nicht mit meiner für eine Frau beeindruckenden Körpergröße gerechnet. »Ich erwarte dich und deine Männer bei Sonnenuntergang.«

Herakles verbeugte sich. »Wir werden da sein, meine Königin«, sagte er. »Vielen Dank für den herzlichen Empfang.« Sein Blick glitt von meinem Gesicht hinab, und ich spürte ein Prickeln, das sich in meiner Körpermitte festsetzte, während er mich anstarrte.

»Sonst noch etwas?«, fragte ich unwirscher als beabsichtigt.

»Nein, meine Königin.« Er verbeugte sich erneut. Dann gab er seinen Männern ein Zeichen und sie gingen rückwärts zum Ausgang. Als Letzter drehte sich Herakles um, nicht ohne mir ein letztes Mal über die Schulter zuzuzwinkern.

Kaum hatten sich die hohen Türen hinter den Achaiern geschlossen, sank ich auf meinen Thronsessel. »Ihr Götter«, murmelte ich, ohne so genau zu wissen, ob ich nun die skythischen oder die achaischen meinte. Ich wusste nicht, womit ich gerechnet hatte, als ich von dem achaischen Schiff erfuhr. Ein Bankett mit einem entfernten Verwandten wäre mir als letztes in den Sinn gekommen.

Ich drehte mich zu Melanippe und Maspi um. Mein Onkel starrte immer noch finster auf die hohen Türen. Melanippe jedoch beugte sich vor und legte die Hand auf meine Schulter. »Das hast du gut gemacht«, sagte sie ruhig. In diesem Moment vermisste ich meine Mutter so sehr, dass ich fast nicht mehr atmen konnte. Es war zu wenig Zeit gewesen, um sie zu trauern, und nun blickten alle nach vorne. Herakles war nur der Erste unter vielen, die in den kommenden Jahreszeiten an den skythischen Hof kommen und sich meiner

Freundschaft versichern wollten. Ich fühlte mich komplett überfordert mit dem, was mir bevorstand.

»Irgendwas führt er im Schilde«, knurrte Maspi. Erst jetzt riss er den Blick vom Ausgang los und sah mich an. »Ich weiß nicht, was es ist, aber ein achaischer Held kommt doch nicht zufällig hier vorbei. Was kann er wollen?«

»Hippolyte ist immer noch ledig«, warf Melanippe ein.

Mein Onkel verzog das Gesicht. »Was soll an dem Jüngling besser sein als Petros?«

»Ich habe nicht vor, mich zu vermählen. Weder mit Herakles noch mit irgendwem sonst«, erklärte ich fest. Doch insgeheim ging mir sein Blick nicht mehr aus dem Sinn. Wie er mich angestarrt hatte. Als wüsste er um all meine Geheimnisse und war bereit, alles dafür zu geben, dass ich sie ihm freiwillig offenbarte.

Ich stand auf.

»Was wirst du jetzt tun?«, fragte Mela.

»Ich muss mehr über Herakles erfahren.« Dann wandte ich mich an meine Tante Afina. Sie sah mich überrascht an. »Petros hat mir schon einiges erzählt, aber ich vermute, wenn ich mehr über die Achaier wissen will, bist du diejenige, die ich fragen sollte.«

Meine Tante nickte.

Meine Tante Afina konnte ihre Überraschung kaum verhehlen, dass ich sie um Rat fragte. Und sie machte kein Geheimnis daraus, dass es ihr schwerfiel, mir zu helfen. Immerhin hatte ich ihren Ältesten verschmäht, und seitdem hatte sie wohl den Eindruck gewonnen, dass ich der achaischen Seite meiner Familie zunehmend entglitt.

Ich folgte ihr in die Gemächer ihrer Familie. Sie schickte ihre jüngeren Söhne nach draußen, »geht kämpfen«, trug sie ihnen auf, und die beiden rannten johlend in den Innenhof, aus dem man das Klackern der Holzschwerter hörte, mit dem die Kinder kämpfen übten. Dann setzte sie sich auf einen Hocker und wies einladend auf den zweiten. Ich ließ mich behutsam darauf nieder und suchte nach den richtigen Worten.

»Ich habe Fragen«, sagte ich. »Zu den achaischen Göttern. Zu meiner Familie, könnte man so sagen.« Ich starrte auf meine Hände. Ein Goldring zierte den linken Mittelfinger, der Bernstein verströmte ein warmes Leuchten. Verlegen legte ich die Hände in den Schoß. Afina saß mir gegenüber und hatte die Hände gefaltet. Sie musterte mich nachdenklich.

»Warum weißt du so wenig über deine Familie?«, wollte sie wissen.

Ich zuckte die Schultern. »Es sind Götter? Meine Mutter hat wenig über sie erzählt? Mein Vater ... Ares war nicht gerade bekannt dafür, dass er die Familienbande hoch schätzte. Weder hier noch dort. Es fühlte sich immer an, als wären wir wie abgeschnitten von der Götterwelt.«

»Was sicher auch keine schlechte Idee war«, murmelte Afina. »Also gut. Was möchtest du wissen?«

»Alles, was man sich über Herakles erzählt.«

Sie hob die Brauen. »Hast du allen Ernstes vor dem heutigen Tag noch nie von ihm gehört?«

Ich nickte stumm.

»Nun, lass mich überlegen. Sohn des Zeus und der Alkmene. Wie so oft bei Zeus war das eine unschöne Geschichte. Er kam über sie als goldener Regen, obwohl sie einem anderen versprochen war.

Dann war er so stolz auf diesen kleinen, kräftigen Knaben, dass er ihn seiner schlafenden Gattin Hera an die Brust gelegt hat. Damit aus dem starken Säugling einst ein Halbgott wird, verstehst du? Hera riss ihn sich allerdings von der Brust, als sie das bemerkte. Leider wuchs er zu einem Jüngling heran, der zu Jähzorn neigte. Er wurde in vielen Künsten unterrichtet, aber nachdem er seinen Musiklehrer erschlug, konnte er sein Leierspiel wohl nicht weiter verfeinern.«

Ich runzelte die Stirn. Jähzornig? So hatte er gar nicht auf mich gewirkt … andererseits: Ich hatte ihm ja auch keinen Anlass geliefert, wütend auf mich zu reagieren.

»Und das war noch nicht das Schlimmste.« Afina seufzte. »Er ist wirklich kein guter Mensch, Hippolyte. Halte dich lieber von ihm fern.«

»Warum?« Vielleicht gab es ja einen Grund, weshalb er den Lehrer verprügelt hatte.

»Glaub mir einfach. Dieser Held ist nicht gut für jene, die ihn lieben. Und du siehst mich an, als wäre das tatsächlich im Rahmen der Möglichkeiten. Dass du dich verliebst. Herakles ist kein Mann, in den eine Frau sich verlieben sollte. Und das sage ich dir nicht nur, weil du dich gegen Petros entschieden hast.«

Das werde ich schon selbst beurteilen können, dachte ich. Was sollte sie schon darüber wissen, was richtig war, was falsch?

»Was hat es mit dem Tierfell auf sich, das er um die Schultern trägt?«, wollte ich wissen.

»Ah, der Nemeische Löwe. Den trägt er also immer noch.« Afina seufzte. »Es hieß von diesem Raubtier, kein Mann könne es erlegen. Herakles fiel bei Hera in Ungnade, sie schlug ihn mit Wahnsinn und Zorn … Um sich von diesem Fluch zu befreien, musste Herakles zwölf Taten für König Eurystheus vollbringen. Die Erlegung des Nemeischen Löwen war die erste dieser Taten, und es kostete ihn viel Zeit und Kraft, den Löwen zu erlegen. Letztlich prallte jede Waffe an dem Tier ab, und es blieb Herakles nichts anderes übrig als ihn eigenhändig zu erwürgen. Danach zog er ihm das Fell ab, und er trägt es seither als Mantel. Man sagt, durch das Fell sei er unbesiegbar.«

Das auch noch, dachte ich. Aber als größter Held der Achaier musste er natürlich in jeder Hinsicht außergewöhnlich sein.

»Was waren die anderen elf Taten?«, wollte ich wissen.

Afina wich meinem forschenden Blick aus. »Ach, so dies und das. Hier einen Stall ausmisten, dort ein neunköpfiges Ungeheuer töten …«

Ja, typische Dinge, die achaische Helden so machten. Ich verstand.

»Vielleicht möchte er einfach eine Pause von seinen Heldentaten machen und verbindet die Pflicht mit dem Angenehmen«, überlegte ich.

Was ich mich fragte: Warum war Herakles nicht bei den anderen Helden, bei den Königen und Soldaten in Aulis, die auf günstiges Wetter für die achaische Flotte hofften? Hatte er sich ihnen bereits angeschlossen? Oder wollte er mit dem drohenden Krieg nichts zu tun haben?

»Hast du einen Rat für mich?«, fragte ich.

Afina blinzelte überrascht. »Bisher hast du nicht den Eindruck erweckt, als wärst du Ratschlägen seitens meiner Familie gegenüber aufgeschlossen.«

»Dein ältester Sohn sitzt im Hohen Rat an meiner Seite«, widersprach ich.

»Petros weiß *nichts* über die Welt da draußen. Ich vermute, das sollte ich über meinen Sohn nicht sagen, aber er hat bisher nie gesehen, was ich gesehen habe. Sein Leben findet in der Sicherheit hinter den Palastmauern statt. Nicht da draußen, wo die Götter und Helden um das Überleben ringen.«

»Und was weißt du darüber?«, fragte ich leise. Ich hielt den Blick gesenkt. »Woher beziehst du dein Wissen?« Denn Afina lebte ebenso wie ihre Söhne hinter hohen Mauern.

»Es gab ein Leben vor diesem hier.« Ich spürte, dass sie mir nicht mehr verraten würde.

»Also? Hast du einen Rat für mich, wenn ich Herakles und seine Männer das nächste Mal empfange?«

»Du hast es schon sehr gut gemacht«, sagte Afina und lächelte flüchtig. »Bleib auf der Hut. Nicht nur vor ihm. Jeder dieser Männer kann unser Königreich ins Verderben stürzen. Und bei den Göttern, sei so klug und lasse dich niemals auf Herakles ein.«

Ich erhob mich steif und blickte auf meine Tante herunter. »Keine Angst«, erklärte ich betont würdevoll. »Das habe ich nicht vor.«

Doch als ich ihr Gemach verließ, hämmerte das Herz wieder in meiner Brust. Wenn Afina glaubte, mich davon überzeugt zu haben, dass Herakles nicht der Richtige war, dass ich mich nicht auf ihn einließe, hatte sie sich getäuscht.

Ihre Worte bewirkten das Gegenteil. Jetzt wollte ich unbedingt herausfinden, weshalb sie so wenig von ihm hielt. Ich konnte es nach der ersten Begegnung gar nicht erwarten, bis er morgen Abend mit seinen Männern zum Bankett eintraf.

20

»Eine Frechheit«, murmelte mein Onkel neben mir. Wir standen auf der Stadtmauer von Themiskyra und blickten nach Osten. In einer Entfernung von etwa fünf Stadien hatten die Achaier ihr Lager errichtet. Bisher waren die Männer, die wir zum Bankett erwarteten, noch nicht mal von dort aufgebrochen. Die Dunkelheit hatte sich über die Stadt gelegt, man konnte kaum erkennen, was sich im Lager abspielte.

»Du hast ihn eingeladen, bei Untergang der Sonne zu kommen, und nun ist finstere Nacht, und er macht keine Anstalten, sich auf den Weg zu machen«, knurrte Maspi neben mir. Ich spürte, wie der kühle Wind vom Meer über meine Arme strich und fröstelte. Petros legte locker einen Arm um meine Schultern, und ich lächelte ihn dankbar an. Er war mir in den letzten Stunden nicht von der Seite gewichen.

»Haben wir uns falsch ausgedrückt?«, fragte ich.

»Sicher nicht. Sie spielen mit uns. Das gefällt mir ganz und gar nicht.«

Ich wandte mich von der Mauer ab und stieg die schmale Stiege hinunter. Petros folgte mir, während Maspi oben blieb. Die Graue wartete unterhalb der Mauer, und ich stieg mit Petros' Hilfe in den Sattel. »Dieses Kleid«, murmelte ich verdrossen.

»Du siehst wunderschön aus«, sagte Petros. Er nahm die Graue am Zügel und führte sie zurück Richtung Palast. Auf dem Weg redeten wir kein Wort miteinander; wir hingen beide unseren Gedanken nach.

Was bezweckten die Achaier mit dieser Aktion? Warum ließen sie mich, die Königin der Skythen, warten? Gestern noch hatte ich den Eindruck gewonnen, dass es Herakles gar nicht schnell genug gehen konnte. Und jetzt war davon nichts mehr geblieben?

Als hinter uns Hufgetrappel erklang, drehte ich mich um. Maspi trabte heran. »Sie kommen«, sagte er nur, als er seinen braunen Hengst neben der Grauen parierte. »Empfängst du sie?«

»Nachdem sie mich stundenlang warten ließen?«

Er zuckte mit den Schultern. »Vielleicht gibt es eine Erklärung.«

Oder sie spielten mit mir. »Sie hätten jemanden schicken können, der ihre Verspätung entschuldigt.«

»Du könntest sie auch empfangen, als wäre nichts geschehen. Ihre Verspätung ignorieren.« Der Vorschlag kam von Petros.

»Du meinst, ich soll so tun, als stünde ich über ihren Spielchen?« Das war tatsächlich eine Überlegung wert. »Also gut.«

Wenig später hatten wir uns mit einer Handvoll Kriegerinnen und Melanippe, die es sich nicht nehmen ließ, am Festmahl mit den Achaiern teilzunehmen, im Thronsaal versammelt. Afinas finstere Miene glättete sich, als Maspi zu ihr trat und ihr etwas ins Ohr flüsterte. Ich setzte mich auf den Thronsessel. Zara huschte lautlos heran und zupfte an den langen Ärmeln des Kleids, das ich für diesen Anlass gewählt hatte.

Petros stellte sich neben den Sessel. »Aufgeregt?«

»Ich weiß es nicht«, gab ich zu. Ungewissheit machte mich immer nervös, aber in diesem Fall war es besonders schlimm. Irgendetwas gab es, das Herakles von mir wollte.

Ich musste nur herausfinden, was genau das war.

Zugleich erfasste mich eine freudige Aufregung. Bei unserer ersten Begegnung war ich voller Misstrauen gewesen. Mein ganzes Leben lang hatte mir meine Mutter eingebläut, ich müsse den Achaiern gegenüber auf der Hut sein. Aber jetzt traf ich die Entscheidungen. Wenn ich die Achaier empfangen und mich mit ihnen anfreunden wollte, konnte mir das niemand verbieten.

Ich wusste, warum ich darüber nachdachte: weil ich den Blick nicht vergessen konnte, mit dem Herakles mich betrachtet hatte. Er war wie ein Versprechen, wie eine Verheißung. Er stammte aus einer Welt, die sich mir bisher verschlossen hatte. Von der ich nicht gewusst hatte, dass sie mich faszinierte.

Und dann kam Herakles.

Er betrat den Thronsaal mit weit ausgreifenden Schritten. Wieder trug er das Fell des Nemeischen Löwen über den breiten Schultern, und nachdem ich nun wusste, welche Bedeutung es für ihn hatte, konnte ich mir ein spöttisches Lächeln nicht verkneifen. Er hob die Augenbrauen, sagte aber nichts. Begleitet wurde er von zwölf seiner Männer, die ebenso wie er in Lederpanzern, aber ohne Waffen erschienen waren. Sie blieben hinter ihm stehen, und Herakles trat vor den Thron.

»Königin Hippolyte.« Er verbeugte sich. »Da sind wir.«

»Das sehe ich. Seid willkommen.«

Wieder hob er die Augenbrauen. Was hatte er denn gedacht? Dass ich ihn anschrie, weil er sich um Stunden verspätete? Weil ich *wusste*, dass er absichtlich so spät erschienen war, um mir zu zeigen, wer der Herr über die eigene Zeit war? Niemals.

Stattdessen stand ich auf und gab den Sklaven ein Zeichen. »Ich hoffe, du und deine Männer seid hungrig, denn wir haben ein großes Festmahl vorbereitet.«

Sogleich entstand an der Tür hinter meinem Rücken Bewegung.

Kein böses Wort, kein Anzeichen dafür, dass die lange Wartezeit meine Geduld über Gebühr beansprucht hatte. Dass der Braten schon kalt war oder die anderen Speisen nicht meinen hohen Ansprüchen genügten, die ich an ein Bankett mit hochgestellten Gästen hatte. Das war nicht meine Schuld, und ich würde mich nicht von Herakles in diese Ecke drängen lassen. Ich stieg die Stufen herab. Wieder glitt mein Blick über das golden schimmernde Löwenfell. Jetzt sah ich, dass Herakles den Kopf des Löwen wie eine Kapuze gearbeitet hatte, die ihm über den Rücken hing.

Herakles legte den Kopf schief. Er schien sichtlich amüsiert von meiner Neugier zu sein.

»Ein interessantes Kleidungsstück«, sagte ich.

»Ja, nicht wahr? Es ist mein ganzer Stolz.«

»Ich habe davon gehört.« Ich nickte, nahm seine dargebotene Hand und ließ mich von ihm zu der langen Tafel führen. Auf Platten und in Schüsseln wurden all die Köstlichkeiten aufgetragen, die die skythische Küche zu bieten hatte. Herakles' Blick glitt über den Tisch, als suchte er nach etwas Bestimmten.

»Kein Wein?«, fragte er.

Ich lachte. »Wir Skythen versetzen zwar unser Kumys mit Wein, doch gewöhnlich verzichten wir darauf. Hätte ich gewusst, dass du Wein wünschst, hätte ich selbstverständlich welchen servieren lassen.«

Auf gar keinen Fall gibt's hier Wein. Ich will nicht riskieren, dass sich jemand völlig berauscht und einen Streit vom Zaun bricht. So beginnen Kriege, und mit dir will ich keinen Krieg führen müssen.

Ich war die Herrin im Haus, und das durfte Herakles ruhig deutlich spüren.

Er zuckte lediglich mit den Schultern. »Mir ist alles recht. Ich wundere mich nur, weil ich Sagenhaftes über eure berauschenden Getränke gehört habe.«

Jetzt versuchte er, mich mit Schmeicheleien aus der Reserve zu locken, doch ich war nicht bereit, darauf einzugehen.

»Wir berauschen uns nicht nur an Getränken, sondern auch am Rauch der Cannabispflanze und an Opium«, erklärte ich ihm leichthin. Wir nahmen an der Tafel Platz. Er war ein aufmerksamer Zuhörer. »Allerdings beschränken wir uns auf Familienfeste und Rituale, bei denen wir uns den Göttern näher fühlen wollen.«

»Aber du bist den Göttern doch näher als kaum jemand an diesem Tisch?«, meinte er und zwinkerte mir zu.

Mein Lächeln gefror. »Das denkst du vielleicht.«

Er hatte sich gerade vorgebeugt, wohl um mir etwas ins Ohr zu flüstern, doch meine letzten Worte ließen ihn sich zurücklehnen. Er musterte mich aufmerksam, und zum ersten Mal hatte ich das Gefühl, dass er mich tatsächlich *sah*.

»Mein Vater und ich haben nicht das beste Verhältnis«, fügte ich hinzu. Ich ärgerte mich, weil ich sofort meinte, mich verteidigen zu müssen. »Wie geht es dir mit deinem göttlichen Vater?«

Herakles verzog das Gesicht. Offensichtlich hatte ich einen Treffer gelandet. Aber er hatte mit den Göttern angefangen, und ich würde nicht auf seine Gefühle Rücksicht nehmen, solange er sich benahm, als müssten wir uns in allen Belangen nach ihm richten. Er respektierte mich nicht, und das genügte, dass ich diesen Abend möglichst schnell hinter mich bringen wollte.

Ich ließ mir von den Speisen auftun und lud Herakles ein, es mir gleichzutun. Seine Männer griffen bereits beherzt zu.

»Zeus ist Vater vieler Söhne«, bemerkte er, während er von einer Platte ein Stück Braten wählte. »Ich hatte nie das Gefühl, für ihn etwas Besonderes zu sein.«

»Schmerzt das sehr?«, erkundigte ich mich mitfühlend. Er sah mich von der Seite an und bemerkte das Grinsen, das an meinem Mundwinkel zupfte.

»Du bist sehr scharfzüngig«, bemerkte er.

»Und du schaffst es, jedes Kompliment wie eine Beleidigung klingen zu lassen.« Langsam hatte ich genug von ihm. Ständig gab er Widerworte, stachelte mich auf, wollte mich reizen. Was bezweckte er damit? Ich hatte gedacht, es gebe einen bestimmten Grund für seinen Besuch, doch bisher machte er mit keinem Wort deutlich, dass er sich etwas von mir erhoffte. Im Gegenteil. Wenn unser Gespräch weiterhin so ermüdend war, würde ich mich gezwungen sehen, mich zu entschuldigen und mein Gemach aufzusuchen. Ich mochte keine Spielchen, doch wenn er welche wollte, konnte er die gern haben.

»Ich vermisse deine Schwestern«, bemerkte Herakles. Er ließ den Blick über die Gäste schweifen. Von meiner Familie war neben Petros und seinen Eltern nur Melanippe anwesend.

»Es ist schon spät. Sie haben sich zur Ruhe begeben.« Ich hatte genug von ihm. Er langweilte mich, und ich wünschte, ich könnte auch aufstehen und gehen.

»Wie schade. Ich habe viel davon gehört, dass sie von großer Schönheit sein sollen. Natürlich ist niemand so schön wie du, liebe Nichte«, beeilte er sich zu sagen. »Deine Schönheit hat mich vom ersten Augenblick geblendet, und ich wusste sofort, dass du und ich füreinander bestimmt sind.«

Wohl eher dazu bestimmt, einander die Augen auszukratzen, dachte ich grimmig.

»Tatsächlich? Bist du so einfältig wie du denkst, dass ich es bin, weil du glaubst, ein paar nette Worte würden mich direkt dahinschmelzen lassen?«

Er starrte mich einen Moment lang an, und kurz dachte ich: Ja, er *ist* so einfältig, sonst müsste er nicht über meine Worte nachdenken, um ihren Sinn zu durchdringen. Doch dann lachte er. »Verstehe. Du möchtest lieber, dass ich dir reinen Wein einschenke? Ich meine, wenn es ohnehin keinen Wein gibt ...«

»Sag einfach, was du willst. Ich vermute, es geht dir um Themiskyra. Die Stadt liegt wie ein überreifer Apfel am Meer, den ein Reisender im Vorbeisegeln pflücken könnte. Ist es das? Willst du mir so lange Honig ins Ohr träufeln, bis ich mich von deinen schönen Worten geschmeichelt in deine Arme werfe und dir Liebesschwüre zuflüstere? Willst du König der Skythen werden, obwohl du nicht mal genügend Mut besitzt, dich ohne das Fell des Nemeischen Löwen an meinen Tisch zu setzen?«

Bevor Herakles antworten konnte, rief ein muskulöser, blonder Kerl vom anderen Ende der Tafel, der unser Geplänkel offenbar belauscht hatte: »Hört, hört, Herakles! Du hast deine Meisterin gefunden!«

»Halt die Klappe, Theseus.«

Die Männer lachten gutmütig, was mich vermuten ließ, dass der junge Mann sich häufiger zu Wort meldete. Ich nahm mir vor, mir diesen Namen einzuprägen und Afina später nach ihm zu fragen. Als ich kurz in ihre Richtung sah, hatte sie schon wieder diese Unheil verkündende Stirnfalte und die Lippen waren zu einem dünnen

Strich zusammengepresst. Sie bemerkte meinen Blick und lächelte verhalten. Ich lächelte zurück.

Aus Afina wurde ich nicht schlau. Immer noch war ich auf der Hut, aber allmählich beschlich mich das Gefühl, sie könnte die beste Verbündete sein, die es für mich gab.

»Was ich will?« Herakles wandte sich wieder mir zu. Sein Blick war konzentriert, er suchte nach den richtigen Worten. »Wie kommst du darauf, dass ich etwas will?«

Ich zuckte mit den Schultern. »So ein Gefühl. Von Halbgöttlicher zu Halbgöttlichem könnte man sagen.«

Er zögerte. »Es gibt da tatsächlich etwas, woran ich Interesse habe. Aber ich vermute, das rückst du nicht ohne Weiteres heraus.«

Ich zuckte mit den Schultern. Was konnte das schon sein? Er würde wohl kaum so daherreden, wenn es ihm um meine Jungfräulichkeit ginge …

»Ich wünsche, dass du mir den Preis nennst für den Waffengürtel des Ares.«

Auf einmal war es an der Tafel totenstill. Ein Haar hätte zu Boden fallen können, und wir hätten es alle gehört. »Den Waffengürtel des Ares«, wiederholte ich.

»Jetzt klingst du ein wenig dümmlich.« Er grinste. »Ich habe bemerkt, dass du ihn gestern getragen hast. Heute allerdings hast du darauf verzichtet. Warum?«

»Ich trage ihn nicht oft …«, sagte ich gedankenverloren. In meinem Kopf war ein wildes Chaos ausgebrochen, ein Sturm aus Überlegungen drohte, mich völlig zu verschlingen. Das war es also? Herakles wollte Ares' Waffengürtel? Dieses goldglänzende, purpurne Ungetüm, das lebendig summte, wenn ich es anlegte? Der Gürtel, mit dem ich, so Melanippe, wahrhaft königlich aussah? Vor dem ich mich trotzdem beinahe fürchtete und den ich allein deshalb abgrundtief hasste, weil es von meinem Vater kam?

Ich riss mich zusammen. Es war sicher alles andere als hilfreich, wenn ich Herakles offenbarte, wie katastrophal mein Verhältnis zu meinem Vater war. Oder wusste er bereits davon und war deshalb hergekommen? Von wem hatte er davon erfahren?

Höchste Zeit, dass ich meine Worte mit mehr Bedacht wählte.

»Erstaunlich«, murmelte Herakles. »Ich hätte gedacht, eine Kriegerin, deren Ruf bis in den letzten Winkel der bekannten Welt vorgedrungen ist, wäre stolz auf das, was sie ist.«

»Ich bin nicht nur die Tochter meines Vaters«, erwiderte ich scharf. »Ich bin vor allem die Tochter meiner Mutter, meines Volks und Herrscherin über ein Reich, das größer ist als alle achaischen Inselkönigreiche zusammengenommen.«

»Das steht außer Frage. Aber keiner deiner Feinde wird je vergessen, dass du auch Tochter unseres Kriegsgotts bist. Ich bin der Erste, der an deine Tür klopft und Einlass begehrt. Aber ich werde nicht der Letzte bleiben.«

Ich fröstelte.

Ging es darum? War ich für Herakles und seine Männer nur eine Trophäe? Eine Königin, die erobert werden wollte, deren Waffengürtel man als Zeichen ihrer Niederlage auf den Agoras, den öffentlichen Plätzen, in den achaischen Reichen vorführen konnte?

»Was willst du damit?«, fragte ich.

Herakles war verblüfft. »Wie bitte?«

»Wenn ich dir den Waffengürtel des Ares gebe. Was hast du damit vor?« Ich maß seine Körpermitte mit einem prüfenden Blick. »Ich fürchte fast, für dich ist er etwas zu klein geschnitten. Er wurde auf meinen Körper angepasst.«

Seine Krieger, die um uns herumsaßen, lachten rau, hauten sich auf die Schenkel und ließen ein paar Bemerkungen darüber vom Stapel, wie man den großen Herakles an den kleinen Waffengürtel anpassen könnte. Ich blieb ernst, wollte mich nicht mit diesen Männern gegen ihren Anführer verbünden. Außerdem fiel mir der Mann auf, den er vorhin Theseus genannt hatte. Der so harmlos aussah. Jetzt hatte er die Arme vor der Brust verschränkt und ließ mich nicht aus den Augen. Mir lief ein Schauder über den Rücken.

»Nun, wenn du darauf bestehst, erzähle ich dir die Geschichte, warum ich den Waffengürtel brauche.« Herakles' Miene verfinsterte sich für einen winzigen Moment. »Mein Cousin Eurystheus, der übrigens zu Unrecht auf dem Thron von Mykene sitzt, hat mich bei der Ehre gepackt und mir zwölf Arbeiten aufgetragen, die ich erledigen soll. Leider sind diese teilweise sehr lästig und rauben mir viel Lebenszeit. Darum hoffte ich, wir könnten rasch zu einer Einigung gelangen, damit ich mich den letzten drei Aufgaben widmen kann, bevor ich alt und grau werde. Dein Waffengürtel soll schon bald die Taille von Eurystheus' Tochter Admete schmücken. Das verwöhnte Ding konnte sich nicht mit etwas Kleinerem zufriedengeben.«

»Wie die Frauen nun mal so sind«, bemerkte einer von Herakles' Begleitern. Er grinste, prostete mir mit dem Becher Wasser zu und biss herzhaft in das Stück Fleisch auf seinem Teller. Ich wandte den Blick ab und hoffte, niemand bemerkte, wie sehr mich die ganze Situation inzwischen anwiderte.

»Überleg es dir. Wenn ich deine Reaktion richtig deute, ist der Waffengürtel nicht unbedingt dein liebstes Kleidungsstück. Du würdest mir sehr entgegenkommen, wenn wir uns rasch gütlich einigen und ich ihn mir nicht mit Gewalt holen müsste.«

Und da war er. Der wahre Herakles. In seinem Blick blitzte etwas auf, das ich nicht deuten konnte. Mutwille? Verärgerung? Zorn sogar? Der Moment verging so rasch, wie er gekommen war, und sein Gesicht war wieder eine ernste, freundliche Maske, die nichts von den Gefühlen preisgab, die ich in diesem winzigen Augenblick zu sehen geglaubt hatte.

»Ich werde darüber nachdenken«, sagte ich ruhig. »Einstweilen sind du und deine Männer eingeladen, jederzeit in kleinen Gruppen die Stadt zu erkunden – allerdings nie mehr als zwei Dutzend von ihnen zugleich, und sie müssen am Stadttor ihre Waffen abgeben.«

Herakles neigte den Kopf. »Du vertraust mir nicht.«

»Nein«, sagte ich. »Würdest du dir denn vertrauen, wenn du an meiner Stelle wärst?«

Er lachte. Wir wechselten das Thema, und für den Rest des Abends versuchte ich, mich zu entspannen.

21

»Du wirst ihnen mehr zu tun geben müssen als ein paar Ausflüge nach Themiskyra, falls ihr Schiff länger vor der Stadt liegt«, bemerkte Melanippe. Sie begleitete mich nach dem Festmahl zurück zu meinen Gemächern. Zara ging mit einer Öllampe voran.

»Sie sollen sich ja langweilen«, erwiderte ich.

»Du hoffst, dass es Herakles zu öde wird, auf deine Entscheidung zu warten?« Melanippe lachte auf. »Das könnte tatsächlich schneller passieren als uns lieb ist. Gelangweilte Männer geraten in Streit, ob untereinander oder mit unseren Leuten spielt letztlich keine Rolle. Sag ihm einfach, dass er den Gürtel nicht bekommt.«

»Ich habe mich aber noch nicht entschieden«, sagte ich.

»Das wirst du mir erklären müssen.«

»Nein«, erwiderte ich. »Ich muss niemandem etwas erklären.«

Melanippe schwieg. Als wir meine Gemächer erreichten, blieb sie vor der Tür stehen. Sie schlief in einem Quartier direkt neben den Ställen und bevorzugte ein eher spartanisches Lager. Meine Schwestern hatten ihre Gemächer am anderen Ende des Gangs. Aber sie schliefen bestimmt schon; es war weit nach Mitternacht.

»Ich bin die Königin«, erklärte ich. »Wir können darüber reden, warum ich den Gürtel behalten möchte – oder warum ich ihn loswerden will. Aber wie ich mich entscheide, ist letztlich meine Angelegenheit.«

»Es geht auch um die Sicherheit Skythiens«, wandte Melanippe ein. »Um unsere Kriegerinnen. Unsere Zukunft.«

»Und du kannst gewiss sein, dass ich keine Sekunde lang vergesse, welche große Verantwortung auf meinen Schultern ruht.« Ich wurde laut. »Jede meiner Entscheidungen hat große Auswirkungen auf uns alle. Das vergesse ich nie.«

»Gut«, sagte Melanippe ruhig. »Schlaf nun, Hippolyte. Wir können dieses Gespräch und alle weiteren auch morgen fortführen. Wenn ich einen Vorschlag machen darf ...?«

»Jetzt oder morgen?«

»Jetzt.«

Ich seufzte ergeben. Ich wusste, wie hartnäckig Melanippe sein konnte, diese Fähigkeit lag quasi in der Familie. »Es geht mir nicht um den Waffengürtel deines Vaters, bei dem ich nach wie vor nicht verstehe, warum er in deinem Besitz ist. Ich bin lediglich um die Sicherheit der Stadtbevölkerung besorgt. Achtzig Männer auf einem Schiff, die sich nicht verausgaben können – das dürfte einige Konflikte hervorrufen. Mein Vorschlag lautet daher, dass wir sie mit Spielen unterhalten.«

»Mit Spielen«, echote ich.

»Die Achaier veranstalten regelmäßig Olympische Spiele, bei denen sich ihre Jünglinge in verschiedenen Disziplinen messen. Das könnte sie auf Trab halten. Vor allem, wenn wir ihnen anbieten, gegen deine besten Kriegerinnen anzutreten. Wenn du Zeit brauchst, könnten wir sie uns so erkaufen.«

»Also gut«, gab ich nach. »Dann bitte ich dich, diese Wettkämpfe zu organisieren.«

»Betrachte die Angelegenheit als erledigt.« Melanippe trat vor. Sie umarmte mich, und für einen kurzen Moment schloss ich die Augen und sog den Geruch ein, der sie immer umwehte: ein wenig nach Pferd, nach Leder und pfeffrig süß. »Du machst deine Sache sehr gut, Königin Hippolyte«, flüsterte sie. »Ich bin stolz auf dich.«

Ich blinzelte. Melanippe schritt davon, und ich sah ihr noch einen Moment nach, bevor ich den Vorraum meiner Gemächer betrat.

Zara stand plötzlich neben mir, die Augen weit aufgerissen vor Angst. »Herrin. Da ist … ein Besucher. In Eurem Gemach.«

»Ein Besucher? Wer denn?«

»Es ist Euer Vater, Königin Hippolyte.«

Sie senkte den Kopf, als fürchtete sie, ich würde sie dafür schelten, dass er unerlaubt in meine Gemächer eingedrungen war. Dabei konnte Ares kommen und gehen, wie es ihm gefiel; keine Mauer, keine Tür und kein Schloss konnten ihn davon abhalten.

»Ist schon gut«, beruhigte ich sie. »Ich brauche dich heute nicht mehr. Du kannst nun gehen.«

Sie runzelte die Stirn; gewöhnlich half sie mir beim Ausziehen am Abend. »Aber Herrin! Die schwere Krone und …«

»Ich schaffe das schon.«

Ich betrat das Gemach und hörte, wie Zara hinter mir den Vorraum verließ.

Mein Vater stand am Fenster und blickte nach draußen. Als er mich hörte, drehte er sich um.

»Es ist lange her«, sagte ich leise.

»Wir müssen reden, Hippolyte«, begrüßte er mich.

»Ja, das denke ich auch. Aber nicht jetzt.«

»Wann dann?«

»Wenn ich ausgeschlafen bin.« Ich ging in den Nebenraum und begann vor dem Bett stehend, mich zu entkleiden. Zuerst legte ich den schweren Mantel ab, der zuletzt auf meine Schultern gedrückt hatte und ließ ihn einfach auf den Teppich gleiten. Ares folgte mir.

»Ich verstehe nicht, wieso das nicht Zeit bis morgen hat«, erklärte ich. »Bisher habe ich keine Entscheidung getroffen, wie ich mit dem Waffengürtel verfahren werde. Und er war ein *Geschenk*, wenn du dich erinnerst. Willst du ihn zurückfordern, nur damit ich ihn nicht weitergebe? Das wäre äußerst bedauerlich.«

»Was?«

Ich drehte mich zu ihm um und zog nacheinander die Haarnadeln heraus, die die Krone auf meinem Haupt hielten. »Darum geht es doch, oder? Du bist hier, weil du verhindern willst, dass ich deinen Waffengürtel an Herakles verschenke. Dabei habe ich mich noch nicht entschieden, ob ich ihm diesen sinnlosen Tand kampflos überlasse oder lieber den Kampf gegen ihn suche. Denn er erweckt nicht den Eindruck, als würde er sich davon abbringen lassen, ihn in seinen Besitz zu bringen.«

»Wovon redest du, Hippolyte?« Er starrte mich verständnislos an.

»Von Herakles, der mit achtzig Mann auf seinem Schiff vor unserer Stadt liegt und mich davon überzeugen will, ihm deinen Kampfgürtel zu überlassen. Für ein verwöhntes Gör namens Admete, so genau habe ich das nicht verstanden. Ich dachte, du seist hier, um das zu verhindern?«

»Nein«, sagte Ares. Er schüttelte den Kopf. »Ich wusste nicht, dass er schon unterwegs war.«

»Schon? Heißt das, du hast gewusst, dass er irgendwann kommen und den Gürtel fordern würde?« Natürlich hatte er es gewusst. Er war ein Gott. Er wusste alles.

Ares wischte das Thema beiseite. »Deshalb bin ich nicht hier.«

»Warum denn dann? Was ist so dringend, dass es nicht bis morgen früh Zeit hat?«

»Es hat Zeit, jedoch dachte ich, nachdem du neuerdings überall verkündest, dass du mit deinem Vater gebrochen hast, wolltest du eventuell nicht mehr mit mir gesehen werden.« Er lachte auf. »Und ich wollte mir nicht die Blöße geben, bei deiner Audienz zu erscheinen und von deinen Kriegerinnen aus dem Thronsaal gezerrt zu werden.«

»Da du nun schon hier bist, und es offenbar nicht um den Gürtel geht …« Ich legte die Krone auf das Bett und rieb mir die schmerzende Kopfhaut. »Darüber werden wir aber ein anderes Mal reden müssen, wenn du bereits davon wusstest. Also. Warum bist du hier?«

»Es geht um Penthesilea.«

Ich starrte ihn überrascht an.

»Sie will nicht mehr hier leben.«

»Hier. In meinem Palast. Bei mir? Geht es darum?«

Ares seufzte. Auf einmal sah er sehr müde aus. »Es geht nicht um dich.«

»Sondern?«

»Siehst du, das habe ich befürchtet. Dass du sofort so … bissig reagierst.«

»Bissig? Es geht um *meine* Schwester. Die im Übrigen die Erste der Thronfolge ist. Falls mir etwas passiert, ist sie die Königin der Skythen, und wenn sie hier nicht mehr leben will, stellen sich mir mehrere Fragen. Bisher hatte ich nämlich nicht das Gefühl, dass sie unglücklich ist. Ganz im Gegenteil. Wenn es so wäre, hätte sie das mir sagen können.«

»Töte nicht gleich den Boten.« Ares versuchte sich an einem entschuldigenden Lächeln. »Ich kann nur sagen, dass sie zu mir gekommen ist und mich gebeten hat, dass ich sie zu mir nach Ephesos hole. Und ich war bereit, ihr diesen Wunsch zu erfüllen, aber nur unter der Bedingung, dass ich vorher mit dir rede.«

»Habt ihr euch heimlich getroffen?«

»Wir haben uns ohne dein Wissen getroffen«, erwiderte er. »Ein Geheimnis haben wir daraus nicht gemacht. Sie hat dir erzählt, dass ich hier war, als du krank warst.«

Ich nickte widerstrebend. Als ich krank war und er mich im Traum besucht hatte. Hatte er diese räumliche Nähe zu mir gebraucht, damit er mir erscheinen konnte? Oder war es sein letztes Mittel gewesen, um mir Dinge mitzuteilen, die ich im Wachen nicht hätte hören wollen?

»Danach ging ich zurück. Im Westen passieren Dinge.«

»Davon weiß ich«, erwiderte ich unwirsch. »Du hast es mir deutlich gezeigt.«

»Ich fürchte nur, du *verstehst* es nicht. Troja ist kein guter Ort. Für niemanden.«

»Ich habe nicht vor, nach Troja zu gehen«, erwiderte ich scharf. »Du aber sagst, Penthe will nach Ephesos. Warum?«

Meine Wut erwachte, sie war wie ein Tier, das bisher tief in meinem Innern geschlummert hatte und nun sein hässliches Haupt reckte. »Ihr stellt mich vor vollendete Tatsachen und glaubt allen Ernstes, dass ich euch ohne Widerspruch gehen lasse.«

»Das hätten wir, wenn es nach Penthe gegangen wäre. Aber ich habe es ihr ausgeredet.«

»Jetzt soll ich dir auch noch dankbar sein, weil du eine bockige

Heranwachsende davon überzeugen konntest, ihre Königin und ältere Schwester darüber zu informieren, dass sie fortwill. Deren Nachfolgerin sie ist.«

Ares seufzte. »Ich habe ja geahnt, dass du so reagieren würdest, aber bitte, versuche doch auch mal, deine Schwester zu verstehen.«

Ich atmete durch und setzte mich auf die Bettkante. Die Kopfschmerzen, die schon den ganzen Abend gelauert hatten, verstärkten sich. Es fühlte sich an, als hätte ein Riese meinen Schädel mit beiden Händen gepackt und drückte fest zu.

»Penthe kam bereits letzten Sommer zu mir.«

Ich wollte aufbrausen, doch der strenge Blick von Ares ließ mich verstummen. »Lass mich ausreden«, sagte er. »Sie kam zu mir, weil sie nach dem Tod eurer Mutter keinen Halt mehr fand. Antiope war und ist zu jung, du warst zu beschäftigt – und Penthe suchte nach einer Aufgabe, nach etwas, das ihr zurück ins Leben half. Sie wollte sich nützlich fühlen und nicht darauf reduziert werden, als hübsche Thronfolgerin am Hof ihrer Schwester zu leben.«

»Das genügte ihr nicht?«

»Sie ist intelligent, stark und mutig. Sie hat mich mit ihrer Unnachgiebigkeit sehr beeindruckt. Ich habe jedoch damals versucht zu erklären, dass ihr Platz hier in Themiskyra ist. Oder im Norden auf der Steppe bei eurem Stamm. Davon wollte sie nichts hören, und wir sind im Streit auseinandergegangen.« Er breitete die Arme aus. »Wie du siehst, bist du nicht die einzige meiner Töchter, die sich mit mir überworfen hat. Bevor du fragst: Antiope ist auch sauer auf mich. Das hat aber ganz andere Gründe. Als ich während deiner Krankheit in Themiskyra war, kam Penthe wieder zu mir und diesmal war sie fest entschlossen, Themiskyra den Rücken zu kehren und bei mir zu leben.«

»In Ephesos. Wo du nie bist.« Ich erinnerte mich zu deutlich daran, wie einst meine Mutter Otrere viele Monde lang mit Penthesilea allein in Ephesos gelebt hatte, während Ares entschwunden war. Und damals hatte kein Krieg zwischen Achaiern und Trojanern gedroht.

»Ich wäre da«, widersprach er.

»Wenn du nicht gerade Troja beschützt.«

Er schwieg. Offenbar hatte er nicht damit gerechnet, dass ich die Zusammenhänge begriffen hatte.

»Ich bin nicht dumm, Vater«, erklärte ich leise. »Und ich sehe, was du damit bezweckst. Du willst aus Penthe eine Achaierin machen, und wenn ich nicht mehr bin – egal, ob ich im Kampf falle oder irgendwann kinderlos sterbe –, wird mit Penthe eine Achaierin über die Skythen herrschen. Sie wird unser Selbstverständnis weiter aushöhlen. Vielleicht sogar einen Achaier heiraten. Ihre Kinder werden aufwachsen und denken, sie seien Achaier. Und so wird es weitergehen, bis niemand mehr weiß, wer wir einst waren. Dass wir als Kriegerinnen über die Steppe ritten und um unsere Freiheit kämpften. Dass wir uns nicht hinter hohen Mauern versteckten, wenn jemand unser Leben, unser Dasein, unsere ganze Existenz in Frage stellt. Du willst unser Volk zu *deinem* Volk machen und vergisst, dass wir nicht mehr sind, wer wir in deinen Augen sein sollen, wenn du uns das nimmst, was uns auszeichnet.«

Ich hielt atemlos inne.

»Bist du fertig?«, fragte er. Seine Augen waren dunkel, so schwarz, dass ich fast darin versank. Ich nickte widerstrebend, denn ich hätte noch viel sagen können.

»Ich habe nicht vor, euch das zu nehmen, was ihr seid«, erklärte er leise. »Das wollte ich nie, und wenn deine Mutter hier wäre, würde sie das auch bestätigen.«

»Sie ist aber nicht mehr hier!«, schrie ich ihn an. »Sie ist tot, weil du es nicht für nötig hieltst, sie zu retten. Was soll ich denn sonst von dir denken? Alles, was du in den letzten Jahren für uns getan hast, zielte nur darauf ab, uns zu zerstören.«

»Ich habe das alles doch nur getan, um euch zu retten!«, rief Ares. Er machte zwei Schritte auf mich zu, kniete vor mir am Boden und packte meine Handgelenke. »Hör mich an, Hippolyte. Was auch immer andere dir erzählen, hör nicht auf sie! Ich weiß, du denkst, ich sei der Feind, aber ich bin dein Vater, und nie ging es mir um etwas anderes als um das Wohl deiner Mutter und euch dreien!«

»War es denn zum Wohl meiner Mutter, dass sie gestorben ist?«, flüsterte ich. Wir starrten uns an, unsere Gesichter nur zwei Handbreit voneinander entfernt. Die Augen meines Vaters funkelten, doch als ich die letzten Worte sagte, sah ich, wie etwas in ihnen brach. Ein feiner, silbriger Riss in der Schwärze. Ich ließ nicht ab, forderte eine Antwort von ihm.

»Deine Mutter. Ich habe Otrere geliebt.« Er senkte den Blick. »Ihr Tod …«

Ich wartete. Nun drangen wir zum Kern vor, und ich würde mich trotz meiner Müdigkeit und den vielen Gedanken, die in meinem Kopf kreisten nicht davon abbringen lassen, endlich die Wahrheit zu erfahren. »Warum hast du sie nicht gerettet?«, flüsterte ich. »Du hättest es gekonnt. Du hast es schon einmal getan.«

»Ich konnte es kein zweites Mal«, flüsterte er. »Auch wir Götter sind in unserem Wirken beschränkt, und eine Sterbliche zweimal aus der Zwischenwelt zu retten … nein. Das darf keiner von uns.«

Und dabei waren die achaischen Götter doch dafür bekannt, dass sie sich nicht um Regeln scherten.

»Ich habe einst deine Mutter und dich aus der Zwischenwelt gerettet, und damals musste ich schwören, es kein zweites Mal zu tun. Weder für sie noch für dich. Und auch kein anderer Gott hätte die Macht, sich über diesen Schwur hinwegzusetzen.«

Ich schauderte, als ich begriff, was er mir damit sagen wollte. Falls ich irgendwann noch mal an diese Grenze kam, konnte er mir nicht beistehen. Über die eigene Sterblichkeit musste sich jeder irgendwann bewusst werden. Nur hatte ich bisher gedacht, ich sei als Halbgöttin, Heldin, Tochter meines Vaters besser vor dem Tod geschützt als andere. Dabei hatte er mir den größtmöglichen Schutz bereits gewährt, als ich keine zehn Tage alt war.

»Verstehst du, was ich damit geschaffen habe? Eine Zukunft für dein Volk. Wären deine Mutter und du damals gestorben, dann hätte es auch Penthe und Antiope nicht gegeben, die nach dir geboren wurden. Die Geschichte des skythischen Volks wäre eine andere geworden, weil dann Melanippe Königin der Skythen geworden wäre. Sie hätte die Steppe mit Krieg überzogen, die Thraker wären unter Umständen sogar ausgerottet worden – all das stand auf dem Spiel. Ich wusste es damals noch nicht, aber als ich euch rettete, wurde der Lauf der Geschichte verändert. Und die Veränderungen werden mit jedem Jahr größer und sichtbarer. Die Skythen werden weiter bestehen, aber sie werden sich ebenso verändern. Das hat Penthe begriffen. Du sehnst dich nach der Steppe und wirst immer die Tochter der Steppe bleiben. Das ist gut und wichtig. Aber Penthe blickt nach vorne. Sie wird die Zukunft der Skythen sein.«

Er umschloss meine Hände. »Und selbst wenn ich mich irre und alles anders kommt. Wenn du dich entschließt, zu heiraten und Kinder bekommst – was du nicht tun musst, bewahre! –, dann werden nach dir deine Kinder über dieses Land herrschen, und ich werde schützend meine Hand über sie halten, wie ich es schon so lange tue. Vertrau mir, Hippolyte. Ich wollte dir nie schaden. Es ging immer nur um das Überleben der Frau, die ich liebe, und der Töchter, die sie mir geschenkt hat.«

Ares drückte meine Hände. Ich schniefte, und eine Träne tropfte auf unsere verschränkten Finger. »Ich hatte ja keine Ahnung«, flüsterte ich.

»Ich weiß«, wisperte mein Vater.

Ich schloss die Augen. Seine Worte hatten etwas tief in meinem Innern berührt. Eine Vorstellung von der Zukunft, wie ich sie wohl nie zugelassen hatte. Einer Zukunft, die mich nun völlig überwältigte. Und die ich um jeden Preis verhindern wollte.

Was ich nicht würde verhindern können: dass Penthesilea mit unserem Vater nach Ephesos ging. Ich kannte meine Schwester. Sobald er ihr das Angebot unterbreitete, würde sie auf jeden Fall Ja sagen und damit wäre sie für mich verloren.

Aber ich konnte verhindern, dass andere ihrem Beispiel folgten. Antiope zum Beispiel. Mein Ziel war klar. Um jeden Preis musste ich verhindern, dass weitere ihr folgten.

»Wenn du sie mitnimmst, will ich dich nie mehr hier sehen«, zischte ich. »Nimm sie. Nimm Penthe und lass mich danach in Frieden.«

Ares zuckte zurück. Er blinzelte. Hatte er allen Ernstes gedacht, wenn er mir diese rührselige Geschichte davon erzählte, dass die Veränderung unvermeidlich war, würde ich mich davon überzeugen lassen? Hatte er geglaubt, ich würde ihn um Hilfe bitten, damit nicht das passierte, was er mir als Zukunft schilderte?

Falsch gedacht.

Ich brauchte ihn nicht. Ich brauchte weder einen Mann an meiner Seite noch einen Vater, der eher seinen eigenen Interessen folgte statt die der Menschen im Blick zu behalten. Ging es für die Götter nicht darum, den Menschen zur Seite zu stehen? Nun, offenbar nicht. Sie waren hedonistische, unsterbliche Wesen, die zu viel gesehen hatten, um sich um das Leben eines Einzelnen zu kümmern. Selbst dann nicht, wenn es die eigene Tochter war.

»Hippolyte …«

»Ich will nichts mehr von dir sehen, hören, gar nichts!«, begehrte ich auf. »Du hast dein Recht als mein Vater verwirkt.«

Ich sah es an seinem Blick. Meine Worte erreichten ihn und ja, vielleicht verletzten sie ihn auch für einen Moment. Aber ich machte mir nichts vor. Für ihn wäre dieser Schmerz schon bald vergessen. Nächstes Frühjahr, in zehn Jahren – für ihn nur ein Wimpernschlag – hätte er vergessen, dass ich ihn aus tiefster Seele hasste.

Ich musste meine ganze, erbärmliche Existenz in dem Wissen leben, dass mein Vater erst den Tod meiner Mutter zugelassen und dann meiner Schwester sein achaisches Gift eingeflößt hatte. Gut möglich, dass er recht behielt.

Aber was, wenn er sich irrte?

22

Am nächsten Morgen kam Penthe zu mir und bat mich um Erlaubnis. Sie wollte mit Ares nach Ephesos ziehen und bei unserem Vater leben.

Ich umarmte sie. »Natürlich darfst du mit ihm gehen«, sagte ich sanft.

Über Nacht war der Sturm in meinem Innern abgeflaut, und geblieben war nur ein müdes, resigniertes Häuflein Traurigkeit. Seit dem Tod von Otrere war Penthesilea noch aufmüpfiger und widerspenstiger geworden. Als hätte unsere Mutter sie zuvor gezähmt, und nun war sie vollends entfesselt.

Das war nicht länger mein Problem.

»Du bist mir nicht böse?«

Ich schüttelte den Kopf. Dann wandte ich mich ab, denn ich ertrug es nicht, sie gehen zu sehen.

Trotzdem stand ich am Nachmittag an einem Fenster mit Blick auf den Innenhof, als Penthe auf ihre braune Stute stieg und mit einem halben Dutzend Dienerinnen, die ihr nach Ephesos folgten, und an der Seite von Ares, der auf seinem Rapphengst saß, aus dem Hof ritt. An Ares' Seite war der schwarze Höllenhund, der einst meine Mutter viele Jahre lang begleitet und beschützt hatte. Er war zu seinem Herrn zurückgekehrt und wich ihm seither nicht mehr von der Seite.

Melanippe fand mich, während ich mir ungeduldig die Tränen von den Wangen wischte.

»Du lässt sie ziehen.« Es war eine Feststellung.

»Könnte ich sie denn irgendwie halten, wenn ich sie zwinge, bei mir zu bleiben? Hätte ich sie nicht erst recht verloren, wenn ich sie eingesperrt hätte?«

Melanippe lächelte. »Du lernst schnell.«

»Ich habe nicht das Gefühl, als würde ich irgendwas *lernen*«, murmelte ich. »Im Moment ist es eher so, als würde ich getrieben werden. Ephesos ist genauso gut wie Themiskyra. Beide Städte sind sicher.«

Melanippe atmete scharf ein. »Dann wusstest du nicht, dass sie nach Troja reiten?«, fragte sie.

Ein eiskalter Schauer rann über meinen Rücken. Ich drehte mich zu ihr um. Meinte sie das ernst? »Troja? Ich dachte, Ephesos?«

»Danach werden sie bestimmt nach Ephesos gehen. Aber das erste Ziel ihrer Reise wird Troja sein.«

»Woher weißt du das …?«

Melanippe zuckte hilflos mit den Schultern.

Wie konnte es sein, dass immer noch Dinge in *meinem* Palast geschahen, über die jeder Bescheid wusste, nur ich nicht?

»Ausgerechnet«, murmelte ich.

»Also hat er es dir verschwiegen.«

»Du brauchst gar nicht zu versuchen, mich gegen Ares aufzubringen. Ich habe ihm bereits heute Nacht mitgeteilt, dass er nicht länger hier erwünscht ist.«

»Penthe aber schon?«

»Ich wüsste nichts, was dagegen spricht.«

»Es sei denn, sie heiratet einen trojanischen Prinzen.«

Das Gefühl verstärkte sich, es kribbelte wie winzige Eisnadeln über meinen Rücken. »Weißt du mehr als ich?«

»Ich weiß nur, dass dein Vater alles tun würde, um Troja vor der Vernichtung durch die Achaier zu beschützen. Wer weiß? Eine skythische Prinzessin am trojanischen Hof, das wäre Grund genug, um ein mächtiges Bündnis neu aufleben zu lassen, das deine Mutter und Priamos einst geplant haben und das zerschlagen wurde. Oder um die Achaier, die immer noch in Aulis aufeinanderhocken und sich gegenseitig mit irgendwelchen Seuchen anstecken, davon abzuhalten, ihre tausend Schiffe gen Osten zu schicken.«

»Im Moment scheinen die ungünstigen Winde sie davon abzuhalten.«

»Irgendwann dreht sich jeder Wind.«

Es war nur eine Frage der Zeit, bis dieser Krieg ausbrach. Ich konnte jetzt nur hoffen, dass Penthesilea bis dahin nicht mehr in Troja war.

»Ich hoffe, du bist nicht nur deshalb zu mir gekommen, um mir Vorwürfe zu machen.«

»Ich mache dir keine. Du lässt Penthe eigene Entscheidungen treffen, und das sollte sie lieber früher als später lernen. Nein, ich habe mir um die Spiele für die Achaier Gedanken gemacht und möchte die Wettkämpfe gern zeitnah beginnen.«

»Nur zu.« Wir spazierten zum Thronsaal. Ich hätte mich lieber in den Stall geschlichen, um die Graue zu satteln und den Tag vor den Toren der Stadt zu verbringen. Aber auf mich wartete zähe, langweilige Regierungsarbeit.

»Eine Abordnung der Achaier bittet um ein Gespräch mit dir.«

»Habe ich nicht schon genug mit ihnen gesprochen?«, jammerte ich. »Immer nur reden, reden, reden.«

Melanippe lachte, doch bevor sie etwas erwidern konnte, rief hinter uns jemand nach mir. Ich drehte mich um. Völlig aufgelöst, die Haare wirr und das Kleid knittrig, kam Antiope auf uns zugelaufen. Sie stolperte fast über ihre eigenen Füße und stürzte in meine Arme. »Warum!?«, schluchzte sie. »Wieso hast du sie gehen lassen? Als sie es mir heute morgen erzählt hat, dachte ich, du wirst es verhindern! Jetzt habe ich niemanden mehr.« Sie hickste, vor Erschöpfung sank sie gegen meine Brust und bebte. Ich umarmte meine jüngste Schwester und drückte ihren Kopf an meine Brust. Sie ist noch so klein, dachte ich überrascht. Ich strich ihr beruhigend über die Haare. »Ich bin doch hier«, sagte ich leise.

»Aber wenn dir was passiert?« Antiope hob den Kopf. Ihre Wangen waren nass von den vielen Tränen und der Rotz lief ihr aus der Nase. Behutsam löste ich mich aus ihrer Umarmung und umfasste ihre schmalen Schultern. Mit ihren knapp dreizehn Sommern war sie immer noch ein Kind, erst seit Kurzem bemerkte ich bei ihr die Veränderungen hin zur Frau. Das verunsicherte sie zusätzlich, und nun war Penthe weg, mit der sie zuletzt so viel geteilt hatte.

»Mir passiert nichts. Mela passt auf uns alle auf.« Meine Tante neben mir verbeugte sich.

»Stets zu Diensten, Prinzessin Antiope«, sagte sie ernst. Da konnte meine Schwester schon wieder lächeln.

»Aber Penthe sagt, es kommt Krieg.«

»Nicht zu uns. Der Krieg ist weit weg.«

»Und die Achaier? Warum darf ich sie nicht kennenlernen? Sind sie gefährlich?«

Ich erkannte meinen Fehler. Dadurch, dass ich meine Schwestern vom gestrigen Bankett ferngehalten hatte, war ihnen genug Zeit geblieben, sich das Schlimmste auszumalen.

»Bei dem Bankett hättest du dich zu Tode gelangweilt«, erklärte ich ihr munter und hakte mich bei ihr ein. »Aber Mela und ich haben uns gerade überlegt, dass wir große Wettkämpfe zwischen den Amazonen und den Achaiern veranstalten wollen. Was meinst du, wer ist stärker?«

»Unsere Amazonen!«, rief Antiope überzeugt.

»Das denke ich nämlich auch. Aber beim Wettkampf darfst du sehr gerne anwesend sein und den Siegerkranz an den Gewinner oder die Gewinnerin überreichen.«

Ihre Augen leuchteten auf, und ich lächelte aufmunternd. Mela verabschiedete sich; sie würde sich um die Wettkämpfe kümmern.

»Darf ich bei dir bleiben?«, fragte Antiope leise. Wir hatten den Thronsaal erreicht.

»Natürlich«, sagte ich ruhig. Ich konnte verstehen, dass sie heute nicht allein sein wollte. Mir ging es ähnlich, auch wenn es mir nicht so leichtfiel, wie Antiope, es mir einzugestehen.

»Erstaunlich, wie stark deine Frauen sind.« Herakles beugte sich zu mir herüber. Wir saßen auf bequemen Polstersesseln auf der Estrade, die uns leicht erhöht einen besseren Blick auf die Kampfarena bot, die Melanippe in nur wenigen Tagen aus dem Boden gestampft hatte. Rings um die Arena standen die Stadtbewohner und feuerten Bremusa an, die sich gerade mit Theseus im Speerkampf maß. Der Kampf wogte hin und her, und bisher war nicht ersichtlich, wer schließlich die Oberhand behalten sollte.

Wie schon die anderen Wettkämpfe war das Gefecht ausgeglichen, und das erfüllte mich mit einem irrationalen Stolz, weshalb ich immer wieder prüfend zu Herakles sah, der beifällig nickte, sobald

Bremusa einen Treffer landete. In diesem Augenblick stieß sie mit der stumpfen Speerspitze in die Lücke zwischen Theseus' Brustpanzer und seinem Helm vor. Ein Raunen ging durch die Menge und Herakles verzog das Gesicht, als könnte er den Schmerz seines Kämpfers spüren.

»Ich muss meine Vorbehalte gegen diese Wettkämpfe wohl korrigieren«, räumte er ein. »Als ich von der Einladung erfuhr, dachte ich, es würde recht einseitig werden. Und nun werden meinen Männer regelmäßig von deinen Amazonen ihre Grenzen aufgezeigt. Respekt.«

»Sie würden sich vermutlich besser schlagen, wenn sie nicht so überzeugt davon wären, dass sie schon gewonnen haben, bevor sie überhaupt antreten«, bemerkte ich und grinste. Der Tag machte mir erstaunlich viel Spaß. Eine willkommene Ablenkung für uns alle.

»Ich frage mich, wann du in den Ring steigst«, sagte Herakles, ohne den Blick von Theseus zu lassen, der nach dem Treffer auf die Knie gesunken war und sichtlich um Fassung und Atem rang. »Lass dich nicht von einem Mädchen unterkriegen!«, brüllte er über den Platz. Theseus warf einen Blick zu uns hoch und nickte kaum merklich. Das blonde Haar hing ihm verschwitzt in die Stirn, sein Gesicht war gerötet, und er stemmte sich mühsam hoch. »Komm doch hier runter, wenn du es mit einem Mädchen aufnehmen willst!«, schrie er zurück. Dann griff er wieder an, und diesmal sah ich in seinem Blick etwas aufblitzen, das mich besorgte. Da war ein Zorn, der ihn weiter ausholen ließ. Seine Schläge hatten nun mehr Kraft, wurden aber mit weniger Präzision ausgeführt.

Bremusa würde mit ihm schon fertigwerden.

»Ich muss mich nicht im Kampf beweisen«, erklärte ich. »Du etwa?«

»Ich würde höchstens gegen dich antreten.«

»Das tut mir leid. Dann wirst du darauf verzichten müssen, dich von einer Frau vermöbeln zu lassen. Tut es sehr weh?«

Herakles lachte. »Mir macht es auch viel Spaß, mich mit dir zu streiten«, meinte er.

»Und wie ermitteln wir den Sieger?«

»Wir könnten um den Waffengürtel deines Vaters spielen.«

Ich hob die Augenbrauen.

»Wusstest du nicht, dass ich hartnäckig sein kann?«

»Ich habe wohl nicht geahnt, wie wichtig dir dieser Gürtel ist, dass du bei jeder sich bietenden Gelegenheit darauf zurückkommst.« Ich beugte mich ein Stück vor und blickte an Antiope und Maspi vorbei zu Petros und Afina. Meine Tante hatte die Augen halb geschlossen. Als Bremusa in diesem Moment den entscheidenden Treffer zum Sieg landete – sie benutzte den Speer wie eine Lanze und schlug Theseus die Beine weg –, sprang sie aber sofort auf und applaudierte begeistert.

Leider hatte sich in den vergangenen Tagen keine Gelegenheit ergeben, sie noch einmal zu Herakles und Theseus zu befragen. Ich hätte gern mehr über diese achaischen Helden gewusst.

Zum Beispiel, warum Herakles die zwölf Arbeiten ausführen musste. Denn so viel wusste ich über die Götter: Sie taten nichts ohne Grund. Und der Name Herakles hieß so viel wie »zum Ruhme Heras«. Was hatte sie mit der Sache zu tun? Sie musste Herakles doch hassen, nachdem Zeus ihn mit einer Sterblichen gezeugt und heimlich an Heras Brust gelegt hatte, um Herakles die Unsterblichkeit zu schenken.

Hatte sie ihm die Arbeiten aufgetragen? Warum? Ich wollte ihn schon direkt fragen, doch Herakles sprang auf. Theseus hatte am Boden liegend mit seinem Speer einen empfindlichen Schlag gegen Bremusas Unterleib geführt, und als sie sich vor Schmerzen krümmte, sprang er auf, als hätte er nicht selbst gerade noch am Boden gelegen und versetzte ihr von hinten einen Stoß zwischen die Schulterblätter. Bremusa stürzte in den Sand der Arena, und im selben Moment erklärte Herakles den Kampf für beendet und Theseus zum Sieger über Bremusa.

Ich wollte schon widersprechen, denn der Kampf war in meinen Augen längst nicht vorbei. Doch Antiope, die schon die ganze Zeit zappelig auf ihrem Sessel herumgerutscht war, sprang auf und winkte einem Sklaven, dass er ihr das Kissen brachte, auf dem der Olivenkranz für den Sieger lag. Zu spät, um dieses Missverständnis aufzuklären. Ich ließ mich nach hinten sinken und bemerkte, dass Afina mich aufmerksam beobachtete.

Wir müssen dringend reden, Afina, dachte ich. Und sie nickte, gerade so, als hätte ich die Worte in meinem Kopf in ihre Richtung gerufen.

Antiope betrat die Arena. Bremusa starrte wütend zu Theseus, der sich von der Menge feiern ließ. Als Antiope vor ihm stand, ging er vor ihr aufs Knie, damit sie ihm den Siegerkranz auf die hellen Locken drücken konnte. Dann stand er auf und schlang einen Arm um sie. Bevor sie wusste, wie ihr geschah, hatte er ihr einen Kuss auf den Mund gedrückt. Der Moment war so schnell vorbei, dass niemand reagieren konnte, und als Antiope mit roten Wangen und glänzenden Augen zurück zur Estrade stolperte, wusste ich auch nicht, ob ich mir den Kuss nur eingebildet oder ihn tatsächlich gesehen hatte.

Auf einmal spürte ich jemanden hinter meinem Sessel. Während Herakles die jubelnden Menschen anfeuerte und johlte, legte Afina ihre kühle Hand auf meine Schulter. Sie beugte sich zu mir herunter. »Mach dir weniger Sorgen um Herakles«, flüsterte sie mir ins Ohr. »Pass lieber auf, dass Theseus dir nicht noch eine Schwester nimmt.«

Ich drehte mich zu ihr um, aber sie verschwand bereits und machte einer Sklavin Platz, die Herakles und mir Wein in Goldpokalen kredenzte. Antiope ließ sich neben mir in ihren Sessel plumpsen, legte die Hände auf die Armlehnen und seufzte: »Er ist so heldenhaft, oder?«

Theseus genoss sichtlich das Bad in der Menge. Bremusa stapfte aus der Arena und drängte sich zu Melanippe durch. Ich hörte die Amazone schimpfen. »Ich hatte ihn! Der Sieg hätte mir zugestanden, nicht diesem aufgeblasenen …« Der Rest ihrer Worte ging in dem Jubeln der Menge unter, denn Herakles heizte die Stimmung weiter an, indem er die Arme hochriss. Ich spürte Melas Blick auf mir und gab ihr das Zeichen, die nächsten Kämpfer in die Arena zu schicken. Nur langsam beruhigte sich das Publikum. Theseus verließ nur widerstrebend den Platz und wurde von einem der Achaier durch das Gedränge zur Estrade geführt. Antiope neben mir kicherte atemlos, und ich hätte sie gern zurechtgewiesen, dass sie sich nicht wie ein kleines Mädchen aufführen sollte, das sich zum ersten Mal verliebte. Aber mir fiel zum Glück rechtzeitig ein, dass sie tatsächlich noch zu klein war, um die Tragweite dieses Kusses zu begreifen. Für sie sah es so aus, als hätte Theseus einen Narren an ihr gefressen.

Und Afina hatte mich vor ihm gewarnt.

Ein eisiger Schauer rann über meinen Rücken. Ich hatte inzwischen gelernt, dass dies unter keinen Umständen ein gutes Zeichen war.

Ich war gewarnt.

Ich wusste nur nicht, was ich dagegen unternehmen sollte, wenn die Dinge ihren Lauf nahmen.

23

Am Abend, nachdem der erste Tag der Spiele beendet war, bat ich Melanippe, mich in mein Gemach zu begleiten.

»Warum?«, fragte sie. »Fühlst du dich nicht sicher? Die Spiele sollten uns allen gezeigt haben, dass unsere Amazonen es problemlos mit den achaischen Kämpfern aufnehmen können.«

»Ich möchte, dass du mir hilfst.«

Ich führte sie zu der Truhe und öffnete den Deckel. Als ich ihr das Bündel in die Arme drückte, runzelte sie die Stirn. »Was ist das?«

»Mein Kampfgürtel. Bring ihn Herakles.«

»Du spinnst.«

Sie starrte mich entgeistert an, und ehe ich wusste, was sie tat, glitt ihr das Bündel aus den Händen und schepperte auf den Boden.

»Pass doch auf!«, schimpfte ich.

»Warum? Kann dir doch egal sein, du willst ihn ja offenbar dem erstbesten, dahergelaufenen Achaier schenken. So wertvoll kann er dann ja nicht sein.«

»Herakles hat mich darum gebeten.«

»Ja, und? Wenn er dich um die Hand von Antiope bittet, gibst du ihm die auch? Oder wenn er dich bittet, ihm zwanzig skythische Kriegerinnen zu geben, damit er sie auf dem Altar eines seiner narzisstischen Götter opfern kann? Sieh mich nicht so an. Ares ist da keine Ausnahme.«

»Es ist doch nur ein Gürtel.« Ich bückte mich verärgert.

»Den du nur sehr widerstrebend trägst. Warum eigentlich?«

»Das ist doch egal. Ich will ihn nicht mehr, und ich bitte dich nur darum, ihn jemandem zu bringen, der dafür Verwendung hat.«

»Damit er die Taille einer verwöhnten Prinzessin ziert, die *nichts* über die Macht dieses Gürtels weiß? Niemals.«

Ich wies sie nicht daraufhin, dass wir ungefähr genauso wenig über die wahre Macht des Gürtels wussten. Und derjenige, den wir hätten fragen können, brachte gerade gegen meinen Willen meine jüngere Schwester nach Troja, um dort ein Bündnis zu schmieden, das uns alle in den Abgrund zu reißen drohte. Ich wollte einfach alles, was mit Ares zu tun hatte, loswerden.

»Bitte, Melanippe. Ich kann es nicht tun.«

Sie verschränkte die Arme vor der Brust. »Wieso eigentlich nicht?«

»Weil ...« Ich konnte wohl kaum mitten in der Nacht ins Lager der Achaier schleichen und Herakles den Gürtel übergeben. Oder doch? Ich hob das Bündel auf. Dabei rutschte der Stoff beiseite, und meine Finger berührten das purpurne Leder. Ich spürte ein Kribbeln in den Fingerspitzen und das eigentümliche Summen, das in meinem Schädel vibrierte.

»Was ist?« Melanippe hatte es bemerkt. Verflixt. Das war nicht unbedingt etwas, das sie wissen sollte, denn ich fürchtete, sie könnte sich noch vehementer gegen das Geschenk aussprechen, wenn sie erfuhr, dass sich der Gürtel mir gegenüber beinahe *lebendig* verhielt.

»Nichts«, erwiderte ich unwirsch. Melanippe ließ sich aber nicht so leicht täuschen. Sie sah mir tief in die Augen und legte ihre Hände auf meine. »Findest du nicht, es wäre an der Zeit, dass du mir die ganze Wahrheit sagst, Hippolyte?«

Ich schluchzte auf. Meine Hände ließen los, und behutsam nahm sie mir den Gürtel ab. Sie runzelte die Stirn. »Spürst du es auch?«, fragte ich leise. Sie schüttelte den Kopf. »Was genau meinst du?«

»Das Summen.«

»Da ist nichts. Er fühlt sich nur irgendwie … warm an. Als hätte er sich an dir aufgeheizt.« Sie hielt ihn mir hin, und ich legte die Hand darauf. Unsere Hände lagen nebeneinander. Ich spürte das Kribbeln, das meinen ganzen Körper erfasste. Als könnte ich spüren, wie das Blut durch meine Adern floss und sich in meiner Hand sammelte.

»Da!«, sagte sie.

Jetzt spürte ich es auch.

Es war nicht der Gürtel, der seine Energie abgab. Durch ihn spürte ich meine eigene Energie.

»Er stärkt dich«, flüsterte sie ehrfürchtig. »Ich weiß nicht, wie, aber durch deine Berührung fühlt er sich … anders an. Als würde er deine Kraft … kanalisieren?«

Ich nickte langsam. War es das, was Ares mit diesem Geschenk bezweckt hatte? Wollte er mich für den Kampf wappnen, der mir bevorstand?

Ich ließ los und schlug das Tuch über dem Gürtel zusammen. »Ich will ihn nicht«, erklärte ich entschieden.

»Aber er stärkt dich! Er wäre …«

»Was?! Eine Waffe gegen die Achaier? Ich will nicht kämpfen, Melanippe.«

Sie verdrehte die Augen. »Als käme es darauf an, ob wir kämpfen *wollen*«, murmelte sie frustriert. »Darum ist es doch noch nie gegangen. Wenn wir kämpfen *müssen*, wird er uns wertvolle Dienste erweisen.«

Ratlos starrte ich auf den Gürtel. Viel hätte nicht gefehlt, dass ich mich von meinem Plan hätte abbringen lassen. Doch ich schüttelte den Kopf. »Genug davon. Ich bringe ihn Herakles.«

»Das wird unser Untergang sein«, prophezeite Melanippe mir. »Aber wenn ich dich nicht davon abhalten kann, lass mich wenigstens mit einem Dutzend Kriegerinnen mitkommen.«

»Nein«, widersprach ich. »Wenn du es nicht für mich machst, werde ich selbst ins Lager der Achaier gehen und den Gürtel Herakles überreichen. Sobald die Spiele vorbei sind, kann er dann nach Hause segeln, und wir haben die Angelegenheit überstanden.«

»Wenn es mal so einfach ist«, murmelte Melanippe.

Natürlich war es das nicht. Auch wenn ich es mir noch so gerne einredete.

Es ging erstaunlich leicht. Als ich das Lager der Achaier erreichte, erkannte mich einer der Wachmänner und begleitete mich zum Zelt von Herakles, nachdem ich meinen Wunsch vorgetragen hatte. Ich wurde hingeführt und gebeten, unter dem Vordach des Zelts zu warten. Ein Achaier verschwand hinter der Zeltklappe. Ich lauschte und glaubte, das Kichern einer Frau zu hören. Entweder hatte der große Held Herakles Frauen an Bord seines Schiffs nach Themiskyra mitgebracht – äußerst unwahrscheinlich, denn die Kampftruppen der Achaier nahmen keine Frauen mit – oder er hatte im Hafenviertel eine der jungen Frauen aufgegabelt, die sich gegen klingende Münze für eine Nacht hergaben.

Beide Versionen sorgten bei mir für eine ärgerlich gerunzelte Stirn.

»Königin Hippolyte?«

Der Achaier tauchte wieder auf und machte mir Platz, damit ich das Zelt betreten konnte. Ich blinzelte, denn im Innern brannten erstaunlich viele Öllampen. Herakles stand vor einem Tischchen und goss Wein in zwei Pokale. Als er mich sah, erhellte ein Strahlen sein Gesicht.

»Welche Ehre!« Er kam zwei Schritte auf mich zu und wollte nach meinen Händen greifen, was sich aber schwierig gestaltete, da ich ja das Bündel unter den Arm geklemmt trug. Unsere Finger verschränkten sich, ich zog die rechte Schulter hoch. Er legte den Kopf schief, und ich dachte kurz, wie gut er aussah, und dass er gar nicht auf mich wirkte, als hätte er eben noch mit einer Frau auf dem zerwühlten Lager weiter hinten im Zelt gevögelt.

Er bemerkte meinen Blick und räusperte sich verlegen. Ich zog die Hände zurück.

»Was führt dich zu mir?«, fragte er und holte die beiden Weinkelche. Ich nahm meinen und trank hastig zwei Schlucke, obwohl ich Wein gar nicht mochte. Aber irgendwie wollte ich meine roten Wangen verbergen und den peinlichen Moment überspielen.

Ich stellte den Kelch auf den kleinen Tisch und legte das Bündel daneben. »Ich muss mit dir reden«, sagte ich.

»Du *musst.*« Er hob die Augenbrauen und grinste. Als wäre er sich meiner gewiss.

»Ja, aber ich habe das Gefühl, dich gerade gestört zu haben, deshalb …« Wieder ging mein Blick zu seinem Lager.

»Nun, ein Mann hat Bedürfnisse. Und manchmal … erfüllt ein Mann diese Bedürfnisse, obwohl er es besser wissen müsste. Obwohl er eigentlich den Wunsch verspürt, einer anderen Frau nahe zu sein als der, die gerade sein Lager teilt.« Er räusperte sich verlegen. »Verzeih. Ich will dich nicht mit mir und meinen … Bedürfnissen nerven.«

»Nein, nein.« Ich blickte ihn unverwandt an. »Ich finde das interessant. Eine Frau hat ja auch … Bedürfnisse.«

Ihr Götter, standen wir wirklich voreinander und redeten darüber, dass wir gern Sex miteinander hätten und er sich, weil das jenseits seiner Möglichkeiten war, deshalb eine Hafendirne besorgt hatte?

»Was machst du, wenn du das Bedürfnis verspürst?« Er verschränkte die Arme und hob den Weinkelch an die Lippen. Dabei ließ er mich nicht aus den Augen.

Ich merkte, wie mir heiß wurde, und ich senkte den Blick. Ich war in dieser Art Spiel viel zu unerfahren, um es mit ihm spielen zu können.

»Ich reite«, erklärte ich, und das fand er offenbar witzig, denn er prustete in den Wein und wischte sich über den Mund. Ich hätte am liebsten den Gürtel gepackt und wäre schleunigst verschwunden.

Herakles wurde wieder ernst. »Und das hilft?«

Ich zuckte mit den Schultern. Wie sollte ich ihm auch erklären, dass ich nicht wusste, wie sich das anfühlte, wovon wir hier redeten. Petros hatte mich auch deshalb nicht interessiert, weil ich keine körperliche Anziehung spürte.

Bei Herakles aber … Da lagen die Dinge etwas anders.

Und das verwirrte mich.

Es war auch der Grund, weshalb ich nun in seinem Zelt stand, etwas hilflos mit dem Weinbecher in der Hand und dem Geschenk auf dem Tischchen. Mir fehlten die Worte, und Herakles schien zu genießen, wie ich zappelte und mich wand.

»Willst du mir nicht sagen, weshalb du wirklich hier bist?«, fragte er leise.

Stumm schüttelte ich den Kopf. Denn was hätte ich sagen sollen?

Dass ich es selbst nicht gewusst hatte, bis ich vor seinem Zelt wartete, während er seine Gespielin auf anderem Weg hatte herausschaffen lassen? Immerhin hatte er das so diskret wie möglich erledigt. Ich musste über mich selbst den Kopf schütteln. Und lachte. »Entschuldige, Herakles. Als ich vorhin draußen wartete, dachte ich kurz, ich hätte eine Frau lachen gehört und glaubte, du hättest Besuch. Das war mir unangenehm. Dass ich dich gestört haben könnte bei was auch immer du gerade getan hast. Und dann …«

Ich schwieg, und die Stille dehnte sich aus. Herakles legte den Kopf leicht schief. »Und dann?«, hakte er nach einer halben Ewigkeit nach.

»Ich habe mir vorgestellt …« Ich schluckte. »Wie du …«

»Ahhh. Ja. Ich verstehe.«

Gar nichts verstand er. Was wusste er schon darüber, wie wir lebten? Für ihn gab es nur zwei Arten von Frauen, die er begehrte. Jene, die ein Mann ehelichte, und jene, die er darüber hinaus benutzte, weil es ihm gefiel. Was die Frauen davon hielten, so viel hatte ich begriffen, interessierte die Achaier nicht.

»Mein Volk hat eine etwas andere Auffassung davon, wie Mann und Frau zusammen sind.«

»Davon habe ich gehört.« Er nickte ernst. Ein Mundwinkel zuckte. »Dazu hätte ich eine Frage.«

»Nur zu.«

Er machte eine einladende Handbewegung zu seinem Lager. »Wollen wir uns nicht hinsetzen? Ich entschuldige mich, wenn mein Zelt den Eindruck erweckt, ich sei ein unordentlicher Junggeselle. Ich war nicht auf so hohen Besuch vorbereitet, und es gibt leider keine Sitzgelegenheiten, die einer Königin angemessen wären.«

Ich blickte ihn mit hochgezogenen Brauen an. Dachte er wirklich, ich wäre so naiv und fiel auf diesen Trick herein? Vor dem kleinen Tisch stand ein Hocker. Ich setzte mich hin und blickte herausfordernd zu ihm hoch.

»Nun …« Das brachte ihn aus dem Konzept. Gut so. Ich beobachtete, wie er hilflos hin und her guckte und sich schließlich auf die Bettkante setzte. Herakles räusperte sich. »Wie ist das mit den skythischen Frauen? Mit den Amazonen? Stimmt es, was man sich von ihnen erzählt?«

Ich lachte leise. »Was erzählt man sich denn von ihnen?«

»Sie sollen im Liebesspiel unersättlich sein und ihre Männer töten, wenn sie ihrer überdrüssig werden.«

Ich gluckste. »Das klingt nicht, als sollte man sich eine Amazone ins Bett holen.«

»Trotzdem reden meine Männer kaum von etwas anderem.«

»Sie wollen sich mit den Amazonenkriegerinnen nicht nur auf dem Kampfplatz messen?«

Er grinste. »Keiner von ihnen scheut einen guten Kampf. Es ist nur so, dass sie sich gern auch anderweitig körperlich verausgaben wollen.«

»Ach, und nun schicken sie dich vor, damit du dich erkundigst, ob sich die Amazonenkriegerinnen zukünftig auch andere … Kämpfchen vorstellen können?«

»Nein.« Er wurde ernst. »Ich frage für mich. Ob sich die Königin der Amazonen vorstellen kann … mit mir das Bett zu teilen.«

Die Stille nach seinen Worten dehnte sich ins Unendliche. Ich sah ihn unverwandt an, ohne zu wissen, woher ich die Stärke nahm, ihm so stolz entgegenzutreten, obwohl ich in Liebesdingen so gänzlich unerfahren war. Wäre ich keine Königin, vielleicht hätte ich mir längst einen Liebhaber genommen. Denn es stimmte, was sich die Achaier über unser Volk erzählten. Frauen und Männer hatten bis zu einem gewissen Punkt dieselben Rechte. Sie durften beide frei wählen, mit wem sie sich vermählten, und wenn die Verbindung sie nicht mehr zufriedenstellte, durften sie diese auch wieder auflösen. Die meisten jungen Frauen suchten sich früher oder später einen Gefährten, mit dem sie eine Familie gründeten. Manche gründeten keine Familie, manche lebten lieber mit den anderen Kämpferinnen zusammen. Einige wählten eine Gefährtin, mit der sie zusammenlebten.

Ich schluckte. »Ist das deine Frage?«, wollte ich wissen.

»Ich habe noch mehr Fragen, wenn dir diese zu unangenehm ist.«

»Nein, nein«, erwiderte ich hastig. »Es überrascht mich nur.«

»Warum?« Er ging neben dem Hocker auf die Knie. Nun waren wir wieder auf Augenhöhe, und ich ballte meine Hände zu Fäusten, weil ich sonst versucht wäre, nach seinen Händen zu greifen.

»Wenn ich die Achaier richtig verstehe, geht es euch darum, eine Frau zu besitzen. Sei es als Sklavin, als Ehefrau oder als … Hure. Was wäre ich dann für dich?«

»Du wärst meine Königin. Ich würde dich lieben, wie ein skythischer Mann dich liebt.«

Passierte das hier gerade wirklich? Verhandelte ich mit Herakles, dem größten Helden unserer Zeit, über die Bedingungen, die es mir erlaubten, in sein Bett zu steigen? Ich fröstelte. Beim Eintreten hatte ich die Wärme im Zelt unterschätzt und meinen Mantel abgestreift. Nun fror ich wieder. Oder war es die Aufregung, die von mir Besitz ergriff?

Herakles bemerkte mein Frösteln, und er zog eine Felldecke von seiner Bettstatt. Er legte sie mir um. Dabei ließ er seine Hände etwas länger auf meinen Schultern ruhen und drückte sie sanft. Ich schloss die Augen und legte den Kopf auf die Seite, so dass ich seine Hand berührte. »Als ich dich zum ersten Mal sah, wusste ich, dass ich niemals dein Gefährte sein würde. Dass du und ich nicht füreinander bestimmt sind. Trotzdem gehst du mir nicht aus dem Kopf, Hippolyte. Ich werde abreisen, sobald ich habe, weshalb ich gekommen bin.«

»Der Waffengürtel«, flüsterte ich.

»Genau. Und solange ich den nicht habe, werde ich hier sein. Ich werde meine Wachen anweisen, dich zu mir vorzulassen. Wenn du zu mir kommst, sei willkommen. Wenn du danach gehst und den Gürtel wieder mitnimmst, werde ich dich nicht davon abhalten.«

»Und was tun wir, wenn ich nachts zu dir komme?«

»Wir tun, was du willst. Ich gehöre ganz dir.«

Das war, was ich wollte. Dass er mir gehörte, dass er mir zeigte, was es hieß, sich hinzugeben.

»Und wenn du die ganze Nacht reden willst, ist das auch in Ordnung.« Sein Kopf war nun ganz dicht neben meinem, seine Hände ruhten immer noch auf meinen Schultern. Ich spürte seinen großen, muskulösen Körper hinter mir und drehte den Kopf so, dass ich ihn ansehen konnte.

»Reden«, flüsterte ich, »ist das Letzte, was ich will. Aber ich weiß nicht, wie ich das andere anfangen soll.«

Ein Lächeln zupfte an seinen vollen Lippen. »Dann lass es mich dir zeigen«, sagte er leise.

24

»Wo kommst du um diese Zeit her?«

Ich blickte erschrocken auf. Melanippe stand vor mir, die Arme vor der Brust verschränkt, die Stirn gerunzelt. Sie hatte ihre dunklen Haare zu einem Zopf geflochten, trug einen Lederpanzer über ihrer dünnen Tunika und die ältesten Reitstiefel. Am Zügel hielt sie locker ihre Schimmelstute.

Ich trug dieselbe Kleidung wie am Vorabend, die Haare offen, die Wangen glühten auf eine angenehme Weise, und ich fühlte mich hellwach nach der Nacht mit Herakles. Vermutlich war ich unaufmerksam gewesen, und deshalb hatte Mela mich erwischt, als ich versuchte, mich bei Anbruch des neuen Tags zurück in den Palast zu schleichen. Sie hatte im Innenhof auf mich gewartet. Gerade führte ein Stallbursche die Graue gesattelt in den Hof.

»Ich wollte dich zu einem Ausritt abholen. Ich dachte, es wäre mal ein ernstes Gespräch von Frau zu Frau notwendig. Aber wenn ich dich mir so ansehe, scheine ich dafür zu spät zu kommen.«

Ich wurde rot.

»Ich hoffe, du warst wenigstens so schlau, dir vorher bei einer Kräuterkundigen etwas gegen die Empfängnis eines achaischen Bastards zu besorgen«, fuhr sie fort. »Es ist mir ja egal, was du nachts so treibst, ich habe dich nicht mal aufgehalten, als du gestern mit dem Gürtel aus der Stadt marschiert bist, obwohl ich es für falsch hielt. Aber ich habe zumindest gehofft, du wärst so vernünftig, nicht dieselben Fehler wie deine Mutter zu begehen.«

»Bist du fertig?«, fragte ich angriffslustig und reckte das Kinn. »Denn hier«, ich hielt das Bündel hoch, »ich habe den Gürtel wieder mitgebracht. Bist du jetzt zufrieden?«

»Dafür hast du dein Herz dort gelassen. Ich weiß nicht, was schlimmer ist.«

Ich schnaubte unwillig und riss dem Burschen mit einer so heftigen Bewegung die Zügel aus der Hand, dass die Graue einen Schritt zurückwich und die Augen verdrehte. »Ich bin dir keine Rechenschaft schuldig.«

»Das stimmt. Aber deinem Volk.«

Mir blieb jeder ätzende Kommentar im Hals stecken. Ich drückte dem Burschen den Gürtel in die Hand und trug ihm auf, ihn in meine Gemächer zu bringen. Dann schwang ich mich in den Sattel und verzog das Gesicht. Nach der Nacht mit Herakles fühlte ich mich wund. Mela bemerkte es.

»Er scheint dich ja ordentlich eingeritten zu haben«, kommentierte sie.

Ich ritt an ihr vorbei aus dem Hof. Sobald wir die Stadt hinter uns gelassen hatten, trieb ich die Graue zu einem scharfen Trab und sah mich nicht mehr um. Ich wusste, dass Melanippe hinter mir war, und ja, ich wusste auch, dass sie mir noch gehörig die Leviten lesen würde. Nicht, weil ich mit Herakles geschlafen hatte. Sondern weil ich nicht darauf vorbereitet gewesen war. Weil ich nicht verhindert hatte, dass ich von ihm schwanger geworden sein könnte. Die Empfängnis eines Kinds war auf einmal meine größte Sorge.

Für Amazonenkriegerinnen war es kein Problem, wenn sie sich einen Liebhaber nahmen. Es gab Mittel und Wege, eine Schwangerschaft zu verhindern, und meine Mutter, die selbst dreimal mehr oder weniger ungewollt schwanger geworden war, hatte Penthesilea, Antiope und mich von klein auf darüber aufgeklärt, wie wir verhindern konnten, in eine ähnliche Lage zu kommen. »Solange ihr nicht mit einem Gott schlaft, werden diese Methoden wirken«, hatte sie uns versichert.

Nun ja … Was war, wenn ich mit einem Helden schlief, der halb göttlich war und unsterblich noch dazu? Hätte ich eine Schwangerschaft überhaupt verhindern können?

Melanippe holte mich ein, als das Gelände jenseits der weiten Felder, auf denen die Stadtbewohner Hirse, Zwiebeln und Gemüse anbauten, in das felsige, karge Vorgebirge überging. »Willst du darüber reden?«, fragte sie.

Ich parierte die Graue durch. »Was willst du denn wissen?«

»Nimmst du ihn als Ehemann?«

»Ich glaube kaum, dass der Rat damit einverstanden wäre.«

»Du bist die Königin und musst den Rat nicht um Erlaubnis bitten. Also denkst du darüber nach?«

»Er will nicht.«

»Willst du denn?«

Ich schüttelte den Kopf. »Ich habe noch nicht darüber nachgedacht.«

»Dann geht es dir nur um … ja, was? Den Sex? Hast du Gefühle für Herakles?«

»Mehr jedenfalls als für andere Männer.«

War das, was ich für ihn empfand, Liebe? Ich wusste es nicht. »Darf ich dich was fragen?«

»Nur zu.«

»Woher weiß ich, ob das, was ich fühle – ob es das wert ist? Ob ich mich darauf verlassen kann, dass es hält, dass es mehr ist als nur die Lust, die mich in die Arme eines Mannes treibt? Woher hast du gewusst, ob du mit jemandem zusammen sein willst?«

Melanippe wiegte den Kopf. »Ich war bisher nur mit Frauen zusammen. Aber da gibt es wohl keine so großen Unterschiede. Ich habe einfach in mich hineingehorcht. Wie fühle ich mich bei dieser Frau? Bringt sie das Beste in mir zum Vorschein? Kann ich ihr uneingeschränkt vertrauen? Genügt es mir, bei ihr zu liegen und sie im Schlaf zu beobachten? Es sind viele Fragen, die sich um dieses eine Gefühl drehen. Letztlich muss jeder für sich selbst herausfinden, welche Antworten wie wichtig sind.«

»Er wird fortsegeln, sobald ich ihm den Gürtel gebe.«

»Dann solltest du ihm den Gürtel noch ein paar Nächte lang verwehren. Also, wenn du die Sache weiter betreiben willst.«

Schweigend ritten wir weiter. Ich hing meinen Gedanken nach. Es erstaunte mich, dass Melanippe mir keine Vorwürfe machte. Oder verlangte, ich dürfe nie wieder zu Herakles gehen, geschweige denn, ihm den Gürtel nicht zu überlassen. Offensichtlich hatte sie ihre Meinung über die Angelegenheit über Nacht geändert. Oder sie hatte eingesehen, dass es zwecklos war, mir irgendwelche Vorhaltungen zu machen.

»Lass uns zurückreiten«, sagte ich. »Heute Nacht habe ich kaum geschlafen, und zur Mittagsstunde gehen die Wettkämpfe weiter. Dann muss ich wieder präsentabel sein.«

Melanippe nickte und wendete ihr Pferd. Auf dem Weg zurück ritt sie voran. Bis wir uns im Palasthof voneinander verabschiedeten, wechselten wir kein Wort mehr miteinander. Ich übergab die Graue an einen Stallburschen und ging ins Bett. Ich schlief tief und traumlos, bis zur Mittagsstunde Antiope in mein Gemach stürmte.

»Zieh dich an, wir müssen zu den Spielen!« Sie war völlig überdreht. Ich versuchte gerade noch, meine fünf Sinne zusammenzuklauben, während Antiope durch den Schlafraum schlich und vor der Truhe Halt machte, auf der das Bündel mit dem Gürtel lag. Sie trug ein grasgrünes, fließendes Kleid und hatte einen Silberreif auf den dunklen Haaren festgesteckt. Sie erinnerte mich an eine Najade.

»Willst du den heute etwa tragen?«, wollte sie wissen.

»Lass mich doch erst mal wach werden, bei den Göttern«, murmelte ich.

»Was ziehst du an?« Antiope hüpfte auf mein Bett und zog mir die Decken weg. »Wird Theseus wieder an den Wettkämpfen teilnehmen? Meinst du, er sucht eine Frau?«

Ihr Götter. Sie hatte sich tatsächlich in diesen blonden Schönling verknallt und suchte nun Bestätigung, dass sie bei ihm Chancen hatte. Ich legte den Arm über meine Augen. Mein Kopf dröhnte vom Schlafmangel und vom nächtlichen Wein. »Wenn, dann sucht er eine *Frau* und kein junges Mädchen wie dich«, murmelte ich.

»Ich werde eine Frau sein! In ein paar Jahren. Vielleicht wartet er ja auf mich«, fügte sie verträumt hinzu. »Wirst du mich dann mit ihm verheiraten? Ein Bündnis mit Athen käme uns gelegen, oder nicht?«

Ich stand auf und begann, mich anzukleiden. Wo steckte Zara? Ich hatte ihr aufgetragen, mich rechtzeitig zu wecken. Ich fühlte mich immer noch nicht gänzlich erholt, aber die Aussicht darauf, gleich neben Herakles auf der Estrade die Achaier und Amazonen beim Ringen zu beobachten, ließ mein Herz hüpfen.

»Wenn er dich nicht will, wird es einen anderen geben.« Ich

drückte Antiope fest an mich. Sie war so klein und zerbrechlich, ihre Weiblichkeit noch nicht ganz erblüht.

»Wusstest du, dass Theseus schon mal eine Frau entführt hat?«, fragte Antiope. »Ich glaube das ja nicht. Warum sollte er jemanden entführen müssen? Das sind doch nur Gerüchte.«

»Bestimmt«, sagte ich zerstreut. Ich legte den Gürtel zurück in die Truhe. Heute würde ich ihn nicht tragen. Vielleicht nie wieder.

Dann erst begriff ich, was Antiope gerade gesagt hatte. »Was hast du gesagt?«

»Theseus hat eine Frau entführt.«

»Woher weißt du das?«

»Das erzählt man sich«, erklärte sie.

Offensichtlich versuchte sie, so viel wie möglich über Theseus herauszufinden. Ich seufzte. Darum würde ich mich spätestens dann kümmern müssen, wenn die Achaier wieder abreisten. Theseus würde ihr das Herz brechen, denn ich würde auf keinen Fall zulassen, dass sie ihn heiratete.

»Glaubst du, das stimmt?«

»Ich weiß es nicht, Antiope.«

»Das klingt so … schön. Ein Krieger entführt die Frau, die er liebt, sie heiraten und werden glücklich …«

Nur über meine Leiche, dachte ich. Doch ich hakte mich bei ihr unter und lächelte sie an. Ich hatte Penthe schon verloren. Auf keinen Fall durfte mir dasselbe mit Antiope passieren.

Und ich musste unter allen Umständen verhindern, dass ein achaischer Krieger sie entführte und mit einer Heirat Tatsachen schuf.

»Nun komm, du Hübsche. Wir müssen Skythien repräsentieren.«

An diesem zweiten Tag der Spiele standen die Reiterwettbewerbe auf dem Programm, und es überraschte wohl keinen Bürger von Themiskyra, dass meine Amazonen in allen Wettbewerben den Sieg davontrugen.

Herakles saß neben mir, und auch wenn wir nicht viel mehr taten, als uns gelegentlich anzulächeln, spürte ich eine tiefe Verbundenheit zu ihm. Die jedoch im Laufe des Nachmittags empfindlich gestört wurde, denn mit jedem Sieg der Amazonenkriegerinnen wurden die Furchen in seiner Stirn tiefer und sein Blick finsterer.

Was hatte er erwartet? Dass wir seine Männer gewinnen lassen würden?

»Das ist ein unfairer Wettkampf«, fuhr er auf, als auch das Wettreiten zu unseren Gunsten ausging. »Wie sollen meine Männer sich beweisen, wenn sie nicht ihre eigenen Pferde reiten können?«

Ich musste mir ein Grinsen verkneifen. »Tut mir leid, dass ihr bei eurer Reise zu uns nicht mit Wettkämpfen gerechnet habt.«

»Ihr habt uns die schwächsten Gäule gegeben. Sieh doch nur, der da lahmt sogar.«

Anklagend wies er auf eine Fuchsstute, die vom Platz hinkte. Der Reiter schlug ihr mit der flachen Hand auf die Kruppe, um sie anzutreiben.

»Ich versichere dir, jedes Pferd aus dem königlichen Stall, das ich deinen Leuten zur Verfügung gestellt habe, ist von außergewöhnlicher Qualität und kann es mit den Pferden meiner Kriegerinnen aufnehmen. Wenn die Stute lahmt, ist das im Laufe des Wettkampfs passiert, und man sollte eher den Reiter dafür verantwortlich machen.«

Er kniff die Lippen zusammen.

»Meine Männer sind diese Art Sättel nicht gewohnt.«

»Das ist natürlich eine Schwierigkeit.«

»Ein unfairer Wettstreit, der nur darauf abzielte, meine Männer zu demütigen. Bist du nun zufrieden? Heute Abend werden sie sich im Lager streiten und ihren Frust an den Huren auslassen.«

»Deine Männer könnten auch lernen, den Frust nach einer Niederlage anders zu verarbeiten.«

»Könnten sie, eventuell. Heute wird aber nicht der Tag sein, damit anzufangen.« Er schnaufte. »Erlaubst du, dass ich für den dritten Tag eine weitere Disziplin vorschlage, die uns eher entgegenkommt?«

»Was denn? Du willst mich besiegen?« Ich beugte mich zu ihm herüber und sah ihm tief in die Augen. Herakles lachte. Für einen kurzen Moment glaubte ich, er wollte die Hand nach mir ausstrecken, doch dann verging dieser Moment ebenso schnell, und es blieb nur dieses Gefühl von Sehnsucht, das ich auch in seinem Blick zu erkennen glaubte.

»Als könnte ich das. Ich glaube, gestern Nacht hast du deutlich häufiger einen kleinen Sieg davongetragen als ich.«

»Möchtest du Revanche?«

Er grinste. »Ich bitte darum. Und dann lassen wir morgen deine Amazonen gegen meine Männer im Pankration gegeneinander antreten.«

»Was ist das?«

»Eine Mischung aus Ringen und Boxen. Gekämpft wird, bis der Besiegte aufgibt oder tot ist.«

Ich schreckte zurück.

»Das wird hier natürlich nicht passieren«, fuhr er fort. »Es sei denn, deine Amazonen wünschen einen Kampf auf Leben und Tod?«

»Sicher nicht. Wir ehren das Leben. Und das tun wir nicht, indem wir es leichtfertig bei einem Faustkampf auslöschen.«

»Das wird einige enttäuschen.« Sein Blick ging zu Theseus, der es sich nicht hatte nehmen lassen, auch beim heutigen Wettkampf anzutreten. Er hatte sich einen besonders wilden, falben Hengst ausgesucht, ein Enkel vom Falben meiner Mutter, der kaum eingeritten war. Das hatte Theseus nicht gebremst, und ich vermutete, dass es nicht ohne Grund geschah; das Pferd meiner Mutter war ähnlich legendär gewesen wie sie selbst.

Der junge Held hatte anfangs große Probleme mit dem Hengst gehabt, und jetzt hatte er gründlich die Nase voll. Er glitt vom Pferderücken, gab dem Hengst noch einen Klaps mit der flachen Hand und stapfte zur Estrade. Ich dachte wieder an Antiopes Worte. Angeblich sollte er schon einmal eine Frau entführt haben, und Antiope in ihrer jugendlichen Naivität hielt das für den höchsten Liebesbeweis und hoffte nun, er würde auch sie entführen. Was ich selbstverständlich um jeden Preis verhindern musste.

Theseus trat auf die Estrade und verneigte sich flüchtig vor mir. Er wandte sich an Antiope, die ihm ihr strahlendstes Lächeln schenkte. »Prinzessin Antiope. Es tut mir leid, wenn ich dich heute enttäuscht habe.«

»Du enttäuschst mich niemals, Theseus«, sprudelte es aus ihr heraus. »Ich habe gesehen, dass das Pferd es dir unnötig schwer gemacht hat.«

»Ein guter Reiter braucht eine harte Hand. Dieses Pferd war so weich im Maul, damit konnte ich es kaum lenken. Du solltest die

Ausbildung deiner Pferde nicht vernachlässigen, Königin Hippolyte.«

»Nun, sei gewiss, dass meine Pferde die Ausbildung bekommen, die sie brauchen«, erwiderte ich scharf. »Ein kaum eingerittenes Pferd in einen Wettkampf zu schicken, ist sowohl Pferd als auch Reiter gegenüber unfair. Aber du wolltest es ja unbedingt.«

Er wollte noch etwas erwidern, doch Herakles schaltete sich ein. »Ich habe Königin Hippolyte deinen Vorschlag unterbreitet. Es wird morgen einen Wettbewerb in Pankration geben.«

Theseus lächelte, und mir rann ein eisiger Schauer über den Rücken. »Sehr gut«, sagte er. »Ich werde Bremusa zu einer Revanche herausfordern.«

»Sie ist eine meiner besten Kämpferinnen.« Melanippe, die bisher schweigend hinter mir gestanden hatte, mischte sich ein. »Glaube nicht, dass du sie schon besiegt hast.«

Theseus blickte sie an. »Oh, das werde ich nicht«, sagte er sanft. »Im Gegenteil. Ich freue mich schon darauf, sie so lange zu bearbeiten, bis sie mich um Gnade anwinselt.«

Ich wandte den Blick ab. Theseus' Grausamkeit beunruhigte mich. Ich blickte zu Antiope. Sie hing an seinen Lippen.

Deshalb war ich beunruhigt. Ich fürchtete, sie an diesen achaischen Held zu verlieren.

25

»Zara, wo bist du?«

Ich ärgerte mich. Zara war meine liebste Dienerin, und seit gestern war sie verschwunden. Ich betrat das Schlafgemach und rief noch mal nach ihr.

»Herrin. Zara ist nicht hier. Darf ich Euch dienen?«

Eine ältere Frau löste sich aus dem Schatten.

»Wer bist du?«, fragte ich misstrauisch, denn ich hatte sie noch nie im Palast gesehen.

Hastig neigte sie den Kopf. »Ich bin Teleia, Herrin.«

»Wo ist Zara?«

»Das weiß ich nicht. Sie ist verschwunden, und darum wurde ich geschickt.«

»Also gut. Hilf mir aus den Sachen und lass ein Bad für mich ein.«

»Ja, Herrin.«

Ich sank auf einen Hocker. Teleia verschwand, und ich schloss kurz die Augen. Ich hatte Kopfschmerzen. Schlafmangel, der lange Tag in der prallen Sonne und das anschließende Fest, bei dem sich die zwanzig geladenen Achaier wieder benommen hatten, als gehörten der Palast, Themiskyra, die ganze Welt ihnen. Herakles war seltsam still und in sich gekehrt gewesen, und ich fragte mich, ob er überhaupt bereit wäre, mich heute Nacht zu empfangen. Theseus hingegen hatte sich zum Wortführer aufgeschwungen, er hatte nach Wein gerufen, und bevor ich einschreiten konnte, hatten die Diener Krüge mit Wein aufgetragen. »Ein Geschenk von uns«, hatte Theseus gesäuselt, er drückte Antiope einen Becher in die Hand, und auch das konnte ich nicht verhindern. Meine kleine Schwester bekam also den ersten Rausch ihres Lebens, während dieser blonde Jüngling den ganzen Abend an ihr hing und ihr irgendwelche Liebesworte ins Ohr säuselte.

Und nun auch noch diese fremde Dienerin. Sie betrat das Gemach wieder und lächelte verhalten. Irgendwas an ihr störte mich. Sie hatte ein hübsches, makelloses Gesicht, eine schmale Gestalt und große, dunkle Augen, die an eine Kuh erinnerten. Ihre Lippen waren schmal, und sie bewegte sich mit einer Anmut, die für eine Sklavin außergewöhnlich war.

»Woher kommst du, Teleia?«, fragte ich. Sie stand hinter mir und begann, die Nadeln und Bänder aus meinen Haaren zu lösen.

»Ich weiß es nicht«, sagte sie. »Meine Eltern kenne ich nicht, und ich war mal hier, mal da. Zuletzt diente ich einem Händler in Ephesos, doch er fand mich zu alt und hat mich verkauft. So kam ich nach Themiskyra, und euer Onkel hat mich auf dem Markt ausgesucht, damit ich im Palast diene.«

Eine nur halb zufriedenstellende Antwort. Aber es gelang ihr, meine Haare zu entwirren, ohne dass es groß ziepte. Sie half mir, mich zu entkleiden, dann hüllte sie mich in ein großes Tuch und ging voran zur Badekammer. Während ich im Wasser lag, wusch sie mir die Haare, massierte meine Kopfhaut und die schmerzenden Schultern, als wüsste sie genau, woher der Schmerz kam und wie sie ihn vertreiben konnte. Als wir zurück im Schlafgemach waren, hatte ich mich bereits an sie gewöhnt und ließ mich abtrocknen und von ihr eincremen.

»Gib mir das rote Kleid da vorn aus der Truhe.«

Teleia öffnete die Truhe. Obenauf lag der Waffengürtel. Sie holte ihn heraus und wusste nicht, wo sie ihn hinlegen sollte. »Den kannst du mir geben, ich brauche ihn gleich noch.«

»Wollt Ihr nicht schlafen gehen? Ihr müsst müde sein.«

Ich hätte sie für ihre frechen Worte tadeln sollen, doch stattdessen schüttelte ich nur den Kopf.

»Aufregende Zeiten sind das«, sagte Teleia leise. »Ich hörte von den Achaiern, wie sie über ihren Anführer redeten.«

Ich horchte auf. »Was reden sie denn?«, fragte ich betont beiläufig.

»Darüber, was er einst getan hat. Weshalb er so viel reist und die Aufgaben erfüllt, die Eurystheus ihm auferlegt.«

»Und was hat er getan?« Mein Herz hämmerte in der Brust. Das war etwas, worüber nicht mal Afina mir Genaues hatte erzählen können.

»Wisst Ihr das denn nicht? Er erschlug im Zorn seine Frau und seine Kinder.«

Ich schauderte. »Wie schrecklich«, hauchte ich.

Teleia beugte sich vor. Sie war nun ganz dicht an meinem Ohr. »Es heißt, er habe sich damals geweigert, dem Eurystheus zu dienen, weshalb er verflucht wurde und im Wahnsinn seine Waffen gegen die eigene Familie richtete.«

Atemlos lauschte ich der sanften Stimme meiner Dienerin. »Er hat erst seine Kinder ermordet, und dann, als sie sich ihm in den Weg stellte, auch seine Frau Megara. Es muss ein entsetzliches Blutbad gewesen sein. Als er aus seinem Wahn aufwachte, war um ihn herum ein Schlachtfeld, und er bereute, was er getan hatte. Doch Reue genügte nicht, um ihn von dieser schändlichen Tat zu erlösen. Er wurde von der Göttin Hera dazu verdammt, zwölf Aufgaben für seinen

König und Cousin Erystheus zu erfüllen. Nun ist er hier und will dir den Waffengürtel deines Vaters abtrotzen. Dabei ist ihm jedes Mittel recht. Ich bin sicher, wenn du ihm den Gürtel nicht freiwillig gibst, wird er ihn sich mit Gewalt holen – ähnlich brutal, wie er einst seine Frau ermordet hat.«

Ich wollte nichts mehr davon hören, aber Teleia war noch nicht fertig.

»Ich habe es gesehen. Die beiden Kinder – ein Knabe und ein Mädchen – in ihrem eigenen Blut. In den Armen ihrer Mutter, die sie bis zu ihrem letzten Atemzug umklammerte, als könnte sie ihnen ihr Leben zurückgeben, wenn sie ihr eigenes opferte. Doch Herakles war gründlich.«

»So ist er nicht«, flüsterte ich.

»Genau so ist er. Und noch schlimmer.« Teleia flocht meine Haare mit so viel Behutsamkeit, als fürchtete sie, ich könnte an ihren Worten zerbrechen. Ich war innerlich erstarrt. Mein Blick huschte zu dem Waffengürtel, und sie bemerkte es.

»Was meint Ihr, wird er tun, wenn Ihr ihm gebt, was er verlangt? Was wird er tun, wenn Ihr es ihm nicht gebt? Ihr habt keine Macht über ihn, Ihr seid für ihn nur eine Königin am Rande seiner Welt. Wenn er fort ist, wird er keinen Gedanken mehr an Euch verschwenden.«

Ich drehte mich zu ihr um. Teleia senkte die Hände. »Du bist keine Sklavin«, sagte ich leise.

Ein Lächeln umspielte ihre Lippen. Doch sie gab keine Antwort.

»Was hat es mit den Gerüchten auf sich, die über Theseus kursieren? Es heißt, er habe einst eine Frau entführt. Was weißt du darüber?«

Ihr Mundwinkel zuckte. »Ich weiß nicht, ob Ihr diese Geschichte wirklich hören möchtet, Herrin.«

»Erzähl sie mir«, verlangte ich.

»Es geht um Helena von Sparta.«

Ich horchte auf. »Du meinst jene Helena, die von Prinz Paris entführt worden war?«

»Eben diese. Sie war gerade zwölf Sommer alt, als Theseus beschloss, sie zu entführen und zur Frau zu nehmen. Sein Freund Pirithous half ihm dabei. Danach brachen sie auf, um für Pirithous Persephone zu entführen, die Frau des Hades. Letzteres misslang, und beide blieben in der Unterwelt gefangen, bis Herakles bei einer seiner Aufgaben dorthin kam und sie befreite. Seitdem ist Theseus ihm zum Dank verpflichtet und begleitet ihn. Zumal Helena inzwischen befreit wurde und zur Königin von Sparta aufstieg.«

Hätte ich nicht schon Kopfschmerzen gehabt, spätestens jetzt wären sie gekommen, denn die Erlebnisse der achaischen Götter und Helden verwirrten mich.

»Ihr seid nun fertig, Herrin.«

»Danke, Teleia.«

Auf einmal war sie wieder die brave, gehorsame Dienerin, als die sie sich mir vorgestellt hatte. Kein Wort mehr über Herakles oder darüber, dass ich ihm den Waffengürtel auf keinen Fall aushändigen durfte.

Wer hätte ein Interesse daran, das zu verhindern?, fragte ich mich.

»Willst du noch mal weg?«

Petros lief mir im Innenhof über den Weg, und ich wusste sofort, das war kein Zufall. Er hatte sich bei den Spielen zuletzt im Hintergrund gehalten. Jetzt erst fiel mir auf, wie wenig wir in den letzten Tagen miteinander geredet hatten.

Vor der Ankunft von Herakles' Schiff war das anders gewesen.

Ich blieb stehen.

»Und was führt dich hierher?«, erwiderte ich spröde.

»Ich wollte nach den Pferden sehen. Der heutige Wettkampf hat einigen zugesetzt. Ich dachte, ich habe lieber ein Auge auf die Stallburschen. Nicht, dass sie etwas übersehen.«

Ich spürte, wie die Anspannung von mir abfiel. Und ich hatte gedacht, er würde mir nachspionieren.

»Das ist sehr umsichtig von dir.« Wir lächelten uns an.

»Und du?« Er nickte zu dem Bündel, das ich wieder an mich gedrückt hielt. »Ein Geschenk?«

Ich rührte mich nicht.

»Ich vermute, es ist der Gürtel, den Herakles von dir haben möchte.« Petros sprach weiter. Dabei ließ er mich nicht aus den Augen. Sein Blick war weiterhin aufmerksam, zugewandt und freundlich. »Du bist meine Königin, deshalb werde ich niemals deine Entscheidungen infrage stellen. Aber …«

»Dann tu es auch nicht«, unterbrach ich ihn.

»Aber du warst schon letzte Nacht bei ihm«, vollendete er den Satz etwas lauter.

Ich senkte den Blick.

»Seit du von deiner Krankheit aufgewacht bist«, fügte er leise hinzu, »habe ich gedacht, wir seien uns nähergekommen. Das hast du doch auch gespürt, nicht wahr?«

Widerstrebend nickte ich.

»Was ist passiert?«

Herakles ist passiert. Doch das sprach ich nicht aus.

»Ich möchte nur«, er schluckte. »Ich möchte, dass du nicht denkst, ich wäre deshalb … Ich grolle dir nicht, Hippolyte. Es tut weh. Ich war immer an deiner Seite. Als du krank wurdest, haben wir alle um dich gebangt, und ich habe erkannt, wie sehr … Ich wünschte, du hättest dich anders entschieden. Ich wäre gern mehr gewesen als ein Freund. Aber nun ist es so.«

»Sprich nicht weiter«, flüsterte ich.

Doch Petros war noch nicht fertig. »Das werde ich auch weiterhin sein. Dein Freund und Berater. Wenn du willst.« Er nickte zu dem Waffengürtel. »Egal, was du tust.«

»Das will ich«, sagte ich mit tränenerstickter Stimme. Auf einmal fühlte es sich an, als hätte ich nicht nur deshalb einen schrecklichen Fehler gemacht, weil ich mich auf Herakles eingelassen hatte. Sondern auch weil ich vergessen hatte, wer in den schwersten Stunden an meiner Seite gewesen war.

Ich war leicht gedrückter Stimmung, als ich wenig später Herakles' Zelt betrat. Wie versprochen hatte mich niemand aufgehalten; ein Achaier führte mich durch das Lager und ließ mich direkt in Herakles' Zelt eintreten. Keine Hure war bei ihm in dieser Nacht. Er hatte mich erwartet.

»Wer könnte ein Interesse daran haben, wenn ich dir den hier verwehre?« Ich hielt das Bündel hoch.

Herakles runzelte die Stirn. »Das fragst du mich? Man sollte meinen, dein ganzer Hof ist dagegen. Mindestens deine Schwester und deine Tante.«

»Die schicken mir aber keine Sklavin, die mir Geheimnisse über dich zuflüstert.«

»Dann bekomme ich den Waffengürtel nicht.« Er klang ehrlich enttäuscht. »Aber da du hier bist, vermute ich, dass zumindest das andere, was wir begonnen haben, noch eine Zukunft hat.«

Ich lachte auf. »Erzähl's lieber nicht meiner Tante.« Langsam kam ich näher.

»Dann wirst du mir den Gürtel nicht geben?«

»Doch«, erwiderte ich fest und hielt ihm das Bündel hin. »Hier, nimm ihn. Ich lasse mich nicht von fremden Weibern beeinflussen, die sich in meinen Palast schleichen und als Dienerin ausgeben.«

»Hatte diese Frau einen Namen?«, fragte Herakles und nahm den Gürtel.

»Sie nannte sich Teleia.«

Herakles ließ das Bündel los, als hätte er sich daran verbrannt. »Hera«, zischte er.

»Hera?«

»Sie wird auch Hera Teleia genannt. Hüterin der Mutterschaft.«

»Deshalb war sie so erzürnt über das, was sie mir von der Mutter deiner Kinder berichtet hat.«

Herakles senkte den Blick.

»Stimmt es?«, wollte ich wissen. »Ich konnte es nicht glauben, deshalb habe ich sie rausgeworfen. Ich wollte mir keine Lügen von ihr anhören, und damit habe ich wohl das Richtige getan.«

»Es ist richtig, dass du dich nicht von ihr hast vereinnahmen lassen. Aber das, was sie dir erzählt hat – ja. Das stimmt.«

»Du hast deine Frau ermordet? Deine Kinder?!«

»Es gibt nichts, womit sich das entschuldigen ließe«, sagte er leise. »Trotzdem bist du hier. Ich habe gedacht, du wirst mich hassen, wenn du davon erfährst.«

»Ich bin verstört«, sagte ich.

Wir sahen einander an. Ich versuchte, das Wenige, was ich über ihn wusste, mit dem in Einklang zu bringen, was ich sah. Wie ich ihn erlebte. Die Nacht mit ihm … Es gab kaum Worte dafür, wie sehr ich mich in seinen Armen verloren hatte. Jenseits dieses Zelts hatte nichts mehr existiert, und ich hatte gewünscht, es möge immer so sein. Er und ich.

Und nun stand da diese hässliche Geschichte zwischen uns.

Herakles ergriff meine Hände. »Ich verstehe das«, behauptete er. »Ich kann dir nur sagen, dass ich in diesen Stunden, da ich das tat, wofür du mich nun verabscheust, nicht ich selbst war. Ich war besessen. Hera hat das mit mir getan. Das ist keine Entschuldigung. Ich versuche nur zu erklären, wie es dazu kam. Ich bereue, was geschehen ist. Aber ich kann es nicht ungeschehen machen.«

Er atmete tief durch. Ich wollte ihm meine Hände entziehen, doch Herakles war stärker als ich. »Hör mir zu«, sagte er beschwörend. »Lass nicht zu, dass sie sich mit ihren Unwahrheiten zwischen uns drängt. Denn genau das will sie. Hera würde alles tun, um zu verhindern, dass ich meine zwölf Aufgaben erfülle. Sie hat es vorher versucht und wird es wieder tun. Aber ich bin nicht mehr der, den sie damals zur Raserei trieb.«

Ich starrte auf unsere miteinander verflochtenen Finger. Alles in mir schrie danach, mich loszureißen. Zugleich versank ich in seinen Augen, seinem ernsthaften und wahrhaftigen Blick. Ich *wollte* ihm glauben. Doch zugleich war da die brutale Tat, die seine Familie ausgelöscht und ihn geprägt hatte.

Ich hatte Angst. Vor ihm. Davor, was er aus mir machte.

Aber zugleich war ich sehr verliebt.

Ich versuchte, die unguten Gefühle wegzudrücken, die mich zu überwältigen drohten. Nach einem tiefen Atemzug bat ich: »Erzähl mir, was passiert ist. Ich will deine Sicht der Ereignisse besser verstehen.«

Jeder hatte eine zweite Chance verdient. Auch ein Mann, der von göttlicher Raserei besessen seine Familie tötete.

Und so erzählte er mir alles.

Ich glaubte ihm. Was blieb mir anderes übrig? Ich wollte ihm ja glauben.

Herakles berichtete mir, wie er einst als zweitgeborener Nachkomme des Perseus zukünftig Eurystheus untertan sein sollte. Schon damals habe Hera ihre Hand im Spiel gehabt, indem sie die Wehen bei seiner Mutter Alkmene verzögerte. Als er später das Mannesalter erreichte, rief Eurystheus ihn zu sich und befahl ihn in seine Dienste. Herakles weigerte sich. Hera fühlte sich davon dermaßen provoziert, dass sie ihn mit einem Wahnsinn bestrafte, der ihn Frau und Kinder abschlachten ließ.

»Ich war besessen davon, dass sie mich töten würden, wenn ich sie nicht vorher vernichtete.« Er saß auf der Bettkante vor mir, die Ellenbogen auf die Knie gestützt, die Hände ineinander verschlungen, den Kopf gebeugt. Die Haare fielen ihm ins Gesicht. »Danach erschien Hera mir. Ich begriff, was ich getan hatte, doch ungeschehen machen konnte ich es nicht, und sie weigerte sich, mit ihrer göttlichen Kraft meine Strafe aufzuheben.« Er lachte auf. »Sie hat mich schon immer gehasst.«

Er erzählte mir, wie er Hera angefleht hatte, dass er seine Taten in irgendeiner Form sühnen könnte. Da hatte sie ihm erklärt, es gebe allenfalls den Weg, dass er sich ganz und gar dem Dienst des Eurystheus verschrieb. Und das tat er. Zwölf Aufgaben sollte er lösen, und nach der zwölften sei der Tod seiner Familie gesühnt und er wäre ein freier Mann.

»Nach dieser hier bleiben drei«, sagte er leise. »Darum war es vermutlich Hera, die dir als Dienerin erschien und versucht hat, die Ereignisse zu ihren Gunsten zu verändern. Es sollte mich nicht wundern, denn das hat sie bisher bei jeder meiner Aufgaben versucht. Ich hätte damit rechnen müssen …«

»Und was willst du dagegen unternehmen?«, fragte ich leise.

»Nichts werde ich dagegen tun. Es ist ein ewiges Katz-und-Maus-Spiel. Gibst du mir den Gürtel, habe ich dieses Mal gewonnen. Behältst du ihn, weil du dich abgestoßen fühlst von dem, was ich meiner Familie angetan habe, kann ich mich in ein Schwert stürzen, denn mein Leben wird dann keinen Wert mehr haben. Und beides wäre okay, denn ich weiß, wie groß die Schuld ist, die ich auf mich geladen habe. Vermutlich ist es vermessen von mir zu glauben, ich könnte sie tilgen, wenn ich es nur schaffe, zwölfmal der Göttin ein Schnippchen zu schlagen.«

Er verstummte.

Ich hatte nur eine Frage.

»Wieso hast du mir das nicht schon früher erzählt?«

»Hätte es was geändert? Hättest du mir den Gürtel dann einfach überreicht und ich wäre davongesegelt, ohne dass wir …« Er machte eine unbestimmte Handbewegung.

Ich stand auf. Das rote Kleid, das sich so ungewohnt eng an meinen Körper schmiegte, raschelte leise, als ich die zwei Schritte auf ihn zu machte. »Dann ziehe ich die Frage zurück und bin froh, dass du mir nicht von vornherein die Wahrheit gesagt hast.«

Ich stand direkt vor ihm. Herakles richtete sich auf und blickte zu mir hoch. Ich machte noch einen halben Schritt. Meine Knie berührten seine Beine.

»Ist das alles?«, fragte ich.

»Was möchtest du noch hören?«

»Möchtest du schon wieder fort?«

Wir blickten gleichzeitig zu dem Gürtel. »Erst wenn du ihn hierlässt«, sagte er. »Willst du …?«

»Wiederkommen? Immer und immer wieder.«

Seine Hände strichen an meinen Beinen nach oben. Ganz behutsam, beinahe zögerlich. Ich erschauerte, und er hielt inne. »Nicht in Ordnung?«, fragte er leise.

Ich nahm sein Gesicht in die Hände und beugte mich zu einem Kuss zu ihm herunter. Unsere Lippen berührten sich, und die Hitze durchfuhr mich. Meine Knie drohten, unter mir nachzugeben. Herakles sprang auf und hob mich hoch. Dabei lösten sich seine Lippen nicht von meinen, ich schlang die Arme um seinen Hals, die Beine um seine Hüften und ließ mich von ihm zum Bett tragen.

In dieser Nacht brauchten wir keine Worte mehr.

26

Am folgenden Tag saß ich auf der Estrade und musste mit ansehen, wie Theseus gegen Bremusa im Pankration antrat.

Das Pankration war eine Mischung aus Boxkampf und Ringen, und wie Herakles mir anvertraute, während die ersten Kämpfer in die Mitte der Arena gingen, zeichneten Theseus und er sich für diese neue Sportart verantwortlich. Ich verkniff mir die Frage, ob sie ihnen vor oder nach Theseus' Befreiung aus der Unterwelt eingefallen war. »Ich habe mit dieser Kampfkunst den Nemeischen Löwen besiegt, und nur dank seiner hervorragenden Technik ist es Theseus gelungen, den Minotaurus zu erlegen.«

Sie kämpften also gegen übermächtige Tiere, herrlich. Ich merkte, wie in mir der Ärger wuchs. Glaubte Herakles, dieser Kampf würde ohne Blutvergießen ablaufen?

»Keine Waffen«, fügte Herakles hinzu. »Sie kämpfen mit bloßen Händen. Es ist verboten, dem Gegner die Finger in die Augen zu drücken oder zu beißen. Sonst ist alles erlaubt. Wenn ein Kämpfer bewusstlos wird, aufgibt oder stirbt, endet der Kampf. Wenn beide sterben, entscheiden Kampfrichter.«

Ich starrte ihn von der Seite an.

»Das ist barbarisch«, zischte ich. »Kämpfen bis zum Tod?«

»So sind die Regeln. Aber das wird ja nicht passieren, wenn Bremusa früh genug aufgibt.« Er lehnte sich zufrieden zurück.

Der Kampf begann. Ich rutschte auf meinem Hocker nach vorn, presste die geballten Fäuste in meine Oberschenkel und vergaß beinahe zu atmen. Theseus und Bremusa umkreisten einander, keiner schien bereit, den ersten Angriff zu beginnen. In diesem Moment sprang Bremusa vor und rammte Theseus die Faust ins Gesicht. Sie hatte ihn überrumpelt. Ein Raunen und Aufstöhnen ging durch die Reihen der Zuschauer. Theseus taumelte zwei Schritte nach hinten, seine Hand ging zur Nase. Er starrte auf das Blut an seinen Fingern, dann auf Bremusa, die ihn umkreiste und weiterhin nicht aus den Augen ließ. Dann stürzte er sich auf sie.

Ich hatte Theseus' Kampfkraft unterschätzt. Ich hatte wirklich gedacht, die Beste meiner Amazonen könnte es mit dem Besten der Achaier aufnehmen. Das hatten wir alle gedacht. Hinter mir sog Melanippe zischend die Luft ein, als Theseus es schaffte, Bremusa um die Taille zu packen und sie auf den Boden zu schleudern. Ein kollektives Stöhnen ging durch die Menge. Ich schloss für einen Moment die Augen.

»Sieh hin.« Melanippe packte meine Schulter. »Du musst das beenden, Hippolyte. Sieh hin. Er bringt sie um, wenn du nichts tust.«

Ich sah hin und spürte eine unerklärliche Angst aus meinem Innern aufsteigen, als hätte sich ein Abgrund aufgetan, der alles verschlang.

Theseus kniete auf Bremusa, die hilflos im Staub lag. Obwohl sie mit Armen und Beinen versuchte, irgendwo Halt zu finden und sich umzudrehen, wurde sie von ihm niedergedrückt. Nicht nur das. Er hatte ihre Haare, die sie zu einem langen Zopf geflochten hatte, von hinten um ihren Hals gelegt und zog diese Schlinge mit aller Kraft zu. Ihr Gesicht war rot, ihre Augen traten hervor, ihre Arme ruderten, doch er hielt sie mit den Beinen so fest umklammert, dass sie es nicht schaffte, sich gegen ihn zu wehren.

Es war Bremusas Todeskampf, und jeder Zuschauer sah das.

Ich blickte zu Herakles, doch er schien von dem Spektakel gänzlich ungerührt zu sein. Er grinste sogar zufrieden. Als bekäme diese freche Amazone, die es gewagt hatte, seinen Kampfbruder herauszufordern, endlich das, was sie verdiente.

Bremusa konnte nicht aufgeben, selbst wenn sie als Zeichen ihrer Niederlage auf den Boden klopfte, würde Theseus es nicht bemerken. Er *wollte* es nicht bemerken, denn ich konnte selbst auf die Entfernung sehen, wie sie die linke Hand dreimal kraftlos Richtung Boden bewegte. Stattdessen riss er noch heftiger an ihren Haaren und zwang ihren Kopf weit in den Nacken. Ihr Blick traf meinen, und ich sah in ihren Augen die blanke Todesangst. Wenn nicht sofort jemand eingriff, war sie dem Tod geweiht.

»Stopp!«, schrie ich und sprang auf. Theseus reagierte nicht. »Halte ein, Theseus, du hast gewonnen!«

Immer noch keine Reaktion von ihm. Ich sah zu Melanippe, und sie schüttelte den Kopf. Es gab nichts, was sie tun konnte, die Regeln des Kampfs verlangten, dass sich niemand einmischen durfte.

Niemand, außer eine Königin oder ein Halbgott. Herakles oder ich. Da er immer noch mit einem seligen Grinsen auf das Todesringen meiner Amazone starrte, riss ich Melanippe das Schwert aus der Scheide, raffte das lange Kleid, das ich ausgerechnet heute gewählt hatte, um Herakles zu gefallen, und stolperte von der Estrade. Die Menschen wichen vor mir zurück, ich betrat den Sandplatz und stürzte mich auf Theseus. Bevor ich wusste, was ich tat, hielt ich ihm das Schwert an die Kehle.

»Sie. Hat. Sich. Ergeben.«

Er sah auf. Atmete schwer. Sein Blick gegen meinen. »Lass. Los«, zischte ich. Er starrte mich an, ein zufriedenes Lächeln auf den Lippen, triumphierend. Er hatte gesiegt, egal was jetzt noch kam – Bremusas Niederlage war vollkommen. Nur langsam ließ er Bremusas Zopf los. Ihr Kopf fiel kraftlos nach vorne in den Sand. Ohne Theseus aus den Augen zu lassen, beugte ich mich zu ihr herunter. Ich tastete nach ihrem Puls. Ganz schwach. Aus dem Augenwinkel bemerkte ich Melanippe und drei weitere Frauen, die auf uns zuliefen. Sie würden sich um Bremusa kümmern.

Zeit, dass ich mich um Theseus kümmerte.

»Willst du die nächste sein, Königin Hippolyte«, zischte Theseus. Er stand auf, klopfte sich achtlos über Bremusas Kopf stehend den Sand von den Beinen und dem Lederpanzer und machte zwei Schritte nach hinten. Ich ließ ihn nicht aus den Augen, folgte ihm genauso langsam. »Du wirst dein Schwert ablegen müssen. Beim Pankration sind keine Waffen erlaubt.«

»Ich denke, du hast genug, Theseus.« Ich ließ das Schwert sinken. Ich atmete schwer. Theseus wischte sich über die Nase, aus der immer noch ein dünnes Blutrinnsal floss. »Wir alle haben genug gesehen. Du hast gewonnen, und die Spiele sind hiermit beendet.«

Auf keinen Fall würde ich zulassen, dass noch ein Achaier gegen eine meiner Kriegerinnen antrat.

»So schnell gibst du auf? Willst du nicht wissen, ob alle Amazonen den Achaiern unterlegen sind?«

Ich hasste Theseus. Weil er in meinem Kopf war. Weil er wusste, was ich dachte. Vor allem, weil er die Spiele mit seinen ekelhaften Rachegelüsten verdorben hatte.

»Du hattest genug«, erwiderte ich und wandte mich von ihm ab. Ich beugte mich zu Bremusa herunter, die mit Hilfe von Melanippe im Sand saß und die Hand auf den Hals drückte. Sie atmete. Sie lebte. Das war für den Moment das Wichtigste.

Ich hörte hinter mir einen Aufruhr und fuhr herum. Theseus hatte versucht, sich auf mich zu stürzen, doch die drei Kriegerinnen hatten ihn mit gezogenen Schwertern daran gehindert, und Herakles war inzwischen auch aus seiner Erstarrung erwacht. Er brüllte über den Platz: »Genug!«, und endlich ließ Theseus ab. Ich hatte genug gesehen. Ein Mann, der sich nur von einem anderen Mann Einhalt gebieten ließ, hatte meinen Respekt nicht verdient. »Ihr kommt klar?«, fragte ich Melanippe und Bremusa. Sie nickten.

Ich verließ den Kampfplatz. Die Stadtbewohner machten sich langsam auf den Rückweg, während die Achaier ein wenig verloren in der Gegend standen. Herakles kam von der Estrade direkt auf mich zu. Ich wollte etwas sagen, doch er schob mich aus dem Weg und stapfte zu Theseus.

Ich ging zu Antiope, die neben Afina und Petros auf der Estrade stand. Maspi kam mir entgegen. »Tu nichts im Zorn, das du später bereust«, murmelte er, als er an mir vorbeiging.

Und noch ein Mann, der mir erklären wollte, wie die Welt funktionierte.

Antiope fiel mir schluchzend in die Arme. »Ich dachte, er stirbt!«, jammerte sie, und es dauerte einen Moment, bis ich begriff, dass es ihr tatsächlich um Theseus ging. »Warum hast du das getan, Hippolyte?«, jammerte sie.

»Er hätte Bremusa getötet.« Über ihren Kopf hinweg sah ich Afina und Petros an. Die Miene meiner Tante war undurchdringlich. Trotzdem wusste ich, was sie dachte: Die Achaier waren zu weit gegangen.

Behutsam schob ich Antiope auf Armeslänge von mir. »Verstehst du, was ich sage? Sie sind unsere Gäste, und das Gastrecht ist uns heilig. Solange, bis sie eine von uns töten. Aber so weit durfte ich es nicht kommen lassen.«

»Du hast ihn gedemütigt. Vor aller Augen.« Sie schniefte und riss sich los. Mit gesenktem Kopf eilte sie Richtung Themiskyra. Ich wollte ihr nachgehen, doch Afina hielt mich zurück. »Jetzt wird sie dir nicht zuhören.«

»Du hast recht. Denkst du auch, dass ich einen Fehler gemacht habe?«, fragte ich mutlos.

»Ganz im Gegenteil. Es ist immer besser ein Leben zu retten als tatenlos zuzusehen. Theseus ist derjenige, der uns alle in eine verzwickte Lage gebracht hat. Die Frage ist, was du nun aus der Situation machst. Es wäre Herakles' Aufgabe gewesen, Theseus aufzuhalten.«

Ich nickte. Auf einmal konnte ich es gar nicht abwarten, bis die Achaier endlich verschwanden. »Morgen reisen sie ab«, erklärte ich. »Das hier muss ein Ende haben.«

Ich musste nur ein letztes Mal zu Herakles gehen. Ich würde Antworten von ihm verlangen – und ihm zum Abschied den Waffengürtel schenken, in der Hoffnung, dass wir dann allen Streit endgültig begruben.

Als ich an diesem Abend den Palast verließ, trug ich einen Dolch bei mir und hatte den Gürtel angelegt. Statt einem Kleid hatte ich Tunika und Hose angezogen und die Haare zu einem Zopf geflochten. Ich schlich durch die Gassen, doch niemand nahm Notiz von mir; die wenigen Menschen, denen ich begegnete, hielten mich für eine Amazone und nicht für die Königin.

Das dachten auch die Achaier, als ich mich ihrem Lager vor der Stadt näherte. Sie sprachen mich an, und als ich sagte, wer ich sei, glaubten sie mir nicht und führten mich mit vorgehaltener Waffe zu Herakles. Sie dachten, ich sei eine Meuchelmörderin, die Rache an Theseus üben sollte.

»Du bist es tatsächlich.« Auch Herakles war überrascht. »Hätte nicht gedacht, dass du dich noch mal hierher wagst.«

Er gab den beiden Soldaten ein Zeichen, uns allein zu lassen.

Ich schlug die Kapuze meines Umhangs zurück und funkelte ihn trotzig an. »Hast du gedacht, ich halte mich nicht an unsere Vereinbarung?«

»Ich habe gedacht, deine Amazonen würden spätestens morgen früh angreifen und uns zum Schiff treiben. Wenn wir Pech haben, werdet ihr versuchen, das Schiff vorher in Brand zu stecken, und dann wären wir deiner Gnade vollständig ausgeliefert, und uns bliebe nur die Möglichkeit, uns den Weg in die Freiheit zu erkämpfen.«

»Ihr habt es selbst zu verantworten, dass wir euch zürnen. Ihr habt unsere Gastfreundschaft schändlich missbraucht.«

»So sind nun mal die Regeln!«, brüllte Herakles. »Das Pankration besagt, dass der Kampf so lange geführt wird, bis ein Gegner sich ergibt, und sie hat sich nicht ergeben. Sonst hätte Theseus aufgehört.«

»Aber sie hat sich ergeben, ich habe es doch gesehen!«, rief ich. »Warum glaubst du ihm und nicht mir? Was habe ich getan, dass du mir nicht länger vertraust?«

»Warum ich ihm glaube?!«, brüllte Herakles. »Weil er verdammt nochmal mein Waffenbruder ist! Wir haben so viel durchgestanden, dass ich niemals, um keinen Preis und auch nicht für eine Frau, die ich begehre, diese Bruderschaft verraten würde! Wir sind ein Nichts, wenn wir uns nicht aufeinander verlassen können!«

Ich blickte zu ihm auf. Ich hätte Angst vor ihm haben sollen, weil er vor mir stand und die Wut ihm in Gesicht geschrieben stand. Weil sein ganzer Körper, weil alles an ihm Zorn und Vernichtung versprach. Ich hätte ihn fürchten sollen und konnte es nicht, weil ich wusste, wie er sein konnte, wenn er sich nicht von mir in die Ecke gedrängt fühlte.

Aber darum ging es, nicht wahr? Ich drängte ihn nicht in die Ecke. Ich stellte ihn nur zur Rede. Und dass er sich in die Ecke gedrängt *fühlte* und meinte, es gebe nur ein Richtig und ein Falsch, nichts dazwischen, dass er glaubte, er müsse sich zwischen Theseus und mir entscheiden, verriet so viel darüber, worum es ihm ging.

Um mich war es ihm jedenfalls nie gegangen.

Darüber sollte ich mich nicht wundern, denn ich hatte vorgeschlagen, dass wir diese Sache zwischen uns nur für kurze Zeit lebten und er danach aus meinem Leben verschwand.

Meine Regeln. Er befolgte sie.

Ich hatte nicht damit gerechnet, wie sehr es mich schmerzen würde. Wie sehr ich mich nach wenigen Nächten in seinen Armen verlor und nie wieder loslassen wollte.

Meine Finger berührten den Gürtel. Er summte und vibrierte, und ich schloss die Augen. Ich spürte seine Macht. Ich wusste nicht, ob von ihm ein besonderer Zauber ausging, der mich in den vergangenen Tagen beschützt hatte. Aber es war mir inzwischen egal.

Ich hatte ihn Herakles versprochen.

»Was tust du da?«

Er runzelte die Stirn. Ich nahm den Gürtel ab und hielt ihn Herakles hin. »Ich löse mein Versprechen ein.«

Herakles' Finger verharrten über dem Gürtel, ohne ihn zu berühren. Plötzlich war nichts mehr von seinem Zorn zu spüren. »Aber warum? Ich habe dich beschimpft. Theseus hat eure Gastfreundschaft schändlich missachtet. Du und ich …«

»Ich pflege meine Versprechen zu halten. Der Gürtel gehört dir, und ihr dürft unbehelligt abreisen, obwohl ich weiß, dass Melanippe Theseus am liebsten tot sehen möchte für das, was er Bremusa angetan hat. Aber nun halte du dich auch an dein Versprechen und lass mich künftig in Frieden. Reist ab. Morgen schon.«

»Morgen.« Er blickte mich nachdenklich an. »Ich werde nicht schlau aus dir, Königin Hippolyte. Als du vorhin in mein Zelt gestürmt bist, dachte ich, du würdest mich umbringen.«

Ich lachte zittrig. »Den Dolch dafür habe ich im Stiefel stecken.«

Ich wollte gehen. Ich wollte es wirklich. Zugleich aber konnte ich nicht anders als stehen bleiben und warten, dass er irgendetwas sagte, was mich zum Bleiben bewegte.

»Du hast mich überrascht.«

Stumm reichte ich ihm den Gürtel. Er nahm ihn endlich, und sobald seine Finger das Leder berührten, riss er die Augen auf. »Spürst du das auch?«, flüsterte er.

»Ja.«

»Was ist das?«

»Das macht er, wenn ich ihn berühre«, sagte ich leise.

Herakles sah mich an. »Du darfst ihn nicht hergeben«, flüsterte er. »Dieser Gürtel ist mit dir verbunden.«

Ich ließ los. Die Verbindung riss ab und der Gürtel verstummte.

»Ich weiß nicht, ob ich einen Fehler mache«, sagte ich leise. »Aber er gehört nun dir. Tu damit, was du willst.«

Ich sah, wie er mit sich rang. Wie er überlegte, ob er dieses Geschenk wirklich annehmen sollte. Doch bevor er zu einer Entscheidung kam, hörten wir von draußen einen Aufruhr. Stimmen riefen, Panik brach unter den Achaiern aus. Herakles warf den Gürtel auf die Bettstatt und griff nach seiner Keule. Er hatte das Fell des Nemeischen Löwen um die Schultern gelegt und zog mich an der Hand aus dem Zelt.

Vor dem Zelt war ein Inferno ausgebrochen. »Sie greifen uns an!« Ein junger Achaier stürmte auf Herakles zu, er zeigte Richtung Stadt. Ich spürte den Boden unter meinen Füßen erbeben. Die Schreie der kopflos herumirrenden Achaier, die nach ihren Schwertern und Schilden suchten, vermischten sich mit dem fernen Schlachtruf aus über hundert weiblichen Kehlen. Ich erkannte die Triller und Rufe, und mir rann ein kalter Schauer über den Rücken.

Sie griffen an. Meine Amazonen ritten bewaffnet auf das Lager der Achaier zu, und unter Herakles' Männern brach Panik aus.

Aber warum? Was war hier los?

Herakles hielt einen der Männer am Arm fest. »Wo ist Theseus?«, wollte er wissen, doch der junge Kerl starrte ihn nur stumm an. Herakles stieß ihn von sich weg und lief zum Zelt seines Freunds. Ich stolperte hinter ihm her, er hielt mein Handgelenk umklammert.

»Lass los!«, rief ich. »Lass mich mit ihnen reden! Da muss ein Irrtum vorliegen, sie müssen glauben, dass ich in Gefahr bin …«

Herakles fuhr zu mir herum. »Heißt das, sie wissen, dass du bei mir bist?«, rief er zornig. Er ragte vor mir auf, und ich wich nicht vor ihm zurück, obwohl ich zum ersten Mal Angst vor ihm hatte. Sein Blick war so finster, er hielt meinen Arm umklammert und machte noch einen Schritt auf mich zu, so dass seine Brust fast meine berührte. »Hast du sie auf uns gehetzt, Königin Hippolyte? Ist das deine Rache dafür, dass deine Amazone Theseus unterlegen war? Hast du gedacht, ihr könnt uns einfach niederreiten? War das alles dein Plan, als du heute Nacht zu mir gekommen bist, mit einem Dolch im Gürtel …«

Ich war vor Schreck wie erstarrt und brachte keinen Laut über die Lippen. Meine Gedanken rasten. Es erschien mir unwahrscheinlich, dass Melanippe glaubte, ich sei in Gefahr. Sie wusste, was ich tat. Selbst wenn sie es nicht billigte, war das kein Grund, mich zu befreien. Schon gar nicht mit hundert Reiterinnen an ihrer Seite.

Aber irgendwas – oder irgendwer? – hatte sie davon überzeugt, dass es besser war, wenn wir die Achaier angriffen und zu ihrem Schiff zurücktrieben.

»Hera«, flüsterte ich.

»Was?«, fragte Herakles. Um uns herum rannten die Männer hin und her, nur langsam gelang es einigen, Ordnung in das Chaos zu bringen.

»Hera!«, rief ich, auf einmal überzeugt davon, dass ich richtig lag. »Sie hat … Du hast selbst gesagt, dass sie es war, die mich davon überzeugen wollte, dir den Waffengürtel nicht zu bringen. Aber ich habe nicht auf sie gehört. Was, wenn sie … wenn sie stattdessen Melanippe oder andere Amazonenkriegerinnen davon überzeugt hat, dass ich in großer Gefahr schwebe?«

»Das wäre immer noch kein Grund mit hundert Reiterinnen …«

»Doch«, widersprach ich. »Ich bin ihre Königin.«

Wir blickten einander an. »Du weißt, wie überzeugend Hera sein kann«, fügte ich hinzu.

Sein Griff um meinen Arm lockerte sich. Herakles runzelte die Stirn, als müsste er angestrengt nachdenken.

»Es ergibt nur so Sinn«, fügte ich hinzu. »Mela weiß, dass ich hier bin. Sie missbilligt es, aber niemals würde sie zu so drastischen Schritten greifen – es sei denn, sie fürchtet um meine Sicherheit.«

»Du hast recht.«

Ich atmete auf.

»Dann ruf deine Männer zurück«, beschwor ich ihn. Inzwischen spürte ich den Boden unter meinen Füßen deutlich zittern, und die Schreie der Kriegerinnen übertönten die Rufe der Achaier. In wenigen Augenblicken würden sie das Lager stürmen.

»Nein«, erwiderte er. »Ruf du deine Amazonen zurück. Schnell! Ich werde versuchen, die Achaier aufzuhalten. Wir müssen beide …«

Ich lief los. Im Dunkeln stolperte ich über den felsigen Untergrund, stürzte und schlug mir das Knie auf. Doch ich sprang wieder auf und lief weiter, denn wenn ich es nicht schaffte, Melanippe aufzuhalten, würde es zu einem entsetzlichen Blutbad kommen.

Zwischen den Zelten tauchten die ersten Reiterinnen auf. Sie ritten ohne Zügel, hatten ihre Bögen gespannt und zielten auf die fliehenden Achaier. Ich sah Melanippe, die in erster Reihe ritt, aber sie war zu weit weg, dass ich sie direkt aufhalten konnte. Stattdessen stellte ich mich einer anderen Reiterin in den Weg und hob die Arme. »Stopp!«, rief ich. »Haltet ein! Ich bin in Sicherheit!«

Doch sie hörten mich nicht. Das Pferd bemerkte mich, die Reiterin riss es herum, es preschte knapp an mir vorbei. Ich hörte die Schreie der Achaier, die getroffen zu Boden gingen.

Ich stand mitten im achaischen Lager und vermochte nicht, die Katastrophe aufzuhalten, die um mich herum unaufhaltsam ihren Lauf nahm. Einige Achaier versuchten, die Amazonen aus dem Sattel zu ziehen, andere sah ich in Richtung Schiff laufen. Herakles, der mich vorhin noch beschworen hatte, wir müssten beide Seiten aufhalten, stand auf dem Platz in der Mitte des Lagers, golden leuchtete das Fell des Nemeischen Löwen um seine Schultern, und er hieb mit seiner Keule auf das Pferd ein, das auf ihn zu galoppierte. Ich stand hilflos daneben. Der ganze Kampf war so aussichtslos und forderte einen hohen Blutzoll. Es würde keinen Sieger geben, das wusste ich schon jetzt. Nur unendliches Leid und viele Tote.

Ich versuchte, mich zu Melanippe durchzukämpfen, doch die Achaier ignorierten mich, und die Amazonen waren so sehr mit ihrem Kampf beschäftigt, dass keine mich erkannte, weshalb ich bald aufgab und mich dicht an ein Zelt kauerte. Ich hoffte, dass Melanippe bald in meine Richtung kam oder der Kampf entschieden war, bevor er zu viele Menschenleben forderte.

Ein Arm legte sich von hinten um meinen Oberkörper, presste meine Arme an meine Brust. Ich spürte etwas Kaltes an meinem Hals.

»Wen haben wir denn da?«, hörte ich eine Stimme in mein Ohr flüstern.

Ein eiskalter Schauer rann mir über den Rücken. Ich musste mich nicht umdrehen, um zu wissen, wer mich gerade zu seiner Gefangenen gemacht hatte und damit das Blatt zugunsten der Achaier wenden würde.

Theseus.

27

»Ich habe eure Königin!«, rief er so laut, dass es im Umkreis jede Skythin und jeder Achaier hörte. »Und wenn ihr die Kampfhandlungen nicht sofort einstellt, werde ich keine Skrupel haben, ihr die Kehle durchzuschneiden.«

Der Kampf war augenblicklich zu Ende. Eine gespenstische Stille legte sich über das Lager, nur gelegentlich unterbrochen vom Stöhnen der Verletzten. Die Reiterinnen sammelten sich auf der einen Seite des Platzes, die wenigen verbliebenen Achaier auf der anderen Seite.

Theseus zerrte mich in die Mitte des Platzes, ohne den Dolch von meiner Kehle zu nehmen. Ich stolperte hinter ihm her und wäre beinahe gestürzt.

»Ich habe eure Königin, und nun werden wir die Bedingungen verhandeln, unter denen ihr sie zurückbekommt.«

Melanippe ritt auf den Platz. Sie hatte ihren Bogen gespannt und auf Theseus gerichtet. »Ich hätte dich längst umbringen sollen, Theseus«, zischte sie. »Was auch immer du mit dieser Aktion bezweckst, es wird nicht zu deinem Nutzen sein. Lass unsere Königin gehen.«

»Halt's Maul, du Muschileckerin«, höhnte er. »Ihr habt uns angegriffen, und im Krieg ist jedes Mittel recht. Wenn ihr eure Königin unversehrt zurückhaben wollt, müsst ihr euch schon meinen Bedingungen beugen.«

Herakles näherte sich von der anderen Seite. Die Achaier machten ihm Platz. Ich konnte ihn nur aus dem Augenwinkel sehen, weil ich den Kopf in den Nacken gelegt hatte, um Theseus' Dolch zu entgehen. »Du hast deinen Standpunkt deutlich gemacht«, sagte er an Theseus gewandt. »Lass Hippolyte wieder gehen. Die Skythen werden uns freies Geleit zu unserem Schiff bieten, und im Gegenzug lassen wir ihre Königin frei.«

Theseus lachte. Ich spürte hinter mir seine Brust, die bebte. Doch als er sprach, war nichts als Abscheu und Hass in seiner Stimme. »Du willst sie gewinnen lassen? Auf keinen Fall. Ich habe sie gefangen genommen und denke nicht daran, sie wieder freizulassen.«

Herakles trat näher. Jetzt konnte ich ihn besser erkennen. Ich formte mit meinem Mund die Worte »hilf mir«, und ich sah, wie er unmerklich nickte. Erleichterung durchfuhr mich, denn Herakles war immer noch auf meiner Seite, und er würde alles in seiner Macht Stehende tun, um mich zu retten. Davon war ich nun überzeugt.

Trotzdem ließ die Angst mich nicht los.

»Was willst du mit ihr?«, fragte Herakles.

Theseus' Griff um meinen Brustkorb verstärkte sich. »Ich weiß nicht? Vielleicht gefällt sie mir. Weißt du noch, wie ich einst versucht habe, Helena zu entführen? Die schöne Helena, die nun in Troja hockt und sich von Prinz Paris ficken lässt? Ich hätte eben auch gern mal eine, die nur mir gehört. Nicht so 'ne billige Hure. Eine Königin wäre mir nur recht.«

Mir wurde heiß und kalt zugleich. Und übel wurde mir auch. Ich schluckte die Galle herunter, die mir in die Kehle stieg.

»Du wirst sie nicht nach Athen mitnehmen!«, schrie Melanippe vom anderen Ende des Platzes. »Wir werden dich bis ans Ende der Welt jagen, du …«

Sie sprach nicht weiter, denn Theseus hob nur ganz leicht den

Dolch an, bevor er ihn wieder gegen meine Haut drückte. Ein stechender Schmerz, dann das warme Sickern von Blut. Ich spürte, wie die Knie unter mir nachgaben und ich nur von seinem schraubstockartigen Arm gehalten wurde. Ein kollektives Aufstöhnen ging durch die Reihen der Amazonen.

»Noch ein Wort von dir, und du kannst deine kleine Königin gleich gerne mitnehmen. Aber dann ist sie leider tot.«

Ich spürte sein zufriedenes Grinsen. Herakles, der den kurzen Moment genutzt hatte, in dem Melanippe Theseus abgelenkt hatte, schob sich noch ein wenig näher. Er war noch etwa fünf Schritte von uns entfernt.

»Was hast du mit ihr vor?«, wollte Herakles wissen.

»Das weißt du. Nur weil sie zu dir freiwillig gekommen ist, heißt das nicht, dass ich sie nicht auch haben darf.«

»Drohst du gerade wirklich damit, sie zu entführen und zur Frau zu nehmen?« Ich konnte Melanippes Empörung spüren.

»Nein, nein, da hast du mich falsch verstanden.« Theseus wirkte sehr mit sich selbst zufrieden. »Ich werde ihre kleine Schwester zur Frau nehmen.«

Er nickte jemandem zu, den ich nicht sehen konnte. Zwei Krieger schleppten jemanden in die Mitte des Platzes. Ich konnte nicht sehen, um wen es sich handelte, doch Melanippes Gesichtsausdruck verriet mir, dass sie in diesem Moment alle Hoffnung verlor, mich aus dieser vertrackten Lage zu retten.

Theseus' Griff um meinen Brustkorb lockerte sich ein wenig. »Sieh hin«, flüsterte er. »Und dann sag mir, dass du brav bei mir bleiben wirst, egal was kommt. Weil nämlich sonst deine kleine Schwester stirbt.«

Ich hob den Blick und starrte Antiope an.

Meine kleine Schwester trug noch immer das Kleid vom gestrigen Tag, die Haare fielen ihr in Wellen über die Schultern und ins Gesicht. Die Augen waren schreckgeweitet, und sie hätte vielleicht etwas gesagt, doch einer der Krieger hatte ihr die Hand auf den Mund gepresst.

»So ein dummes, kleines Mädchen. Hätte nicht gedacht, dass sie es mir so leicht macht. Aber sie war geradezu begierig darauf, mich zu besuchen. Ich glaube, du hast nicht aufgepasst, Hippolyte. Sie ist dir einfach nachgelaufen, und ich konnte sie in unserem Lager aufgreifen.«

»Lass sie in Ruhe«, zischte ich, so dass nur er es hören konnte. Sofort verstärkte Theseus seinen Druck wieder. »Sie hat dir nichts getan.«

»Das stimmt. Aber sie ist so jung und unschuldig …«

Mehr brauchte er nicht sagen. Ich wusste, was er mit seinen Andeutungen bezweckte, und ich hätte ihm am liebsten erklärt, wohin er sich seine Selbstgefälligkeit stecken konnte. Aber Antiopes Entsetzen brachte mich zum Verstummen. Ich dachte an meine Mutter. Daran, dass ich ihr versprochen hatte, auf Antiope und Penthesilea aufzupassen, wenn sie es nicht mehr konnte.

Penthe war in Troja und entzog sich damit meinem Zugriff. Antiope war Theseus in die Hände gefallen.

Ich hatte versagt.

Auch Melanippe begriff die Aussichtslosigkeit unserer Lage. »Lass sie gehen!«, rief sie. »Ich stelle mich als Geisel zur Verfügung, aber lass Antiope und Hippolyte gehen!«

»Und was wäre damit gewonnen? Ich vermute, deine Königin

wird weniger Skrupel haben, den Tod einer Amazonenkriegerin in Kauf zu nehmen als den ihrer geliebten Schwester. Da würde ich einen schlechten Tausch machen.«

Er hatte leider recht, und wir alle wussten das.

Unsere letzte Hoffnung war Herakles. Ich versuchte, den Kopf in seine Richtung zu drehen, doch als es mir gelang – und das sicher nur, weil Theseus *wollte,* dass ich Herakles sehen konnte – sah ich in seiner Miene Verwirrung. Er runzelte die Stirn, als wüsste er nicht, was um ihn herum vorging.

»Herakles«, flüsterte ich.

Er starrte mich nur an. Ich spürte, wie die Angst nach meinem Herz griff. Was passierte hier gerade? Er schüttelte langsam den Kopf, als könnte er selbst nicht begreifen, wie er hierhergekommen war und was um ihn herum geschah. Fast kam es mir so vor, als würde er mich nicht mehr erkennen.

»Herakles?«, fragte ich ängstlich.

Er ließ die Keule sinken und blickte sich um. Zu den Amazonen, zu den beiden Kriegern, die die schluchzende Antiope hielten, zu den Achaiern. »Wir brechen unser Lager ab«, rief er. »Packt alles zusammen, damit wir morgen Früh in See stechen können. Wir bringen Theseus zurück nach Athen und reisen dann weiter nach Mykene, um Eurystheus den Waffengürtel des Ares zu bringen.«

Für mich hatte er keinen Blick, kein Wort. Als würde er mich nicht erkennen. Als wäre ich gar nicht da.

Ich fühlte mich von ihm verraten. Ich stürzte in eine abgrundtiefe Leere.

»Herakles …« wisperte ich. Er ging davon, in Richtung seines Zelts. Die Amazonen scharten sich um Melanippe, die Achaier suchten die Nähe von Theseus. Er wiederholte Herakles' Befehl, und erst da gingen sie langsam los. Sie sammelten die herumliegenden Waffen auf, trugen ihre Gefallenen davon und einige formierten sich, um Melanippe und ihre Kriegerinnen zurück in die Stadt zu geleiten.

»Wir kommen wieder«, rief Melanippe. »Halte durch, Hippolyte! Wir werden euch befreien.«

Doch das sagte sie wohl mehr zu sich selbst als zu mir. Ich wusste bereits, wie vergebens ihre Bemühungen sein würden. Theseus hatte mich als Geisel genommen, und er würde nichts unversucht lassen, damit es so blieb.

Ich hatte zu viel riskiert. Hatte Hera unterschätzt, hatte Herakles überschätzt und hatte mich geirrt, als ich dachte, dass Ares' schützende Hand weiter reichen würde als sein Waffengürtel. Mein größter Fehler war, dass ich gedacht hatte, ich könnte Herakles vertrauen.

Zwei Achaier brachten Theseus Seile, und er fesselte meine Hände vor dem Bauch, und meine Füße wurden so zusammengebunden, dass ich allenfalls Trippelschritte machen konnte. Mein Körper wurde eingeschnürt, er nahm mir den Dolch ab und schnalzte missbilligend mit der Zunge.

»Hast du gedacht, ich merke das nicht?«, fragte er tadelnd.

Ich blickte ihn stumm an, sagte aber kein Wort.

»Na, irgendwann wirst du schon mit mir reden müssen. Spätestens wenn ich dich als mein Weib genommen habe.«

Nicht mal darauf antwortete ich. Mein Körper drückte all meine Abwehr und Abscheu aus, zu der ich fähig war. Niemals würde ich seine Frau werden. Eher starb ich durch seine Hand.

Er übergab mich an seine Männer, die mich zum Schiff führten.

Antiope stolperte weinend hinter uns her, und ich hätte so gern tröstend den Arm um sie gelegt. Sie war völlig verstört. Kein Wunder. Der Mann, den sie in den letzten Tagen angehimmelt hatte, hatte sich als Monster entpuppt, für den ein Menschenleben wertlos war.

Ich fühlte mich verraten. Warum war Herakles nicht eingeschritten, als Theseus mich als Geisel nahm? Seine Untätigkeit war das Schlimmste, sie zog mir den Boden unter den Füßen weg. Zumal ich nicht verstand, wieso er kein Machtwort sprach? Mehr hätte es nicht gebraucht, dass Theseus mich gehen ließ. Oder war er gar nicht derjenige, der die Achaier anführte? Hatte Theseus ihn in der Hand? Warum? Bisher hatte ich gedacht, die Achaier seien nur hergekommen, um Herakles bei der Erfüllung seiner Aufgaben zu unterstützen.

Was übersah ich bei alledem?

Sie brachten uns in einen Verschlag auf dem Schiff, lösten Antiopes Fesseln und zwängten uns in die Enge hinter den Latten. Ich kauerte mich neben meine jüngste Schwester, die sogleich versuchte, meine Fußfesseln zu lösen. Zwei Achaier wurden zu unserer Bewachung abgestellt, doch selbst wenn sie nicht wären, sah ich keine Möglichkeit, wie wir hätten entkommen sollen.

Antiope war völlig außer sich. Sie heulte, schluchzte und klagte, und es dauerte, bis ich zu ihr durchdrang. Immer wieder versicherte ich ihr, dass sie keine Schuld daran trug, dass wir gefangen genommen worden waren. Nachdem sie mir das glaubte, begann sie darüber zu jammern, dass Theseus sie verraten hatte. »Dabei lieben wir uns!«

Ich musste bitter auflachen. Nicht, weil meine kleine Schwester mit ihren knapp dreizehn Sommern glaubte, sie wüsste etwas über die Liebe. Oder weil es Theseus gelungen war, sie über die Natur seiner Gefühle zu täuschen. Nein, ich verspürte vor allem Bitterkeit darüber, dass ich offensichtlich denselben Fehler gemacht hatte wie sie. Ich hatte ebenfalls einem Achaier vertraut, hatte sogar mit dem Waffengürtel unseres Vaters mein Leben in seine Hände gelegt – nur damit er tatenlos zusah, wie Theseus mich packte und damit drohte, mich und meine Schwester zu schänden und umzubringen, falls nicht alle das taten, was er von ihnen verlangte.

Und das verletzte mich. Ich hätte es wissen müssen. Oder ich hätte einfach auf Mela hören sollen, die mich davor gewarnt hatte, Herakles zu nah an mich heranzulassen.

»Ist schon gut«, war daher alles, was ich Antiope zuflüsterte. Ich hob die Arme, strich ihr mit beiden Händen eine Strähne aus dem Gesicht. »Ich weiß, wie weh das tut.«

»Kommt unser Vater jetzt und rettet uns?«, fragte sie irgendwann.

Ich hatte keine Ahnung. Würde Ares spüren, dass mit uns etwas nicht in Ordnung war? Oder war er zu sehr mit dem drohenden Krieg in Troja beschäftigt? Früher oder später erfuhr er sicher von unserer Geiselnahme. Die Frage war allerdings, ob er dann auch kommen und uns retten würde?

Oder war unsere Geiselnahme Teil eines größeren Plans, den selbst Ares nicht außer Kraft setzen konnte?

»Wenn er von unserer Entführung erfährt, wird er tun, was er kann, um uns zu helfen«, versprach ich.

»Er kann mir gestohlen bleiben«, fauchte sie. Ich sah sie überrascht an. Selbst in dieser ausweglosen Lage war sie immer noch auf unseren Vater sauer?

»Was ist das zwischen Ares und dir?«

»Er hat unsere Mutter betrogen«, erwiderte sie. »Er hat ihre reine, pure Liebe beschmutzt, denn kaum war sie tot, obwohl er es hätte verhindern können, ist er zu Aphrodite zurückgekehrt. Als wäre ihm Mutters Tod gerade recht gekommen, damit er mit der Frau eines anderen Gottes herumhu …«

»Halte ein«, sagte ich scharf. »Sage nichts, das du später bereuen könntest, Antiope.«

Sie kniff die Lippen zusammen.

»Er wird uns retten, wenn es ihm möglich ist. Ich weiß nicht, ob er das kann, aber wenn sich die Chance bietet, werden wir sie ergreifen, hast du verstanden?«

Antiope gab sich damit zufrieden, und ich atmete auf. Es war keine Lüge, aber ich hatte die Wahrheit in den schönsten Farben gemalt. Wahrscheinlich würde er uns nicht retten. Warum auch? Ich hatte ihm zuletzt deutlich gemacht, was ich davon hielt, wenn ein Vater seinen Töchtern jeden Stein aus dem Weg räumte.

Ich begann zu zittern. Auch Antiope neben mir bibberte, und ich versuchte, mich eng an sie zu drücken, um ihr etwas Wärme zu spenden. Sie trug nur ein dünnes Seidenkleid, die Arme waren nackt. Ich hätte ihr meine Tunika abgegeben, wenn es möglich gewesen wäre.

»Melanippe holt uns doch hier raus, oder?«

Ich schrak hoch. War ich eingeschlafen? Die nächtliche Stille wurde immer wieder von den Rufen der Achaier durchschnitten, man hörte, wie irgendwo Holz klapperte. Sie schichteten Scheiterhaufen für ihre Leichen auf. Mir wurde schlecht. Zu viele Tote. Und ein weiterer Angriff der Amazonenkriegerinnen würde nur zu noch mehr Toten führen.

»Ich weiß es nicht.«

»Aber dann nimmt er uns mit!«, rief Antiope. Sie fing wieder an zu weinen, und ich hob die Arme, damit sie auf meinen Schoß kriechen und sich in meine Umarmung schmiegen konnte. Inzwischen hatte ich jedes Gefühl in den Händen verloren. Ich lehnte den Kopf gegen die Latten und schloss erschöpft die Augen. Meine Finger strichen beruhigend über Antiopes Rücken. »Ich habe Angst«, flüsterte sie.

»Ich weiß, Antiope. Ich weiß.«

Bloß nicht zugeben, dass ich auch Angst hatte. Das durfte sie auf keinen Fall erfahren.

Irgendwann schlief sie ein, während ich weiter unsere Umgebung beobachtete. Mit der Morgendämmerung flammten die Scheiterhaufen am Strand auf. Ich zählte insgesamt sieben. Die Zelte, die jenseits des Strands auf einer Anhöhe errichtet waren, fielen nacheinander in sich zusammen, wurden von den verbliebenen Achaiern verpackt und an Bord gebracht. Sie arbeiteten Hand in Hand wie eine gut geölte Maschine. Von Theseus oder Herakles keine Spur.

Ich hatte Fragen. Vor allem an Herakles.

»Kannst du nicht schlafen, kleine Reiterkönigin?«

Ich riss die Augen auf. Der Gestank nach verbranntem Fleisch wehte von den Scheiterhaufen zu uns herüber und brannte in der Kehle. Ich musste doch noch eingeschlafen sein. Ich hustete und sah eine Frauengestalt in einem taubenblauen Kleid mit passender Kapuze vor dem Verschlag kauern. Sie hob den Kopf und blickte mich aus ihren großen Rehaugen an.

»Du«, zischte ich.

»Hättest du nur auf mich gehört, kleine Königin.« Hera-Teleia lächelte mitfühlend. »Nun sind deine Schwester und du in dieser misslichen Lage, und keiner wird euch zur Hilfe eilen.« Sie legte den Kopf schief, als würde sie lauschen. »Nein, auch euer Vater nicht. Ich fürchte, der Zorn deiner Schwester verhindert, dass er dich hört. Nun ja, und dass du so dumm warst, Herakles den Gürtel zu geben, erschwert ihm die Angelegenheit zusätzlich.«

»Willst du etwa behaupten, ich sei selbst schuld an unserer Geiselnahme?«

Hera zuckte nur mit den Schultern. Mehrere Achaier polterten über die Planken an Bord des Schiffs und verstauten die nächsten Bündel. Sie reagierten nicht auf Hera, obwohl einer fast auf sie trat, wie sie da vor dem Verschlag kauerte. »Glotz nicht so!«, fuhr er mich an. Rasch senkte ich den Blick.

Konnte das wirklich sein, dass ich die Göttin sah, sie aber für diese Männer unsichtbar blieb?

Hera lachte glucksend. »Man sollte meinen, du wärst nicht die Tochter eines Gottes, so dumm wie du dich gerade anstellst. Glaubst du wirklich, die Männer würden mich sehen, wenn ich nicht gesehen werden will?«

Ich hob anklagend die gefesselten Hände, in denen ich schon länger kein Gefühl mehr hatte, weil die Blutzufuhr abgeschnürt wurde. »Hast du das gemeint, als du sagtest, ich dürfe Herakles den Waffengürtel nicht überlassen?«

Hera legte den Kopf schief. »Ich gebe zu, es gab Entwicklungen, mit denen ich in der Form nicht gerechnet habe«, räumte sie ein. »Herakles wird zunehmend unberechenbar.«

»Dann ist Vergleichbares schon häufiger passiert?«

»Oh ja. Sieh mal, er ist ein Mann, der keinen Kampf scheut. Und aus den meisten Kämpfen geht er siegreich hervor. Aber selbst dann hat er immer wieder einen Treffer abbekommen. Halbgötter sind nicht gänzlich unverwundbar. Inzwischen ist er wohl hier oben«, sie tippte sich gegen die Schläfe, »nicht mehr ganz so gesund, wie er das gerne hätte. Er kann sich das selbst nicht erklären. Die Wutausbrüche. Die Vergesslichkeit. Hast du gesehen, wie er vorhin erstarrt ist?« Ich nickte widerstrebend. »Als wäre sein Verstand eingefroren. Und dann der Schmerz, wenn er aus der Erstarrung erwacht. Wenn er nicht weiß, was in der Zwischenzeit passiert ist. Er will sich nichts anmerken lassen, und auch das führt zu verwirrenden Entscheidungen. Das alles …« Sie zuckte mit den Schultern.

»Ist dein Werk?«, mutmaßte ich. Da Hera nicht antwortete, lag ich wohl mit meiner Vermutung richtig.

»Und was ist mit Theseus?«

»Ah, eine ganz andere Angelegenheit. Nicht meine, übrigens.«

Als würde es das besser machen, dachte ich verzweifelt.

»Der gute Theseus formt die Welt nach seinen Wünschen, und die Entführung der Helena war nicht sein erster Versuch, ein Mädchen zur Frau zu nehmen.« Heras Blick ruhte auf der schlafenden Antiope in meinen Armen. »Armes Ding«, murmelte sie, und ihr Bedauern klang aufrichtig. »Deine Schwester werden wir wohl nicht vor dem Schlimmsten bewahren können …«

Ich fröstelte. Das Schlimmste wollte ich mir lieber nicht vorstellen.

»Erzähl mir von ihm«, flüsterte ich.

»Warum? Willst du dein Herz auch für ihn erwärmen?« Sie musterte mich prüfend. Als wäre ich eine Frau, die sich eben dem nächsten Helden zuwandte, wenn der bisherige Liebhaber sich disqualifizierte.

»Nein. Ich will wissen, mit wem ich es zu tun bekomme, wenn ich gegen ihn … antrete.«

»Er wird zu mächtig für dich sein, kleine Königin«, prophezeite Hera mir. Sie blickte über die Schulter, als fürchtete sie, er könnte im nächsten Moment auftauchen. Ganz klein machte sie sich, war nun wieder die Dienerin Teleia, die sich im Morgengrauen zu ihrer Herrin schlich und ihr die Geheimnisse ihrer Feinde zuflüsterte.

»Als er einst den Minotaurus besiegte, nahm er Ariadne und ihre jüngere Schwester Phaidra mit nach Athen, weil er die Kleine ehelichen wollte. Als er in den Hafen einfuhr, vergaß er angeblich, die schwarzen Segel gegen weiße zu tauschen. Deshalb dachte sein Vater, Theseus sei im Kampf gegen den Minotaurus gestorben und stürzte sich aus Kummer ins Meer.« Hera lehnte sich zurück. »Wenn du mich fragst, vergisst Theseus nichts. Es gibt nichts, das er nicht in voller Absicht tut.«

Ich fröstelte. Den eigenen Vater in den Tod zu schicken und anschließend die Hände in Unschuld zu waschen, war genau die Art von Heimtücke, wie ich sie Theseus zutraute. Genau die Manipulation, vor der ich mich fürchtete.

»Und Phaidra? Was wurde aus ihr?«

»Damals war sie noch ein Kind, und er ehelichte sie, kaum dass sie zur Frau erblüht war. Sie wird euch in Athen sicher als ihre Gäste empfangen, doch hüte dich vor ihrem Zorn. Sie wird schon bald durchschauen, warum Theseus so viel Wert auf Antiopes Gesellschaft legt, und ich fürchte, das wird dem Vögelchen großen Schaden zufügen.«

Ich hörte mit halb geschlossenen Augen zu. Was Hera mir berichtete, musste ich immer auch daran bemessen, was die Göttin eventuell mit ihren Worten bezweckte. Wollte sie mich gegen Phaidra aufbringen? Oder war ihre Warnung ernst gemeint, weil sie bedauerte, was mit mir und Antiope passiert war? Jede von Heras Taten zielte darauf ab, Herakles in neue Abgründe zu stürzen. Was half es ihr, wenn Theseus uns nach Athen verschleppte und Antiope von ihm missbraucht wurde?

»Das wirst du nicht zulassen, nehme ich an.« Hera beobachtete mich scharf. Ich schluckte. Aber wie sollte ich verhindern, dass Theseus sich an Antiope hielt? Sicher, sie war nach dieser Nacht verstört, doch ich fürchtete, er könnte sie mit seinem charismatischen Wesen erneut für sich gewinnen. Was dann? Die Vorstellung, dass er sie zu einer Ehe zwang oder schlimmer noch, sie als Geliebte hielt, die seinem Willen ausgeliefert war … schrecklich.

Zumindest fühlte ich mich nun etwas besser gewappnet.

»Wenn ich dir einen Rat geben darf …«

Ich schlug die Augen auf.

»Lass nicht zu, dass Antiope in seine Fänge gerät. Mehr will ich gar nicht sagen.«

»Weil ich ja noch so viel Macht habe«, murmelte ich und schloss wieder die Augen. Auf einmal war ich unendlich müde.

»Du hast mehr Macht, als du denkst, kleine Königin.« Hera erhob sich mit einer fließenden Bewegung. »Und nun überlasse ich euch schweren Herzens eurem Schicksal.«

Ich lachte bitter auf.

Aber das hörte die Göttin schon gar nicht mehr. Als ich das nächste Mal die Augen aufschlug, war sie verschwunden.

28

Im Morgengrauen legte das Schiff ab. Am Strand blieben die lodernden Scheiterhaufen zurück, die abgenagten Knochen und ein halbes Dutzend Straßenköter, die aus der Stadt zum Strand herübergekommen waren, wohl in der Hoffnung, hier sei mehr zu holen.

Ein älterer Achaier brachte Antiope und mir Decken und eine Schale mit Brot, Oliven und ein paar Feigen. Ich weckte meine Schwester, legte eine Decke um ihre Schultern und die andere über ihre Beine. »Das ginge deutlich besser, wenn du meine Fesseln lösen könntest«, rief ich dem alten Mann nach, doch das hörte er schon nicht mehr. Die Achaier hielten sich ansonsten von uns fern, und ich vermutete, dass es auf Befehl von Theseus geschah.

Antiope weinte schon wieder. »Ich dachte, sie lassen uns frei, bevor das Schiff ablegt«, schluchzte sie. »Wohin bringen sie uns?«

»Nach Athen.« Beruhigend streichelte ich ihren Rücken. Es tat mir so leid, dass sie das durchstehen musste. Was mit mir geschah, war inzwischen zweitrangig; ich musste mich wohl mit dem Gedanken anfreunden, dass ich in Athen als Kriegsbeute präsentiert und anschließend totgeschleift wurde. Oder etwas ähnlich Grausames passierte, das Theseus' krankem Hirn entsprang.

Je länger ich darüber nachdachte, umso größer wurde meine Wut. Wie hatte ich nicht sehen können, welchen Fehler ich beging? Hera hatte gesagt, der Gürtel sei eine Art Schutzzauber von Ares gewesen, solange er in meinem Besitz war. Mein Vater hatte es also für notwendig erachtet, mir einen Schutz zukommen zu lassen, obwohl ich nach dem Tod meiner Mutter alles getan hatte, um ihn von mir zu stoßen. Ich konnte ihm deshalb nicht mal mehr böse sein, denn mit meinem Verhalten hatte ich eindrücklich bewiesen, dass dieser Schutz offensichtlich nötig war. Was gäbe ich jetzt dafür, wenn ich den Gürtel noch hätte und er es mir ermöglichte, Antiope zu retten.

Tagsüber segelte das Schiff Richtung Westen, und abends gingen wir an Land. Antiope und ich wurden kurz aus dem Verschlag geholt und durften uns am Strand die Beine vertreten. Ich überlegte. Wenn es stimmte, was Hera erzählt hatte – und ich beschloss, ihre Worte für bare Münze zu nehmen, weil mir kein vernünftiger Grund einfiel, weshalb sie mir Böses wollte –, dann würden wir in einigen Tagen Troja erreichen. Jene Stadt, die Ares gemeinsam mit Aphrodite und Artemis beschützte. War er mit Penthe noch dort? Oder waren sie nach Ephesos weitergezogen? Und wenn er noch in Troja weilte – konnte ich ihn irgendwie auf uns aufmerksam machen?

Hera hatte erklärt, es sei auch Antiopes Zorn auf ihn, der verhinderte, dass Ares uns sah. Ich versuchte, mit ihr über unseren Vater zu sprechen. Doch sobald die Sprache auf ihn kam, blockte sie ab. Ich verstand allmählich, warum er nicht mitbekam, was mit uns geschah.

Aber irgendwas musste ich tun. Zur Tatenlosigkeit verdammt, gefesselt und in den Verschlag gezwängt spürte ich, wie ich mit jedem weiteren Tag langsam den Verstand verlor.

Vielleicht war auch das Teil von Theseus' Plan.

Ich sah ihn gelegentlich aus der Ferne, wenn er mit dem Steuermann und dem Kapitän redete. Bildete mir ein, dass er in meine Richtung blickte und dann ein feines Lächeln seine Lippen umspielte. Fast ein bisschen boshaft. Genoss er meine aussichtslose Lage?

Von Herakles fehlte jede Spur, und ich fragte mich bis zum vierten Tag, ob er überhaupt an Bord des Schiffes gegangen war.

Als er dann an Deck auftauchte, war dies für jeden an Bord sofort spürbar. Seine Präsenz durchdrang alles. Ich richtete mich auf. Inzwischen waren meine Hände nur noch mit einem dünnen Strick an der Bretterwand festgebunden. Ich sollte unseren Peinigern wohl dankbar dafür sein.

»Herakles!«, rief ich über Deck.

Er fuhr herum. Sein umwölkter Blick hellte sich sofort auf, und er kam mit weitausgreifenden Schritten auf uns zu. »Hippolyte! Was ist passiert?«

Ich starrte ihn ungläubig an. Meinte er das ernst?

»Das fragst du lieber Theseus«, rang ich mir ab. »Wo hast du gesteckt?«

»Da drüben«, er zeigte über die Schulter zu der Kajüte.

»Die ganze Zeit?«

»Ich habe geschlafen.«

Ich sah ihn unverwandt an, doch er verzichtete auf eine Erklärung. Also gut. »Und nun?«

»Ich hole dich da raus. Dich und deine Schwester.«

Er starrte mich immer noch an, als könnte er nicht glauben, dass wir an Bord waren. Ich sah ihm nach. Er ging erst zum Kapitän und sagte etwas zu ihm. Der schüttelte den Kopf und wies auf Theseus, der am Bug stand und etwas mit dem Steuermann diskutierte. Ich versuchte, ein paar Gesprächsfetzen aufzufangen. Troja, glaubte ich zu hören. Waren wir schon in Trojas Nähe?

Herakles trat zu Theseus. Er zeigte auf mich, gestikulierte wild. Theseus sah in meine Richtung, zuckte mit den Schultern und gab eine Erwiderung. Herakles wurde laut. Er schrie Theseus an, der jedoch nur die Arme vor der Brust verschränkte und leise etwas erwiderte.

Ich hatte keine Ahnung, was Theseus sagte, doch Herakles, der selbstbewusste, starke Herakles, fiel in sich zusammen. Er senkte den Kopf, die Schultern sackten nach unten. Theseus legte ihm tröstend eine Hand auf die Schulter.

»Worüber reden die beiden?«, wollte Antiope wissen. Sie war aus ihrer Starre erwacht und schob sich neben mich.

»Ich weiß es nicht. Herakles will uns freilassen. Aber Theseus …« Ich zuckte hilflos mit den Schultern. »Er hat keine Macht über Theseus.«

An diesem Abend gingen wir nicht an Land. Als die Dämmerung sich senkte, entdeckte ich auf einem hohen Felsen direkt über dem Meer eine Festung. Dunkel und bedrohlich erhob sich die riesige Zitadelle über der Stadt. Da wusste ich, weshalb wir weitersegelten.

Wir passierten Troja im Dunkeln, ohne dass die Wachsoldaten auf den Zinnen besondere Notiz von uns nahmen. Ihre Blicke waren nach Westen gerichtet, wo sie auf das Auftauchen der tausend Schiffe lauerten, die Menelaos und Agamemnon über die Ägäis brachten.

Meine letzte Hoffnung erstarb, dass uns irgendwer davor bewahren konnte, nach Athen gebracht zu werden.

Tagelang hielt Herakles sich von mir fern. Besser so. Ich hätte ihm in meiner Wut über sein ehrloses Verhalten vermutlich die Augen ausgekratzt.

So blieb mir nur, ihn jedes Mal bei seinem Auftauchen mit Blicken zu durchbohren. Er versuchte, mich zu ignorieren, aber ich wusste, dass meine Verachtung ein scharfes Schwert war. Wenngleich es nicht vermochte, uns aus der Gefangenschaft zu befreien.

Als wir Athen erreichten, hatte ich längst resigniert. Ich hatte keinen Plan und keine Ahnung, wie ich auf Theseus einwirken konnte, damit er nicht das in die Tat umsetzte, was Hera angedeutet hatte.

Zu Antiope konnte ich kein Wort sagen. Jedes Mal, wenn ich es versuchte, war mir der Mund wie vernäht. Und jedes Mal, wenn sie sich in unserem Käfig halbwegs ausstreckte und einschlief, streichelte ich ihre verschwitzte Schläfe und wünschte ihr, dass all das bald vorbei war. Dass es spurlos an ihr vorbei ging, aber das war vermutlich eine vergebliche Hoffnung.

Die Segel blähten sich über unseren Köpfen, das Schiff glitt in Richtung Hafenmauer, wo sich bereits Menschen versammelten, um ihren König zu empfangen. Ich rüttelte Antiope sanft an der Schulter. Sie rappelte sich auf. »Sind wir da?«

Sie machte große Augen. Ich staunte ebenfalls über die Größe dieser achaischen Stadt, die sich bis zum Horizont erstreckte und darüber hinaus. Auf einem Hügel erhob sich hinter einer Wehrmauer ein ausgedehnter Palast, der allein schon so groß war wie ganz Themiskyra.

Zum ersten Mal fühlte ich mich richtig klein und unbedeutend.

Von sechs achaischen Soldaten wurden wir aus dem Verschlag geholt, erneut mit Stricken an den Händen gefesselt, unsere Arme fest um den Oberkörper geschnürt. Sie fesselten auch meine Füße aneinander, damit ich nicht wegrennen konnte – bei Antiope verzichteten sie darauf. Sie hielt sich ohnehin dicht an meiner Seite, und allein ihretwegen hätte ich niemals einen Fluchtversuch unternommen. Was ich lieber für mich behielt.

Herakles und Theseus verließen als Erste das Schiff und wurden von einer jubelnden Menge begrüßt. Herakles reckte Ares' Waffengürtel in den Himmel, was erneuten Jubel aufbranden ließ. Dann ließ Theseus Antiope und mich vom Schiff führen und verkündete, bei ihrem Raubzug hätten sie auch die berühmte Königin der Amazonen gefangen genommen. Sie werde zusammen mit ihrer jüngsten Schwester als Geisel und Faustpfand für den Frieden mit den Skythen am attischen Hof leben.

Ich wusste gar nicht, dass wir vorher im Krieg gestanden hatten, aber nun gut. Den Athenern gefiel offenbar, dass ihr König siegreich und mit Beute zurückgekehrt war. Sie machten uns Platz, als wir uns auf den Weg zum Palast begaben. Ich hörte, wie die Männer raunten und hob stolz den Kopf. Antiope warf mir einen Seitenblick zu, und zum Glück verstand sie, worum es ging. Die Würde bewahren. Sie ging ebenso aufrecht neben mir, und ich war unendlich stolz auf sie.

Sobald wir den Palast erreichten, wurden wir von den Soldaten in helle, großzügige Gemächer geführt. Vor den Türen wurden Wachen postiert, und ein halbes Dutzend Sklavinnen schwärmte in den großen Raum, von dem zwei Schlafgemächer abgingen. Es handelte sich wohl eher um ein Gästequartier als um eine Gefängniszelle, doch die Wachen vor den Türen ließen uns nicht vergessen, dass wir Theseus' Geiseln waren.

Eine ältere Frau in einer kurzen, weißen Tunika, wie alle Sklavinnen sie trugen, stellte sich mir als Acantha vor und bot an, für Antiope und mich frische Kleidung bereitzulegen und uns ein Bad einzulassen. »Ihr müsst müde sein nach der langen Seereise.«

»Das sind wir«, räumte ich ein.

»König Theseus wünscht, dass es euch an nichts fehlt.« Sie zögerte. »Die Königin wünscht, dass Ihr anschließend zu ihr gebracht werdet.«

Ich neigte den Kopf. »Wir werden Phaidra sehr gern treffen.«

Acantha wirkte erleichtert. Sie klatschte in die Hände, und sogleich setzte ein geschäftiges Summen um uns herum ein. Antiope wurde in das andere Schlafgemach geführt. Ich spürte, wie meine Fesseln gelöst wurden. Eine junge Sklavin strich eine Salbe auf meine roten, aufgescheuerten Handgelenke.

»Die braucht Ihr nicht mehr«, murmelte Acantha. Es schien ihr unangenehm zu sein, dass man meinem Körper die lange Gefangenschaft ansah. Nach dem ausgiebigen Bad wurde ich mit athenischen Kleidern ausgestattet. Ein bodenlanger Chiton, weiche Sandalen aus hellem Ziegenleder, darüber ein Himation aus weichem Tuch. Acantha half mir, das eine Ende des Mantels wie eine Kapuze über den Kopf zu legen. Zum Schluss ließ sie mir Lederarmbänder bringen, die mit kleinen Goldmünzen beschlagen waren und die ich über den Abschürfungen tragen konnte. Vorher kam noch einmal die Salbe zum Einsatz, und zu meiner Überraschung spürte ich fast keinen Schmerz mehr in den Handgelenken.

»Nun seid Ihr bereit, der Königin gegenüberzutreten«, sagte Acantha zufrieden.

Sie führte mich in den Vorraum, wo Antiope bereits auf mich wartete. Auch sie war gebadet, gesalbt und neu eingekleidet worden. Wir musterten einander, und sie konnte sich ein kleines Lächeln nicht verkneifen. Ich grinste, aber weniger, weil irgendwas an unserer Situation lustig war, sondern weil ich froh war, sie lächeln zu sehen.

»Wollen wir?«, fragte ich und streckte die Hand aus. Antiope ergriff sie, und so folgten wir unseren Wachen durch die Gänge und Räume des Palasts, bis sie vor einer hohen, golden beschlagenen Tür stehen blieben.

»Die Königin erwartet Euch.« Mit diesen Worten traten sie beiseite. Ich atmete tief durch und trat durch die Tür.

Ich weiß nicht, was ich erwartet hatte, als ich das erste Mal von Phaidra hörte. Ein junges Mädchen vielleicht, das ähnlich verschüchtert und ängstlich war wie Antiope. Die stolz aufgerichtete, große und strahlend schöne Frau, die uns entgegentrat, überraschte mich.

Sie war fast so groß wie ich, ihre schwarzen Haare trug sie offen. Ein goldener, dünner Reif diente als Krone, Arme und Hals schmückten goldene Reife. Ihr Chiton und das dazu passende Himation waren von einem dunklen Orange, das ihre zarte, leicht gebräunte Haut unterstrich. Ihre großen, taubengrauen Augen musterten mich nachdenklich.

»Willkommen in Athen, Königin Hippolyte von den Skythen. Ich hoffe, die Reise war angenehm.«

Ich neigte den Kopf. »Königin Phaidra. Danke, dass Ihr uns empfangen habt und uns ein Quartier anbietet.«

Ihr Blick wanderte weiter zu Antiope, und kurz verengten sich ihre Augen. Ich nahm Antiopes Hand, damit sie neben mich trat. »Meine Schwester begleitet mich.«

»Ich dachte, sie ist in Ephesos bei Eurem Vater?«

»Penthesilea zieht es vor, in Ephesos zu leben, ja.« Ich nickte. »Antiope ist die jüngste von uns dreien.«

Etwas flackerte im Blick der Königin. Sie schritt auf uns zu und blieb vor Antiope stehen. »Sie wird ihm gefallen«, murmelte sie. Dann legte sie die Hand unter Antiopes Kinn und drehte ihr Gesicht hin und her. »Jetzt verstehe ich.«

Alles Stolze und Aufrechte fiel von ihr ab wie eine Panzerung, mit der sie sich geschützt hatte. In ihrem Blick lag etwas Trauriges und Verletzliches. Ich konnte ihren Schmerz fast körperlich spüren und erinnerte mich an Heras Worte. Phaidra war einst als junges Mädchen an den Hof von Athen gekommen, hatte Theseus geheiratet und lebte seitdem an seiner Seite. Wusste sie von seiner grausamen Ader? Vermutlich. Aus Heras Erzählungen und seinem bisherigen Verhalten Antiope gegenüber hatte ich geschlossen, dass er besonders großes Interesse an jungen Frauen hatte. Nach Helena und Phaidra wäre Antiope die dritte – von der ich wusste, jedenfalls.

Fieberhaft überlegte ich, wie ich das Kommende verhindern konnte. Nicht nur wegen Antiope, sondern auch wegen Phaidra, die vermutlich um ihr eigenes Leben fürchtete. Falls Theseus beschloss, Antiope zur Frau zu nehmen, wäre sie im Weg. Und wie ich Theseus einschätzte, würde er für »im Weg sein« eine eher pragmatische Lösung finden.

Sie könnte von Glück sagen, wenn sie das überlebte.

»Wir sind nicht freiwillig hier«, sagte ich und senkte den Kopf. »Wir wünschen uns eine baldige Heimkehr, wenngleich wir Eure Gastfreundschaft begrüßen.«

»Ich verstehe.« Sie kaute auf der Innenseite ihrer Wange herum, als müsste sie angestrengt nachdenken. »Manche Dinge lassen sich kaum verhindern …«

»Das befürchte ich wohl. Jedoch möchte ich daran erinnern, dass

Euer Gemahl gewiss nicht den Zorn unseres Vaters auf sich lenken möchte.«

»Sicher liegt das nicht in seiner Absicht.« Phaidra seufzte. »Ich will offen zu Euch sprechen, Hippolyte. Darf ich?«

Ich neigte den Kopf. »Ich höre.«

»Mein Mann Theseus sucht nur nach einen Vorwand, mich loszuwerden, weil ich ihm nicht das gebe, worauf er hofft.« Kurz zögerte sie, doch dann schüttelte Phaidra den Kopf. »Ich fürchte, er gibt mir die Schuld daran, dass wir noch kinderlos sind. Allerdings … Es gibt im ganzen Palast keinen einzigen Bastard, der seinem Stamm entsprungen wäre. Und er ist nicht gerade für seine Zurückhaltung bekannt.«

Ich schwieg überrascht. Dass die Königin sich mir so schnell öffnete und Theseus' Geheimnisse ausplauderte, kam unerwartet.

»Ihr seid sehr freigiebig mit Eurem Wissen«, bemerkte ich. »Fürchtet Ihr nicht, ich könnte es gegen Euch verwenden?«

Phaidra lachte freudlos. Das Strahlende fiel von ihr ab, und was blieb, war eine junge, verzweifelte Frau. Sie senkte den Kopf und starrte auf ihre Hände. Die Fingernägel waren bis aufs Nagelbett abgeknabbert, bemerkte ich. »Ich wünschte, ich müsste nicht jeder Frau, die durch diese Tür kommt, sofort alle Details über meinen verkorksten Ehemann und unsere desaströse Ehe anvertrauen. Aber ich habe die bittere Erfahrung gemacht, dass sich, wenn ich es nicht tue, meine Situation nur noch verschlimmert.« Sie hob den Blick und betrachtete Antiope. »Sie ist so jung. Hat ihre Blutung bereits eingesetzt?«

Ich schüttelte den Kopf. Antiope neben mir wand sich vor Verlegenheit. »Macht es für ihn einen Unterschied?«, wollte ich wissen.

»Wenn sie nicht empfänglich ist, könnte er sie verschmähen. Sobald sie aber schwanger werden kann, ist sie nicht mehr vor ihm sicher.«

Ich verstand. Und hätte mich am liebsten übergeben, so sehr ekelte ich mich vor diesem König, der offenbar nie einen Gedanken daran verschwendet hatte, uns zurück nach Themiskyra zu schicken.

Wir waren mehr als ein Faustpfand für einen Frieden, dem kein Konflikt vorangegangen war. Für Theseus waren Antiope und ich lediglich zwei starke, fruchtbare Frauen mit königlicher Abstammung, und er würde alles daransetzen, mit einer von uns einen Sohn zu zeugen.

»Was schlagt Ihr vor, Königin Phaidra?«, fragte ich leise. »Gibt es irgendetwas, was wir tun können?«

»Betet zu den Göttern, wie ich es seit Jahren tue. Vielleicht erhört Euer Vater Eure Gebete und kommt Euch holen.«

»Das wird nicht passieren«, murmelte ich so leise, dass sie es nicht hörte.

Sie wandte sich ab, schlang die Arme um ihren Oberkörper und begann leise zu summen. Antiope und ich wechselten einen Blick. Ich beschloss, mit meiner Schwester später ein ernstes Gespräch darüber zu führen, was genau Theseus von ihr verlangen würde. Aber Königin Phaidra war mit uns fertig. Ich nahm Antiopes Hand und wandte mich zum Gehen.

»Eines noch, Königin Hippolyte.« Phaidra rief mich zurück. »Glaubt nicht, dass Herakles in dieser Stadt irgendwas zu melden hat. Er wird in wenigen Tagen nach Mykene segeln, und ich vermute, du wirst ihn nie wiedersehen. Er hat immer noch drei Aufgaben vor sich, und Hera wird alles tun, damit er diese nicht überlebt.«

»Danke, Königin Phaidra.« Ich neigte den Kopf. Dabei war das Letzte, was ich in diesem Moment empfand, Dankbarkeit.

Mitleid höchstens.

Mit allen Frauen, die sich in dieser unerträglichen Situation befanden. Ausgeliefert an Männer, die ihnen Gewalt antaten, in egal welcher Form.

Ich kannte nur ein Ziel: Antiope um jeden Preis vor dem Schlimmsten bewahren.

Nachdem Phaidra uns empfangen hatte, ignorierte sie uns in den darauffolgenden Tagen. Auch Theseus bekamen wir nicht mehr zu Gesicht. Die Fenster unserer Gemächer gingen zur Landseite; ich wusste daher auch nicht, ob Herakles Athen bereits wieder verlassen hatte oder nicht. Mein ganzes Leben spielte sich in diesen Räumen ab, nur einmal am Tag ließen unsere Bewacher uns unter strenger Beobachtung in einem großen Innenhof spazieren gehen. Nie waren wir allein; mindestens zwei Soldaten hielten sich immer in unserer Nähe auf. Und wenn wir Privatsphäre wünschten, waren immer noch die Sklavinnen da, die kein Wort mit uns wechselten, aber oft miteinander flüsterten.

Ich fühlte mich zunehmend unwohl. Die Anspannung wuchs; ich wusste nicht, wann Theseus nach Antiope schicken ließ. Und ich hatte keine Möglichkeit, es zu verhindern.

Am ersten Abend hatte ich sie nach dem Essen in ihr Schlafgemach begleitet und die Sklavinnen vor die Tür geschickt. Ich setzte mich zu Antiope auf das Bett, nahm ihre Hände und flüsterte ihr rasch zu, was ich zu sagen hatte. Was Theseus von ihr wollte. Dass er irgendwann nach ihr schicken würde. Wie Mann und Frau beieinander lagen. Es wäre mir falsch vorgekommen, sie über diese Dinge im Dunkeln zu lassen.

Zugleich überlegte ich fieberhaft, wie ich ihr das Schicksal ersparen konnte, von dem Mann missbraucht zu werden, den sie vor gar nicht so langer Zeit noch angehimmelt hatte. Den sie sogar hatte heiraten wollen!

Zu meiner Überraschung erwies sich Antiope als recht robust, als ich ihr erzählte, wie Geschlechtsverkehr ablief. »So wie bei Pferden?«, fragte sie. »Hunde machen es auch, nicht wahr? Damit kenne ich mich aus, Schwester.«

Theoretisch mochte das stimmen. Doch woher sollte sie auch wissen, wie es sich anfühlte, wenn der Körper gegen den eigenen Willen benutzt wurde?

»Haben Herakles und du das auch gemacht? Als du dich zu ihm geschlichen hast?«

Ich nickte stumm.

»Und hat es dir gefallen?«

»Ja«, krächzte ich. »Aber ich wollte es, und wir … man kann es tun, weil man Lust darauf hat, und dann ist es sehr schön. Aber wenn die Frau es nicht will …«

»Verstehe.«

Nein, dachte ich. Sie verstand gar nichts. Aber wie denn auch? Wie konnte ich meine kleine Schwester auf eine Vergewaltigung vorbereiten?

Die Erinnerung an die Stunden mit Herakles waren mir verdorben worden, seit er mich danach so grausam fallen gelassen hatte. Ich fühlte mich beschmutzt, obwohl ich in den gemeinsamen Nächten ganz und gar für ihn entbrannt war. Ich bereute, was geschehen war, und ich wünschte so sehr, es ungeschehen zu machen. Und wenn mich diese Erinnerungen schon so sehr abstießen, wie würde es dann erst Antiope gehen, wenn Theseus …?

Nein. Ich schob diesen Gedanken ganz weit weg und hoffte, der Tag würde nie kommen.

29

Einen halben Mondlauf nach unserer Ankunft in Athen betraten zur Mittagsstunde zwei Sklavinnen die Gemächer, die ich bisher nicht gesehen hatte. Sie verneigten sich vor mir. »Wir sind gekommen, um Prinzessin Antiope für ihre Audienz bei König Theseus vorzubereiten.«

Audienz nannte er es also. Eine hübsche Umschreibung für die Schändung einer Prinzessin.

Meine Schwester und ich hatten gerade über einem Brettspiel gesessen. Sie wurde kreidebleich, und die kleinen rundgeschliffenen, türkisfarbenen Glassteine fielen ihr aus der Hand. Ich bückte mich danach. »Zeige keine Angst«, murmelte ich.

Sie nickte stumm.

»Ich werde meiner Schwester helfen, sich für den König herzurichten«, verkündete ich laut.

»Wie Ihr wünscht, Königin Hippolyte.«

Ich wollte so lange wie möglich bei Antiope sein. Wenn sie schon das Schlimmste aushalten musste, was ein Mann ihr antun konnte, sollte sie wissen, dass ich für sie da war.

Die Sklavinnen brachten ein neues Kleid. Der Chiton war aus so dünner Seide, dass ich Antiope genauso gut nackt durch die Gänge und Flure des Palasts laufen lassen konnte. Das Himation war jedoch aus festem Wollstoff, der fließend ihren Körper umschmeichelte. Sie sah hinreißend darin aus. Zugleich so verletzlich und zart. Ich musste schlucken, damit die Panik nicht überhandnahm.

Die Sklavinnen führten Antiope in ihr Schlafgemach, wo sie gebadet wurde. Ihre Haut wurde mit duftenden Ölen massiert, bevor sie in den Chiton und das Himation gekleidet wurde. Sie kämmten ihre Haare und flochten kleine Perlen hinein. Zum Schluss wurde sie parfümiert und ihre Wangen mit einer roten Paste betont. Die Sklavinnen arbeiteten schweigend, und während ich auf und ab lief und sie dabei beobachtete, dachte ich darüber nach, wie oft sie wohl schon junge Frauen für eine Nacht mit ihrem König hergerichtet hatten.

Vielleicht wollte ich das gar nicht wissen.

»Ihr bleibt hier«, beschied mir einer der Wachsoldaten, als wir das Gemach verließen.

»Auf keinen Fall«, erwiderte ich scharf. »Ich begleite sie bis zu den Gemächern des Königs.«

Er wechselte einen Blick mit den anderen Soldaten, dann zuckte er mit den Schultern. »Aber Ihr dürft nicht davor warten.«

Ich nahm Antiopes Hand, die eiskalt war. Als ich ihre Finger drückte, reagierte sie nicht. Ihr Blick war starr geradeaus gerichtet. Als hätte sie ihren Körper verlassen, um das, was nun kam, nicht bewusst zu erleben.

Vor den hohen Türen zu Theseus' Gemächern umarmte ich sie zum Abschied. »Was auch geschieht, es ist nicht deine Schuld«, flüsterte ich ihr zu. »Ich warte auf dich.«

Dann öffneten sich die Türen, und sie wurde hineingeführt. Wie ein Lamm, das zum Schlachter geführt wurde.

Sie hielt sich aufrecht. Nichts ließ erkennen, was sie dachte oder fühlte. Ich wäre gern stolz auf sie gewesen, aber woher sollte ich den Stolz auf sie nehmen? Es ging vor allem darum, dass sie das hier heil überstand. Und heil meinte nicht, dass sie körperlich unversehrt blieb. So viel wusste ich.

Bei meiner Rückkehr in unsere Gemächer legte ich mich aufs Bett und wartete.

Ein Geräusch ließ mich hochschrecken. Im Vorraum hörte ich leise Stimmen. Draußen war es dunkel; nur wenig Licht fiel aus dem angrenzenden Raum in mein Schlafgemach. Rasch erhob ich mich.

Antiope stand vor mir. Sie trug Chiton und Himation, die Haare waren nur wenig zerzaust. Sie sah müde aus.

»Hippolyte.« Sie fiel mir um den Hals. Sie bebte am ganzen Körper, und ich hielt sie fest. Zwei Sklavinnen waren mit ihr hereingekommen, und ich wies die beiden an, meiner Schwester sofort ein heißes Bad einzulassen.

Antiope löste sich aus der Umarmung. »Ich brauche kein Bad«, erklärte sie. »Mir geht es gut.«

Ich bedeutete den Sklavinnen, uns alleinzulassen. Erst nachdem sie die Gemächer verlassen hatten, ergriff ich Antiopes Hände. »Was heißt das, es geht dir gut?«

»Er hat mir nichts getan«, sagte sie leise. »Nicht … körperlich jedenfalls.« Sie hielt den Kopf gesenkt, während sie sprach. »Wir haben geredet. Stundenlang. Und danach hat er …« Sie verstummte.

Ich drückte ihre Hände. »Ich kann es verstehen, wenn du nicht darüber sprechen willst. Wenn du das, was passiert ist, in den hintersten Winkel deines Verstands verbannst. Das ist dein gutes Recht. Niemand wird dich dazu zwingen, deine Erlebnisse zu teilen.«

»Nein, das ist es nicht.« Sie schüttelte heftig den Kopf. »Er hat mich nicht … angerührt.«

»Hat er nicht?«, fragte ich verblüfft. »Aber …«

»Er hat … Ich dachte erst, er wollte, weil er mich ins Schlafgemach führte. Das Bett war für uns hergerichtet, er hat mir Wein angeboten, den ich getrunken habe, weil ich dachte, es wird leichter, wenn ich betrunken bin.«

Ich nickte geduldig. Hätte ich nicht anders gemacht.

»Er war sehr freundlich. Ich bekam einen Schwips, und als er mich fragte, ob er mich berühren dürfte, habe ich ihm erklärt, dass ich das nicht will.«

Sie verstummte.

»Und dann hat er mich weggeschickt.«

»Weggeschickt?«

»Er hat es nicht mal versucht. Also … Er hat mich nicht berührt oder geküsst. Er hat nur so komische Dinge gesagt. Dass ich ihm nicht gefalle. Dass es ihm keinen Spaß machen wird. Er fand mich hässlich.« Sie schlug die Hände vors Gesicht. »Ich fühle mich trotzdem so … schmutzig.«

So ganz verstand ich noch nicht, was Theseus mit dieser Aktion bezweckte. Ich war fest davon ausgegangen, dass er Antiope vergewaltigen würde und sie als geschundenes, blutendes Mädchen zurückkäme. Nun aber war sie verzweifelt, weil er ihr genau das nicht angetan hatte?

»Liegt es vielleicht an dem, worüber wir geredet haben? Hat ihm nicht gefallen, was ich gesagt habe?«

»Antiope. Sieh mich an.« Sie hob den Blick. So viel Verletzung und Verzweiflung lag in ihren Augen. »Es ist egal, was passiert ist. Auch egal, was du gesagt hast. Du hast *nichts* falsch gemacht.«

»Aber wir haben über dich geredet. Über Themiskyra. Über Skythien und darüber, was dein Waffengürtel für Herakles bedeutet. Er wollte alles wissen, und ich habe ihm alles erzählt, weil ich dachte … ich dachte, er wird mich gleich sowieso berühren, dann ist es egal, was ich ihm erzähle. Ich wollte nur, dass er endlich aufhört zu reden.«

Ich war ratlos. Er hatte sie nicht angerührt. Sie war trotzdem nervlich am Ende. Was er ihr angetan hatte, war nicht körperlich gewesen, sondern hatte ihre Seele in den Grundfesten erschüttert.

Ich atmete tief durch und versuchte mich von dem Gedanken loszusagen, dass eine Vergewaltigung nur körperlich stattfand. Was auch immer Theseus mit Antiope getan hatte – es ging tiefer. Vermutlich stand sie noch unter Schock. Sie brauchte Zeit, um das Geschehene zu verarbeiten und zu begreifen, dass sie davongekommen war. Irgendwie.

»Komm, ich bringe dich ins Bett«, schlug ich vor.

Sie schüttelte den Kopf. »Ich will jetzt nicht alleine sein«, wisperte sie.

»Dann bleib heute Nacht bei mir.«

Ich half ihr, das Himation abzulegen. Antiope ignorierte die Perlen im Haar und kroch in dem Chiton auf mein Bett. Fürsorglich deckte ich sie zu und lief barfuß in ihr Schlafgemach, um noch mehr Decken zu holen. Dann legte ich mich neben sie und spürte, wie sie sich an mich drückte. Ich legte den Arm um ihre Schultern. Sie weinte still, und ich lag lange wach und überlegte fieberhaft, was Theseus mit diesem merkwürdigen Verhalten bezweckte.

Am liebsten hätte ich ihn gefragt. Aber vermutlich war es besser für uns, wenn wir Theseus so selten wie möglich begegneten.

Drei Tage später ließ er nach mir schicken.

Ich weigerte mich, einen ebenso dünnen Chiton unter dem Himation zu tragen. »Wenn König Theseus nach mir schickt, werde ich das tragen, wonach mir der Sinn steht«, erklärte ich den Sklavinnen. Sie standen hilflos vor mir. Die eine hielt das zarte, weiße Hemd auf den Händen, während die andere mit einer Schatulle aufgetaucht war, in der sich vermutlich Schmuck und Haarnadeln befanden. »Er soll mich so empfangen, wie ich bin.«

»Aber Ihr müsst baden, Königin Hippolyte. Der König verlangt es.«

Da begriff ich.

Es ging nicht darum, mit mir ein *Gespräch* zu führen. Er wollte mit mir dasselbe machen wie mit Antiope. Mich erst durch Kleidung und Schmuck verunsichern. Ich sollte denken, dass mir dasselbe blühte, was er bei ihr nicht vollendet hatte. All sein Tun zielte darauf ab, uns unter Druck zu setzen. Ich verstand, warum Phaidra ihn so sehr verabscheute. Seine Gewalt war nicht nur körperlicher Natur. Er spielte mit uns.

Also beschloss ich, mitzuspielen.

Stunden später schritt ich gewaschen, gesalbt, frisiert und neu eingekleidet hinter den Soldaten her. Zwei weitere Männer gingen hinter mir; sie sollten wohl einen Fluchtversuch verhindern. Das war neu. Oder Theseus traute mir noch weniger als meiner Schwester.

Als ich durch die hohen, mit Goldbeschlägen geschmückten Türen in seine prachtvollen Gemächer trat, erwartete er mich bereits. Er stand neben einem kleinen Tischchen, auf dem ein Krug Wein und zwei Kelche standen.

»Willkommen, Hippolyte.«

»Was willst du von mir, Theseus?« Ich blieb stehen und verschränkte die Arme vor der Brust, um mein Zittern zu unterdrücken. Auf keinen Fall wollte ich ihm meine Angst zeigen. Aber ich wollte das hier auch schnell hinter mich bringen.

»Warum so garstig? Wirst du von meinen Leuten nicht gut behandelt? Habt ihr Grund zu klagen? Wenn es so ist, verzeih. Sag mir, was wir für euch tun können, und ich werde es ermöglichen.«

»Dann schick uns nach Hause«, erklärte ich scharf.

Er neigte den Kopf und hielt mir einen Weinpokal hin. Ich nahm ihn zögernd, ohne davon zu trinken. »Ausgerechnet das ist mir nicht möglich«, antwortete er. »Bedauerlicherweise bin ich immer noch nicht sicher, ob dein Volk den brüchigen Frieden hält, den wir vereinbart haben.«

»Es gab keinen Krieg zwischen den Athenern und den Skythen«, erwiderte ich bestimmt. »Wenn der Frieden gebrochen wird, dann vor allem deshalb, weil du die Königin eines anderen Reichs entführt hast. Alles, was daraus erwächst, hast du selbst zu verantworten.«

Zwischen Theseus' Augen erschien eine steile Falte. »Willst du damit andeuten, dass es meine Schuld ist, dass Hunderte Amazonen Themiskyra hinter sich gelassen haben und sich auf den Landweg nach Athen gemacht haben?«, wollte er wissen. »Nicht ungefährlich, übrigens. Sie werden eine Weile brauchen, weil überall Gefahren lauern und in nicht allzu ferner Zukunft der Winter kommt. Deine Leute reisen nicht gern per Schiff, he?«

Ich atmete tief durch. Melanippe, gedankt sei den Göttern! Sie würde nicht zulassen, dass Antiope und ich bis ans Ende unserer Tage in Athen versauerten.

»Wir kämpfen vom Pferderücken aus. Nicht von Schiffen.«

»Ah ja, die berühmten Bogenschützinnen. Ich erinnere mich.«

Er trank seinen Becher aus und schenkte sich großzügig nach. Ich nahm einen kleinen Schluck, weil ich hoffte, ihn damit zum Weitertrinken animieren zu können. Wer weiß, vielleicht konnte ich ihn so betrunken machen, dass er nicht mehr dazu in der Lage war, mit mir zu schlafen.

»Warum bin ich hier?«, fragte ich.

Er prustete in den Wein. »Ist das nicht offensichtlich?«

»Ich würde es gern von dir hören.«

Theseus stellte den Becher auf das Tischchen und trat zu mir. Seine Finger berührten meine, als er mir den Kelch abnahm und ihn beiseitestellte. »Du bist hier«, flüsterte er und beugte sich vor, »weil ich es so will.« Sein Atem strich über meinen Hals, und es kostete mich große Überwindung, ihn nicht wegzustoßen. Ich erinnerte mich an Theseus' Kampf gegen Bremusa und wie er sie fast umgebracht hatte. Weil er sie umbringen *wollte*. Ich war eine starke Kriegerin, aber ich wäre ihm körperlich unterlegen und wusste nicht, ob ich im Kampf gegen ihn bestehen konnte. Auf einen Versuch wollte ich es lieber nicht ankommen lassen, denn das hieße, mein Schicksal herauszufordern.

»Und welchen Vorteil erhoffst du dir von mir als Geisel? Denn meine Armee ist schon unterwegs, um uns zu befreien.«

»Ich weiß nicht? Vielleicht, dass du mich so liebst, wie du Herakles liebst?«

Mir rann ein eiskalter Schauer über den Rücken. »Niemals«, erwiderte ich.

»Schade. Ich dachte, du wärst an einer etwas stabileren Verbindung interessiert. Ich könnte Phaidra verstoßen und stattdessen dich zur Frau nehmen. Dann wärst du Königin von Skythien *und* Athen.

Stell dir nur vor, wie viel du erreichen könntest, wenn dir beides gehört.«

»Du meinst, wenn *dir* beides gehört.« Dachte er, ich sei dumm? In der achaischen Welt hatten Herrscherinnen keinen Platz und keine Aufgabe, außer die, einen Erben zu gebären.

»Aber es würde doch uns beiden gehören«, behauptete er.

Ich schüttelte den Kopf. »Gib dir keine Mühe, Theseus. Ich bin einmal auf einen Halbgott hereingefallen, der meinte, er könnte mich verführen. Wenn du mich willst, wirst du mich mit Gewalt nehmen müssen.« Ich stellte mich auf die Zehenspitzen. Mein Mund dicht an seinem Ohr flüsterte ich: »Und ich weiß, dass du Antiope in Ruhe gelassen hast. Was war der Grund? Konntest du etwa nicht? Oder hattest du Skrupel?«

Im selben Moment wusste ich, dass ich zu weit gegangen war. Theseus knurrte. Er packte meinen Arm, der Weinbecher fiel auf den Boden, und ich schrie auf. Theseus hob mich hoch, warf mich über die Schulter und trug mich in sein Schlafgemach.

Ich war froh darüber. Froh, dass er sein wahres Gesicht zeigte. Dass er endlich das tat, was er doch die ganze Zeit hatte tun wollen. Darum ging es ihm doch, oder? Er wollte mich, und ich würde mich nicht wehren. Aber ich weigerte mich, ihm die Genugtuung zu gönnen und versuchte meine Angst zu verbergen.

Dabei zitterte ich innerlich und verbot mir den Gedanken an das, was nun kam. Ich schloss die Augen und atmete ganz flach. Theseus warf mich auf seine Bettstatt. Er war sofort über mir, und ich versuchte, von ihm wegzukriechen. Seine Hände packten meine Handgelenke, sein Körper lag schwer auf meinem. Er drückte mich nieder und raubte mir den Atem.

»Glaub mir, ich werde niemals Skrupel haben, mir das zu nehmen, was ich will.«

Ich lachte ihm ins Gesicht. »So wie bei Helena? Und Phaidra? Es hat ja bisher auch wundervoll geklappt, nicht wahr?«

Er holte aus und schlug mit der Faust zu. Der Schmerz explodierte hinter meinem Auge, und ich schmeckte Blut. In meinem Ohr war ein Summen, das seine nächsten Worte dämpfte. Ich versuchte, mich auf seine Stimme zu konzentrieren, doch sie drang wie aus weiter Ferne zu mir.

»Ich nehme mir, was mir gehört.«

Ich lachte rau. Theseus riss am Himation, er schob den Chiton nach oben und nestelte zugleich an seiner Kleidung. Ich lag einfach da, rührte mich nicht und wartete, dass es schnell vorbei ging. Er war über mir. Packte mit einer Hand mein Kinn. »Sieh mich an«, befahl er. Ich sah zu ihm hoch. Er knurrte. Ihm gefiel offensichtlich nicht, dass ich nicht nur seinem Befehl folgte, sondern dass ich es mit Trotz tat. Dass ich ihn unverwandt ansah, ihn mit diesem Blick herausforderte, endlich das zu tun, wofür er mich in sein Bett geschleppt hatte.

»Tu's schon«, flüsterte ich. »Mach es. Ich werde es nicht verhindern können, also bringen wir es hinter uns.«

Theseus erstarrte. Er ächzte und rieb sich an mir. Sein Atem traf mein Gesicht, ich drehte den Kopf weg, innerlich hatte ich mich längst von ihm entfernt, ich war nicht mehr in diesem Raum. Ich hatte entschieden, nicht anwesend zu sein bei dem, was er mit mir tun wollte. Das, was geschah, passierte nur meinem Körper, es würde nicht meine Seele berühren oder meinen Verstand benebeln.

Ich spürte seinen Körper auf meinem. Zwischen meinen Beinen, auf meinem Rumpf, seine Hände schlossen sich um meinen Hals, seine Haare berührten mein Gesicht. Sein Atem strich über meine Stirn. Und nichts geschah. Wir verharrten so. Sein Druck um meinen Hals verstärkte sich, und in diesem Moment erwachte ich aus meiner Erstarrung, denn ich war zwar bereit, mich nicht gegen die Schändung zu wehren, aber auf keinen Fall würde ich zulassen, dass er mich tötete. Ich röchelte. Er grinste.

Und dann ließ er plötzlich von mir ab.

Theseus stand auf, spuckte auf mich herunter und verließ den Raum so lautlos und ruhig, als wäre nichts geschehen.

Ich lag einen Moment lang da und lauschte. Im Nebenraum hörte ich, wie er sich Wein einschenkte. Ich legte mich auf die Seite, holte zitternd Luft, mein Auge pochte, mein Hals schmerzte, ich konnte kaum atmen. Aber er hatte nicht getan, was er hatte tun wollen. Er hatte von mir abgelassen, als hätte er urplötzlich das Interesse an mir verloren.

Warum?

Ich zog den Himation wieder hoch, deckte mich damit notdürftig zu und lauschte. Nebenan ging Theseus auf und ab, dann hörte ich ihn lachen. Er murmelte vor sich hin, ich konnte nur einzelne Wortfetzen aufschnappen. »Verhext … Strafe … Herakles' Hure …«

Ich hatte gesehen, wie wild entschlossen er gewesen war. Und trotzdem war es ihm nicht möglich gewesen. Ich atmete ganz flach und wünschte, dass er mich vergaß.

Schritte näherten sich. Er stand über dem Bett, ich blickte zu ihm auf. Brachte er mich jetzt um? Hatte ich mein Leben verwirkt, nachdem ich ihm nicht gegeben hatte, was er wollte?

Er sah mich nicht an. Aber trotzdem galten die drei Worte mir, die er in die Dunkelheit des Raums sprach.

»Du kannst gehen.«

30

Ich brauchte keine zweite Aufforderung. Ohne zurückzublicken verließ ich seine Gemächer. Ich stolperte durch die hohe Tür und merkte, wie in diesem Moment alle Dämme brachen. Wie die Erleichterung darüber, irgendwie entkommen zu sein, mich aufschluchzen ließ. Ich war völlig aufgelöst.

Die Soldaten vor der Tür begleiteten mich durch den Palast. Sie wirkten gänzlich unberührt davon, eine weinende Frau von den Gemächern ihres Königs in einen anderen Teil des Palasts zu begleiten. Als wäre es ihr Tagesgeschäft. War es vermutlich auch.

Noch nie hatte ich mich so einsam gefühlt wie in diesem Moment. Als ich unsere Gemächer betrat, gaben die Beine unter mir nach, und ich stürzte auf den harten Steinboden. Antiope schrie auf; sie hatte auf mich gewartet und eilte auf mich zu. »Hippolyte! Was hat er dir angetan?«, rief sie. »Sprich mit mir! Brauchst du einen Heiler?«

Stumm schüttelte ich den Kopf. War das gerade wirklich passiert? Antiope half mir hoch. Ich umarmte sie, und sie stammelte und schluchzte, wie leid es ihr tue, was mit mir passiert war.

Nichts war passiert. Theseus hatte versucht, sich an mir zu vergehen, und es war ihm nicht gelungen. Warum? Es gab keinen göttlichen Schutz, der mich vor diesem Unhold bewahrte. Oder doch? Er war nicht in der Lage gewesen, mit mir zu schlafen.

Ich dachte an Phaidras Worte. Theseus mochte die Frauen jung. Je jünger, umso lieber. Wenn sie gerade erst erblüht waren, das war ihm das Liebste. Brauchte er die Unschuld der Mädchen, damit es ihm überhaupt gelang, sie zu besteigen? Und was war dran an dem Gerücht, dass es keine Bastarde von ihm gab, obwohl er es angeblich oft genug versuchte?

War dieser Halbgott etwa nicht in der Lage, den Akt zu vollziehen? Schändete er all die jungen Frauen auf andere Art, setzte sie psychisch unter Druck, quälte sie damit, dass sie es nicht schafften, ihn ausreichend zu erregen? Ich hatte über ihn gelacht, und das hatte ihn so erzürnt, dass er mich niedergeschlagen hatte. Auch eine Form von Gewalt, aber ich konnte wohl froh sein, dass er nicht das hatte ausführen können, was er wollte …

Nein. Es gab keine Entschuldigung für das, was er mir und so vielen anderen jungen Frauen davor angetan hatte. Theseus war ein Monster, und er verdiente es nicht, dass ich Ausreden für sein Treiben fand.

»Er hat dich verprügelt.« Antiope berührte mein Gesicht, und ich zuckte zusammen. Sie holte ein nasses Tuch und drückte es auf mein Auge, das inzwischen komplett zugeschwollen war.

Auch das würde vergehen.

»Das ist nichts.«

»Das ist nicht nichts.« Auf einmal war es Antiope, die entschlossen und kraftvoll klang, und ich ließ sie reden, denn alles war besser als ihr eisiges Schweigen der letzten Tage. »Hat er dir noch mehr angetan?«

Ich schüttelte den Kopf.

Sie half mir wieder auf die Füße und stützte mich. Ich hatte mir bei dem Sturz die linke Hüfte geprellt und humpelte in den Nebenraum. Antiope rief nach den Sklavinnen. Überrascht hörte ich, mit welcher Selbstverständlichkeit sie achaisch sprach und den Frauen auftrug, was zu tun war. Salben und saubere Tücher, warmes Wasser und eine kleine Ampulle mit Opiumsaft, den sie mir trotz meiner Proteste einflößte. »Du hast Schmerzen. Das sollst du nicht aushalten müssen«, bestimmte sie.

»Der macht mich müde und neblig im Kopf. Ich brauche aber gerade jeden Funken Verstand, den ich noch aufbieten kann.«

»Warum? Denkst du, er kommt her und versucht noch mal, mit dir zu schlafen?« Sie betupfte die aufgeplatzte Augenbraue mit einem feuchten Tuch. »Er hat es nicht geschafft, oder?«, flüsterte sie. »In dich einzudringen.«

Stumm schüttelte ich den Kopf. »Bei dir?«, fragte ich nach längerer Pause. Sie lächelte nur, und ich war so erleichtert, dass allein dieses Gefühl genügte, alle Schmerzen von mir zu nehmen.

»Er wird ahnen, dass wir darüber reden. Dass du und ich Bescheid wissen.«

Ich nickte nachdenklich. »Das ist nicht gut«, sagte ich leise.

»Das denke ich auch.« Antiope stand auf. Ich spürte die Phiole mit dem Opiumsaft in der Hand, und weil mein Auge inzwischen schmerzhaft pochte, entkorkte ich sie und trank den Saft mit drei Schlucken aus.

Ich sank in die Kissen und schloss das Auge, das nicht schon gänzlich zugeschwollen war. Ich würde schlafen, tief und traumlos. Würde vergessen, was passiert war.

Als ich die Augen aufschlug, lag ich allein in meinem Schlafgemach, und es war finstere Nacht. Nicht mal ein Licht brannte im Nebenraum, die Kohlefeuer waren ebenfalls verloschen. Mondlicht fiel in silbernen Streifen auf meine Bettstatt. Ich richtete mich auf. Keine

Schmerzen mehr. Ich lauschte in die Dunkelheit, doch ich war ganz allein.

Ich schwang die Beine aus dem Bett und stand auf. Statt des Kleids trug ich Hose, Tunika und Brustpanzer, und als ich auf meine Hand blickte, hielt ich darin einen Bogen und den Köcher mit Pfeilen. Ich blinzelte.

»Wer bist du?«, fragte ich in die Dunkelheit, denn ich wusste, dass nur eine Gottheit vermochte, mich in einem so lebhaften Traum zu wecken.

»Du kannst mich Agrotera nennen.«

Eine schlanke Gestalt in einem silbrig schimmernden Chiton und einem obsidianschwarzen Himation darüber trat aus den Schatten. Ich wich zwei Schritte zurück und spürte das Bettgestell gegen meine Kniekehlen drücken. Ich war erleichtert, dass es nicht Hera war, die mir erschien. Aber der Name Agrotera sagte mir nichts.

»Dachte ich mir, dass du mit dem Namen nichts anfangen kannst.« Sie lachte glucksend. Langsam kam sie näher. Ihre Augen hatten ein silbriges Funkeln, ihre Haut war so weiß wie der Mond und die Haare so schwarz wie die Nacht. Auf den Himation waren tausend Sterne mit silbernem Garn aufgestickt, und jeder einzelne leuchtete aus sich heraus. »Erkennst du mich denn nicht?«

Ich schüttelte den Kopf. Oh, wie ich es verabscheute, dass die achaischen Götter immer meinten, wir Menschen müssten sie auf den ersten Blick erkennen. Dass sie eine Göttin war, hatte ich kapiert, aber ich hatte wenig Lust, mich jetzt durch den achaischen Pantheon zu raten.

»Du wirst es mir schon mitteilen«, erklärte ich unwirsch.

»Deine Mutter war da schon zugänglicher als du, Hippolyte. Sie wusste, wie sie mich ehren konnte.«

Da begriff ich.

»Artemis.«

Sie neigte den Kopf. Der Bogen in meiner Hand schimmerte silbern wie ihre Augen. Ich hielt ihn der Göttin hin. »Ich glaube, der gehört dir.«

Artemis nahm ihn entgegen.

»Warum sind wir hier?«, wollte ich wissen.

Sie verdrehte die Augen. »Du bist genauso ungeduldig wie deine Mutter. Immer muss ein Ereignis eine Bedeutung haben, du willst wissen, was du zu tun hast. Als könnten wir uns nicht erst ein wenig kennenlernen.«

»Kommst du aus Ephesos?«, fragte ich als nächstes. Artemis neigte den Kopf. Sie lauschte in die Stille hinein, dann machte sie eine einladende Handbewegung, und ich folgte ihr, ohne darüber nachzudenken. Mein Körper gehorchte nicht mehr mir, sondern ihr.

»Du willst bestimmt wissen, wie es deiner Schwester Penthe geht.« Wir verließen die Gemächer, die mir nun schon so lange als Gefängnis dienten. Vor den hohen Flügeltüren standen keine Wachen. »Sie ist nach ihrem Besuch in Troja mit ihrem Vater nach Ephesos gereist und lebt dort in dem Palast, der einst auch deine Mutter viele Jahre beherbergt hat. Sie hat sogar begonnen, sich für den Tempelbau zu interessieren. Es geht ihr gut. Ares ist oft bei ihr.«

»Weiß sie von meiner Entführung?«

»Ungeduldige Hippolyte«, murmelte Artemis. »Natürlich hat sie davon erfahren. Melanippe ist zu ihr geritten, und sie hat Penthe nach Themiskyra zurückgebracht. Sie ist nun während deiner Abwesenheit Regentin der Skythen. Petros ist an ihrer Seite, und sie vertraut ihm.«

Den Göttern sei Dank, dachte ich. Penthe war nicht allein, und Petros vertraute ich uneingeschränkt.

»Außerdem planen sie eure Befreiung, aber sie haben keine Schiffe und müssen sich einen Weg nach Athen über Land freikämpfen. Das könnte noch ein Weilchen dauern.«

Wir erreichten den wunderschönen Innenhof, in dem Antiope und ich täglich herumspazierten. Artemis ging weiter. Ich folgte ihr.

»Allerdings bin ich nicht gekommen, um dich über deine Familie aufs Laufende zu bringen«, fuhr sie fort. Dann lachte sie auf. »Nun ja, in gewisser Weise schon. Ich bin deinetwegen hier.«

Sie blieb so abrupt stehen, dass ich in sie hineinstolperte. Ich fröstelte, denn anders als mein Vater, den ich immer als warm, geradezu hitzig erlebt hatte, strahlte Artemis eine beängstigende Kälte aus.

»Du hast es nicht gemerkt«, sagte sie.

»Was gemerkt?« Ich runzelte die Stirn.

»Ich kann es ja verstehen. Es war keine Zeit, um auch nur einen Gedanken daran zu verschwenden.«

»Woran denn?« Ich war genervt. Wenn Artemis hier war, um mir etwas mitzuteilen, schön und gut, aber dann sollte sie es *sagen* und nicht diese Andeutungen machen.

»Das.« Sie berührte mit einer Pfeilspitze meinen Unterleib. »Kannst oder willst du es nicht sehen? Ich kann verstehen, wenn du die Augen davor verschließt. Herakles hat dir übel mitgespielt, wie er jeder Frau auf die eine oder andere Weise übel mitspielt. Wir kennen es nicht anders von ihm.« Sie seufzte, als wäre Herakles eine echte Plage für den Olymp. »Aber er ist Familie, da kann man nicht viel machen. Es wundert mich auch nicht, dass es dir noch nicht aufgefallen ist. Die letzte Zeit hat dir viel abverlangt, und du wurdest nicht mit all den Leiden geschlagen, mit denen viele Frauen in deinem Zustand sich plagen müssen. Aber dass du es gar nicht merkst?«

Ich blieb stehen. »Was merke …?«

»Muss ich es wirklich aussprechen?«

Ich schüttelte wie betäubt den Kopf. Die Nächte mit Herakles lagen nun schon eine ganze Weile zurück; ein Mondlauf war mindestens seitdem vergangen. Aber ich hatte keine Veränderung gespürt. Ich war träge und leicht ermüdet, aber das hatte ich auf die Umstände meiner Gefangenschaft geschoben.

»Ja, das meine ich«, sagte sie leise. »Das Schwere in deinem Innern, das dich niederdrückt. Du *hast* es gespürt.«

Ich hatte es nicht sehen wollen. Oder nicht können, denn diejenige, der ich als erstes davon erzählt hätte, war nicht mehr da.

»Bist du deshalb hier?«, fragte ich leise. »Willst du mir mein Kind nehmen?«

»Nein. Ich bin hier, um dich mit deinem Sohn bekannt zu machen.«

»Ein Sohn …« Unglaublich. Ich war immer überzeugt gewesen, niemals ein Kind zu bekommen. Und in den seltenen Momenten, wenn ich die Vorstellung eines Kinds zuließ, war ich überzeugt gewesen, es müsse eine Tochter sein. Ich zweifelte nicht an Artemis' Worten. Warum sollte sie mich anlügen?

Wir gingen weiter. Den Thronsaal ließen wir links liegen, ebenso die Ställe. Wir verließen den Palast durch das Tor. Dahinter war nicht die Stadt, sondern eine weite Ebene erstreckte sich vor uns so weit mein Blick reichte.

»Ach, Hippolyte. Du bist Tochter deiner Mutter, und deine Wurzeln stecken so tief in der Steppe deiner Vorfahren, du wirst nie in einer Stadt glücklich werden. Und dass du Mutter wirst, ich vermute, das hat die Natur auch nicht vorgesehen. Keiner von uns hätte damit gerechnet.«

»Wie beruhigend«, murmelte ich. Wir schritten aus. Als ich mich umdrehte, war der Palast verschwunden, und um uns breitete sich die Steppe aus in ihrer ganzen kühlen Herrlichkeit. Der Nachtwind strich tröstend über meine Haut. Ich hatte schon fast vergessen, wie es war, hier zu sein.

Die Dunkelheit hob sich am Horizont, und wir gingen schweigend weiter. Ich horchte in mich hinein, doch da war nichts als Stille. Artemis musste sich irren, da war kein Kind.

»Doch«, sagte Artemis. »Bald spürst du es auch.«

So ein Unsinn. Ich war genervt; davon, in diesem Traum mit einer achaischen Göttin gefangen zu sein, von ihrer Selbstsicherheit und vor allem davon, dass sie wie selbstverständlich meine Gedanken las, als hätte ich sie laut ausgesprochen.

Artemis neben mir gluckste vergnügt. Ich warf ihr einen scharfen Blick zu, sie wurde ernst und ging weiter.

Der Sonnenaufgang war wunderschön. Die Sonne stieg hinter den sanften Hügeln im Osten auf, und ich entdeckte die Kurgans, die in nördlicher Richtung aus den Schatten traten. Da wusste ich, dass wir auf dem Weg nach Hause waren, und ich beschleunigte meine Schritte.

»Warte!«, rief Artemis, doch ich blieb nicht stehen. Erst als ich das Lager fast erreicht hatte, verlangsamte ich meine Schritte.

Es lag ebenso verlassen in der Morgensonne wie Theseus' Palast im Licht des Mondes.

»Sie sind verschwunden«, flüsterte ich. Niemand war mehr hier.

Ich drehte mich zu Artemis um. »Heißt das, dass … sie für immer weg sind? Heißt das, ich werde nie hierher zurückkehren?«

Artemis blieb neben mir stehen. »Es heißt nur, dass du in einem Traum bis zu den Kurgans deiner Vorfahren gegangen bist und dass du mit deiner Vergangenheit abschließt, um in die Zukunft zu gehen.«

»Aber meine Zukunft ist hier. Auf der Steppe. Ich wurde hier draußen geboren und …«

»Das weiß ich, Hippolyte. Hast du denn alles vergessen? Ich habe Ares einst hinter dir und deiner Mutter her in die Zwischenwelt geschickt, damit er euch rettet. Weil ihr damals noch nicht fertig wart in diesem Leben.«

»Und jetzt bin ich es? Oder was willst du mir damit sagen? Soll ich jetzt sterben? Bin ich deshalb in Athen? Soll ausgerechnet Theseus mein Schicksal sein? Wenn ich dort sterbe, dann werde ich nie …«

»Shhh, shhhhhhh.« Artemis trat vor mich und umfasste meine Schultern. Ich versuchte, mich an ihrem Blick festzuhalten, aber die Augen dieser Göttin waren so flüchtig wie Quecksilber, und ich konnte ihr nur ganz kurz in die Augen sehen, bevor ich den Kopf senken musste. »Ich verstehe deine Aufregung, Hippolyte. Du warst auf nichts von alledem vorbereitet. Nicht auf den Tod deiner Mutter, nicht darauf, so früh Königin zu werden. Oder auf Herakles. Und nun Theseus.« Sie schüttelte missbilligend den Kopf. »Das ist vielleicht das Schlimmste. Was er dir antun kann …«

Ich verriet ihr nicht, dass er ja schon versucht hatte, mir etwas anzutun – aber dabei kläglich gescheitert war.

Wodurch er nicht ungefährlicher wurde.

Artemis schloss mich in die Arme. »Vertraue darauf, dass alles gut wird. Du bist nie allein.«

Und dann war sie fort. Ein leichter Wind strich über meine Haare wie die sanfte Berührung einer göttlichen Hand. Doch ich stand allein auf der Steppe und sah mich um.

Ich hatte keine Ahnung, wie ich aus diesem Traum aufwachen konnte. Oder ob es überhaupt ein Traum war. Bei den Göttern wusste man nie, manchmal nahmen sie uns in die Zwischenwelt mit und vergaßen, uns zurück in unsere Welt zu führen. Aber das hier war nicht die Zwischenwelt. Es war irgendetwas anderes. Ein Traum, vermutete ich. Ein ziemlich realistischer Traum, denn ich spürte das Gras unter meinen nackten Füßen und roch den wilden Thymian.

Ich wandte mich vom Lager und von den Kurgans ab und ging los.

Als ich aufwachte, lag ich mit geschlossenen Augen da und lauschte. Aus dem Nebenraum hörte ich das Klappern von Geschirr und leise Stimmen. Jemand lachte, und ich erkannte Antiopes Stimme. Ich schlug die Augen auf.

Die Sonne stand hoch am Himmel, und jemand hatte mich fürsorglich zugedeckt. Ich legte mich auf die Seite und blinzelte in die Helligkeit. Nach der langen Nacht und dem Opiumsaft hatte ich Durst, das Auge schmerzte wieder und meine Blase war voll. Kein Traum. Die Wirklichkeit hatte mich wieder.

Ich legte die Hände auf meinen Unterleib und horchte in mich hinein. Es stimmte, dass meine monatliche Blutung ausgeblieben war. Doch dafür konnte es tausend Gründe geben, und deshalb hatte ich mir bisher nichts dabei gedacht. Nach dem Gespräch mit Artemis war das anders.

Ein Baby machte alles noch komplizierter.

Antiope und ich waren Theseus' Gefangene. Sobald er von der Schwangerschaft erfuhr, würde er sie für seine Zwecke nutzen. Vielleicht wäre er auch so dreist zu behaupten, das Kind sei von ihm, um Phaidra loszuwerden und mich in eine Ehe zu zwingen. Ich fröstelte. Nichts von alledem war leicht. Ich musste Antiope beschützen und nun auch noch ein Ungeborenes.

Aber Artemis hatte mir Hoffnung gemacht. Hilfe war unterwegs. Penthe war zurück in Themiskyra, und schon bald würden sich Melanippe und Penthe auf den Weg machen und uns befreien. Ich hoffte, sie kamen vor dem Winter. So lange konnte ich meine Schwangerschaft sicher noch verheimlichen.

»Du bist wach.« Antiope betrat das Schlafgemach. Sie setzte sich zu mir ans Bett. »Geht es dir besser?«

Ich nickte. »Wasser«, krächzte ich, und eine Sklavin war sofort zur Stelle und reichte mir einen Becher. Ich trank durstig und ließ mich dann wieder zurücksinken.

»Theseus hat nach mir geschickt«, sagte Antiope, sobald wir wieder allein waren. »Er wird mir nichts tun, das wissen wir beide.«

Ich nickte.

Aber dieses ständige Gefühl der Bedrohung würde nicht weichen, wenn er immer wieder nach uns rief. Und das war seine Absicht. Wir sollten uns nicht sicher fühlen.

Wir umarmten uns, bevor sie ging. »Penthe und Mela kommen, um uns zu befreien«, flüsterte ich ihr ins Ohr. »Halte durch, kleine Schwester. Sie werden Athen erobern und Theseus für all seine Vergehen bestrafen.«

Sie sah mich mit großen Augen an. Aber mehr sagte ich nicht. Später, redete ich mir ein. Wir durften nicht zu viel riskieren.

Antiope war den ganzen Tag weg, bis spät in die Nacht. Ich blieb im Bett liegen, mein Körper immer noch geschunden und gezeichnet von meiner letzten Begegnung mit dem König von Athen. Zu viel Zeit, die ich damit vergeuden konnte, mir vorzustellen, was er mit ihr anstellte. Ich versuchte, so lange wie möglich wach zu bleiben, doch irgendwann waren die Schmerzen so stark, dass ich um Opiumsaft bat, damit ich schlafen konnte. Und als ich mitten in der Nacht aufwachte, lag Antiope mit offenen Augen neben mir.

»Hat er dir etwas angetan?«, fragte ich.

Sie schüttelte stumm den Kopf. »Nicht mehr als beim letzten Mal«, flüsterte sie.

»Ich muss dir etwas erzählen.« Ich richtete mich auf, doch der Schmerz in meiner Hüfte erwachte pochend, und ich sank mit einem Ächzen zurück aufs Bett. »Aber niemand darf davon erfahren. Vor allem nicht Theseus.«

Sie nickte stumm.

»Ich bin schwanger. Das Kind ist von Herakles.« Ich hielt die Augen geschlossen, weil ich es nicht ertrug, in ihrem Blick die Enttäuschung zu sehen.

»Wenn Theseus davon erfährt, wird er versuchen, dieses Kind für sich zu nutzen. Das muss ich verhindern.«

»Ich werde dir helfen.« Sie legte die Hand auf meine Schulter. »Bist du sicher?«

Ich nickte. Die Stunden allein im Bett hatte ich nicht nur damit verbracht, mir Sorgen um sie zu machen, sondern ich hatte auch in mich hineingehorcht. Artemis hatte mir versichert, ich würde die Schwangerschaft auch schon bald spüren. Nicht als Kindsbewegungen, sondern in einer anderen Form. Und sie hatte recht, denn wenn ich ganz still lag, spürte ich in meinem Unterleib etwas Schweres, das da sonst nicht war.

»Und wenn wir Herakles eine Nachricht schicken? Dass er kommt und dich holt?«

»Das wird nicht passieren.«

»Was ist mit Ares?«

Ich schlug die Augen auf. »Du weißt, warum Ares nicht zu unserer Rettung kommt.«

Sie biss sich auf die Unterlippe. »Mein Zorn hält ihn fern. Weil ich ihm zürne.«

»Ich kann verstehen, weshalb du so wütend auf ihn bist. Aber ...«

»Er ist zu Aphrodite zurückgekehrt, als hätte es unsere Mutter nie gegeben. Als hätte es *uns* nie gegeben.«

»Sie war schon vorher seine Gefährtin.«

»Aber sie ist mit einem anderen verheiratet. Warum stört ihn das nicht? Wieso respektiert er diese Verbindung nicht?«

»Sie sind Götter. Sie scheren sich nicht darum, was wir richtig oder falsch finden.«

»Er ist auch unser Vater.«

Ich machte eine müde Handbewegung. »Siehst du? Und trotzdem sind wir ihm egal. Es bringt aber nichts, dass wir deshalb auf ihn wütend sind. Außer dass es ihm leichter fällt, den Blick von uns abzuwenden und sich nicht länger für uns zu interessieren.«

»Du meinst, wenn ich ihn weniger hasse, könnte er uns sehen? Und dann könnte er kommen und uns befreien?«

Ich schüttelte den Kopf. »Ich glaube, so funktioniert das nicht. Aber wenn er uns sieht, könnte er uns nicht länger *über*sehen.«

31

Das sollte nun unser Leben sein: Wir blieben Theseus' Gefangene, und wann immer es ihm gefiel, schickte er nach Antiope oder – seltener – nach mir. Er versuchte nicht länger, uns körperlich zu bedrängen. Trotzdem war jede Begegnung mit ihm für mich eine Qual. Ich musste meinen Zustand ebenso vor ihm verbergen wie meine Gedanken. Ersteres war anfangs noch leicht, doch mit jedem verstreichenden Mond wurde es schwerer. Es half, dass er inzwischen strikt darauf achtete, mir nicht zu nahe zu kommen. Trotzdem war ich nach den Stunden bei ihm völlig ausgelaugt davon, ihm die mutige, unerschütterliche Königin der Skythen vorzuspielen, die ich nicht länger war.

Antiope schien mehr Glück dabei zu haben, ihn für sich einzunehmen, ohne dass er dachte, er könnte sich noch mal an ihr vergehen. Sie berichtete mir beinahe fröhlich davon, wie sie stundenlang Senet spielten oder er ihr kleine Geschenke machte. Er ließ ihr die feinsten Leckerbissen servieren, und sie erzählte mir, sie würden sich die meiste Zeit über vieles unterhalten – darüber, was in der Welt vorging, über ihre Kindheit auf der Steppe oder ihren Vater. Theseus wiederum erzählte ihr in aller Ausführlichkeit von seinen Abenteuern und Heldentaten. Wenn ihm das genügte, war es mir recht. Trotzdem war ich jedes Mal, wenn er nach Antiope schicken ließ, stundenlang angespannt und lief in unseren Gemächern auf und ab, bis sie zurückkehrte.

Die Zeit verging schleichend und zugleich viel zu schnell. Der Herbst kam golden und kühl über die Stadt, und ich musste wohl dankbar sein, dass Theseus uns Wollstoff bringen ließ, aus dem wir uns neue Kleidung nähen konnten. Ich war nicht sonderlich begabt darin, doch für eine weite Tunika reichte es, unter der ich für die kommende Zeit meinen wachsenden Bauch verbergen konnte. Bei meinem nächsten Besuch bei ihm lachte er mich aus, denn er fand die skythische Mode mit Hosen und Hemden deutlich ungemütlicher als Chiton und Himation. Da ich inzwischen ständig fror und großen Appetit hatte, vermutete er, ich hätte mein Gefangenendasein eher widerstrebend akzeptiert und sei nun dazu übergegangen, meinen Frust in mich hineinzufressen.

Wie wenig er doch wusste.

Unseren Sklavinnen konnten wir nicht so lange etwas vormachen, und das stellte mich vor größere Probleme als die Naivität eines Königs, der sich mit weiblichen Körpern offenbar so wenig auskannte, dass er meine sich rundende Körpermitte auf die allzu üppige Ernährungsweise in Athen zurückführte. Ich würde mich früher oder später mindestens einer von ihnen anvertrauen müssen, und wer sagte mir denn, dass sie mit dieser Nachricht nicht sofort zum König laufen würde?

Und dann hatte ich eine Idee. Sie war auf den ersten Blick sicher verrückt, aber ich war in Bedrängnis und hoffte, auf diesem Weg könnte ich das Problem lösen.

Ich bat um eine Audienz bei Königin Phaidra.

»Ich war überrascht, als man mir die Mitteilung überbrachte, dass Ihr mich sehen wollt.« Sie bewahrte Haltung. Hielt Abstand. Sah mich an, als müsste sie abschätzen, ob ich als Freundin oder Feindin gekommen war.

Ich hatte einen Plan und hoffte, dass ihr meine entwaffnende Ehrlichkeit den Wind aus den Segeln nehmen würde. Ich warf das Himation ab und stand nur in einem wollenen Chiton vor ihr. Mein gerundeter Bauch war deutlich sichtbar.

Phaidra sah mich an. Ein Wangenmuskel zuckte. Sie wollte etwas sagen, doch ich kam ihr zuvor.

»Es ist Herakles' Sohn. Ich habe nur Angst, was geschieht, wenn Theseus von seiner Existenz erfährt.«

»Verstehe.« Sie trat näher. In ihrem Blick lag etwas Tieftrauriges, Schwermütiges, und ich wünschte, ich hätte ihr diese Nachricht nicht auf so brutale Art überbringen müssen. Doch mir war wichtig gewesen, ihre unverhüllte Reaktion zu sehen und nicht die, die sie zustande brachte, nachdem ich sie mit längeren Erklärungen über die Schwangerschaft informiert hätte.

»Es tut mir leid, Königin Phaidra. Aber ich brauche Eure Hilfe«, sagte ich leise.

»Ja, das denke ich mir.« Sie atmete tief durch. »Haben deine Dienerinnen bisher etwas bemerkt?«

»Ich hoffe nicht.« Fröstelnd hüllte ich mich wieder in das Himation. »Ich weiß nicht, ob ich ihnen vertrauen kann«, fügte ich leise hinzu.

»Das ist schlau. Ich kann dir auch nicht mit absoluter Sicherheit sagen, welche Sklavinnen Theseus berichten, was sie in eurem Quartier beobachten. Aber es gibt unter meinen Dienerinnen einige, die verlässlich zu mir halten. Ich könnte die eine oder andere entbehren.«

Ich neigte den Kopf und war von tiefer Dankbarkeit erfüllt. »Das wäre sehr gütig von Euch, Königin Phaidra.«

Wir schwiegen einen Moment, und dann war sie es, die noch einmal das Wort ergriff.

»Habt ihr sonst alles, was Ihr braucht?«

»Es fehlt uns an nichts. Von manchem haben wir sogar mehr als wir wollen.«

Sie hob stumm die Augenbrauen.

»Die Aufmerksamkeit meines Gemahls, nehme ich an?«

Ich nickte ganz leicht. »Es ist mir unangenehm«, fügte ich leise hinzu. »Er ist *Euer* Gemahl und …«

»Wir wissen beide, wie er ist. Ich kann wohl kaum dir die Schuld daran geben, dass er meint, er könne mit dir und deiner Schwester verfahren, als wärt ihr keine Geiseln von königlichem Geblüt. Es interessiert ihn nicht, ob irgendwann der Kriegsgott über Athen hereinbricht oder die Amazonen unsere Stadt niederreiten. So etwas hat ihn noch nie interessiert.«

Und er war erstaunlich lange schon mit diesem Verhalten durchgekommen. Das sagte sie nicht laut, aber wir lächelten einander wissend zu.

»Du wirst die Schwangerschaft nicht ewig verheimlichen können. Was dann?«, wechselte sie das Thema. Es war eindeutig, dass sie nicht länger über die Verkommenheit ihres Ehemanns reden wollte.

Nun bewegten wir uns in einem Bereich, der mir noch weniger behagte. Denn insgeheim hoffte ich immer noch auf eine Rettung, bevor der Winter kam.

»Ich muss wohl der Göttin Artemis ein paar größere Opfer darbringen, damit sie schützend ihre Hand über mich hält.« Als Göttin der Fruchtbarkeit und der jungen Mütter und Neugeborenen erstreckte sich ihre Gunst hoffentlich auch auf die Monate der Schwangerschaft.

»Hoffst du nicht, dass dein Vater oder deine Schwester dir zur Hilfe kommen?« Ihre Augen verengten sich. »Ein Krieg vor den Toren Athens … Theseus interessiert es vielleicht nicht, aber ich habe auch das Wohlergehen der Athener im Blick.«

»Ich hoffe auf meinen Vater«, gab ich zu.

»Das denke ich mir.« Sie nickte nachdenklich.

»Bisher hat der Zorn meiner Schwester Antiope verhindert, dass er uns sieht.« Ich zuckte mit den Schultern. Antiope hatte sich in den vergangenen Tagen wirklich angestrengt, ihre Wut auf Ares zu bezähmen, doch bisher hatte sie damit wenig Erfolg gehabt. Wir sprachen häufig über unseren Vater, und sie war inzwischen zu der Überzeugung gelangt, dass ihr Groll uns nicht weiterhalf.

Aber nichts geschah.

Ich hatte mich geirrt, als ich glaubte, wenn sie nur ihre Wut auf Ares ablegte, könnte er uns wieder sehen und käme, um uns zu retten.

Was die Frage aufwarf, warum das so war.

Hatte ich ihn erzürnt, indem ich seinen Waffengürtel an Herakles verschenkte? Waren wir ihm inzwischen komplett egal? Oder war Ares zu der Erkenntnis gelangt, dass unser Schicksal, wie auch immer es aussah, nicht länger in seiner Hand lag?

Was auch immer ihn trieb, *nichts* zu unserer Rettung beizutragen – ich musste wohl damit leben.

»Ich fürchte, Euer Vater wird nicht kommen«, sagte Königin Phaidra leise. »Vermutlich dringen nur wenig Neuigkeiten in Euer Gefängnis vor.«

Ich biss die Zähne zusammen. Wie sollten wir bitte an Neuigkeiten gelangen, was in der Welt geschah, wenn sowohl die Sklavinnen als auch die Wachen angewiesen waren, nur das Nötigste mit uns zu sprechen? Theseus war alles andere als redselig, wenn wir bei ihm waren; Theseus interessierte sich nur für Theseus und sonst für nichts auf dieser Welt.

»Wir haben wenig Möglichkeiten, an Neuigkeiten zu gelangen«, räumte ich ein.

»Ihr habt es also nicht gehört«, sagte Phaidra milde.

»Was haben wir nicht gehört?«, fragte ich und fröstelte, weil ich ihre Antwort fürchtete.

»Die Achaier sind aufgebrochen. Sie haben um günstige Winde gebetet, sie haben den Göttern angemessene Opfer dargebracht«, bei diesen Worten verzog sie das Gesicht, »und sie sind mit tausend Schiffen von Aulis in See gestochen. Ihr Ziel ist Troja, und sie werden die Stadt in Kürze erreichen.«

Ich schwankte. »Das habe ich nicht gewusst«, hörte ich mich sagen. Dann wurde mir schwarz vor Augen, und ich hörte Königin Phaidra nach ihren Sklavinnen rufen, bevor ich zu Boden fiel und das Bewusstsein verlor.

Ich hatte mich an die Hoffnung geklammert, dass Ares uns zur Hilfe kam. Wie dumm von mir. Frauen, die sich auf die Hilfe von Männern verlassen – Gefährten, Väter, Freunde –, sind verloren. Das begriff ich.

Die Erkenntnis, dass er nicht kommen würde, hatte mir den Boden unter den Füßen weggezogen. Phaidras Sklavinnen brachten mich zurück in die Gemächer, und zwei von ihnen blieben und schickten zwei andere fort, die vermutlich Theseus berichteten. Aber

Phaidras Wort hatte in der häuslichen Sphäre mehr Gewicht als das des Königs, und die Sklavinnen gehorchten.

Als ich aufwachte, lag ich in meinem Bett, und Antiope saß neben mir und hatte eine Stickarbeit auf dem Schoß. Sie bemerkte, dass ich wach war, doch sie blickte nicht auf.

»Es herrscht große Aufregung unter den Sklavinnen«, murmelte sie.

Ich setzte mich auf. »Haben sie …«

»Deine Schwangerschaft bemerkt? Nein. Aber dass wir nun unter dem Schutz der Königin stehen, sorgt für einige Verwirrung.« Sie beugte sich leicht vor und flüsterte: »Sonst hasst die Königin jede, die von Theseus … nun, begünstigt wird. Sie fragen sich, warum sie bei uns anders verfährt. Ob Zauberei im Spiel ist oder so.« Sie lächelte fein. »Es soll nicht zu unserem Schaden sein, wenn sie uns fürchten, oder?«

Ich schüttelte benommen den Kopf. Bevor ich antworten konnte, kam eine junge Sklavin in den Raum, die ich bisher noch nie gesehen hatte. Sie verbeugte sich und fragte, ob ich etwas brauchte. Ich bat um Wasser und etwas zu essen. Erst nachdem sie verschwunden war, beugte ich mich vor und berichtete Antiope, was ich erfahren hatte.

Sie kniff die Lippen zusammen. »Dann kann ich ja wieder schlecht über ihn reden«, seufzte sie.

»Tu dir keinen Zwang an.«

Die Sklavin brachte uns einen Imbiss.

»Was machen wir jetzt?«, fragte Antiope. Ich schüttelte den Kopf. Nichts machten wir. Uns blieb nur die Hoffnung, dass Melanippe und Penthesilea vor dem Winter Athen erreichten und die Stadt in einen blutigen Krieg zogen, um uns zu befreien.

»Aber es muss doch etwas geben, das wir tun können.«

Ich lachte auf. »Theseus umbringen wäre eine Möglichkeit.« Meine kleine Schwester, die ich immer für so zart gehalten hatte, machte ein entschlossenes Gesicht. Als wäre ein Königsmord in ihren Augen tatsächlich eine Option. »Werden uns die Athener danach hassen?«, fragte sie.

»Das bezweifle ich. Aber es ist selten ratsam, wenn eine Kraft von außen sich gegen den Regenten wendet. Wenn unser Plan misslingt, können sie direkt unsere Kurgans auf der Steppe ausheben. Sollten wir erfolgreich sein, könnten immer noch königstreue Athener dafür sorgen, dass wir mit ihm in den Abgrund stürzen.«

»Und dein geliebter Herakles tut auch nichts für uns.« Antiopes Miene verfinsterte sich. Sie tat mir leid; allzu früh hatte sie schon die Lektion lernen müssen, dass Frauen sich nicht auf Männer verlassen konnten.

»Wir werden hier rauskommen«, sagte ich fest. »Mela und Penthe werden uns nicht im Stich lassen.«

»Hoffen wir nur, dass sie vor dem Winter kommen. Sonst werden wir noch mit einem ganz anderen Problem konfrontiert.«

Ich wusste, was sie meinte. Aber ich war nicht gewillt, darüber zu grübeln. Königin Phaidra unterstützte uns. Wir mussten abwarten. Mehr konnten wir im Moment nicht tun.

Und das passierte ausgerechnet mir. Hatte Geduld doch noch nie zu meinen Stärken gehört.

Unsere Gefangenschaft dauerte nun schon fast fünf Mondläufe an, und der Winter kam kühl und regnerisch. Ich gab jede Hoffnung auf eine baldige Rettung auf und schmiedete Pläne, wie ich Herakles'

Sohn vor Theseus versteckte, wenn er erst geboren war. Erstaunlicherweise war er immer noch komplett blind für meine körperlichen Veränderungen. Doch ich fürchtete insgeheim den Tag, an dem er meinen Zustand erkannte.

Inzwischen ließ er immer seltener nach uns schicken. Als hätte auch ihn die Langeweile gepackt. Mir war das nur recht. Stattdessen kam gelegentlich eine Einladung von Königin Phaidra, der wir gern folgten.

Es geschah bei einer dieser Zusammenkünfte, dass die Königin mich beiseite nahm. »Es gibt in der Stadt Gerüchte. Über den König und dich.«

»Das tut mir leid.« Inzwischen waren wir vertraut miteinander. Was blieb mir auch? Ich *musste* irgendwem vertrauen, und Phaidra hatte sich angeboten. Sonst gab es niemanden in dieser weitläufigen Festung auf dem Hügel.

»Muss es nicht. Allerdings gibt es ein Problem.« Sie atmete tief durch. Es fiel ihr sichtlich schwer, darüber zu reden. »Pallas Athene zürnt ihm. In Kürze finden die Panathenäen statt, die wir alljährlich ihr zu Ehren ausrichten.«

Ich nickte geduldig. Wenn ich eins gelernt hatte seit Beginn meiner Gefangenschaft, dann dies: durch Zuhören erfuhr ich deutlich mehr als durch Nachfragen.

»Nun, ich fürchte, sie wird nicht kommen, um den Festlichkeiten beizuwohnen. Sie steht an der Seite deines Vaters in Troja und verteidigt die Stadt gegen die Achaier.«

»Ich bin ihr noch nie begegnet«, räumte ich ein, als Phaidra nicht weitersprach.

»Oh, sie hätte vermutlich einiges an dir auszusetzen. Sei froh, dass ihr einander noch nicht über den Weg gelaufen seid. Doch wenn sie den Riten fernbleibt, werden viele Athener dies als Affront auffassen, und dieser Krieg am anderen Ende der Welt wird ihnen als Ausrede nicht genügen. Sie werden einen Schuldigen dafür suchen.«

»Und du meinst, für sie ist Theseus der Schuldige?«

»Er und du. Sie werden mutmaßen, dass du mit ihm … nun.« Sie wurde rot. »Unzucht treibst. Hinter meinem Rücken.«

Ich hätte gern ihre Hand genommen oder sie anderweitig getröstet. Ihre Verzweiflung war greifbar. Das Leben spielte ihr übel mit, und die Einzige, der sie sich anvertrauen konnte, war ausgerechnet die Frau, die sie in diese ausweglose Situation gebracht hatte.

»Wir beide wissen von der Lüge«, fuhr sie hastig fort. »Aber Theseus wird sich mit der Eroberung der skythischen Königin brüsten, ohne zu bedenken, welche Konsequenzen das mit sich bringt. Pallas Athene ist eine jungfräuliche Göttin. Sie beschützt diese Stadt, seit sie einst die versprengten Siedlungen vereint hatte, die sich auf diesem felsigen, kargen Fleckchen Erde gegenseitig bekämpften. Könige kommen und gehen, aber die Athener können sich darauf verlassen, dass die Göttin schützend die Hand über sie hält.«

»Und nun hat sie Athen im Stich gelassen?«

»Das wissen wir nicht. Es ist eine Möglichkeit von vielen.«

Ich überlegte. Es wäre für meine Fluchtgedanken nur von Vorteil, wenn die Göttin nicht mehr mit einem Auge auf Athen blickte. Dann wäre ihre Abwesenheit bei den Riten eine gute Nachricht.

Aber zugleich bereitete sie mir Sorgen, denn eine abwesende Göttin könnte den Unmut der Bürger schüren. Fraglich, gegen wen sich dieser dann richtete. Gegen alles Fremde wohl. Und das wären Antiope und ich.

»Du kennst die Athener besser. Wie werden sie auf das Fernbleiben ihrer Schutzgöttin reagieren?«

Phaidra zuckte mit den Schultern. »Nicht gut, so viel steht fest«, sagte sie düster. »Die Athener lieben ihre Göttin, und es würde sie schwer treffen, wenn sie nicht erscheint oder ein Zeichen sendet. Ob sie deshalb sofort den Palast stürmen, weiß ich nicht. Aber es gibt noch etwas, das den Unmut der Bürger erregt.«

Dabei sah sie mich prüfend an. Ich senkte den Blick.

»Ich weiß, du kannst nichts dafür«, fuhr sie leise fort. »Aber die Tatsache, dass Theseus sich dir und Antiope zugewendet hat – die Bürger reden darüber. Die einen sagen, Antiope werde seine nächste Königin und Theseus warte nur darauf, mich loszuwerden. Andere behaupten, du hast ihn verhext.«

»Weil wir Frauen ja auch so viel Macht über die Menschen haben.«

Phaidra grinste. »Nicht wahr? Stell dir vor, wir hätten so viel Macht über die Männer und die Welt, wie sie uns in ihren angstvollsten Stunden zugestehen. Wir würden im Handstreich all das eliminieren, was uns Frauen unterdrückt und letzten Endes wären alle glücklich, Männer *und* Frauen.« Nachdenklich fügte sie hinzu: »Ich kann mir einfach nicht vorstellen, dass es die Männer glücklich macht, wenn sie die Frauen nur durch Unterdrückung in ihre Weltordnung zwingen können.«

Ich musste ebenfalls lächeln. Eventuell hatte ich der athenischen Königin etwas zu viel darüber erzählt, wie die skythische Gesellschaft funktionierte.

»Sei einfach vorbereitet, wenn die Dinge sich zukünftig etwas anders entwickeln. Ich werde versuchen, euch zu beschützen, aber meine Macht ist begrenzt.«

»Ich danke dir für deine Unterstützung.« Ich zögerte. Eine Sache gab es noch, die mir große Sorgen bereitete. »Was geschieht, wenn das alles noch viel länger dauert?«, fragte ich. Wie sollte ich ein Kind zur Welt bringen, von dem niemand wissen sollte?

»Ich weiß es nicht«, sagte Phaidra. Ich empfand ihre eigene Ratlosigkeit als tröstlich. Zum Abschied schloss sie mich kurz in die Arme.

Auf dem Weg zurück in mein Gefangenenquartier durchquerten wir einen Innenhof, in dem ein Olivenbaum wuchs. Er musste schon hier gestanden haben, bevor der Palast errichtet wurde, denn er war alt und vom Wind gebeugt, vor dem er durch die hohen Mauern geschützt sein müsste. Im Geäst hörte ich etwas rascheln, und dann erklang der Ruf eines Steinkauzes. Ich blieb stehen und lauschte. Mein Blick suchte die Krone des Olivenbaums ab, bis ich den kleinen Steinkauz entdeckte, der auf einem der unteren Äste hockte und mich mit großen Augen musterte.

Ich wusste, dass Pallas Athene den Athenern einst nicht nur den Olivenbaum geschenkt hatte, sondern dass sie in den Liedern und Legenden oft als eulenäugig besungen wurde. Der kleine Steinkauz im Olivenbaum erschien mir wie ein gutes Omen. Als könnte die Göttin zwar nicht hier erscheinen, doch sie teilte mir auf diese Art mit, dass sie sah, wofür ich stand und dass alles, was noch kommen würde, nicht meine Schuld war.

In dieser Nacht schlief ich zum ersten Mal seit langer Zeit tief und traumlos.

32

Am nächsten Morgen wachte ich auf, und statt der Panathenäen stand uns ein Krieg bevor.

Antiope hatte die Wachen belauscht. Ich konnte ihr noch so oft sagen, wie gefährlich das war, denn wenn sie dabei erwischt wurde, könnten unsere Haftbedingungen verschärft werden. Sie behauptete, sie sei ja vorsichtig, und als sie an diesem Morgen beinahe fröhlich in mein Schlafgemach tänzelte und verkündete, vor den Toren der Stadt sei unverhofft eine Armee aufgetaucht, konnte ich es erst nicht glauben.

Es wäre auch gar nicht nötig gewesen, dass sie die Wachen belauschte, denn wir saßen noch beim Morgenmahl, als ein Soldat eintrat und mir befahl, mich unverzüglich mit ihm zu König Theseus zu begeben. Mir blieb gerade noch genug Zeit, mich in das Himation zu hüllen, er war ungeduldig und gereizt wie ein Rennpferd, das zwei Wochen im Stall eingesperrt worden war.

Ich folgte ihm durch den Palast, doch diesmal gingen wir nicht in den Thronsaal, sondern er führte mich auf verschlungenen Wegen durch die Eingeweide des Palasts, die sich wie ein Labyrinth in alle Richtungen erstreckten. Ich verlor schon bald die Orientierung und blinzelte überrascht, denn wir traten durch eine niedrige Tür und fanden uns in einem alten Tempel wieder, der Hestia gewidmet war. Die Tür war hinter dem Altar versteckt, auf dem ein paar Opfergaben vertrockneten. Der Soldat führte mich aus dem Tempel, und ich blinzelte in das Licht der niedrig stehenden Wintersonne. Er zeigte auf eine schmale Treppe direkt vor uns, die auf die Stadtmauer führte. Ich zögerte, doch er zeigte keine Geduld mit mir. »Der König wartet«, sagte er.

Ich stieg die Stufen hoch. Oben patrouillierten weitere Soldaten, allesamt mit grimmigem Blick Richtung Norden. Theseus stand auf dem Wehrgang, er hatte einen bronzenen Brustpanzer angelegt und trug ein Schwert an der Seite. Er winkte mich ungeduldig heran.

»Da hast du deine Armee, Königin Hippolyte. Ich vermute, sie werden sich schon beim ersten Sturmangriff an unseren Mauern die Zähne ausbeißen.« Er grinste siegesgewiss.

Ich stellte mich neben ihn und achtete darauf, dass er mir nicht zu nahe kam. Auf der Ebene im Norden der Stadt war in der Nacht ein Feldlager entstanden. Dutzende Zelte waren wie Pilze aus dem Boden geschossen. Ich schätzte, dass ungefähr zweihundert Reiterinnen sich dort tummelten. Sie wirkten sehr beschäftigt und schienen keine Notiz von der Stadt zu nehmen, die direkt vor ihrer Nase war.

»Zu schade, dass ich sie bei nächster Gelegenheit vernichten werde.« Er wippte auf den Füßen vor und zurück. »Findest du nicht auch, liebe Hippolyte?«

Ich lächelte, enthielt mich aber eines Kommentars. War das alles? Sicher nicht. Wie ich Melanippe kannte, handelte es sich um eine Vorhut. Die große Streitmacht würde folgen und diese kleine Armee um ein Vielfaches übertreffen.

»Das reicht nicht mal, um einen Belagerungsring um die Stadt zu ziehen.« Theseus spuckte verächtlich aus. »Glaubt dein Volk allen Ernstes, sie könnten es mit so wenig Kämpferinnen mit mir aufnehmen? Was für eine Beleidigung!«

Vermutlich war genau das Melanippes Plan. Sie tauchte mit einer kleinen Streitmacht vor den Toren Athens auf und tat so, als wäre das alles, was die Amazonen aufbieten konnten. Nur um dann, wenn es zur Schlacht kam, aus dem Hinterhalt weitere Truppen heranzuführen.

Ich hoffte es jedenfalls.

Theseus war noch nicht fertig. Er war außer sich vor Wut über die Dreistigkeit der Skythen. »Das ist eine Kriegserklärung«, knurrte er.

»Ist es nicht eher eine Kriegserklärung gewesen, als du vor über einem halben Jahr ihre Königin und deren Schwester entführt und nach Athen verschleppt hast?«, erkundigte ich mich.

Das war ein Fehler.

Theseus fuhr zu mir herum und schlug nach mir. Seine Faust streifte mich nur an der Wange, weil ich mit so einer hinterhältigen Reaktion gerechnet hatte. Doch im Zurückweichen stolperte ich und spürte, wie sich die starken Arme eines Soldaten um meinen Oberkörper schlossen.

»Passt auf, Königin Hippolyte«, hörte ich den Soldaten sagen. »Dass Ihr nicht von der Mauer vor die Füße Eurer Amazonen fallt.« Er schob mich etwas von sich weg, und ich bemerkte sein Zögern im selben Moment, in dem ich zugleich einen leichten Tritt meines Babys spürte. Ich zog das Himation enger um mich und tat so, als würde ich frösteln. Theseus beobachtete uns mit gerunzelter Stirn.

»Wenn es zur Belagerung kommt, werden wir unsere Vorräte rationieren müssen«, bemerkte er. »Kommst du damit klar?«

Ich schnaubte. »Selbstverständlich.«

»Die Untätigkeit hat dich weich und fett gemacht.«

Dabei sah er an mir vorbei zu dem Soldaten.

In dem Moment wusste ich, dass er es wusste. Ein winziger Moment der Unachtsamkeit hatte genügt und das Geheimnis, das ich so lange hatte bewahren können, war in der Welt.

Mir wurde schlecht.

Theseus sagte dem Wachsoldaten, er solle uns allein lassen. Dann bedeutete er mir, ihm zu folgen. Er schritt über den Wehrgang, und ich stolperte hinter ihm her. Theseus blieb gelegentlich stehen und sprach mit seinen Männern. Alle schienen vor Stolz zu platzen, weil der König das Wort an sie richtete. Ich hielt Abstand und versuchte, mir eine Strategie zurechtzulegen.

Schließlich erreichten wir einen Mauerabschnitt, wo wir ungestört waren. Theseus blieb stehen. Er blickte wieder zum Lager der Amazonen.

»Du bist also schwanger.«

Ich biss die Zähne zusammen.

»Ich vermute, Herakles konnte es nicht bleiben lassen, nach so vielen anderen Weibern auch dich zu besteigen. Gut für ihn. Nicht so gut für dich, möchte man meinen. Oder kennst du die Geschichte von seiner Frau und seinen Kindern? Er hat sie im Wahn erschlagen.«

»Ich kenne die Geschichte«, erwiderte ich.

»Kanntest du sie, bevor er sich zu dir gelegt hat?«

Meine Gedanken rasten. Was zwischen Herakles und mir passiert war, ging nur Herakles und mich etwas an.

»Woher willst du wissen, dass es von ihm ausging? Könnte es nicht auch sein, dass ich ihn verführt habe, weil ich ihn wollte?«

Er warf mir über die Schulter einen schwer zu deutenden Blick zu.

Ich glaubte, darin eine gewisse Unsicherheit aufflackern zu sehen. Wäre die Situation nicht so ernst gewesen, hätte ich darüber lachen können. Seht nur, wie fragil Theseus' Männlichkeit war, weil er nicht mal bei Jungfrauen das schaffte, was andere Männer taten, wann immer ihnen der Sinn danach stand.

Das Problem bei Theseus war, dass er sich wegen seiner Impotenz tatsächlich in seinem Selbstverständnis angegriffen fühlte, und deshalb würde ich mich hüten, seinem Zorn irgendwelches Futter zu liefern. Dass ich schwanger war und dies so lange vor ihm geheim gehalten hatte, war für sich schon eine grenzenlose Provokation.

»Nun, diese Entwicklung bietet uns völlig neue Optionen.«

Auch ein Problem: Er war ein berechnender Machtmensch, der über Leichen gehen würde. Ich konnte froh sein, wenn ich das hier lebend überstand.

»Uns?«, echote ich.

»Stell dir vor, ich bitte die Amazonen zum Gespräch. Um über einen Frieden zu verhandeln. Du an meiner Seite, in einem achaischen Gewand … Noch dazu kaum übersehbar schwanger. Was werden sie denken? Vermutlich, dass sie vergebens hergekommen sind, denn du hast in der Zwischenzeit das Herz an den König von Athen verloren. Leider bin ich mit einer anderen verheiratet, zu schade … Phaidra müssten wir aus dem Weg schaffen, denkst du nicht auch? Dann stünde einer Vermählung nichts mehr im Wege.«

Ich brachte keinen Ton heraus. Meine schlimmsten Alpträume wurden wahr, und es gab nichts, was ich dagegen tun konnte.

»Wäre das nicht im Sinne der Götter? Ich habe gehört, dass dein Vater und die Schutzgöttin Athens auf der Seite Trojas stehen. Was für ein Triumph für die trojanische Seite, welch ein Sieg für die

Liebe! Wäre dies nicht ein untrügliches Zeichen dafür, dass die Götter auch den Feinden der Achaier wohlgesonnen sind? Athen, Themiskyra und Troja stünden vereint gegen den Rest der bekannten Welt, und niemand könnte sich uns in den Weg stellen. Möchtest du nicht auf der richtigen Seite der Geschichte stehen, meine Schöne?«

Ich ekelte mich so sehr vor ihm. So sehr, dass ich die bittere Galle herunterschlucken musste, die in mir hochstieg. Theseus trat zu mir und strich mir eine Locke aus dem Gesicht. Ich drehte den Kopf von ihm weg, doch er umfasste mein Kinn und bog mein Gesicht in seine Richtung. »Gemeinsam werden wir über die ganze Welt herrschen. Wenn Troja erst gesiegt hat, werden wir nacheinander all die achaischen Königreiche erobern und unter Athens Schutz vereinen«, wisperte er. »Dein Vater wird auf unserer Seite stehen.«

Ich schlug seine Hand weg. »Mein Vater schert sich einen Dreck um mich«, behauptete ich. »Er hat schon lange aufgehört, meinetwegen irgendwas in Bewegung zu setzen.«

Theseus packte mein Handgelenk und drückte es so fest, dass ich wimmerte. Er zog meinen Arm nach unten und zwang mich so, mich vor ihm zu verbeugen. Er lächelte auf mich herab, und mir wurde eiskalt. Ich spürte, wie mir die Situation zu entgleiten drohte.

»Aber das muss er«, sagte er drohend. »Ich habe dich und Antiope, und schon bald bin ich der Vater seines Enkels. Wird er nicht wollen, dass dein Kind über alles herrscht?«

»So funktioniert das nicht«, erwiderte ich hitzig. Musste ich ihm wirklich erklären, wie die Götterwelt sich drehte? Wir waren nur Spielbälle für sie. Was die Götter entschieden, ergab für uns Menschen selten Sinn. Es würde mich nicht wundern, wenn mein Vater meinen Tod billigend in Kauf nahm, um etwas weitaus Schlimmeres zu verhindern, von dem wir nicht den Hauch einer Ahnung hatten. Familienbande zählten für sie einfach gar nicht. Ich hätte genauso gut als Waise aufwachsen können.

Diesen Kampf musste ich allein bestreiten.

Theseus stieß mich von sich. Ich taumelte und stürzte gegen die Mauerbrüstung. Ein Schmerz durchfuhr meinen Rücken, und ich konnte mich nur gekrümmt halten, auf die Hände gestützt kauerte ich am Boden. »Geh mir aus den Augen«, knurrte er. »Verschwinde, du Hexe. Wenn es nach mir geht, werden deine Schwester und du nie mehr das Tageslicht sehen.«

Ich wich vor ihm zurück. Neben uns gähnte der Abgrund; es wäre ihm ein Leichtes, mich in die Tiefe zu stoßen. Ich hielt meinen Bauch umklammert – es gab keinen Grund, jetzt noch länger so zu tun, als gäbe es ihn nicht. Theseus wandte sich ab. Ich zog mich zurück und hoffte, dass er in seiner Wut später nicht mehr wusste, womit er mir gedroht hatte. Oder dass es irgendwen im Palast gab, der mäßigend auf ihn einwirken könnte.

Phaidra fiel mir ein. Doch ich wollte sie nicht in Gefahr bringen. Er war auf mich wütend, weil ich ihn belogen hatte. Weil ich ihm etwas vorenthalten hatte. Das konnte er ruhig sein, es interessierte mich herzlich wenig, ob er mir deshalb zürnte. Aber falls er von Phaidras Mitwisserschaft erfuhr, könnte sich sein Zorn gegen sie richten. Und es käme ihm gerade recht, wenn er sie aus dem Weg räumen könnte …

Ich hastete zu dem Aufgang, stieg vorsichtig die Stufen herunter und blieb auf halber Höhe stehen, weil mir ein ziehender Schmerz durch den Unterleib zuckte. Nicht jetzt, dachte ich panisch. Es ist viel zu früh!

Die Soldaten nahmen mich in Empfang und eskortierten mich vom Wehrgang herunter zu Hestias Tempel. Durch das unterirdische Labyrinth brachten sie mich zurück in die Gemächer. Antiope sprang auf, als ich hereinstolperte, doch bevor sie etwas sagen konnte, schüttelte ich den Kopf. Nicht hier. Nicht jetzt.

Nie war ich so von Angst erfüllt wie in diesen Stunden. Der Schmerz in meinem Unterleib kam und ging, und weil ich nicht wusste, was ich sonst tun sollte, legte ich mich ins Bett. Antiope blieb bei mir, doch wir waren nie ungestört. Immer war eine Sklavin in der Nähe, und jene, die Phaidra dienten und denen sie vertraute, waren plötzlich verschwunden. Als Antiope sich darüber wunderte, zuckte ich lediglich mit den Schultern. Zu müde, um mir auch darüber noch den Kopf zu zerbrechen.

Vermutlich hatte Theseus das alles von Anfang an gewusst. Er hatte interessiert beobachtet, wie Phaidra und ich Freundschaft schlossen, wie seine Königin mir sogar ihre treusten Dienerinnen überließ und diese ihm alles berichteten, was in unserem Quartier vorging. Ich hatte zu viel Zeit zum Nachdenken, während mein Bauch krampfte. Ich versuchte, meinen Zustand vor Antiope zu verheimlichen, doch sie war in den vergangenen Monaten über sich hinausgewachsen und hatte allzu schnell alles Kindliche ablegen müssen, das ihr noch anhaftete. Sobald sie bemerkte, dass ich Wehen hatte, beschimpfte sie die Dienerinnen so lange, bis sich eine von ihnen erbarmte und eine Doula holen ging. Diese kam, untersuchte mich und erklärte, ich müsse strikte Bettruhe halten, sonst würde das Kind viel zu früh auf die Welt kommen. Sie braute mir einen Tee, den ich verweigerte, denn inzwischen vertraute ich niemandem mehr. Ich war so in meiner Angst gefangen, bis Antiope sich zu mir aufs

Bett legte. Wir lagen stundenlang in der hereinbrechenden Dämmerung und der Nacht, ihre Hände beruhigend auf meinem Bauch. Ich wusste später nicht, ob es an ihrer Nähe lag oder daran, dass die Zeit für meinen Sohn noch nicht gekommen war, aber irgendwann schlief ich völlig erschöpft ein.

Als ich aufwachte, waren wir allein. Antiope lag neben mir eingerollt. Ich berührte sie sanft an der Schulter, und sie war sofort wach. Flüsternd berichtete ich, was sich zugetragen hatte. »Vertraue niemandem.«

»Auch nicht der Königin?«

Ich wollte antworten, doch man hatte uns bemerkt, und zwei Dienerinnen schoben sich in den Raum. Sie saßen am Fenster und spannen im Morgenlicht Wolle. Kein ungestörtes Gespräch war mehr möglich. Ich hätte ihnen am liebsten die Augen ausgekratzt.

Jetzt fühlte sich unsere Gefangenschaft tatsächlich so an. Der tägliche Hofgang wurde bis auf Weiteres gestrichen. Zu unserem Schutz, hieß es. Ich ließ mich davon nicht täuschen. Unser Bewegungsradius wurde so weit wie möglich eingeschränkt, damit niemand mit uns Kontakt aufnehmen konnte. Die Sklavinnen redeten nicht mehr mit uns, und ich vermutete, diejenigen, die bei uns aus und ein gingen, waren Theseus treu ergeben.

Aber vor der Stadt lagerte ein skythisches Heer. Phaidra wusste, wie es um uns stand. Wir waren nicht allein, selbst wenn es sich anfühlte, als hätte die ganze Welt uns im Stich gelassen.

Das redete ich mir ein, während ich in den Gemächern tagsüber hin und her wanderte, argwöhnisch beäugt von den Sklavinnen, gelegentlich begleitet von Antiope. Ich hielt es nicht länger aus, den ganzen Tag stillzusitzen.

Ein halber Mondlauf war vergangen, als Theseus eines Morgens in unserem Gefängnis erschien. Ein Wink von ihm genügte und die Sklavinnen verschwanden, während ein Dutzend Soldaten in den Raum drängten und sich im Kreis um Theseus und uns herum aufstellten. Sie alle trugen Schwert und Schild, bereit für den Kampf.

»Da sind ja meine Gefangenen.« Theseus umrundete Antiope und mich. »Seid ihr bereit für euren großen Auftritt?«

Ich reckte trotzig das Kinn, denn auf keinen Fall würde ich mich von ihm einschüchtern lassen.

»Sehr schön.« Er packte meinen Arm. »Du kommst mit. Antiope bleibt unter Bewachung hier.«

»Nein!«, schrie Antiope, doch ein Soldat trat zwischen uns, und er machte nicht den Eindruck, als würde er zögern sein Schwert einzusetzen.

»Lasst wenigstens eine Dienerin bei meiner Schwester.« Ich fürchtete aus mehr als einem Grund um ihre Sicherheit.

»Meine Güte, hältst du meine Männer etwa für Monster?«

Ich starrte ihn stumm an. Noch immer hielt er schmerzhaft meinen Arm umklammert, doch ich ließ mich nicht beirren. Durfte mich nicht beirren lassen von seinen Drohgebärden.

»Also gut.« Er lockerte den Griff nicht, sondern zog mich aus dem Raum. Ich hörte Antiope schluchzen. Zu gern hätte ich ihr zugerufen, dass sie keine Angst haben müsse. Dass Theseus es nicht wagen würde, mir oder ihr ein Haar zu krümmen. Dafür brauchte er uns beide zu dringend als Druckmittel gegen die Skythen.

Ich wurde vor den Gemächern von zwei Sklavinnen und vier Soldaten in Empfang genommen und in eine Badekammer gebracht. Unter dem lüsternen Blick von zwei Soldaten wurde ich ausgezogen, gebadet, gewaschen und anschließend gesalbt, geschminkt und in achaische Kleider gehüllt. Das Chiton passte mir so gut, dass man deutlich den Bauch sah, und das Himation wurde so um meine Schultern gelegt, dass er noch betont wurde. Ich fühlte mich unwohl, wollte das aber auf keinen Fall zeigen. Diese Genugtuung gönnte ich Theseus nicht.

Im Thronsaal war alles vorbereitet. Theseus trug ein purpurnes Himation, das mit Pelz verbrämt war, über seinem Brustpanzer. Ein dünner Goldreif als Krone auf den hellen Locken. Das Schwert an der Seite. Er saß auf dem Thronsessel und stand nicht mal auf, als ich hereingeführt wurde. Ich sollte auf dem Hocker Platz nehmen, etwas abgerückt von seinem Thron, aber immer noch so nahe, damit jeder sah, dass ich zu ihm gehörte.

Theseus tat nichts ohne Grund. So viel wusste ich.

Als die hohen Türen sich öffneten und nacheinander drei Frauen den Thronsaal betraten, wurde aus einer anfänglichen Ahnung bittere Gewissheit. Ich rutschte auf meinem Hocker herum und hätte am liebsten die Arme um meinen Oberkörper geschlungen, um irgendwie den Bauch zu verbergen. Was würden Melanippe und Penthe von mir denken, wenn sie sahen, dass ich neben dem König von Athen saß und schwanger war? Sie mussten glauben, dass sie vergeblich den weiten Weg auf sich genommen hatten. Dass ich gar nicht gerettet werden *wollte.*

Theseus stand auf. Er hielt mir auffordernd die Hand hin. »Steh auf«, zischte er, als ich mich nicht rührte. »Wenn du nicht tust, was ich von dir verlange, wird es Antiope schlecht ergehen.«

Mir wurde übel. Ich dachte an die Soldaten. An ihre lüsternen, gierigen Blicke, mit denen sie Antiope und mich bei jeder sich bietenden Gelegenheit maßen. Meine Knie gaben beinahe nach, als ich aufstand und meine eiskalten Finger in Theseus' Hand legte.

»Lächeln«, murmelte er, und ich zwang ein Lächeln auf mein Gesicht. Aber wen wollte ich damit täuschen? Sicher nicht Melanippe und Penthesilea, die mit Bremusa hinter ihnen auf die Estrade zugingen.

Ausgerechnet Bremusa. Aber das war wohl kein Wunder; Melanippe verstand sich wohl ebenso gut auf die Diplomatie der Nadelstiche wie Theseus. Seine Hand umklammerte meine Finger, und dann ließ er locker. Als müsste er sich daran erinnern, keine Schwäche zu zeigen.

»König Theseus.« Zu meiner Überraschung ergriff Penthe als Erste das Wort. Sie trat vor, während Melanippe und Bremusa zurückblieben. Sie hatte sich verändert. War sie noch einmal gewachsen, oder warum wirkte sie auf mich so *groß*? Beinahe, als hätte das letzte halbe Jahr sie erwachsen werden lassen.

»Prinzessin Penthesilea.« Ich warf ihm einen Seitenblick zu. Wie sehr ich sein selbstgefälliges, zufriedenes Grinsen hasste …

»Hippolyte …« Sie nickte mir zu. Ich sah, wie Verunsicherung in ihrem Blick flackerte, doch ich durfte nichts sagen. Antiope war Theseus ausgeliefert. Wenn mir ein Fehler unterlief, wollte ich mir nicht ausmalen, was mit ihr geschah …

»Es tut gut, dich wiederzusehen, Penthe. Geht es dir gut?«

Sie nickte knapp. »Ich kehrte nach deiner Entführung so schnell wie möglich nach Themiskyra zurück.«

»Entführung?«, fragte Theseus gespielt überrascht. »Oh, meine Liebe, ich fürchte, da sitzt du einem bedauerlichen Irrtum auf. Meine liebste Hippolyte und ich sind, nachdem sie als Gast an meinen Hof kam, alsbald in tiefer Zuneigung zueinander entbrannt, und ich freue mich, dir mitzuteilen, dass zwischen Athen und Themiskyra künftig Frieden herrschen wird, wenn erst unser gemeinsamer Sohn das Licht der Welt erblickt und sämtliche Zwistigkeiten zwischen unseren Völkern ausräumen wird …« Er wandte sich mir zu und legte eine Hand auf meinen Bauch. »Ist es nicht so, meine Liebe?«

Ich starrte ihn stumm an, denn ich fürchtete, wenn ich den Mund aufmachte, würde ich ihm die Galle vor die Füße kotzen, die mir im Hals brannte. Stattdessen nickte ich kaum merklich.

»Seht ihr? Ich habe es euch seit eurer Ankunft immer wieder gesagt, aber ihr wolltet es von Hippolyte hören. Als wäre ich nicht vertrauenswürdig. Schade. Wir sind doch eine große Familie. Nun, hier ist sie und kann bezeugen, wie groß unsere Liebe ist. Nicht wahr?«

Er hob meine Hand an seine Lippen und küsste die Fingerspitzen. Penthe sah sich Rat suchend nach Mela um, doch meine Tante reagierte nicht auf ihre Hilflosigkeit, sondern ließ mich nicht aus den Augen.

Sieh mich an. Bin ich glücklich? Sieht so eine glückliche Frau aus? Eine verliebte Frau? Sieh hin, Melanippe! Sieh, was er mit mir tut. Was er uns allen antun wird, wenn wir ihm jetzt nicht entschlossen entgegentreten.

Ich hätte noch so viel mehr sagen können. Doch Theseus richtete das Wort an mich. »Du wirst müde sein, meine Liebe. Ich lasse dich in unsere Gemächer führen.«

Ich war erstarrt. Mein Lächeln eingefroren. Sah denn niemand mein Unbehagen? Ich sah Theseus an, wollte so lange warten, bis er mich von Soldaten abführen ließ.

Und dann, keine Ahnung, woher ich den Mut nahm, fragte ich

ihn: »Aber darf ich meine Schwester und meine Tante nicht wenigstens kurz umarmen, Theseus?«

Sein Blick flackerte. Er schüttelte ganz leicht den Kopf; dass er nicht laut widersprach, bewies nur, warum er diese Farce inszenierte. Er wollte vor den Amazonen als der gütige, gerechte König erscheinen, der er nicht war.

»Bitte, Liebster«, fügte ich hinzu und legte ihm die Hand auf den Unterarm, um meinen Worten mehr Gewicht zu verleihen. »Ich bin sicher, ihr werdet bald zu einer friedlichen Einigung kommen. Für Athen. Für Skythien.« Ich lächelte. Fast triumphierend, denn er hatte eines nicht bedacht: Seine Reaktion auf die Bitte verriet meiner Schwester und meiner Tante so viel mehr darüber, was im letzten halben Jahr passiert war.

»Nein …«, murmelte er. »Du bist müde.« Er winkte einem Soldaten, der sofort zu uns eilte und meinen Arm umfasste. Theseus runzelte die Stirn und fauchte den Mann an, er solle die Hand von der Königin lassen. Zu spät. Jetzt wussten Mela und Penthe, wie mein Leben hier tatsächlich ablief.

Ich konnte mir ein zufriedenes Lächeln nicht verkneifen, als ich den Thronsaal verließ. Ich hatte ein Zeichen gesendet, und meine Schwester würde es zu lesen wissen.

Sie würden niemals Frieden schließen. Der Krieg hatte gerade erst begonnen.

33

»Ich weiß nicht, worauf unsere Leute noch warten«, fauchte Antiope. Sie zerrte an dem Wollfaden, der prompt riss. Sie fluchte, und ich ließ die Spindel ebenfalls sinken und blickte sie an. Verständnisvoll und tadelnd gleichermaßen.

Noch ein Vollmond war gekommen und gegangen und nichts war passiert. Wir hockten in unserem Gefängnis, einen Korb Wolle zwischen uns, weil selbst die Wachen irgendwann Mitleid bekommen hatten. Seitdem spannen wir Wolle und überlegten, wie die Spindeln uns als Waffen dienen konnten, um uns zu befreien. Aber niemand kam uns nah genug, dass wir mit den Spindeln hätten drohen können, und die Soldaten waren immer in der Überzahl und zwei von ihnen hatten stets das Schwert gezogen, wenn sie bei uns waren und etwas brachten.

»Mela und Penthe wissen auch ganz sicher, wie es um uns steht?«, fragte Antiope. Ich seufzte und nahm die Arbeit wieder auf. Auch diese Frage diskutierten wir in schönster Regelmäßigkeit mehrmals am Tag. Antiope verlor zunehmend den Glauben an unsere Rettung. Und mir blieb nichts anderes übrig als fest daran zu glauben, wenn ich gegen diese Hilflosigkeit ankommen wollte, die mich seit der Begegnung im Thronsaal fest gepackt hatte.

Ich konnte nur hoffen. Auf ein größeres Heer. Auf eine Belagerung. Auf einen Plan, wie die Amazonen die Stadt stürmten und Theseus stürzten. Aber nichts von alledem war gewiss. Es wäre sogar möglich, dass die Skythen sich schon vor Mondesfrist wieder zurückgezogen hatten. Oder liefen Friedensverhandlungen, die Theseus durch immer neue Forderungen ins Unendliche ausdehnte? Worum ging es hier? Welchen Sinn hatte es, mit dem Sturm auf die Stadt zu warten? Was bot Theseus den Skythen an, damit sie den Frieden wahrten? Vor allem: Was hatte er davon, wenn kein Angriff erfolgte? Sicher, Krieg wäre schlimm und würde viele Menschenleben fordern. Aber Theseus war so sehr von sich überzeugt, er ging davon aus, alles werde sich zu seinen Gunsten wenden.

Im Moment sah es so aus, als würde seine Strategie aufgehen.

Von Phaidra keine Spur. Die Sklavinnen wechselten regelmäßig, und keine sprach mit uns mehr als nötig. Sobald sich nach ein paar Tagen eine gewisse Vertrautheit einstellte, die irgendwann in Vertrauen hätte münden können, kamen am nächsten Morgen andere. Uns blieb nur zu warten. Langweilige Handarbeiten, lange Senet-Partien und ausgedehnte Schläfchen am Nachmittag. Das alles ermüdete mich. Ebenso die Schwangerschaft. Die Doula sah gelegentlich nach mir, aber sie verlor kein Wort darüber, wie lange es noch dauern würde. Vermutlich wusste Theseus auch da mehr als ich.

Ich stand auf und begann, die Wolle in den Korb zu räumen, legte die Spindel obenauf und brachte den Korb in Antiopes Schlafkammer. Der Geruch von dem Wollfett war mir unerträglich geworden, und ich wollte alles in Ordnung haben. Seit wir so allein gelassen wurden, schlief Antiope oft bei mir. Sie hatte Angst allein im Dunkeln, ich war froh, wenn ich stundenlang wach lag, dass jemand bei mir war.

Ich lief unruhig auf und ab; Antiope beachtete es schon gar nicht mehr, denn ich war seit Tagen so. Sie blickte manchmal auf und machte ein missbilligendes Geräusch, wie junge Frauen es machen, wenn sie von allem genervt sind, vor allem von ihrer schwangeren großen Schwester.

Ich blieb stehen und horchte in mich hinein. Das konnte doch nicht sein? Da war es wieder. Ich sagte zunächst nichts, denn es war nicht das erste Mal, dass ich diese ziehenden Schmerzen im Unterleib spürte. Die Doula hatte mir wortkarg erklärt, das sei normal, kein Grund zur Besorgnis. Das Baby kam nicht, nur weil's mal ein bisschen im Bauch zwickte. Ich blieb auf den Beinen, räumte weiter auf. Mir wäre es lieber gewesen, wenn das Baby erst kam, nachdem wir befreit worden waren. Zu viele Unwägbarkeiten waren mit unserer Zukunft verknüpft, solange wir in Theseus' Gewalt waren.

»Geht es dir gut?«, fragte Antiope gelangweilt. »Du machst mich nervös mit deinem Herumgerenne.« Sie hob den Blick nicht von ihrer Handarbeit. Ich biss die Zähne zusammen und blieb stehen. Der Druck nach unten wurde unerträglich, ich wollte mich hinhocken in der Hoffnung, dass es dadurch besser wurde.

Ich spürte, wie etwas in mir riss, und dann lief mir etwas Warmes, Feuchtes an der Innenseite der Schenkel hinab. »Antiope.«

Sie blickte auf. Sah meinen feuchten Chiton und begriff sofort. »Ich sage Bescheid.« Sie stand auf und trat vor die Tür unserer Gemächer, wo zu jeder Tages- und Nachtzeit Soldaten standen. Die Dienerinnen kamen nur noch stundenweise zu uns.

Ich beobachtete fasziniert die Pfütze, die sich um meine Füße sammelte und den Steinboden leicht rötlich färbte. War das Blut? War das normal? Ich wiegte mich in den Hüften, suchte Erleichterung in diesem Moment des Schmerzes, der sich nicht so einfach vertreiben ließ. Er verebbte nach einer Weile, ich nahm behutsam meine Wanderung wieder auf.

Zwei Sklavinnen huschten herein, sie sagten kein Wort. Eine begann sogleich, die Pfütze aufzuwischen, die andere trat zu mir und bat mich in mein Schlafgemach. »Die Doula hat Anweisung gegeben, dass Ihr dort bleiben sollt, sobald Eure Zeit gekommen ist.«

»Ach. Und gibt es noch mehr Anweisungen?«, ächzte ich.

»Der König wird von der bevorstehenden Geburt seines Sohns informiert«, erklärte sie ernst.

Ich stöhnte. Natürlich hatte Theseus überall das Gerücht gestreut, das Kind sei seins. Warum auch nicht? Phaidra war jahrelang kinderlos geblieben, eine fremde Königin, die seinen Sohn gebar, passte ihm sicher gut in den Kram. Er konnte mir das Kind wegnehmen, egal was kam.

Auf einmal spürte ich nichts mehr. Keine Wehe. Kein Schmerz. Es war, als hätte allein die Erwähnung von Theseus die Geburt zum Stillstand gebracht.

Auf keinen Fall wollte ich ihm mein Kind überlassen. Es gehörte zu mir, es gehörte nach Themiskyra. Athen war kein Ort für ein skythisches Kind. Für keine Skythin, keinen Skythen. Wir gehörten nicht hierher.

Die Doula kam und untersuchte mich. Sie schalt mich sanft, weil ich mich weigerte, mich hinzulegen. Ich lief weiter hin und her, von der Wand zur Außenmauer, während Antiope auf meinem Bett saß. Der Blick der Doula wurde streng. »Ihr könnt Euer Kind nicht bei Euch behalten, Königin Hippolyte. Irgendwann werdet Ihr Euren Sohn loslassen müssen.«

»Nicht jetzt!«, fauchte ich sie an und nahm meine Wanderungen wieder auf. »Ich werde ihn erst gebären, wenn meine Schwester und meine Tante hier sind, damit sie ihn im Anschluss direkt mitnehmen können.«

»Aber das wird König Theseus nie erlauben!« Die Doula riss entsetzt die Augen auf. »Ihr könnt ihm unmöglich irgendwelche Bedingungen stellen, Herrin!«

»Das würde ich gern von ihm selbst hören.« Ich verzog das Gesicht, weil eine neue Wehe meinen Körper packte. Die Doula stand ratlos vor mir, während ich die nächsten Wehen veratmete.

»Ihr müsst mithelfen!«, beschwor sie mich. »Wenn Ihr länger wartet, kann Euer Kind sterben und Ihr mit ihm!«

»Das ist mir egal«, erwiderte ich. »Ich will Theseus sehen. Er soll mir versprechen, dass mein Kind nicht seine Geisel wird, sondern von ihm zu meiner Schwester vor den Toren der Stadt gebracht wird. Dieses Kind wird einst König von Themiskyra, nicht König von Athen.«

Die Doula rang die Hände und flehte mich an, mich zu besinnen. Doch ich ließ sie stehen und ging, ohne auf ihren Protest zu achten, in den Nebenraum. Dort lief ich unruhig auf und ab. Der Schmerz war verklungen. Ich hatte beschlossen, jetzt nicht zu gebären, und mein Körper folgte meinem Wunsch.

Die Sklavinnen hielten sich noch in den Räumlichkeiten auf, doch ich jagte sie fort. Die Doula folgte mir wie ein Schatten, bis ich genug von ihren Betteleien hatte und vor die Tür der Gemächer trat. Dort sah ich mich nicht zwei Soldaten gegenüber, sondern gleich sechs von ihnen.

»Was ist hier los?«

Der Hauptmann schob sich nach vorne. »Es geschieht nur zu Eurem Schutz, Königin Hippolyte«, behauptete er. Sein Blick zuckte zur Seite. Ich hasste es, belogen zu werden. »Der König hat befohlen …«

»Der König soll selbst herkommen und mir seine Befehle überbringen.«

»Das kann er nicht.«

»Wieso *kann* er nicht? Ist er nicht mehr des Laufens fähig?«, zischte ich. Oh, ich war es leid, mit irgendwem in diesem Palast Geduld zu haben. Ich fühlte mich von jedem und jeder verraten.

»Er … ist nicht im Palast.«

Ich horchte auf. »Sondern? Wo treibt er sich herum?«

»Er …« Sein Blick flackerte. »Ich darf Euch das nicht sagen. Mein Befehl lautet …«

»Es ist mir egal, wie dein Befehl lautet. Wenn ihr nicht wollt, dass ich vor euren Füßen mein Kind gebäre mit all dem Blut und Chaos, das damit einhergeht, solltet ihr schleunigst den König herschaffen oder mir eine plausible Erklärung dafür liefern, warum er nicht herkommen kann, wenn doch sein Sohn geboren wird!«, schrie ich.

Der Hauptmann sank in sich zusammen. Doch er ließ sich nicht beirren. »Es geht nicht, Herrin«, erwiderte er. »Mein Befehl lautet, Euch in dem Gemach zu bewachen, also geht bitte wieder rein, bevor ich mich gezwungen sehe, Gewalt anzuwenden.«

Ich blieb vor ihm stehen und wartete. Ich sah, wie er immer wieder nervös auf meine Körpermitte schielte. Inzwischen war der Chiton komplett durchnässt. Ich legte herausfordernd die Hand auf meinen Bauch. Der Hauptmann gab zwei Soldaten ein Zeichen. Sie traten zu mir und packten mich an den Oberarmen.

»Halt!«

Wir fuhren alle herum.

Königin Phaidra stand am anderen Ende des Gangs. Sie schritt auf uns zu. »Was ist hier los?«, fragte sie den Hauptmann.

»Meine Königin, es ist … Die Königin der Skythen verlangt nach Eurem Gemahl, aber …«

»Verstehe.« Sie blieb einige Schritte entfernt stehen. Im Gegensatz zu mir, die ich in meinem dreckigen Kleid und mit wirren Haaren barfuß im Gang stand, war Phaidra gewohnt makellos mit ihrem dunkelroten Himation über dem weißen Chiton. Sie trug goldene Armreifen und eine wunderschöne Kette mit einem Türkisanhänger. »Ich habe gehört, deine Zeit ist gekommen.«

»Ich werde mein Kind nicht gebären. Ich will nicht, dass es hier aufwächst. Als Sohn des Königs.«

Sie nickte langsam. »Ich verstehe das sehr gut.«

Ihr Blick sagte mir, dass sie das auch nicht wollte. Das Kind einer anderen Königin als Erbe des Theseus.

»Bitte schick nach Theseus«, flehte ich. »Ich bleibe als eure Gefangene, er kann mich nach der Geburt töten, wenn es ihm gefällt. Aber mein Kind gehört euch nicht. Es wird euch nie gehören.«

»Theseus ist nicht da«, wiederholte Phaidra die Lüge des Soldaten. Ich ballte die Fäuste und schloss die Augen. »Aber ich könnte mich darum kümmern, deinen Wunsch zu erfüllen, Hippolyte«, fügte sie leise hinzu. »Ich könnte dein Kind zu deinem Volk bringen.«

Sie trat langsam näher. »Vertraust du mir?«

»Das würde ich so gerne, aber wo warst du? Zuletzt hast du mich ebenso im Stich gelassen wie meine Familie.« Ich schluchzte auf. Die nächste Wehe fuhr durch meinen Körper, ich musste mich gegen die Wand lehnen und schloss die Augen.

»Theseus hat auch mich in meinen Gemächern gefangen gehalten«, sagte Phaidra leise. Sie stand neben mir, ihre Hand berührte meine Schulter. Sie begann, mich behutsam zu massieren, und ich seufzte. Es tat so gut. Meine Muskeln waren wie knotige Seile unter der Haut, komplett verspannt nach den Stunden der Anspannung. »Er hat mir gedroht, wenn ich dich noch einmal aufsuche, werde er mich von der Stadtmauer werfen. Wir wissen beide, dass er mit so etwas nicht scherzt. Dass er dazu in der Lage ist.«

Ich nickte stumm.

»Es tut mir leid, wenn du dich von mir im Stich gelassen fühlst«, fuhr sie fort. »Ich war immer in Gedanken bei dir.«

»Du bist die Einzige, der ich noch vertraue«, flüsterte ich mit tränenerstickter Stimme. Ich spürte, wie in meinem Innern etwas zerriss, wie ich nicht länger stehen konnte. Die beiden Männer links und rechts von mir waren so geistesgegenwärtig, mich aufzufangen, als die Beine unter mir nachgaben.

Phaidra ging vor mir in die Hocke. »Ich werde nach deiner Schwester schicken lassen«, versprach sie. »Nun lass dir helfen, dass du dein Baby zur Welt bringen kannst.«

Ich schüttelte den Kopf. »Schwöre es, bei allem, was dir heilig ist. Bei deinen Göttern, bei Athene! Mein Kind wird nicht in diesem Palast aufwachsen, sondern du bringst es zu meiner Familie. Dorthin, wo es hingehört.«

Phaidras Blick flackerte, doch dann nahm sie meine Hand und drückte sie. »Ich schwöre es bei Athene und allem, was mir heilig ist. Dein Sohn wird bei seiner Familie aufwachsen.«

Ich nickte und richtete mich auf. Mit kleinen Schritten ging ich zurück in den Vorraum. Die Doula hakte mich unter und verscheuchte die Soldaten, die erleichtert waren, nicht länger mit diesen Frauendingen zu tun zu haben. Die Tür schloss sich hinter ihnen.

Im Schlafgemach kroch ich aufs Bett und blieb auf allen vieren hocken, während die Doula mich ein letztes Mal untersuchte. Ich wimmerte, denn der Schmerz kam mit unverminderter Wucht zurück, kaum dass ich wieder in diesem geschützten Raum war. »Du darfst jetzt loslassen«, flüsterte die Doula beruhigend und rieb meinen Rücken.

Da konnte ich endlich mithelfen. Es dauerte danach nur noch wenige Atemzüge, bis mein Sohn geboren wurde.

Ich staunte über seinen wachen Blick, über sein hübsches Gesicht, über den dunklen Flaum auf seinem Kopf. Andächtig berührte ich seine Finger, seine Nase und lächelte, denn er verzog das Gesicht zu einem herzhaften Gähnen. Selten hatte ich etwas Perfekteres gesehen als dieses kleine Menschenkind, das in meinen Armen lag.

»Ich nenne dich Hippolytos«, flüsterte ich ihm zu. Mein Sohn. Jeder sollte an seinem Namen erkennen, zu wem er gehörte. Er war mein Nachfolger, falls ich nicht aus diesem Krieg zurückkehren sollte.

Die Doula hatte inzwischen meine Geburtsverletzungen versorgt und ließ mir eine nahrhafte Suppe bringen; sie ermunterte mich, den Kleinen anzulegen und beaufsichtigte diesen innigen Moment mit Zufriedenheit. »Ihr seid ein Naturtalent«, bescheinigte sie mir. »Nicht lange, und Ihr werdet Milch haben, die ihn sättigt und nährt.«

»Danke«, flüsterte ich.

Antiope schob sich neben mich auf das Bett, und ich zeigte ihr

Hippolytos. »Er ist wunderschön«, flüsterte sie hingerissen. Sie wirkte etwas verloren; ich begriff nun, warum junge Frauen von den Geburten ausgeschlossen und meist nur Mütter zugelassen waren. »Es geht mir gut«, beruhigte ich sie und streichelte ihren Unterarm.

Sie lachte verlegen. »So hat es vorhin gar nicht ausgesehen«, gab sie zu.

»Der Schmerz ist bald vergessen«, mischte sich die Doula ein. Sie nahm mir Hippolytos ab und trug ihn nach nebenan. Ich schloss die Augen und erlaubte mir, ein wenig zu dösen. Antiope blieb bei mir und summte leise.

»Weißt du mehr über den Kampf?«, fragte ich irgendwann.

»Die Soldaten reden darüber. Aber ich habe nicht in Erfahrung bringen können, wie es um uns steht.«

»Das werden wir wohl erst wissen, wenn Mela und Penthe vor uns stehen«, flüsterte ich erschöpft.

»Das wird bald passieren«, versicherte sie mir. »Bis dahin solltest du dich ausruhen. Ich schaue nach Hippolytos und wecke dich, wenn wir dich brauchen.«

Sie erhob sich mit geschmeidigen Bewegungen und verließ den Raum. Ich lauschte, doch ich hörte nur leises Murmeln von nebenan. Nach der Geburt waren wieder mehr Sklavinnen in unserem Quartier, als wäre unsere Isolation aufgehoben worden oder als würde ich für mein Wohlbetragen belohnt werden.

Ich schloss die Augen und ließ mich von dem Gemurmel davontragen.

»Hippolyte?«

Ich schlug die Augen auf. Unbemerkt war Phaidra eingetreten. Sie hielt ein Bündel auf dem Arm, und ihr warmes und entrücktes Lächeln genügte, um zu wissen, dass sie meinen Sohn trug.

»Er ist wunderschön.« Sie neigte den Kopf und betrachtete den Säugling. »Hast du schon einen Namen für ihn?«

»Hippolytos.«

Sie nickte, als fände der Name auch ihre Zustimmung. »Ein starker Name«, befand sie.

»Konntest du mit meiner Schwester sprechen?«, fragte ich. »Die Kämpfe …«

»Mach dir deshalb keine Sorgen.« Phaidra setzte sich auf die Bettkante. »Dein Sohn wird keinen Augenblick lang in Gefahr sein, während er zu seiner Familie gebracht wird. Ich passe auf ihn auf.«

Mich ergriff die Ernsthaftigkeit, mit der Phaidra sprach. Sie musste das hier nicht tun. Sie hätte auch sagen können, dass Theseus mit meinem Kind und mir machen konnte, wie es ihm gefiel. Aber sie war hier und gab mir wenigstens die Chance, ein letztes Mal meinen Sohn zu halten.

Wer wusste schon, wann ich ihn wiedersehen würde?

Sie legte ihn mir in die Arme und ließ uns nicht aus den Augen.

»Musst du bald los?«, fragte ich.

»Du hast alle Zeit, die du brauchst.«

Sie blieb aber bei mir sitzen. Ich wiegte Hippolytos. Ich flüsterte ihm zu, dass ich schon bald wieder bei ihm sein würde, dass ich ihn nie vergessen würde. Ich erzählte ihm von Penthesilea und Melanippe, die ihm wie zwei Mütter sein würden. »Du wirst einst König über Skythien sein«, flüsterte ich ihm zu. »Sei stolz auf dich, denn du hast gegen alles Widrige den Weg ins Leben gefunden.«

Es war ein Wunder und ein großer Zufall, wenn eine Seele in die

Welt trat, das begriff ich in diesen wenigen, kostbaren Stunden, die mir mit meinem Sohn vergönnt sein sollten. Es fiel mir schwer, mich von ihm zu lösen. Ich wollte ihn nicht gehen lassen, aber Phaidra sagte irgendwann, es sei Zeit, und da legte ich ihn in ihre Arme und vertraute darauf, dass er bei ihr in Sicherheit war und sie ihn durch das Tunnelsystem unter dem Palast zum Tempel der Hestia trug und anschließend aus der Stadt zu den Skythen. Keinen Augenblick lang kam mir der Gedanke, wie absurd es war, wenn die athenische Königin aus der belagerten Stadt trat und vor dem Lager des Feindes um ein Treffen mit der skythischen Regentin bat, um ihr den Sohn ihrer Königin zu übergeben, während in der Nähe der Kampf um Athen tobte.

Ich weiß nicht, was ich mir dabei gedacht habe. Oder doch, ich weiß es. Ich vertraute Phaidra mit meinem Leben, und darum vertraute ich ihr ebenfalls das Leben von Hippolytos an. Wir waren vereint in unserem Hass gegen Theseus, und ich wollte um jeden Preis seine Pläne durchkreuzen. Ich wollte daran glauben, dass sie dieselben Ziele hatte wie ich.

Dass Phaidra ganz eigene Pläne verfolgen könnte, hatte ich nicht bedacht.

34

Die Erkenntnis kam nicht im Schlaf oder im Traum, ich wachte damit auf. Am nächsten Morgen lag ich noch im Bett, ich spürte, wie es in meinem Unterleib zog und in meinen Brüsten kribbelte und ich vermisste Hippolytos so sehr … Mein Bauch war nicht mehr prall, sondern schlaff und leer.

Ich stellte mir vor, wie Phaidra begleitet von einem Soldaten durch die Katakomben unter dem Palast lief, eine Fackel wies ihnen den Weg. Sie trat aus dem Tempel der Hestia und überquerte den kleinen Platz. Dort war auch eine Pforte, durch die man aus der Stadt gelangte. Sie ging hindurch und der Wachmann blieb zurück. In der Dunkelheit lief sie zwischen den Gärten und daran anschließend über felsiges Terrain. Das Licht von den zahlreichen Feuern im Lager meines Volks wies ihr den Weg. Sie wurde von zwei Amazonen angesprochen, sie sagte ihnen, wer sie war und warum sie hergekommen sei. Da wurde sie in das Zelt von Melanippe gebracht. Oder zu Penthe? Vielleicht saßen sie noch beisammen und berieten. Oder sie waren gerade erst vom Schlachtfeld zurückgekehrt, müde und verwundet. Als sie Phaidra sahen und sie *erkannten*, blieben beide stehen. Phaidra hielt ihnen meinen Sohn entgegen und Penthe nahm ihn staunend an, so wie Antiope ihn behutsam auf den Arm genommen hatte, staunend beugte sie sich über das kleine Bündel …

Und dann? Was würde meine Schwester dann tun? Würde sie nicht Phaidra an der Rückkehr in die Stadt hindern, damit sie eine

Geisel hatte, die sie gegen Antiope und mich austauschen konnte? Oder würde sie Phaidra wieder ziehen lassen?

Wäre Phaidra wirklich so wagemutig und ging ein so großes Risiko ein? Sie war nicht dumm. Sie wusste, was auf dem Spiel stünde, wenn sie in skythische Gefangenschaft geriet. Was das für die Athener bedeuten könnte. Was es für Theseus bedeutete, war ihr vielleicht sogar egal.

Ich setzte mich auf. Wäre Phaidra so blauäugig? Oder hatte sie mir eine hübsche Lüge aufgetischt, die ich ihr in meiner Verzweiflung hatte glauben wollen?

Ich hatte mich blenden lassen von meinem alles überstrahlenden Wunsch, Hippolytos in Sicherheit zu bringen. Dabei hatte ich vergessen, dass ausgerechnet Phaidra, die sich seit so vielen Jahren ein Kind wünschte, die unter Theseus' Brutalität und Grausamkeit leiden musste, allen Grund hatte, ihm meinen Sohn zu entziehen. Ich hatte gedacht, darum sei es gegangen. Theseus sollte meinen Sohn nicht gegen sie, gegen die Skythen und vor allem nicht für sich benutzen können. Ein stolzer König, der mitten im Krieg einen Erben präsentierte, den er angeblich mit der Königin der Gegenseite gezeugt hatte, wäre für alle Parteien ein guter Grund, um mal kurz die Waffen niederzulegen und miteinander zu reden. Hippolytos bei meinem Volk zu verstecken, nahm ihm diese Lüge weg.

Aber was, wenn Phaidra nicht gegen Theseus arbeiten wollte, sondern nur für sich?

Sie hatte sich immer ein Kind gewünscht. So sehr, dass sie auch dazu in der Lage wäre, meinen Sohn zu entführen?

Ich rief nach Antiope. Nach den Dienerinnen. Aber niemand war da, und als ich aufstand, zitterten meine Knie und ich plumpste zurück auf das Bett. Nie im Leben hatte ich mich so schwach gefühlt wie in diesem Moment. Ich rief nach meiner Schwester, ich schrie in meiner Angst so laut, dass ich von meinen Schreien betäubt die Hände auf meine Ohren presste, aber ich konnte auch nicht aufhören zu schreien, weil ich jetzt begriff, dass ich einen schrecklichen Fehler begangen hatte. Ich hatte meinen Sohn an Phaidra ausgeliefert, und ich würde ihn niemals wiedersehen. Sie war mit ihm fortgegangen. Das spürte ich, und in meiner Naivität hatte ich mich um meine eigene Zukunft gebracht.

»Was ist los, Hippolyte?« Antiope kam in das Schlafgemach. Sie kniete vor mir und ergriff meine Hände. »Warum schreist du so?«

»Phaidra«, flüsterte ich. »Wo ist sie?«

Antiope drückte fest meine Hände. Sie sah mich an, und in ihrem Blick las ich die Antwort, ohne dass sie sie aussprechen musste. Ich erstarrte. »Nein«, flüsterte ich.

»Du weißt es, nicht wahr?«

Stumm schüttelte ich den Kopf. Das durfte nicht wahr sein …

»Sie ist verschwunden«, sprach sie meine schlimmste Befürchtung aus. »Gestern Nacht gab es große Aufregung im Palast, weil sie nirgends auffindbar war. Theseus tobt. Er hat allen Amazonen ein schlimmes Ende prophezeit, weil er denkt, Phaidra hat Hippolytos zu ihnen gebracht und ist dort geblieben. Aber …« Antiope senkte den Kopf. »Dort werden sie Phaidra nicht finden.«

»Woher weißt du das?«

»Die Sklavinnen. Sie reden. Zwei von ihnen sind ebenfalls verschwunden. Sie waren Phaidras Vertraute, und sie haben gestern in aller Eile gepackt, weil die Königin sich auf eine Reise begeben wollte. Erst hieß es, Theseus wollte sie in Sicherheit bringen, falls die Amazonen die Stadt stürmen. Doch da Theseus nichts von ihrer Abreise weiß …«

Ich nickte. Das bestätigte meine schlimmste Vermutung.

Phaidra war mit Hippolytos geflohen. Sie hatte das hier geplant, hatte die Wirren eines Kriegs und die Angst einer Mutter um ihr Neugeborenes schamlos ausgenutzt, um mein Baby zu stehlen und zu verschwinden.

Und niemand wusste, wo sie waren.

Die nächsten Tage verbrachten wir in einem Zustand zwischen Schmerz und Hoffnung. Die Doula schaute ein paarmal nach mir, die Sklavinnen brachten uns alles, was wir brauchten, ein bisschen war es, als kehrte die Menschlichkeit zurück, die wir so lange hatten entbehren müssen. Für Antiope war es gut, denn sie brauchte Menschen um sich, die mit ihr redeten, die ihr Gesellschaft leisteten. Mir war das alles egal, denn ich lag den ganzen Tag auf meinem Bett unter dicken Fellen und Decken und schwitzte und fror, weinte oder lag wie erstarrt da. Ich hatte Fieber bekommen, die Milch war eingeschossen und direkt wieder versiegt. Es war aber nicht das gefürchtete Kindbettfieber, mit dem ich mich plagte, sondern eine Brustentzündung. Ich bekam kühlende Umschläge und sollte mich nach Möglichkeit nicht aufregen und viel ausruhen.

Das war schon beinahe lustig. Nicht aufregen? Wie denn, wenn meine Schwester kämpfte, um mich aus der Gefangenschaft zu befreien und mein Sohn entführt worden war? Mit jedem Tag, den dieser Krieg nun schon dauerte, war Phaidra weiter weg, würde es länger dauern, bis ich ihre Verfolgung aufnehmen konnte. Falls ich überhaupt irgendwann wieder in der Lage sein sollte, denn im Moment fühlte ich mich nur noch schwach. Als hätte all die Stärke, die ich in den letzten Monaten hatte aufbringen müssen, um nicht gänzlich zu verzweifeln, mich auf einen Schlag verlassen. Verdammt zum Warten und Ausharren hatte ich das Gefühl, nie wieder tatsächlich glücklich zu werden.

»Das sind die Heultage«, bestätigte die Doula unbekümmert, als sie kam und die Umschläge um meine Brüste wechselte. »Die hat jede Mutter.«

Ich hätte ihr gern die Augen ausgekratzt. Welche Mutter musste denn zusätzlich den Verlust ihres Kinds ertragen?

»Diese Trauer wird vergehen, und dann fühlt Ihr Euch besser.«

»Ich werde mich besser fühlen, wenn meine Schwester Athen dem Erdboden gleichgemacht und Theseus verjagt hat«, erwiderte ich hart. »Wenn mein Sohn wieder bei mir ist.«

Sie antwortete nicht. Aber in ihrem Blick flackerte Angst, und sie verließ die Gemächer, sobald sie ihre Aufgabe erledigt hatte.

Sie alle hatten Angst vor uns. Die Wachen vor dem Quartier wurden verstärkt, ich hörte die Dienerinnen miteinander flüstern. Wir erfuhren nicht, wie die Kämpfe liefen, aber das war gar nicht nötig. Die Furcht der Athener genügte mir als Antwort. Es war nur eine Frage der Zeit, bis die Stadt fiel.

Was das für uns bedeutete, wusste ich nicht.

Sobald das Fieber gesunken war, begann ich, mich in den Gemächern zu bewegen. Nach der Schwangerschaft und der Geburt fühlte ich mich alles andere als gesund, aber ich musste wieder zu Kräften kommen, wenn ich bei einer Flucht mithalten wollte. Darauf bereitete ich mich vor: Auf eine Gelegenheit, den Palast gemeinsam mit Antiope zu verlassen.

Eines Abends wurde uns ein Besucher gemeldet.

»Ein Besucher?«, fragte ich überrascht. Der Wachmann, der vor mir stand, trat verlegen von einem Fuß auf den anderen. »Hat er seinen Namen genannt?«

»Er heißt Lykos, Herrin.«

Ich schüttelte den Kopf. Ich kannte niemanden außerhalb der Palastmauern. »Dann lass ihn eintreten.«

Antiope saß am Fenster auf einem Hocker. »Was könnte er wollen?«, fragte sie.

Ich hatte keine Ahnung.

Der hagere, große Mann mittleren Alters mit Hakennase und scharfem Blick, der nun eintrat, verbeugte sich vor uns. »Meine Königin.« Seine tiefe Stimme klang ernst. »Mit großer Bestürzung haben die Bürger der Stadt Athen vom Tod Eures Kinds erfahren. Sie haben mich entsandt, um bei Euch Erkundigungen über Euer Wohlergehen anzustellen, um der alten Freundschaft willen. Und äh … fragen, ob wir irgendwas für Euch tun können.«

Dabei zwinkerte er mir so heftig zu, dass ich überrascht die Augenbrauen hob. Dann schob er den Ärmel seines Himation hoch und entblößte die Tätowierung eines Pferds. Der Wachmann hinter seinem Rücken wirkte sichtlich gelangweilt.

Ich verstand. »Ah, Lykos mein Lieber.« Ich trat ihm entgegen und nahm sogar als Zeichen unserer tiefen Verbundenheit seine Hände. Sie fühlten sich feucht und eisig an. »Wie gut, Euch wiederzusehen.« An den Wachmann gewandt fügte ich hinzu: »Du kannst uns allein lassen. Mein alter Freund und ich wollen uns nur ein wenig unterhalten.«

Der Soldat zögerte, doch Antiope spielte mit und erhob sich. »Es tut gut, einen alten Freund zu begrüßen«, zwitscherte sie. »Könnten wir ein paar Erfrischungen bekommen?«

»Äh, ja natürlich«, stammelte der Wachmann, der sichtlich überrascht schien, weil wir sogleich so vertraut mit dem athenischen Bürger waren. Er stolperte auf dem Weg nach draußen fast über seine eigenen Füße.

Sobald sich die Tür hinter ihm geschlossen hatte, schob der Mann, der sich Lykos nannte, die Kapuze vom Kopf. »Was für eine Farce«, knurrte er.

»Ich kenne dich nicht«, sagte ich. »Aber du bist Skythe, nicht wahr?«

»Meine Königin, ich komme aus Themiskyra, wo ich als Kaufmann meinen Lebensunterhalt bestreite. Deshalb habe ich auch Achaisch gelernt. Offensichtlich so gut, dass ich die dummen Soldaten an den Palasttoren täuschen konnte. Ich komme von Eurer Schwester Penthesilea.«

Ich atmete tief durch. »Wie geht es ihr? Ist mein Sohn bei euch?«, fragte ich hastig. Uns blieb vermutlich nicht viel Zeit, bis der Soldat zurückkam.

Er schüttelte überrascht den Kopf. »Bei uns ist kein Kind«, sagte er. »Es herrscht Krieg, da haben Kinder nichts zu suchen.«

Mein Herz, das die Wahrheit bisher noch hatte leugnen wollen, zerbrach in tausend Stücke. »Verstehe«, murmelte ich. Antiope legte beruhigend die Hand auf meine Schulter.

Jetzt war keine Zeit, um Hippolytos zu trauern.

»Warum bist du hier?«

»Athen wird fallen. Schon bald. Haltet euch bereit zur Flucht.«

»Wir sind bereit.«

»Es gibt noch ein Problem.«

Ich nickte. »Theseus.«

»Er wird euch nicht gehen lassen. Sobald er erkennt, dass er verlieren wird …«

»Wir sind nicht bewaffnet.«

»Darum bin ich hier.« Er zog unter dem Chiton zwei kleine Dolche hervor. Antiope nahm beide sofort an sich und verschwand in ihrem Schlafgemach. Ich blickte ihr nach. Sie sollte nicht so erwachsen sein müssen, dass sie sofort wusste, wie viel auf dem Spiel stand, wenn man die Waffen bei uns fand. Sie wusste sofort ein Versteck dafür. Wenig war von der Heranwachsenden geblieben, die von Theseus schwärmte und davon träumte, einst einen König zu heiraten und Königin zu werden.

»Mehr können wir nicht für euch tun«, sagte Lykos – oder wie auch immer er hieß – bedauernd. »Regentin Penthesilea – sie wird alles tun, was in ihrer Macht steht.«

»Ich danke dir.« Und es war tatsächlich so – ich war von tiefer Dankbarkeit erfüllt. Aber die Angst überwog in diesem Moment. Wenn Penthe schon ein so großes Risiko einging und Lykos zu uns schickte, war sie verzweifelt.

Der Wachmann ließ zwei Sklavinnen in den Vorraum, die uns ein paar Speisen und Wein brachten. Lykos setzte sich zu uns, und wir redeten ein wenig über Belangloses, während der Wachmann neben der Tür wartete und irgendwann vor Langeweile schier einging. Lykos verabschiedete sich schließlich, und wir waren wieder allein.

Aber nicht wehrlos.

35

Ich bekam keine Luft mehr. Etwas drückte auf meinen Mund und meine Nase, und ich schlug um mich, doch meine Arme waren an meinen Oberkörper gepresst und meine Beine wurden ebenfalls von einem Gewicht niedergedrückt, gegen das ich mich nicht wehren konnte.

Ich riss die Augen auf und starrte in das hämische Grinsen von Theseus.

»Hast du wirklich gedacht, ich lasse euch Schlampen damit davonkommen?«, zischte er mir ins Ohr. »Du bist so erbärmlich, Hippolyte.«

Ich konnte nicht mal schreien. Jeder Versuch, wenigstens etwas Luft in die Lungen zu zwingen, wurde von seiner unerbittlichen Pranke verhindert. Ich spürte das Blut in meinen Ohren rauschen, meine Lunge brannte und ich war kurz davor, das Bewusstsein zu verlieren.

Da ließ er von mir ab.

Doch nicht die Männer, die mit ihm gekommen waren und wie Felsgewichte auf meinen Armen und Beinen lagen.

Theseus musterte mich abschätzig von oben. »Hast du geglaubt, ich merke nicht, wie du mich hintergehst?«

»Ich habe keine Ahnung, wovon du sprichst«, stieß ich hervor und hustete. Jeder Atemzug schmerzte.

»Wir wissen beide, wovon ich spreche. Der gute *Bürger Lykos*, oder wie auch immer er heißt, wurde beim Verlassen der Stadt aufgegriffen. Eine interessante Tätowierung hatte er. Leider konnte er mir weder sagen, wo er wohnt noch war er mit der attischen Gesetzgebung vertraut. Nun, ich denke, er weiß inzwischen, dass auf Verrat die Todesstrafe steht.«

Mir lief ein eisiger Schauer über den Rücken.

»Hast du geglaubt, du kommst damit durch?«, flüsterte er mir ins Ohr. Sein warmer Atem strich über meine Haut, und ich musste die Augen schließen. Ich empfand nichts als Ekel vor diesem Monster.

»Glaubst du, ich sehe tatenlos zu, wie ein Spion versucht, unsere Bemühungen im Krieg gegen die Amazonen zu torpedieren? Leider war er nicht besonders gesprächig, außer dass er mich beschimpft hat. Und dass er nur hier war, um Antiope und dich zu bewaffnen, war mir zu billig. Also? Was hat er hier gewollt?«

»Du wirst es mir doch nicht glauben.« Ich drehte den Kopf von ihm weg.

Theseus packte mein Kinn und drehte mein Gesicht so, dass ich ihn ansehen musste. »Versuch's doch mal. Vielleicht hast du Glück. Wenn nicht …« Er grinste.

Ich hatte Angst.

Aber die durfte ich nicht zeigen. Theseus war ein Bluthund. Ein gefährliches Raubtier, das auf das geringste Zeichen von Schwäche lauerte.

»Du hast recht.« Ich versuchte mich aufzurichten. Er schüttelte den Kopf. »Haben du und deine Männer etwa Angst vor einer Frau?«, fragte ich herausfordernd.

Theseus zögerte, doch dann gab er den Soldaten ein Zeichen. Sie ließen von mir ab, und ich konnte mich aufsetzen. Ich fröstelte, hüllte mich in das Himation und legte den Kopf schief. Theseus stand mit verschränkten Armen vor mir, seine Männer waren zwei Schritte zurückgewichen und würden jederzeit wieder eingreifen, falls ich eine falsche Bewegung machte.

»Also?«, fragte er.

»Lykos war hier, um mich auf die Invasion der Stadt vorzubereiten.«

»Athen wird niemals fallen«, war Theseus überzeugt.

»Mag sein. Er klang deutlich überzeugter als du.«

Sein Blick flackerte. »Was hat er noch gesagt?«

»Nicht viel. Wir wurden leider von deinen Leuten unterbrochen.« Ich zuckte mit den Schultern. Theseus kaute auf meinen Worten herum. Dann drehte er sich abrupt um und verließ mein Schlafgemach. Ich erlaubte mir nicht, aufzuatmen. Und tatsächlich: Das Nächste, was ich hörte, war Antiopes Schrei.

Ich sprang auf und folgte Theseus.

Er zerrte Antiope an den Haaren aus ihrer Schlafkammer. Sie stolperte barfuß hinter ihm her, ihre Hände versuchten, irgendwie den eisernen Griff seiner Finger zu lösen, was ihn nur noch stärker an ihr reißen ließ. Antiope stolperte und schlug mit den Knien auf den Boden auf. Sie schrie. So sehr hatte ich sie noch nie schreien gehört. Ich wollte ihr zur Hilfe kommen, doch zwei Wachen packten meine Arme und hielten mich zurück.

»Wenn du glaubst, du könntest mit deiner Schwester verschwinden, hast du dich geirrt«, erklärte Theseus. »Ihr werdet voneinander getrennt.«

»Nein!«, rief ich, und auch Antiope wehrte sich nach Leibeskräften. Doch es half nichts. Theseus übergab sie an zwei andere Soldaten und kam noch einmal auf mich zu, während sie die sich heftig wehrende Antiope aus dem Raum zogen. Ich hörte ihre Schreie auf dem Gang und schloss für einen kurzen Moment die Augen, weil die Angst drohte, die Kontrolle zu übernehmen.

Ich sollte die größte Kämpferin meines Volks sein. Ich sollte sie anführen, wann immer wir ums Überleben kämpften. Wir hatten so oft gekämpft, es war Teil unserer Identität geworden. Aus dem einstigen Steppenvolk, das von allen Seiten bedrängt wurde, war etwas Großes erwachsen, wir lebten in Siedlungen und bauten Paläste wie viele andere. Das Erbe meiner Mutter hatte ich nie annehmen wollen, weil ich dachte, dafür sei es zu früh, es stünde mir nicht zu. Aber nun war ich hier. Die Verantwortung trugen andere, um mich zu retten.

In diesem Augenblick aber konnte ich nichts anderes tun als aushalten, was geschah. Jetzt war nicht der richtige Moment, um zu kämpfen, denn in Theseus' Blick sah ich dieselbe Mordlust, die damals in seinen Augen geflackert war, als nur mein beherztes Einschreiten ihn daran gehindert hatte, Bremusa zu erwürgen. Wenn ich ihn noch mehr erzürnte, könnte das mein Ende sein.

Andererseits: Wenn Theseus mich umbringen *wollte,* war es egal, ob ich ihn provozierte oder nicht. Ich wusste von unseren früheren Begegnungen genug über ihn. Dass er es genoss, eine Frau zu unterwerfen. Dass er es liebte, mit den Ängsten zu spielen. Ich durfte ihm auf keinen Fall meine Angst zeigen. Damit würde ich ihm zu viel Macht geben.

Theseus stand jetzt vor mir. Er atmete schwer. »Nun zu dir«, sagte er gefährlich leise.

»Was denn? Willst du noch mal versuchen, mich zu schänden?« Keine Ahnung, woher ich den Mut nahm, ihn so herauszufordern.

Die Angst war weg. Vielleicht weil mir das Schlimmste schon passiert war. Mein Kind war fort, mein Leben war nichts mehr wert, solange Hippolytos irgendwo da draußen war und ich nicht wusste, ob ich ihn jemals wieder lebend in die Arme schließen durfte. Ich war von jedem in dieser verfluchten Stadt verraten worden.

Nein. Seit ich Ares' Waffengürtel aus der Hand gegeben hatte, war jede Handlung gegen mich Verrat gewesen. Erst Herakles, dann die Entführung, zuletzt Phaidra, der ich mein Leben anvertraut hätte.

Wenn der Tod durch Theseus' Hand kam, gab es nichts, was ich dagegen tun konnte. Er hatte Bremusa im Pankration niedergerungen, und sie war die stärkste Kämpferin unter uns Amazonen. Ich würde nicht kampflos aufgeben, aber ich schloss in diesem Moment mit meinem Leben ab. Ich war überzeugt, dass es hier und jetzt zu Ende ging.

Theseus beobachtete mich. Er schien zu spüren, wie jeder Widerstand in mir zerbrach. Als er einen weiteren Schritt auf mich zu machte, zog ich den Dolch unter dem Chiton hervor, den ich an mich genommen hatte, nachdem Lykos gegangen war, und zerschnitt dabei das feine Wolltuch. Ich war es nicht gewohnt, mit weiten Kleidern zu kämpfen. Mein letzter Kampf war ohnehin so lange her, ich war kurz verwirrt, ob ich den Dolch in der richtigen Hand hielt.

Aber kampflos aufgeben wollte ich auf keinen Fall.

»Hippolyte.« Seine Stimme klang besänftigend. »Lass es einfach, ja? Wir haben beide oft genug gekämpft, um zu wissen, wann wir aufgeben können. Wann genug gekämpft wurde.« Theseus machte noch zwei Schritte auf mich zu. »Selbst wenn du mich tötest, stirbt Antiope als nächstes.«

Ich hob den Dolch. »Das ist mir egal«, flüsterte ich.

»Und dann werden sie dich überwältigen. Sie werden eure Leichen von der Stadtmauer vor die Füße deiner Amazonen werfen. Dann werden sie Angst bekommen und fliehen.«

»Das wäre es wert, wenn wir Athen von deiner Tyrannei befreit hätten«, flüsterte ich.

Er lächelte. »Tyrannei, sagst du?«

Wir standen voreinander, und keiner war bereit, den ersten Schritt zu machen. Theseus starrte mich an, suchte in meinen Augen nach einem Hinweis darauf, wann ich angreifen würde.

Draußen erklangen Schritte. Nicht Stiefelschritte, auch nicht das leise Schlurfen von Sandalen mit dem zarten Wischen von langen Umhängen, sondern etwas dazwischen. Theseus legte den Kopf schief. Er blickte nicht zur Tür, doch er begrüßte den Neuankömmling.

»Du bist zurückgekehrt, Athene.«

Mein Blick zuckte zur Tür. Da stand sie, die eulenäugige, wunderschöne Göttin in ihrem Brustpanzer und mit dem Schild, auf dem das Haupt der Medusa mit den Schlangenhaaren erstarrt war. Heute war sie als Kriegerin gekommen, um ihrer Stadt beizustehen. Ihrem Günstling Theseus. Stand es so schlecht um Athen und Theseus, dass sie sich bemüßigt fühlte, von Troja hierher zu eilen?

»Theseus, mein Lieber.« Sie glitt an ihm vorbei, ihre Hand berührte ihn an der Schulter. Er trat einen Schritt zurück und machte ihr Platz. Athene trat zu mir und blieb stehen, als ich den Blick hob und sie wütend anfunkelte.

Niemals würde ich mich dieser Göttin beugen. Oder irgendeiner anderen Göttin, einem Gott, nicht mal meinem Vater.

Sie gluckste. »Schau dich nur an, Hippolyte. Was bist du doch für ein bedauernswertes Geschöpf. All die Jahre hast du zugesehen, wie deine Mutter Otrere ihre Macht allein dem Umstand zu verdanken hatte, dass ihre winzige, unbedeutende Existenz einen kleinen Funken Interesse des Kriegsgottes hatte entfachen können. Nach ihrem Tod hast du gedacht, du könntest ohne ihn bestehen, nicht wahr? Hast alles, was an ihn erinnert, weggeschenkt oder verbannt. Sogar dass deine Schwester nach Ephesos ging, hast du nicht verhindert. Hauptsache, du hast nichts mehr mit deinem Vater zu tun. Nun stehen wir hier, und das Einzige, was dich noch retten könnte, wäre sein Eingreifen. Ich könnte fast Mitleid mit dir haben.«

Ich sagte nichts, weil ich es leid war, dass die Götter mir erzählten, wie erbärmlich ich war und wie wenig sie mich achteten.

»Dann töte mich doch. Wenn ich so wenig wert bin, macht der Sache ein Ende.«

Athene wandte sich von mir ab. Sie befand mich nicht mal eines Augenverdrehens für würdig, und ich konnte es ihr nicht verdenken.

»Sie will nicht mal um ihr Leben kämpfen«, zischte sie Theseus zu. »Was findest du an diesen erbärmlichen Amazonen?«

»Ich kann dich hören«, sagte ich scharf.

Sie fuhr zu mir herum und wuchs zu übermenschlicher Größe an, oder nein, sie war immer größer als alles Menschliche gewesen, hatte sich nur in den menschlichen Körper gezwängt, um einen Anschein von Augenhöhe zu erzeugen. Sie blickte auf mich herab, doch ich zuckte nicht zurück. »Ganz schön mutig für eine Tochter der Steppe«, grollte sie.

»Ich habe nichts mehr außer meinen Mut und diesen Dolch.« Ich breitete die Arme aus. »Siehst du? Ich bin dir hilflos ausgeliefert. Nimm dir, was du willst. Mein Leben? Es gehört dir. Meinen

Sohn? Er ist irgendwo da draußen, aber dir wird es wohl eher möglich sein, ihn zu finden, als mir. Meine Würde? Die wirst du mir nicht nehmen können, denn ich werde mich niemals einem von *euch* beugen.«

»Mein Bruder hat offenbar versäumt, dich zu lehren, wann du lieber den Mund hältst, Sterbliche.«

Ich hielt die Luft an. Aber mehr geschah nicht. Athene wandte sich Theseus zu. Sie legte den Kopf schief, und auf einmal war sie wieder so groß wie er und ich. »Sie kommen«, murmelte sie mehr zu sich selbst. »Du solltest fliehen, Theseus. Sonst zerreißen sie dich in der Luft.«

»Ich werde niemals meine Stadt im Stich lassen. Athen braucht mich.« Er packte das Schwert etwas fester.

Sie trat zu ihm und legte die Hand auf seine Wange. »Ich weiß«, flüsterte sie. »Du warst meiner Stadt immer treu ergeben. Aber wenn die Amazonen dich nicht erwischen, werden es die Athener tun. Zu lange haben sie deine Herrschaft erduldet. Sie sehen nicht, was du und ich wissen. Dass du das Beste für die Stadt bist. Du hast Athen zum Erblühen gebracht. Hast den Athenern den Stolz und Mut geschenkt, für sich einzustehen. Doch wenn du bleibst, werden sie genau diese neue Haltung gegen dich wenden.«

»Dann hindere sie daran!« Er schlug ihre Hand weg. Ich zuckte zusammen; die Hand gegen einen Gott erheben, das war sicher nicht klug … Doch Athene lächelte nur traurig. »Komm«, sagte sie und ergriff Theseus' Schwertarm. Er ließ das Schwert los, und es polterte zu Boden. »Du hast genug gekämpft.«

Sie führte Theseus zur Tür, und das Wunder geschah: Er folgte ihr. An der Tür drehte sie sich noch einmal zu mir um.

»Richte deinem Vater aus, dass hiermit alle Schuld beglichen ist, die je zwischen uns bestand. Wir sehen uns vor Troja.«

Dann war ich allein.

Ich konnte es erst nicht fassen. Ging unruhig auf und ab, nahm Theseus' Schwert vom Boden auf und nahm meine Wanderung wieder auf. Dann blieb ich stehen und lauschte.

Das Klirren von Schwertern. Schreiende Frauen. Triumphgeheul, das aus Dutzenden Kehlen aufstieg. Ein Lächeln stahl sich auf meine Lippen. Ich wusste, was diese Triller bedeuteten.

Die Amazonen hatten die Stadt gestürmt und strömten in den inzwischen unbewachten Palast.

Ich hatte keine Ahnung, wohin die Wachen und Soldaten verschwunden waren, doch als ich auf den Gang trat, waren sie fort. Auf der Suche nach Antiope kam ich an mehreren Gemächern vorbei, doch ich begegnete keiner Menschenseele. Als hätte jemand alle Menschen aus dem Palast vertrieben.

Ich rief nach Antiope, doch erhielt keine Antwort.

Auch im Stall fand ich sie nicht. Hier war niemand. Nur die Pferde scharrten unruhig mit den Hufen. Ich wählte eine lebhafte, braune Stute aus, die sich problemlos aufzäumen ließ. Für Antiope wählte ich eine ruhigere Fuchsstute aus und führte die beiden Pferde in den Innenhof. Dann suchte ich mit Theseus' Schwert in der Hand weiter nach ihr.

Ich hatte keine Ahnung, was geschehen war. Doch Athene hatte entschieden, dass wir gehen durften, und ich wollte verdammt sein, wenn ich diese Gelegenheit nicht nutzte.

36

Und wieder hatte Ares uns gerettet.

Ich fand Antiope in einem kleinen Lagerraum hinter dem Thronsaal. Die Tür war von außen verriegelt. Als ich sie öffnete, fiel keilförmig das Licht auf eine zusammengekauerte Gestalt, die auf dem Boden hockte.

»Antiope.« Sanft streichelte ich ihre Schulter. »Sie sind weg.«

Sie sah mich an, aber kein Wort kam über ihre Lippen. Als ich ihr beim Aufstehen half, sah ich, dass ihr Kleid besudelt war. Sie ließ sich von mir in den Hof führen, und ich half ihr auf die Fuchsstute. Dann schwang ich mich auf das andere Pferd, nahm den Fuchs am Zügel und ritt durch das offene Palasttor auf die Straße. Den Hügel hinab. Durch verwaiste Gassen. Nirgends eine Menschenseele. Als hätte Athene mit ihrer göttlichen Kraft die Stadt leergefegt, damit wir ungesehen entkommen konnten.

Ihre Worte gingen mir nicht aus dem Kopf. *Richte deinem Vater aus, dass hiermit alle Schuld beglichen ist.*

Mein ganzes Leben lang hatte ich nicht begriffen, was es hieß, die Tochter eines Gottes zu sein. Ich war daran verzweifelt, dass Ares mein Vater war, weil er augenscheinlich nie etwas unternommen hatte, um uns zu helfen. Er hatte den Tod meiner Mutter nicht verhindert. Er hatte nicht mal *versucht,* ihn zu verhindern, weil in seinen Augen ihr Schicksal erfüllt war. Danach war mein Vertrauen in ihn erschüttert gewesen, ich hatte ihn fortgeschickt und allen Ernstes gedacht, damit sei die Sache erledigt. Ares würde sich künftig aus meinem Leben heraushalten. Spätestens nachdem Hera mir eingeflüstert hatte, durch Antiopes Zorn sei Ares gar nicht dazu in der Lage, uns aus der Ferne zu beobachten, war ich dem Irrtum aufgesessen, ich hätte von ihm nichts zu erwarten. Keine weiteren Enttäuschungen, vor allem auch keine Hilfe in dieser Notlage. Ich hatte mich in das Schicksal gefügt, von dem ich glaubte, es sei auch in seinem Sinne.

Und nun half Athene uns bei der Flucht. Weil sie eine Schuld bei Ares begleichen musste. Das hieß ja, dass er sie darum gebeten hatte, uns zu helfen? Und das bedeutete, dass er immer da gewesen war.

Mein Schicksal hatte er nie aus dem Blick verloren, er hatte im Hintergrund die Fäden gezogen, ohne dass ich es wusste. Er hatte getan, was er konnte.

Trotzdem war ich beinahe gestorben, und Phaidra hatte mein Kind gestohlen.

Wenn mein Leben und mein Schicksal so untrennbar mit den Göttern verknüpft war, dann sollte ich wohl beginnen, diesen Umstand für mich zu nutzen statt weiterhin darauf zu beharren, alles allein zu schaffen.

Wir erreichten das Viertel unweit des nördlichen Stadttors, das weit offenstand. In diesem Moment strömten zwei Dutzend Reiterinnen durch das Tor. An der Spitze ritt meine Schwester Penthesilea.

Sie parierte ihr Pferd durch, sobald sie uns sah. »Bist du es wirklich?«, fragte sie ungläubig.

Dasselbe hätte ich sie fragen können, so unwirklich erschien es mir, dass es mir tatsächlich gelungen war, dem Palast zu entkommen, der so lange unser Gefängnis gewesen war.

Stattdessen nickte ich nur.

»Wir bringen euch hier raus«, bestimmte Penthesilea. Ein Zeichen von ihr genügte. Die Reiterinnen nahmen Antiope und mich in die Mitte. Wir trabten aus der Stadt, den Hügel hinab und in einem großen Bogen um Athen herum zu dem Feldlager der Skythen.

Auf einer Anhöhe über dem Lager zügelte Penthesilea ihr Pferd. »Siehst du? Sie sind alle gekommen, um euch zu retten.«

Staunend blickte ich auf die Zeltreihen. Bis zum Horizont erstreckten sie sich. Hunderte helle Zelte, Tausende Kriegerinnen und Krieger mit ihren Pferden. »Wir haben Athen einen denkwürdigen Kampf geliefert. Als wir sie auf dem Schlachtfeld besiegten, haben sie sich hinter die Stadtmauern zurückgezogen. Wir dachten, die Belagerung würde sich endlos hinziehen, aber dann meldeten unsere Späher, die Stadt sei komplett verlassen. Weißt du mehr darüber?«

»Nicht viel«, sagte ich leise. Auf einmal war ich unendlich müde. Wo waren all die Athener? Würden sie zurückkehren? Oder hatte Athene ihre Stadt entvölkert, nachdem sie Theseus gerettet hatte?

»Hoffen wir, dass es so bleibt. Ich habe nichts gegen einen anständigen Kampf, aber wir haben, was wir wollten. Oder?«

Ich schüttelte den Kopf, weigerte mich aber, es laut auszusprechen, bevor wir nicht in Sicherheit waren.

Hippolytos war irgendwo da draußen mit Phaidra. Ich würde nicht ruhen können, ehe ich meinen Sohn in die Arme schließen konnte. Einen Schritt nach dem nächsten. Zuerst mussten wir Antiope in Sicherheit bringen. Danach konnten wir Hippolytos suchen.

Keine Ahnung, wie Antiope es schaffte, sich so lange im Sattel zu halten. Sobald wir ins Lager ritten, kamen uns Männer und Frauen entgegen, die Pferde blieben stehen. Ich glitt aus dem Sattel und fing Antiope auf, die sich nicht mehr halten konnte. Sofort waren helfende Hände da, die sie mir abnahmen und sie zu einem Zelt trugen. Als ich ihnen folgen wollte, berührte Penthe meine Schulter. Sie hatte ihren Rappen an einen der zahlreichen Burschen übergeben, die heranströmten und sich um die Pferde kümmerten. »Komm«, sagte sie leise. »Sie werden sich gut um Antiope kümmern. Du musst mit Mela sprechen.«

Ich nickte und folgte ihr. Die Menschen erkannten mich, und ich spürte, wie eine Welle der Erleichterung durch das Lager schwappte. Da begann ich es auch zu spüren. Wir hatten überlebt. Wir waren in Sicherheit.

Das größte Zelt in der Mitte des Lagers diente Mela und Penthe als Schlafplatz, doch es war auch der Ort, an dem sich die Hauptleute versammelten und in dem strategische Gespräche geführt wurden. Als wir das Zelt betraten, kam Mela auf mich zu. Stumm umarmte sie mich. Sie hielt mich fest. Mehr nicht. Tränen strömten über mein Gesicht, die Erleichterung brach sich Bahn, ebenso wie die Trauer, der Schmerz, zu viele Gefühle, um sie alle zu benennen.

»Es ist noch nicht vorbei«, flüsterte sie. »Aber du bist zurück. Du lebst. Das wird unseren Leuten die Kraft geben, auch den letzten Kampf zu führen.«

»Welchen letzten Kampf?«

Ich blickte von Mela zu Penthe.

»Falls wir uns den Weg zurück nach Skythien freikämpfen müssen«, sagte Mela leise. »Dein Vater …«

»Wir sollten uns unterhalten«, unterbrach Penthe sie. »Seit du nach Athen entführt wurdest, ist viel passiert.«

Penthe berichtete von ihrer Reise nach Ephesos und wie sie dort von den Ereignissen in Themiskyra erfuhr. Sie brach sofort auf und ritt zurück, während Ares sich um Troja kümmern musste. Penthe bekam glänzende Augen, als sie die Stadt erwähnte. Die Begeisterung für Troja war spürbar – aber es schwang auch ein Funken Besorgnis um die Menschen mit, die sie bei ihrem Aufenthalt dort kennengelernt hatte. In Themiskyra stellten Mela und Penthe sofort ein Heer zusammen, das sich schon bald auf den Weg nach Athen machte. Sie wussten zu dem Zeitpunkt noch nicht, wohin Theseus und Herakles uns entführt hatten. Athen oder Mykene, das waren die beiden Möglichkeiten, und da Mykene weiter im Süden auf der Halbinsel Peloponnes lag, entschieden sie, ihr Glück zunächst in Athen zu versuchen.

Während Penthe erzählte, schwieg Mela. Ich wunderte mich darüber, denn bisher war unsere Tante stets eine meinungsstarke, laute Kriegerin gewesen, die keine Diskussion scheute und ihre Ansichten selten für sich behielt. Etwas an ihrem Verhalten irritierte mich so sehr, dass ich mich zu ihr herüberbeugte und sie leise fragte, was los sei.

»Deine Schwester verschweigt dir ein paar wichtige Details«, sagte sie und ließ Penthe nicht aus den Augen.

»Weil sie unbedeutend sind. Hippolyte muss das nicht wissen«, erklärte Penthesilea und reckte trotzig das Kinn.

»Du findest, sie hat kein Recht auf die Wahrheit? Dass wir nur dank Ares' Eingreifen überhaupt so weit gekommen sind?«

»Das tut nichts zur Sache«, widersprach Penthe. »Nicht wahr, Hippolyte?«

Sie sah mich so hoffnungsvoll an. So voller unverhohlenem Stolz. *Sieh nur, wie weit ich gekommen bin. Ich habe um Hilfe gebeten, als ich nicht weiter wusste, und nun bist du gerettet. Bist du stolz auf mich, meine Königin?*

»Melanippe hat unseren Vater schon immer gehasst«, fügte Penthe hinzu. In ihren Augen blitzte etwas auf, das ich schwer deuten konnte. Aber was ich spürte, war die Anspannung, die in der Luft hing.

»Euer Vater hat uns auf dem Weg nach Athen jeden nur denkbaren Stein aus dem Weg geräumt«, fauchte Melanippe. »Als wären wir Amazonen nicht in der Lage, uns selbst den Weg freizukämpfen.«

»Das wären wir auch nicht gewesen«, erklärte Penthesilea. »Wir waren nicht hinreichend ausgebildet, um im Kampf zu bestehen. Du warst nicht in Troja, Mela. Du hast nicht gesehen, wie sich diese Stadt auf den Krieg vorbereitet hat. Jeder Mann, jede Frau, jedes Kind hat sich täglich dafür gewappnet, dass am Horizont die tausend achaischen Schiffe auftauchen. Während du, Mela, mit einer Handvoll Kriegerinnen vor die Tore von Athen reiten und am liebsten Theseus im Duell bezwingen wolltest, damit er meine Schwestern wieder herausgibt. Aber so funktioniert die Welt nicht mehr, in der wir leben. Hier muss man kämpfen. Man muss Allianzen eingehen. Wir Skythen stehen nicht mehr für uns allein. Ich hätte gern die Trojaner an unserer Seite gehabt. Und sie hätten für uns gekämpft, wenn nicht zur selben Zeit die Winde in Aulis wie von Götterhand gedreht hätten und die Schiffe in See stechen konnten.«

»Wie von Götterhand. Es war die Hand einer Göttin, die da im Spiel war. Tu doch nicht so, als wäre es ein Wunder gewesen.« Melanippe verzog angewidert das Gesicht.

Ich beobachtete die beiden. Meine Tante war in den vergangenen Monaten bitter geworden, beinahe müde. Penthe jedoch glühte vor Stolz, ihr Siegeswille überstrahlte alles.

»Weißt du, was man sich in Wahrheit über die tausend Schiffe der Achaier erzählt? Warum sie letztlich in See stechen konnten?«, fragte Melanippe dumpf.

»Hör auf«, zischte Penthe.

»Wieso? Sollte Hippolyte nicht die ganze Wahrheit hören, wenn wir ihr schon berichten, was sich in der Zwischenzeit zugetragen hat?«

»Das ist ein unwichtiges Detail«, behauptete Penthe.

Mela schnaubte. »Ein unwichtiges Detail. Der Tod einer unschuldigen Frau, geopfert auf dem Altar dieses sinnlosen Kriegs, weil Agamemnon deine liebe Freundin Artemis beleidigt hatte. Du als Trojas Verbündete solltest dich darüber viel mehr empören, Penthe.«

»Artemis ist nicht meine Freundin.«

»Das sehe ich anders. Du hast dich während der Zeit in Ephesos den achaischen Göttern angedient. Hast du auch in ihren Tempeln gebetet? Hat dein Vater dich nicht mit dem achaischen Luxus vertraut gemacht, dem er selbst so gern auf dem Olymp frönt?«

Ich fröstelte. »Hört auf zu streiten.«

Beide fuhren zu mir herum. Sie schienen vergessen zu haben, dass ich da war. Wie oft hatten sie diese Diskussion schon geführt? Sie bewegten sich auf ausgetretenen Pfaden, auf die ich ihnen nicht folgte.

»Was ist in Aulis geschehen?«, wollte ich wissen.

»Das ist ein unwichtiges Detail«, wiederholte Penthe grimmig.

»Nur, wenn du weiterhin glauben willst, dass die Götter auf unserer Seite stehen.«

Ich musste mich zusammenreißen, um nicht die Augen zu verdrehen. Kaum dem Palast des Theseus entkommen, fand ich mich in diesem Konflikt wieder. Es hätte nicht viel gefehlt, und ich hätte das Zelt verlassen, um endlich meine Ruhe zu haben.

»Hört auf zu streiten«, befahl ich. Und tatsächlich; beide wirkten auf einmal in sich gekehrt und schwiegen. Dann setzte Mela an zu sprechen.

Sie berichtete mir von den abscheulichen Dingen, die sich in den letzten Monaten in Aulis zugetragen hatten. Zehntausende Soldaten hatten sich an diesem Fleckchen Erde versammelt und warteten auf günstige Winde. Stattdessen brach im Lager eine entsetzliche Seuche aus, die Männer waren verängstigt und glaubten, die Götter hätten sie im Stich gelassen. Als sich herausstellte, dass der Heerführer Agamemnon selbst den Zorn der Artemis auf sich gezogen hatte, weil er eine heilige Hirschkuh erlegt hatte, wuchs die Sorge, es könnte immer so weitergehen. Nur durch das Opfer einer Jungfrau könnte Artemis besänftigt werden.

Ausgerechnet Artemis? Ich konnte es nicht glauben. Aber es geschah, wie von der Göttin verlangt: Iphigenie, die Tochter des Agamemnon, wurde der Göttin geopfert, und schon am Tag darauf setzte ein beständiger Wind ein. Tausend Schiffe stachen in See, Ende der Geschichte.

»Abscheulich«, murmelte ich. Wie kam es, dass in diesen Kriegen stets die Frauen die Verliererinnen waren?

»Sie konnten nicht anders«, sagte Mela düster.

»Sie hätten nach Hause gehen können. Dieser Krieg ist so sinnlos.«

»Die Könige der achaischen Reiche hatten geschworen, an der Seite von Menelaos zu stehen, falls jemand es wagt, ihm Helena zu rauben. Was sollten sie tun? Wie viel Verlass ist auf deine Nachbarn, wenn sie bei der ersten Schwierigkeit schon zurückweichen?« Melanippe ließ sich nicht beirren. Ein Menschenopfer war notwendig gewesen. Schlimm daran war in ihren Augen nur, dass es die Prinzessin getroffen hatte. Dass kein Sklave genügt hatte.

»Seitdem sind wir auf uns gestellt. Ares ist in Troja. Wir haben Athen erobert. Was wollen wir nun mit der Stadt tun?«, fragte Penthe. »Sollen wir sie dem Erdboden gleichmachen, wie es die Achaier mit Troja vorhaben, falls ihnen irgendwann die Eroberung gelingen sollte?«

»Nein«, erwiderte ich ruhig. »Was passiert ist, wird eine Sache zwischen Theseus und mir bleiben. Wir haben keine Zeit, die Stadt niederzubrennen. Irgendwo da draußen ist Phaidra, und sie hat meinen Sohn.«

»Irgendwo da draußen ist auch Theseus, und ich werde nicht eher ruhen, als dass er dafür bezahlt hat, was er dir und unserem Volk angetan hat.«

Ich widersprach. Mir war egal, was mit Theseus geschah, solange wir ungehindert meinen Sohn finden und nach Themiskyra zurückkehren konnten. Ich hatte keine Lust auf einen sinnlosen, jahrelangen Krieg, nur um mich an einem Mann zu rächen, der von Athene beschützt wurde.

»Ich will heim«, sagte ich leise. »Was auch immer kommt. Ich will meinen Sohn suchen, und sobald ich ihn gefunden habe, will ich nach Hause zurückkehren.«

Mela und Penthe wechselten einen Blick. Dann erhob sich meine Schwester und trat zu mir. »Wir werden ihn finden«, versprach sie. »Und dann kehren wir nach Hause zurück.«

37

Eine Hütte im Wald, einen halben Tagesmarsch entfernt vom nächsten Dorf. Auf einer kleinen Anhöhe, mit einem Schafstall, aus dem man das Blöken der Mutterschafe hörte und das Meckern einer Ziege. Rauch stieg über dem Dach auf. Das leise Weinen eines Säuglings, die beruhigende Stimme seiner Mutter.

Ich zügelte im Schatten der Bäume am Rand der Lichtung mein Pferd und glitt leise aus dem Sattel. Meine Hand hielt die Labrys fest umklammert, jene Streitaxt, die viele meiner Kampfschwestern im Nahkampf nutzten. Mir waren Pfeil und Bogen lieber, doch hatte ich begriffen, dass diese mich hier nicht weiterbrachten.

Ich ließ das Pferd zurück und näherte mich leise der Hütte. Als ich fast heran war, hörte ich die Mutter, die ihrem Baby leise ein Schlaflied vorsang. Mein Herz klopfte bis zum Hals, meine Brüste kribbelten, als ich den Kleinen hörte, der langsam zur Ruhe kam. Dann verstummte auch der Gesang.

Die Tür stand offen, und ich betrat das Innere der Behausung. Ein Raum mit Herdfeuer, Bett, Körben und Kisten, ein Tisch mit zwei Hockern. Die Einrichtung war schlicht, es musste ein einfaches, entbehrungsreiches Leben hier oben sein, auf das sich die athenische Königin eingelassen hatte.

Sie beugte sich über den Weidenkorb, in dem das Baby gerade eingeschlafen war. Ohne sich umzudrehen, sagte sie leise: »Du hast mich also gefunden.«

Ich packte den Griff der Labrys etwas fester. »Es war nicht so schwer. Eine alleinreisende Frau mit Säugling erregt Aufmerksamkeit.«

»Ich weiß.« Phaidra richtete sich langsam auf. Ihr Blick glitt von der Streitaxt zu meinem Gesicht und zurück. Ihre Bewegungen waren langsam, wie gelähmt. »Ich hatte gedacht, uns bleibt mehr Zeit.«

Sie stand mir gegenüber und rührte sich nicht.

»Warum, Phaidra?«, fragte ich leise. »Warum hast du ihn mitgenommen und hast Athen verlassen?«

»Ist das nicht offensichtlich?«, flüsterte sie. »Wir hatten beide keine Zukunft dort. Wenn er bei dir geblieben wäre, hätte Theseus ihn dir weggenommen. Wenn ich bei ihm geblieben wäre, hätten die Athener mich an seiner Stelle ermordet, nachdem die Stadt fiel.«

»Die Stadt ist nicht gefallen.«

Sie schwieg. Dann wies sie auf den Tisch. »Wollen wir in Ruhe reden, bevor du ihn aus dem Schlaf reißt und mitnimmst?«

Wir setzten uns an den Tisch. Ich legte die Labrys ab, sie holte uns Becher mit kühlem Quellwasser, einen Teller mit weichem Schafskäse, Brot aus grobem Mehl und Oliven. »Ich habe nicht viel«, gestand sie. »Es ist mühsamer als ich gedacht habe.«

»Dennoch hast du dieses Leben auf dich genommen. Für ihn.«

Wir aßen schweigend. Ich hing meinen Gedanken nach. Hatte sie recht? Wäre Hippolytos in den Wirren der Belagerung getötet worden? Zumindest hätte Theseus versucht, meinen Sohn für seine Zwecke zu missbrauchen. Hätte er ihn den Athenern als seinen Erben präsentiert, hätten sie vielleicht noch mal eine ganz andere Art von Kampfeswillen freisetzen können – denn dann hätten sie nicht nur für ihren König, sondern auch für dessen skythische Gemahlin und den gemeinsamen Sohn gekämpft.

Nur wäre das eine Lüge gewesen. Wie so vieles an Theseus' Leben.

»Er ist weg«, sagte ich. »Du kannst nach Athen zurückkehren.«

»Was wäre ich dort? Die verschmähte Königin, die er zurückgelassen hat? Die Kindesentführerin? Nein, nein ... Mein Zuhause ist nun hier, egal ob mit Hippolytos oder ohne ihn.«

Der Kleine wurde unruhig. Ich stand auf und hob ihn hoch. Sofort ließ er sich beruhigen.

»Siehst du ... Nicht mal das konnte ich so gut wie du.« Phaidra blieb sitzen. Ich wiegte Hippolytos.

»Ich verstehe dich«, sagte ich leise. »Die Männer lassen uns selten eine Wahl. Sie lassen uns mit Situationen allein, die wir nie allein bewältigen können. Wir sollen uns darauf verlassen, dass sie für uns da sind. Aber wann lösen sie dieses Versprechen schon ein?«

»Du sprichst von Herakles?«

»Herakles, Ares ... Ich habe mir abgewöhnt, mich auf sie zu verlassen.«

»Und dein Sohn? Wird er anders sein?«

Ich blickte auf das kleine Gesicht von Hippolytos. Im Schlaf runzelte er die Stirn, ballte die Fäustchen, als müsste er angestrengt nachdenken. »Ich weiß es nicht. Ich kann nur versuchen, ihm andere Werte zu vermitteln. Ich sehe ja, wie sich viele Skythen verändern.«

»Ich wünsche dir viel Glück dabei.«

Wir traten aus der Hütte. Ich hielt Hippolytos auf einem Arm, in der Hand die Labrys. Als ich mein Pferd erreichte, gab ich ihr das Bündel, und sie hielt meinen Sohn ein letztes Mal. Ich stieg in den Sattel, sie gab ihn mir.

Kurz sah es so aus, als wollte sie noch etwas sagen. Aber dann nickten wir einander zu, und ich wendete mein Pferd. Auf dem Weg den Berg hinab ließ ich die Zügel lang, ich fühlte eine große Unsicherheit. Nun war ich für ihn verantwortlich. Ich hatte nie darüber nachgedacht, wie es sein würde, ein Kind zu bekommen. Noch viel weniger darüber, wie es sein würde, ein Kind aufzuziehen.

Als ich in den Wald ritt, war eine Gestalt neben mir, silbrig, lächelnd und voller Güte und Liebe im Blick. »Du hast ihn zurück«, sagte Artemis. »Bist du nun glücklich?«

»Ich werde nach Hause zurückkehren. Frag mich dann noch mal.«

Sie lachte. »Dafür werde ich keine Zeit haben. Troja ruft uns alle.«

»Dann will ich dich nicht länger aufhalten.«

Ein Blinzeln, und sie war verschwunden. Ich starrte auf die Stelle, wo sie vorhin noch gestanden hatte. So war das mit den Göttern. Sie waren flüchtig und nur dann zur Stelle, wenn sie es wollten. Niemand konnte sie zu irgendwas zwingen.

Aber ohne sie hätte ich Hippolytos nicht so schnell wiedergefunden. Ich hatte es Penthesilea zu verdanken, die irgendwie mit Artemis in Verbindung stand. Vielleicht wegen Ephesos. Oder wegen unseres Vaters, der sie in ihrer Zeit als Regentin unter seine Fittiche genommen hatte. Es sollte mir egal sein. Doch das war es nicht.

Ich wollte heimkehren. Erst nach Themiskyra, danach zurück nach Skythien. Dorthin, wo ich einst auf der Steppe geboren und aufgewachsen war. Mein Sohn sollte von klein auf lernen, was es hieß, ein skythischer Krieger zu sein. Der Sohn einer Königin, der ihr eines Tages auf dem Thron folgen würde so wie ich meiner Mutter und sie einst ihrem Vater gefolgt war. Er würde vaterlos aufwachsen, so wie ich lange vaterlos aufgewachsen war. Verlass dich niemals auf die Männer in deinem Leben. Mich hatten die Männer nur verlassen oder enttäuscht. Es war schwer, deshalb nicht zu verbittern, doch ich hatte gelernt zu begreifen, dass sich diese Verlassenheit nicht gegen mich richtete. Herakles und Ares handelten nicht mit der Absicht, mir zu schaden, sondern sie folgten ihren Zielen. Die sich selten mit meinen deckten.

Ich war auf mich gestellt.

Aber ich hatte Mela und Penthe an meiner Seite. Hippolytos würde heranwachsen, und ich würde ihn so erziehen, dass er für jeden ein verlässlicher Partner wurde. Skythien und vor allem Themiskyra würde für alle Skythen ein sicherer Ort sein in dieser Welt voller Unsicherheiten. Auch Fremde, die bei uns leben wollten und sich an unsere Gesetze hielten, waren willkommen. Ich wollte, dass unser Volk weiterhin einen friedlichen Weg wählte. Mir war bewusst, wie schwer das war. Wir hatten schon so lange gekämpft. Es würde dauern, bis die Amazonen dazu übergingen, Konflikte nicht mit der Labrys und mit Pfeil und Bogen vom Pferderücken aus zu lösen.

Ich drückte Hippolytos an mich. Er war auf meinem Arm eingeschlafen, gewiegt vom behutsamen Schritt meines Pferds. Für ihn und alle anderen, die nach uns kamen, war der Kampf für eine friedliche Welt lohnenswert. Für die Zukunft.

Ich war bereit, diesen Kampf aufzunehmen. Für die Freiheit.

Und wenn dieser Kampf gewonnen war, wusste ich, wohin ich gehörte. Ich küsste die Stirn meines Sohns und flüsterte ihm zu: »Wenn das hier vorbei ist, zeige ich dir unsere Heimat.«

Wenn der Frieden mit den Athenern ausgehandelt war. Wenn wir zurück in Themiskyra waren und unsere Grenzen gesichert waren. Wenn Troja uns nicht in diesen Krieg hineinzog.

Dann würde ich mit Hippolytos über das Pontische Meer reisen, und ich würde ihm die Steppe zeigen. Den Ort, an dem ich so sehr ich selbst war wie sonst nirgends. Ich fand mich ein in das Leben hinter Stadtmauern. Aber nur auf der Steppe war ich wirklich frei.

Epilog

Die Toten begruben wir, die Lebenden tätowierten wir, wie es unser Brauch nach einem Kampf verlangte.

Für mich würde es keine Tätowierungen mehr geben. Es war nicht so, dass ich sie mir nicht verdient hätte. Mein ganzes Leben war ein Kampf gewesen. Hatte ich gesiegt? Das konnte ich nicht sagen.

Die Ebene war finster und leer. Eine Ödnis, über der dunkle Wolken hingen. Die Leere war beängstigend. Die Stille schluckte das Geräusch meiner Schritte.

Ich ging an der Seite meines Vaters. Er hielt meine Hand, und ich erinnerte mich wieder. Wie er einst so oft meine Hand gehalten hatte, wenn wir über die Steppe liefen. Dies würde unsere letzte Begegnung sein, denn es gab Orte, an die nicht mal ein Gott gehen konnte.

»Ich habe dich nicht so früh erwartet«, sagte er.

Mehr nicht.

Wir schritten durch die Zwischenwelt und näherten uns der Welt der Toten. Seine Hand hielt mich fest; ich wollte mich losreißen, zurückrennen, obwohl es kein Zurück gab, denn um uns war nur dies: die Leere am Ende meines Lebens. Ich war schon einmal hier gewesen. Damals hatte Ares mich zurückgebracht, und ich erinnerte mich jetzt, was er mir später über die Zwischenwelt sagte. Niemand durfte zweimal zurückkehren aus der Welt zwischen den Lebenden und den Toten.

Ich hatte nicht gedacht, dass der Tod so früh kommen würde.

»Warum?«, flüsterte ich. »Was habe ich falsch gemacht? Ich dachte …«

»Niemand trägt die Schuld, wenn ein Menschenleben zu Ende geht.« Ares blieb stehen. Seine Stirn war umwölkt, sein Blick in die Ferne und nicht auf mich gerichtet, als ertrüge er es nicht, mich anzusehen. »Manchmal können wir uns nicht dagegen wenden.«

»So wie du dich nicht gegen den Tod meiner Mutter wenden konntest?«

Er sah mich an. So viel Schmerz in seinem Blick. Ich hatte immer gedacht, das Ende meiner Mutter habe ihm nichts bedeutet und er hätte es ungerührt hingenommen, weil sie als Sterbliche nur ein Wimpernschlag in der Lebensspanne eines Gottes war. Und nun sah ich, wie ihr Tod ihn verändert hatte. »Ich weiß, du denkst, ich hätte damals etwas tun müssen. Ich hätte ihr ewiges Leben schenken sollen, und dir und deinen Schwestern gleich mit. Aber es gibt Dinge, die wir Götter nicht dürfen, selbst wenn wir es können. Den Lauf der Dinge dürfen wir nicht zu unseren Gunsten wenden. Deine Mutter wusste das. Und du weißt es nun auch.«

»Aber wohin führt es unser Volk?«, flüsterte ich.

»Ach, Hippolyte.« Er seufzte und legte den Arm um meine Schultern. »Das wissen wir nicht. Die Geschichte der Skythen wird weitergehen. Mit deinen Schwestern und deinem Sohn nach ihnen.«

»Und woher wisst ihr dann, was richtig ist? Warum ich nun alles Leben hinter mir lassen muss?« Hippolytos. Ich würde ihn nie wiedersehen, nicht wahr? Die Erkenntnis walzte alles nieder, ich fühlte mich davon niedergedrückt und schluchzte auf. »Mein Kind«, flüsterte ich.

»Ja, Hippolyte. Dein Kind. Aber eines Tages werdet ihr wieder vereint.« Wir gingen weiter.

»Wohin bringst du mich?«

»Dein Weg ist vorgezeichnet. Du wirst in die Unterwelt eintreten und von all jenen empfangen werden, die vor dir ihr Leben beendeten.«

»Werde ich Otrere wiedersehen?«

Wir näherten uns einem tiefschwarzen Fluss, der wie ein Band die Landschaft durchschnitt. Jenseits davon war nichts. Meine Schritte wurden langsamer, denn was dahinter lag, behagte mir nicht.

»Hab Vertrauen.« Ares' Hand lag auf meiner Schulter. Er ließ mir Zeit, und als ich mich nach ihm umdrehte, sah ich in seinem Blick neben dem Abschiedsschmerz noch etwas anderes. Ein Funken Freude für mich. Er drückte mir etwas in die Hand. Eine kleine, runde Münze. »Gib sie Charon. Er wird dich auf die andere Seite bringen.«

Ich kannte mich ausreichend in der achaischen Götterwelt aus, um zu begreifen, dass wir am Ufer des Styx standen. Ich erkannte am anderen Ufer einen Schatten, der ins Wasser glitt. Der Fährmann mit seinem Nachen. Er würde mich gegen Zahlung des Obolus in die Unterwelt bringen.

»Ich kann das nicht«, flüsterte ich. Warum die achaische Unterwelt? Was hatte ich falsch gemacht, warum wollten die skythischen Götter mich nicht?

»Du bist zu fest verwoben mit unserer Götterwelt. Auch durch deine Herkunft«, sagte Ares auf die unausgesprochene Frage.

Ich hätte ihm gern zum letzten Mal erklärt, er solle aus meinem Kopf verschwinden, doch stattdessen begann ich zu zittern. Ich hatte Angst. Vor dem Sterben nicht, das hatte ich offensichtlich schon hinter mich gebracht. Aber der Tod, das jenseitige Sein, das mich auf der anderen Seite des Flusses erwartete … es überwältigte mich.

Ares umarmte mich und küsste mich auf die Stirn. »Du kannst das. Dort wartet jemand auf dich.«

Ich blickte zu ihm hoch, doch nun hatte Charon unser Ufer erreicht. Er blieb in dem Kahn stehen, rührte sich nicht und stützte sich auf den Stecken, mit dem er uns durch den Fluss stakte.

Ich löste mich von Ares. Doch eine Frage hatte ich noch an meinen Vater.

»Hätte ich den Lauf der Geschichte aufhalten können?«, fragte ich. »Wenn ich damals den Waffengürtel behalten hätte – wäre es dann anders verlaufen?«

Ares zögerte. Charon schwieg. Ich blieb stehen, denn ich fand, mein Vater war mir diese Antwort schuldig. Ich konnte ohnehin nichts mehr daran ändern, wie es gekommen war.

»Hättest du damals den Waffengürtel behalten, wäre es zu einem sehr viel blutigeren Kampf vor den Toren von Themiskyra gekommen«, sagte Ares. »Du wärst dabei gestorben. Es gäbe Hippolytos nicht, und deine Schwester Penthesilea wäre Königin geworden. Ja, das hätte einiges verändert. Aber nicht zu deinen Gunsten.«

Ich nickte. Irgendwie tröstete mich der Gedanke. Ich hatte mit der Entscheidung, für die ich von so vielen Seiten angefeindet worden war, den Lauf der Geschichte verändert. Ich hatte dem kurzen Leben, das mir beschieden war, ein Kind abgetrotzt.

»Ich danke dir«, flüsterte ich. Als ich auf den Kahn kletterte, reichte mir der Fährmann die Hand. Ich legte die Münze hinein. Dann hockte ich mich auf die Bank. Ein stechender Schmerz durchfuhr mich, und ich blickte nach unten. Blut tränkte das Tuch meiner Tunika. Ich wusste wieder, wie ich gestorben war. Trauer durchdrang mein Herz, das nur noch wenige Schläge tat, bevor es für alle Zeiten verstummte.

Als der Kahn sich vom Ufer entfernte, war Ares nicht mehr da.

Historische Notiz

Wie schon in Band 1 der Kriegerin-Trilogie habe ich mir bei Band 2 einige historische und mythologische Freiheiten erlaubt beziehungsweise die Freiheiten weiter ausgebaut.

Damit die Geschichte um Otrere, Hippolyte und Penthesilea (ihrer Geschichte werde ich mich in Band 3 ausführlich widmen) fest mit Troja verwoben wird, habe ich die Handlung um ca. 1200 v. Chr. angelegt. Das ist der Zeitrahmen, als vermutlich (so genau wissen wir es leider nicht) der historische Kampf um Troja stattfand, aus dem dann die vielen Mythen entstanden sind, die uns bis heute so sehr faszinieren.

Die Erkenntnisse über die Skythen, wie ich sie hier beschreibe, sind sehr gut durch archäologische Funde (vor allem Grabfunde) in der heutigen Südukraine gesichert. Dennoch bieten sie immer noch zu viel Interpretationsspielraum, und den habe ich genutzt. Die Zeit zwischen 1200 v. Chr. und 800 v. Chr. ist in der griechischen Antike ein dunkles Zeitalter (ähnlich dem frühen Mittelalter in Westeuropa): Nach dem Untergang der mykenischen Palastkultur (und mit ihr der Schrift) dauerte es lange, bis mit den griechischen Stadtstaaten das archaische Zeitalter eingeläutet wurde. In jener Zeit (um ca. 800 v. Chr.) schrieb Homer seine Epen *Ilias* und *Odyssee* auf, in denen er auch auf die Amazonen Bezug nahm. Zuvor waren diese Geschichten mündlich tradiert worden. Sie wurden von einer Generation zur nächsten weitergegeben. Von vielen Mythen gibt es zudem unterschiedliche Versionen. Letztlich bleiben es Mythen, und ich habe mir die Freiheit genommen, die für mich passenden in einen neuen Zusammenhang zu bringen.

Das »Problem« bei den Mythen ist tatsächlich, dass der zeitliche Rahmen viele Überschneidungen bietet. Beispiel gefällig? Theseus entführte einst die zwölfjährige Helena, zusammen mit seinem Gefährten Peirithoos. Anschließend begleitete er Peirithoos in die Unterwelt, weil dieser Persephone begehrte und entführen wollte. Dies misslang, und sie waren in der Unterwelt gefangen, bis Herakles die beiden bei seiner zwölften Aufgabe rettete. Herakles und Theseus sind aber chronologisch in vielen Mythen weit *vor* dem Trojanischen Krieg angelegt. Es ist kompliziert, und wenn man versucht, eine eigene Chronologie zu finden, weiß man eigentlich schon, dass man es sich mit der Hälfte der antiken Autoren verscherzt.

Die Skythen hatten – das belegen archäologische Funde – tatsächlich viele Kriegerinnen, die für sie kämpften. Aus diesen archäologischen Tatsachen und den Geschichten über eine von Frauen dominierte Gesellschaft, wie sie später auch Herodot um 480 v. Chr. formulierte, formte ich das skythische Reitervolk, verortete es in der heutigen Südukraine und ließ es mit den Achaiern/Griechen aufeinanderprallen. Allerdings sind die ersten Kolonien der Griechen erst lange nach dem Trojanischen Krieg dort entstanden, wo ich sie nun angelegt habe. Auch da habe ich mir Freiheiten erlaubt. Außerdem sind die Kolonien wie Tyras bei mir eher der mykenischen Palastkultur entsprungen.

Die mythologischen Geschichten über Otrere und ihre Töchter dienten mir dann als erzählerischer Rahmen.

Letztlich führt Hippolyte den Kampf ihrer Mutter fort. Es geht um die Lebensweise und Identität der Skythen. Hippolyte begreift, dass ihre Mutter recht behalten hat. Skythien ist ein Reich unter vielen, und die patriarchalen Strukturen, die einst für das Reitervolk keine Bedeutung hatten, sickern immer tiefer in das Bewusstsein der Skythen ein. Jede Begegnung mit den benachbarten Völkern verändert die Gesellschaft der Skythen.